高名凯译文集

15

朱安党

（法）巴尔扎克 著

海峡出版发行集团 | 海峡文艺出版社
THE STRAITS PUBLISHING & DISTRIBUTING GROUP | Haixia Literature & Art Publishing House

献　　给

商业家达布林·特奥多尔先生

敬以第一部书献给第一个朋友

德·巴尔扎克

目　录

第一部 **埋 伏**

她十分美丽。

她对他说：我是谁，能够反抗大人的欲望呢？满足您的要求将是我至死不懈的快乐。

她猛力打击他的颈项，砍了两下，使他的头颅离开他的身体。

《犹滴传》第八，十二，十三章

一

共和八年最初几天，获月上旬[1]，或今历一七九九年九月下浣，一百多个农民和相当多的资产阶级早晨离开福杰尔到马因去。他们攀爬福杰尔和埃尔纳之间差不多一半路程的柏勒林山岭。埃尔纳是旅人们常去休养的一座小城。他们分做相当多的队伍，这分队显得是这样奇异的一种服装的集合和这样不同地方、不同职业的人众的聚会，为着给这故事赋上现代人所重视的一些活泼的色彩起见，叙述他们的不同特征并不是没有用处的，虽然某些批评家认为这种活泼的色彩可以损害情感的描绘。

农民的一群——数目最大——光着脚走路，他们所有的一切衣服就是一件大羊皮，从颈项一直盖到膝盖，和一条白粗布的裤子。修剪不齐的布料棉线使人看出当地工业的落后。扁平悠长的发环这样自然的和羊皮毛联结在一起，整个的遮住了他们那俯视地下的脸孔，人家甚至于都很容易把这羊皮看做就是他们自己的皮，而初视之，要把这些不幸的人看成给他们长毛让他们遮蔽身体的牲畜。但是，不久，人家就可以穿过头发看到他们的光亮的眼睛，这眼睛就好像是深厚的绿草地上的露珠；这启示人类智慧的目光当然是令人恐惧甚于令人欢乐。他们的头包着红色羊毛的脏头巾，好像当时共和政府采取为“自由”的符号的红巾。大家肩上都有一条多节粗橡木棍，棍端挂着一双没有装上多少东西的长布袋。另外一些人在头巾上戴着的一顶粗大的宽边毡帽，饰有各种颜色的羊毛所制成的一种虫饰。这些人穿的是和第一批人的裤子和布袋同样的布料，他们的服装没有表露出任何属于新文化

① 即共和历第一月，自阳历九月二十二日起至十月二十一日止。

的成分。他们的长发一直垂到圆短衣的领上，短衣缝有四方形的小侧袋，只盖到臀部为止。这是西方农民所特有的服装。在这件翻开的短衣里面，人家可以看出一件缝有粗扣的同样布料的背心。其中有些人穿着木履走路，有些人为着节省就把他们的鞋子拿在手里。这种因为长期的穿用而脏污，因为汗液和尘土的浸染而变黑的服装没有前一种那样的新鲜，然而倒有历史的功绩，因为它是散处队中的几个人物所穿的几件有如鲜花焕发可以说是华丽的衣服和前一种服装之间的居中的服饰。事实上，他们的蓝色裤，他们那饰有两排铜纽，仿佛四方形铠甲的红色或黄色的背心也非常突出的显露在他们同伴的白衣服和羊皮上面，就像麦田里的矢车菊和红罂粟似的。几个人穿着布列颠农民懂得自己制造的木屐，但是大家几乎都有粗铁鞋和粗糙的呢布外衣，缝着我们的农民还很敬虔保留的古代法兰西外衣的式样。衫衣的领是由制成心形或锚形的银纽给扣上的。还有，他们的布袋也似乎比他们同伴的布袋显得有更多的东西；他们之中有好些人还在行李里加上一只葫芦，里边无疑的是烧酒，且绳子给悬在他们的项上。在这些半野蛮的人中间也发现有几个城里人，仿佛是为着标明这些地方的文化的顶点似的。他们戴上圆帽子，高帽子或鸭舌帽，穿着反顶的长靴或有胫套给缚住的鞋子，也跟农民似的表露出他们的服装的特点。他们之中有十来个人左右，穿着共和党人那名做“葛尔玛傲儿”的短衣。还有一班人无疑的是富裕的工匠，他们自头到脚都穿着同样颜色的呢布行头。其中最珍贵的服装就是多少有点褴褛的蓝色或绿色的燕尾服或旅行礼服。那些人是真正的人物，他们穿着各种各样的长靴，舞着粗大的手杖，仿佛不顾利害而有善良心肠的人似的谈笑风生。几只扑粉得宜的头，梳得合式的辫子给我们宣示初期的幸运和教育所让我们感应的珍贵。

在研究这些互相惊异，彼此发现而偶然相逢的人们当中，人家一定要说这是被火灾给驱出家庭的一镇居民。但是时代和地点都给这些人众产生另外一种兴趣。一个熟识当年扰乱法兰西的内乱秘密的观察家一定能够容易认出在这一群人当中应当可以让共和国依靠的小数忠诚的公民，虽然这一群人几乎完全是四年前反对共和国的人众所组成的。最后的一道明显的痕迹不容人家疑惑这一群人之中存在有不同的意见。只有共和党人快乐的走路。至于队里其他的人，尽管他们的服装有明显的差别，他们的脸孔和态度却表现出由于不幸所生的同一的表情。资产阶级和农民，大家都有一种深愁的征象；他们的缄默似乎有暴躁的成分，他们仿佛是在同一思想的压迫之下，这思想当然是可怕的，但却巧妙的隐藏着，因为他们的脸孔都是不可侵犯的；只有异常缓慢的步伐可以泄露他们的秘密计算。他们之中有几个人在颈项上冒险的挂着一只被禁止的宗教徽号（念珠），这些人就不时不时的摇动他们的头发，疑惧的抬起头来。那时候，他们就偷偷的研究树林，路边的小路和岩石，不过有点像鼻子朝着风向、闻嗅野味的猎狗罢了。然后，因为只听到沉默的同伴的单调步声，他们又重新低下头去，端出让人带到监狱里去生死在其中的囚犯们所有的失望的态度。

这一群移民走到马因去的旅行，组成这人群的各种不同的成分，这人群所表露的不同情绪，这一切的一切都可以由于编成先头部队的另一队兵士的出现而相当自然的得到解释。一百五十个左右的兵丁走在前头，带着武器和行李，受着联队司令官的指挥。让那些没有参与大革命的悲剧的人们注意这代替上校衔头的称号，并不是没有用处的。爱国的公民们认为“上校”是一个带有过多贵族气味的衔头，而取消了它，这些兵丁是属于驻防马因的步兵联队的补充部队的。在这内乱纷纭的时代里，西方的居民曾经管一切共和政府的兵士叫做蓝衣客。这绰号的来源是他们最初所穿的蓝色和红色的军服，这些军服还很新鲜的存在于我们的回忆里，我们也不必多加描述。所以，这一队蓝衣客就是押送这些几乎都不愿意被送到马因去的人众的护卫；马因的军事纪律一定要立刻训练他们所完全缺乏的一致的精神，同一的外貌，齐整的步伐。

这一群人众是由福杰尔县里困苦征来的新兵，是根据法兰西

共和国总裁政府于穑月[1]十日所颁发的法令而征集的。政府要求募款一亿，征兵十万，因而能够立刻把他们送去救援那时候在意大利被奥国人打败，在德意志被普鲁士人击溃，在瑞士受俄国人威胁的军队（苏芜罗夫使俄国人希望征服法兰西）。西方诸地区，大家所知道的王地，布列颠和低诺曼地的一部分，三年来曾经在四年的战争之后，于霍慈[2]将军的镇抚之下太平无事，现在似乎已经抓住这时机，回头再来斗争了。面对着许多的侵犯，共和政府又重新找到了它的初期的毅力。它先依据这穑月法令的一个条款把这些受攻的地区交给爱国的居民去防守。事实上，不能够在内部筹募粮饷和军队的政府，却很巧妙的利用一个自鸣得意的法案，躲避了它的困难：因为不能够派遣任何军队到暴动的地区去，它就向它们表示它对它们的信任。也许它也希望这种措施，这种武装公民去互相攻击的措施，可以阻止京城的暴动。这一条款是悲惨报复的来源，它的内容是这样的：西方诸地区可以组织自由军。这种失策的措施使西方诸地区酿成这样的敌对态度；总裁政府最初甚至于都觉得没有克制的希望。所以，没有几天之后，它就请求国会通过一些有关组织自由军的条款所允许的小规模征兵的特殊措施。所以，这故事开始之前几天，共和七年的润月初三，一个新的法令就公布了，下令把这些征来的少数人众编成联队，必须拿地区的名字来称呼这些联队：沙尔特联队，奥尔恩联队，马因联队，伊里与维莲联队，莫尔比罕联队，低罗瓦尔联队，麦茵与罗瓦尔联队。法令说，不得于任何借口之下把这些专门用在攻击朱安党的联队送往国境线上。这些厌烦而被人忘记的细节可以解释总裁政府的柔弱，这些叫蓝衣客给带走的人群的步伐。所以，

---

① 共和历第十月，即阳历六月二十日至七月十九日。

② Hoche是法国革命时代的名将。

让我们加上一句话，说，总裁政府的这些美丽而爱国的决定除了给《法令公报》增添篇幅以外，并没有任何其他的作用，就不是多余的了。不久以前使其得以执行的道德的观念，爱国主义或恐怖的思想已经不再支持共和政府了，共和政府的法令募集了几千几百万的钱款和兵士，然而这些钱款和兵士既没有增加国库，也没有编入军队。革命的发动机已经被庸劣的手给使用破损了，法令在实施方面所收到的是环境对它的影响，不是它对环境的控制。

当时，马因地区和伊里与维莲地区是由一位老军官指挥的。看准这是实施措置的机会，这位老军官就想要从布列颠，尤其是从一个最可怕的朱安党巢穴福杰尔夺取他的兵丁。他希望用这方法去削弱这些纷乱地区的力量。这位忠诚的军官利用法令的空想预见，肯定的说：他可以立刻配备武装这些应征的壮丁，他手里掌握有政府答应发给这些额外军队的一个月的军饷。虽然那时候布列颠人拒绝任何种类的军役，这方案的进行首先却因为人民相信允诺而得到成功，这成功的迅速而且都使这位军官不知所措。但是，这是一个难于惊动的老守门狗。当他看见一部分应征的壮丁在县境内奔跑的时候，他就立刻狐疑这迅速的集合有什么秘密的动机；也许他也猜对了，因为他想他们一定是要弄到武器。他没有等待迟到的人，就自行布置，向阿郎桑方面退去，因而能够接近降服的地区，虽然在这些地区内日益滋长的暴动不容易使这计划得到成功。军官依据他的学识，严密保守我们军队的惨败和从王地传来的不稳的消息；他就在这篇故事开头所说的那一天早晨，设法实行强迫开拔到马因去的计划。他认为他可以在那里通过自己的军队和布列颠的应征新兵的混合，顺从意志，执行法令。这“应征新兵”一个名词是后来的一句流行话，它第一次在法律里代替了先前拿来称呼共和政府的新兵的“应征壮丁”。离开福杰尔之前，司令官命令他的兵士秘密带上弹药筒，命令他手下一切的人秘密带上必要的面包，因而不至于使应征新兵注意到路途的遥远；他计算清楚不在埃尔纳军营里停留，因为从惊愕状态恢复过来的时候，这些新征的壮丁会和朱安党取得联络的。朱安党，无疑的，就在附近山野里蔓延着。老共和党人的举动使新兵们惊讶；新兵们的忧郁缄默，他们走上这座山岭的缓慢步伐，这都引起这位名叫雨洛的联队队长的最大疑惧。上面的描写所有的那些最突出的线条是他所最感兴趣的；所以，他就在五位年轻军官的中间静悄悄的走着，五位军官也都尊重司令官的忧虑。但是，到达柏勒林山岭的时候，雨洛就仿佛本能的动作似的突然转过头来，巡视一下这些应征壮丁的不安的脸色，立刻打破了缄默。事实上，这些布列颠人的步伐的逐渐迟缓已经使他们和他们的护卫之间有二百尺左右的距离。雨洛于是就做了一下他所特有的怪脸相。

“这些浪子到底有什么鬼啊?”他用洪亮的声音喊道，“新兵们关上两脚规，不打开，我想!”

听了这些话，陪伴他的军官们就好像一声巨响使其突然惊醒似的自动的转过身来。排长们，连长们也都跟着转过身来。全体的军队没有听到期待的“立正!”的口令就停步不走了。这些军官先给爬上柏勒林山岭的长龟似的队伍瞧了一眼，这些因为防卫祖国而抛弃学业，还没有让战争熄灭掉艺术灵感的青年人也受到眼前景象的相当大的打击；他们还不知道雨洛这句话的重要性，也没有回答。在他们眼前，福杰尔还是同样的一幅图画；只是随着视线的不同而生透景的差别罢了。虽然他们是从这样的福杰尔来的，他们却不能够不给它表示最后一次的崇拜，仿佛爱好音乐的人似的，越认识清楚音乐的细节，这音乐就给他越多的快乐。

旅人可以从柏勒林山顶看到伟大的古埃斯嫩溪谷，其中的一个顶点就在地平线上让福杰尔城给占去。城是建筑在山岩上面的，它的古堡就在这山岩上统制着三四条重要的道路，这是使它当年成为布列颠一个锁钥的地位。从那里，军官们发现这整个的盆地不但有特别肥沃的土地，而且有出色的不同景致。叶纹石的山岭从各方面仿佛大舞台似的耸立着，它们就在橡树林下面扮装着浅红色的山腰，而在斜坡里隐藏着布满新鲜空气的小谷。这些岩石描绘出一块庞大的圈地，表面看来是环形的，底下却放纵的伸展着一块英国花园似的庞大草地。围绕种满树林的许多不规则的土地的园篱，由活的植物编成的园篱给这绿毡一般的草地产生了法兰西风景中最为稀罕的一种姿态，在各种对比里贮藏着丰富的“美”的秘密，有相当大的效果，可以摄获最冰冷的灵魂。这时候，这昙花一现的光彩使这地方的景象更加有生气；有的时候自然界就用这光彩去提高不可消灭的创造。正当这队伍穿行溪谷的时候，初升的朝阳已经渐渐的消散了九月的清晨在草地上飞扬的白色浮云。兵士转身回头的时候，仿佛有一只看不见的手从这山景里给揭开了它所包捆的最后一块布幕；这些布幕就是精巧的密云；它们就像是遮蔽贵重的珠宝而能从中引起好奇心的透明丝织品所制成的掩盖布。在军官们所俯视的广阔的地平线里，天上没有任何一块可以用银光使人相信这庞大的蓝色穹窿就是苍天的云霞。这宁可说是一块丝制的天帏，由不平等的山峰来支撑，给安放在空气里，来保护这伟大的田亩、草地、溪涧和山林的结合。军官们不让自己欣赏这迸发一切田野丽色的空间。有的军官，在注视一些黄色草丛的浓色给增富铜彩，不规则的草地的碧翠颜色还使它再度出现的小树林之前，踌躇了相当时候。其他的军官就注意兵士露营的时候所堆架的兵器似的叉架着圆锥形荞麦束而让其他收获裸麦之后的已耕未种的田亩给隔开的浅红色田园的对比。几家屋顶的暗淡的青石砖这里那里的冒出白烟；古埃斯嫩的曲折溪流所呈露的明显的银色沟道也用诱惑犹豫不定的梦幻灵魂（人家也不知道这是什么缘故）的光学铒物来吸引眼睛。让秋风给熏染香气的新鲜的空气，树林的强烈的味道就像是香火的烟雾似的冒上天空；使这些崇拜这美丽国度的人众陶醉；他们不胜喜悦的欣赏着这国度的不知名的花朵，它那活生生的菜蔬，它那可以匹敌邻国英吉利花圃的草地，这草地的名声是这两个国家所共知的。几只牲畜使这已经富有戏剧性的景象更有生气。群鸟讴歌，使这山谷发出震荡空中的甘美低弱的旋律。如果集中的幻想想要整个看出明暗的浓影，烟雾朦胧的山岭的地平线，没有树木，流着水泉，现出美妙曲线的地方所有的奇异景色的话，如果回忆可以给这一经察视就要立即消灭的图像赋上彩色（无妨这么说）的话，可以从这些图像里受到益处的人们就一定可以得到一种不完全的魔术的印象。年轻军官的易受感动的灵魂就是让这魔术的印象给惊愕了的。

想到这些可怜的人们这样抱憾的抛弃了家乡，抛弃了亲切的风俗，也许要到国外去捐躯报国，他们就不由自主的宽恕了他们所了解的缓慢的走法。于是，他们就用兵士们所有的这种自然的宽仁，装着要去考察这美丽国度的军事地位，拿这个来掩饰他们的原宥。但是雨洛（我们得呼唤这位司令官的名字，免得拿这个不大调和的称呼“联队司令官”来叫他）是一位在危急里不会让美丽风景所蛊惑（甚至于是地上天堂那样的雅致）的军人。所以他就摇一摇头，皱起两撮又粗又黑的眉毛，给他的姿态添上一种严厉的表情。

“他们干吗还不来呀?”他第二次用战争的疲劳给变粗了的声音问，“村里难道有什么圣母跟他们握手吗?”

“你问‘干吗’吗?”一道声音回答说。

这一道声音仿佛是山谷里的农夫拿来呼召羊群的号角。听了这声音，司令官就突然转过身来，仿佛觉得有人给他刺来一剑似的；他看见在两步路外有一个比任何让他带到马因去服务军役的人都更奇怪的人物。这位陌生人是一个阔肩膀的矮胖子，给他露出一只和牛头似的粗脑袋，这脑袋而且跟牛头不只有一种类似的地方。宽阔的鼻孔使他的鼻子显得更加秃短。他那一片让雪白的牙齿给撩起的厚唇，他那一对盖有吓人的眉毛的大圆黑眼，他那一副重垂的耳朵和他的赭色的头发，都不大像是属于我们的美丽的高加索人种，而是属于草食类的动物的。总之，完全缺乏社会人的其他特性使这只光头显得更加特别。他的脸孔让阳光熏成古铜的颜色，多角的轮廓可以比拟这地方的土壤所形成的花岗石，这脸孔是这怪物身体上的唯一看得见的部分。从颈项起，他的身体就披捆着一件工人穿用的宽衣，一种比较最贫苦的应征新兵所穿的赭色布裤还要粗糙的粗布衣。一位古董家一定要把这件宽衣看做赛伊绒①或高尔人的战袍。宽衣垂到半身，底下就用粗削的木块给接上两条羊皮鞘，这些木块之中还有保留着树皮的。给他装饰腿股的山羊皮让人家看不出任何人类的形状。庞大的木屐盖住了他的脚。和他的羊皮毛一样晶亮的长发分做同样大小的两半，在他脸部的两旁垂了下来，仿佛我们现在还可以在大教堂里看到的中世纪雕塑的发饰似的。他没有应征新兵肩上背负的多节木棍，只靠紧胸脯持着一条粗大的鞭子，代替了枪。这条鞭子的精巧编结的皮条看来要比平常的鞭子长上一倍。这怪物的突然出现似乎是容易解释的。几个军官第一眼瞧过去，认为这位陌生人是一位应征壮丁或一位应征新兵（这两个名词还是互相混用着的），只因为看见全体队伍停下来了，才向队伍那边退回去。然而，这人物的到来却特别使司令官惊异；如果他没有显得畏怯的样子，他的额头却带有发愁的神色；细细的端详了这个陌生人之后，他就仿佛排除不掉惨痛的思想似的机械的重复着他所说的话：

① Save绒是十六至十八世纪所制的一种毛绒布。

“是呀，他们干吗不来呀？你知道吗？你？”

“因为，”这位神秘的对话人用一种可以证明他还不大容易说法文的口音回答说，“因为那里，”他一边说，一边伸出他的粗手，指着埃尔纳，“那里是麦茵，那里是布列颠的边界。”

然后，他就猛力打击地下，把他那笨重的鞭柄投在司令官的脚边。这位陌生人的简捷恶语给观客产生的印象就像是音乐中敲打的锣声似的。“恶语”这句话还不足以说明他的傲慢的态度，简短的语句，带有猛烈冷酷迹象的举动所表现的仇恨和报复的欲望。这个人那一副仿佛拿斧头给砍成似的粗鲁的身姿，他那多节的外貌，脸纹上给雕上的愚笨无知的痕迹，这一切的一切都使他变得好像野蛮的半神似的。他保持一种先知似的态度，显得就像是三年长眠之后，醒来预备再度进行只有两败俱伤才能得到胜利的战争的布列颠神明。

“这原来是一颗好看的椰子！”雨洛对自己说，“我觉得他好像是等着拿刀枪来谈判的人派来的使节。”

在嘴里咕哩咕噜的说了这些话之后，司令官的眼睛就从这个人瞧到山景，又从山景瞧到队伍，再从队伍瞧到道路的险阻斜坡。这道路的小堤都让布列颠的骏马给遮住了。然后，他又突然瞧着陌生人，给他缄默的质问，最后就突如其来的问他：

“你是哪儿来的？”

他那贪婪尖锐的眼睛想要猜透这只不可侵犯的脸孔的秘密。这脸孔在这间歇的时刻里却有农夫休息昏睡的时候所有的毫不在意的表情。

“从少年国来的，”这个人没有表现任何烦扰的神气，回答说。

“你叫什么名字啊？”

“走下地。”

“你为什么不顾法律，取了这个朱安党的绰号呢？”

走下地（因为他这样的自称）用一种真正愚笨的神气瞧了瞧司令官，司令官甚至于都以为他没有听懂他的话。

“你是福杰尔征来的一个新兵吗？”

听了这句问话，走下地就拿打断整个会谈的失望声调所说出来的一个“我不知道”来回答。他静悄悄的坐下路旁，从宽衣里拿出只有布列颠人懂得滋味的几片又薄又黑的荞麦饼，开始傻头傻脑的吃着。他让人家以为他没有任何的智慧，军官们甚至于都不断的在这情形下拿他来跟一只在山谷里吃草的牲畜，美洲的野蛮人或好望角的土人相比较。司令官让这态度给骗了。他给这位他怀疑是近期残杀的传令官投去一道最后的谨慎的眼光而看到他的头发，他的宽衣，他这一块布满针刺、碎叶、木屑、荆棘的羊皮，仿佛这位朱安党曾经在棘丛里走过长路的样子的时候，自己也就不再理会自己的忧惧了。他给他身边的副官热拉尔投去一道含有意义的眼色，紧张的握住他的手，低声对他说：

“咱们是去找羊毛的，结果咱们反而让人家剪了毛回来啦。”

惊愕的军官们缄默的互相瞟视。

二

这里应当加上一些解释，使一般习惯疑惑一切，喜欢家居的人能够分担雨洛司令官的恐惧，因为这些人没有见过任何的世面，他们可能否认走下地和行动超卓的西方农民的存在。

gars（少年）这个字眼是凯尔特语的遗留。它是从低布列颠语传入法兰西语的。在我们的现代语言里，这个字眼是含有最多古代回忆的一个词。gais 是卡埃尔人或高尔人的主要兵器；gaisdé 的意思就是武装起来；gais，勇敢；gas，力量。这些相近的词义证明 gars 这句话和我们祖先所说的这些话有关系。这个词和拉丁语的 vir（人）有类似的地方，vir 是 virtus（力量，勇敢）的词根。这种论证可以从它的民族性里找到解释；它也许可以在某些人物的脑海中帮助恢复 gars（少年），garcon（男孩），garconnette（童女），garce（少女子），garcette（小女孩）等词的意义，这些字眼都是平常的言语所不用的，因为人家认为它们有失礼仪，然而它们的原义却具有这样的尚武意味，它们总要在这篇小说里不时不时的出现。“这是一个著名的少女（garce）！”[①] 这句话是施泰埃尔夫人被流放的时候，在王多莫瓦小县里所搜集的一句不大让人了解的颂词。在全法兰西，布列颠是留有最强的高尔风俗痕迹的国度。这一省的一部分地方，到我们这时候为止，还照样的保留我们粗野祖宗的野蛮生活和迷信精神，这些地方就叫做“少年国”。一个县分居住有许多类似刚出现在这“场景”里的人物的野蛮人的时候，地方的人众就说：“这是某一教区的少年。”这古典的名称就是他们极力保存盖尔古语古风的忠诚所得到的报酬：所以，他们的生活都保留有古代信仰和迷信风俗的深长的痕迹。在那里，封建的习俗还被遵守。在那里，古董家又找到屹立不动的古代巫祝的纪念碑，而近代文化的神仙却得战战兢兢的穿行广大的原始森林。意想不到的凶猛行为，粗暴的顽固，然而却信守盟誓；完全没有我们的法律，我们的风尚，我们的服装，我们的新币，我们的语言，然而淳朴简洁的品格和英勇的德性却使这些村野居民比起北美洲的莫伊岗人和红皮人来，还要愚蠢，而跟他们似的高大、狡猾和残忍。布列颠在中欧的地位使它比加拿大更有让人观察的价值。在热力达不到的光线的环照之下，这国度就像是火热灶角里的一块还很黑漆的冰冻的煤炭。几个伟大的人物想要引导这秘藏丰富的一块法兰西土地走向社会生活和繁荣的路上去的企图，甚至于政府的企图都在献身于无从记忆的旧习的居

① “少女”（garce）是“少年”（gars）的阴性名词。

民的不可动摇的性格里死亡了。仍然留有山溪、瀑布、湖沼、泽洼的土地的自然环境可以相当清楚的解释这不幸；遍地都是园篱，一种给每一个农场建立堡垒的土筑城垛；没有大路，也没有运河；还有无知而富有这篇故事将要加以揭破的危险偏见的居民，这居民而且不要我们的近代农业。这国度那宛如国画的风景和居民的迷信排斥了人众的集中，比较和思想的交流所得到的益处。那里没有任何的村落。人们所谓的“住宅”，这危险的建筑非常稀罕的散在各处。每一个家庭却好像在沙漠里似的生活在那里。唯一的社交就是星期日和宗教节日叫他们到教区里去的暂时聚会。由这些粗人的唯一教师修道院院长来主持的这种聚会只有几小时的结合。听了这位牧师的可怕的腔调之后，农民就回到不讲卫生的家里去住上一星期；他出门去工作，回家来睡觉。如果有人来拜访，这人就一定是地区的灵魂，修道院院长。所以，就在这位牧师的号召下，成千成万的人都拿脚尖来蹴踏共和政府。在这篇故事开始之前五年，布列颠地方给第一次的朱安党暴动供给了许多兵士。在这次战争中出了名的大胆走私商贩葛特罗兄弟就在福杰尔进行他们的冒险的拉发尔①职业。但是这位乡下的暴动并不高贵，人家可以没有错误的说，要是王地是把抢掠当做战争，布列颠就是把战争当做抢掠。非法的放逐，宗教的废除，这些只是让朱安党去抢劫的借口，而这内战也都沾染着这些地方的风俗所有的野蛮的惨酷。王室的真正防卫者到这无知而好斗的居民里来征募壮士，打算在白旗②下面给令人厌恶朱安党的事业增加伟大价值的时候，却落了空；而朱安党也一直让人看做是个值得记忆的成例，煽动一个半开化国家的民众具有危险性的成例。旅人眼中所看到的第

① 拉发尔（Laval）是马因地区的一个地方的名字。

② 白旗是法国国王的旗号。

一个布列颠溪谷的图像，应征壮丁的队伍的各种成员的写真，出现在柏勒林山顶的少年的描绘，这些都是这一省及其居民的忠实缩影。有训练的幻想可以根据这些琐事去想象战争的舞台和工具，战争的成分就在这里。这些美丽山谷的灿烂的园篱原来却埋伏着许多看不见的斗士。每个农场原来都是堡垒，每一棵树原来都掩蔽着一个陷阱，每一个柳树老干的空洞原来都藏有一个计谋。到处都是战场。枪械在路边等待着蓝衣客，少女们在炮火下笑着引诱蓝衣客，而不自觉无情；她们和父兄们一同朝山礼拜，向腐烂的树林的圣母请求诡计和赦免。这些无知女郎的宗教或拜物教解除了内心悔恨的武装。所以，一旦掀起了斗争，全地区都变成危险的：吵闹和缄默，温存和憎恶，家中和路上，到处都是危险。在这些大逆不道的行为里却有信心。这是仿效莫伊岗人的战争方式，来仿忠上帝和国王的野蛮人。但是，为着真实描写这斗争起见，历史家应当加上一句话说：霍慈和平协定签字的时候，这整个的地区又变成欢乐的友谊的。前一天还在互相扰乱的各个家庭，第二天却毫无危险的在同一个屋顶下吃饭。

雨洛认出走下地的羊皮给表露的秘密诡诈的时候，他就确信霍慈的和平协定即将被破坏，无法维持。比起从前来还要残暴的战争就在三年太平无事之后这样的重新复活了。热月九日①以后和缓下来的革命又要采取恐怖的手段，可以叫善良的精神变成狠毒的。英吉利的黄金照例的助长了法兰西的内战。让年轻的波拿巴特②（他好像是扶养共和政府的天神）给抛弃了的共和政府似乎不能够抵抗这么多敌人，而最残酷的敌人就是最后出场的仇敌。成

① 热月即共和历第十一月（阳历七月二十日至八月十八日），革命的恐怖时期于热月九日结束。

② Bonaparte 即拿破仑。

千的小扰乱宣告内战的来临，这内战就在朱安党计划攻击这强力的护卫队的时候，增加了一种新的严重性。这就是看见走下地的出现而认为有一队巧妙布置的伏兵的雨洛在他脑中所有的思虑，虽然只是大概的情形。只有他一个人先知道这危险的秘密。

继着司令官对热拉尔说出预言而来的缄默，这结束前部幕景的缄默，使雨洛能够恢复他的冷静。老兵士几乎是踌躇的。想到自己已经让这种连吃人的生番也许都不相信的残酷的战争气氛给包围了的时候，他甚至于都不能够驱走散布在他额上的愁云。他的两位朋友，营长麦尔和副官热拉尔，设法了解表露在长官脸上的巩惧（这在他们看来未免太新奇了）；他们瞧着走下地在路旁吃荞麦饼，然而却猜想不出这牲畜一般的野人和勇敢的司令官的忧愁之间有什么关联。但是雨洛的脸色不久就云消雾散了。他一方面叹惜共和国的不幸，一方面自慰能够为它而斗争，他愉快的命令自己不要上朱安党的当，命令自己来深刻研究让人家送来攻击他的这个人物的神秘诡计。在做下任何决策之前，他先开始考察要让敌人们拿来突击他的地位。他看见他站在中间的道路正好通入一个山峡，这山峡并不算深，然而却两边夹着树林，接上许多小路。看了这情景，他不禁皱起他那一副漆黑的厚眉毛，拿低弱而激动的声音对他的两位朋友说：

“咱们糟糕啦！”

“那末，您怕什么呀？”热拉尔问。

“怕？……”司令官接着说，“是的，怕。我总怕让人家在林子拐弯的地方，没有给您叫一声：‘谁呀？’就跟狗似的一枪给打死了。”

“哈！”麦尔笑着说，“‘谁呀？’也是胡说。”

“那末，咱们真的有危险吗？”热拉尔问，他惊讶雨洛的镇静，正如他奇怪雨洛的暂时的恐怖一样。

“嘘!”司令官说，“咱们踩着狼尾巴啦，那里就黑得跟在灶里似的，咱们得在那里点上一支烛。侥幸的很，”他接着说，“咱们占了这山腰的上头！……”

他用强调的形容词描写这山腰，然后就加上一句话说：

“也许我可以由于了解清楚那里的情况而得到好结果。”

司令官呼唤两位军官走近他身边，他也就包围了走下地；少年装做以为是他妨害了他们，立刻站了起来。

“站住，无赖!”雨洛喝住他，一面推着他，让他重新坐上他所坐过的斜坡。

从这时刻起，联队队长就不断的注视无忧无虑的布列颠人。

“朋友们，”他低声对两位军官说，“现在是告诉你们的时候了，那边已经关上店门了。自从国会发生扰乱之后，总裁政府又把我们的事情弄得一塌糊涂。这些总裁或傀儡，这更像是法国话，刚丢掉一把利剑，柏尔那多特①已经不干了。”

“谁代替他呀?”热拉尔热烈的问。

“米勒——穆罗，一个守旧的人。人家在那里找到最坏的天气让人来把舵！英国人的火箭射到咱们岸上来了。一切王地人和朱安党的喧噪都在浮荡，在这些傀儡背后暗算的人们也知道清楚选择我们死亡的时刻。”

“这怎么讲啊?”麦尔说。

“我们的军队到处都打败仗，”雨洛渐渐降低他的声音，接着说，“朱安党已经截劫过两次信差，我只收到伯尔那多特辞去部长职务的时候由快差送来的消息和最后的命令。幸亏我的朋友们给

---

① Bemadotte是法国革命时代和帝政时代的元帅。1810年为瑞典国王查礼十三之嗣子，后来反与联军合击法国，登极为瑞典国王。

我秘密写信，告诉我这纠纷的情形。福赤[①]发现巴黎的奸党劝告路易十八这暴君给内地的小伙子派一个领袖来。人家想多半是巴拉斯出卖了共和国。总之，毕德和亲王们派了一位旧贵族，一个坚毅、勇敢、富有才能的人物到这里来。这个人要联合王地人和朱安党的势力，来叫共和政府对他们脱帽鞠躬。这家伙已经在莫尔比罕登岸了，我第一个人知道这消息，我已经让巴黎的小子们知道这事情；少年就是这家伙自己叫自己的名字。这些牲畜，”他指着走下地说，“都采用可以叫一位忠实的爱国者疝痛的名字，要是您拿这种名字去叫他的话。这个人已经在这境内。这个朱安党的出现，”他又指着走下地，“告诉我他已经就在咱们背上。但，人家没有必要教一只老猴子做脸相，你们会帮我忙，把我的红雀都给请到鸟笼里去，而且比这还要快！要我让这位藉口来给咱们挥帽子的伦敦来的旧贵族跟一只小鸟似的擒住，我就简直是个傻瓜！”

听到这些秘密的严重的情况之后，知道司令官从来也没有空着急的两位军官就采取了军官们危急时所有的严重的姿势，因为他们有严格的训练，有从远处观察人间事物的习惯。和长官地位相近的热拉尔（他本来有长官的同等军级，那时候正好被取消资格）他走近想要回答，又想问一问雨洛显然没有告诉他的其余的政治消息，但是雨洛的一个暗号却让他缄默不语。他们三个人都开始瞧着走下地。这位朱安党发觉自己受到这些无论在智慧或在体力方面都很可怕的人们的监视，却没有露出任何激动的神色。这斗争在两位军官看来是新奇的，一桩具有传奇趣味的事情的开端也就强烈的引起他们的好奇；他们于是就想拿它来寻开心；但

---

① Fouché，法国革命时代的政治家，帮助拿破仑成功的全国警察局局长。

是他们嘴里刚刚说出第一句话，雨洛就严厉的瞧着他们，而对他们说：

“他妈的！别在火药堆上抽烟啦，诸位公民。不合时宜的表示勇敢，这就仿佛拿水给倒在篮子里似的寻开心。——热拉尔，”他再侧身朝着副官的耳朵上说，“请您慢慢的走近这强盗；要是他做出什么可疑的动作，您就等着拿指挥刀砍断他的腰。至于我，我要设法支持谈话，要是咱们的陌生朋友们想要开始谈话的话。”

热拉尔轻轻的点头，表示服从；然后，他就开始从各观点来欣赏这山谷（读者们已经熟识这山谷了）。他装做要专心观察的神气，态度自如的走着；但是，人家一定以为他所观察的最后东西就是这山景。在他一方面，走下地也整个的让人家以为他不知道军官的动作目的在于危害他；由他舞弄鞭子的样子看来，人家一定要说他是在沟道里钓鱼。

热拉尔这样设法走到朱安党前头去的时候，司令官就轻声对麦尔说：

“让一个排长带十名精兵去，请您亲自指挥他们到我们上头，这山腰的峰顶上去驻扎去。那里路很宽，成为一个高原，您可以从那里看见一条宛然如带的埃尔纳大路。请您选好一块没有树林围绕的地方，可以让排长监视全队。请您叫心钥，他聪明……这没有什么可笑的，要是没有利用咱们所能有的一切长处，咱们的皮肉就连一文钱也不值得啦。”

麦尔营长知道这命令的重要性，他就立刻执行。司令官摇了摇他的右手，叫那些在他身边说说玩玩的兵士们安静。他又拿出另外一个姿势下令拿起武器。大家恢复缄默的时候，他举眼从道路的这一边瞧到那一边，忧虑而聚精会神的倾听着，仿佛希望听到一些闭塞的声音、枪械的响声或他所等待的斗争的先锋部队的步声似的。他那一双尖锐的黑眼睛仿佛穿透树林的最深的地方；

但是，因为没有发现任何的征兆，他就仿法野蛮人来请教沙土，设法去发现看不见的敌人，这些敌人的胆量是他所认识的。他找不到任何可以符合他的恐惧的证据，就向前走到大道的旁边，辛辛苦苦的爬上山岭，慢慢的登上山顶。突然间，他感到他的经验对军队的存亡有多少的用处，就又下山回来了。他的脸色变得更加暗淡，因为这时代的领袖们都认为不能够亲自对付最危险的局面是个遗憾。其他军官和兵士注意到他们所爱戴、熟识的有价值的领袖这样的忧愁，就想到他这样的注意就是宣布危险来临；但是，他们却想不到这危险有多大的严重性，所以，虽然他们还保持着呆立不动的态度，忍住呼吸，这却只是一种本能的表现。猎狗往往猜测有经验的猎夫给下的不可了解的命令，然而却按时听从他；这些兵士也跟猎狗似的轮流看着古埃斯嫩山谷、路旁的树林和司令官的沉重的脸色，希望能够从中看出他们的命运。他们拿眼睛来互相询问，不断的彼此仿效口里发出的微笑。

正当雨洛做怪脸相的时候，在队里被认为聪明人的年轻排长美脚就低声说：

“咱们到底陷在哪儿，叫雨洛这老丘八给咱们做出这么难看的脸相呀？他简直就跟军事法庭似的！”

雨洛给美脚投去一道严厉的眼色，准备军事行动的人们所需要的缄默立刻统治着。在这严肃的缄默里，应征新兵的缓慢步伐使人听到一阵整齐划一的声音，他们脚下的沙土发出微弱的响声，给这一般的忧虑增加一个空泛的情绪。只有那些在岑寂的夜里等待着可怕命运的来临而仿佛听到有单调的响声给他们一滴一滴的灌注恐惧，使他们的心脏加倍跳悸的人们，才能够懂得这莫名的心情。司令官回来站在大路的中间，他开始问自己：“我错了吗？”他已经拿眼里冒出的怒火瞧着安静而愚笨的走下地；但是，他从这位朱安党的坚定眼睛里所看到的野蛮的冷嘲却说服他不要中断他的救亡措施。这时候，麦尔营长已经执行过雨洛的命令，回到长官身边来了。正如能够使这战争成为一切战争之中最有戏剧性的其他成千的幕景似的，这幕景的哑角们也急躁的等待着新的印象，好奇的等着看有什么动作可以让他们明白他们的军事地位。

“我们做得好，营长，”司令官说，“因为我们把这些应征壮丁里靠得住的少数爱国人士放在队伍的后面。请您再派十来个雄壮的人去，让勒布龙少尉当他们的头目，再请您赶紧带他们到队伍的后面去；他们可以支持那里的爱国人士，可以推动这一群鸟向前走，而且是很快的向前走，这么一来，他们就能够立刻把这些人带到咱们所占领的山头去合齐。我等您。”

营长离开队伍走了。司令官轮流的瞧着四位勇敢的部属，他认识他们的狡猾和敏捷；他伸出指头，做个亲热的暗号（用食指指着鼻尖），拿这迅速的动作一个一个的呼唤他们；他们也就来了。

“你们跟我一块儿在霍慈手下服务过，”他对他们说，“那是在我们教训这些自称是国王的猎夫的强盗们的时候。你们知道他们怎么样的藏起来，开枪打蓝衣客！”

听到人家这样的称赞他们的能耐，四位兵士就昂起头来，很有意义的努一努嘴，露出一副英勇好斗的脸孔。这脸孔是镇静而坚忍的，可以告诉人家自从法兰西对付全欧洲的战争开始以来，他们的思想总没有越出后面的弹药囊和前面的刺刀的范围。嘴唇就跟拉紧带子的钱袋似的结成一团。他们都聚精会神的好奇的瞧着他们的司令官。

“那末，”雨洛接着说，他有运用生动的兵士语言的技巧，“像咱们这样的足智多谋，咱们绝不能够让朱安党给骗了。这里就有朱安党，要不然，我就不叫做雨洛。你们四个人，你们到这条路的两旁边去打逻去。这一队应征新兵要蹓走啦。所以，你们得紧跟着他们，别让咱们的守兵下来。请你们给我办好这差事。快点去！”

然后，他就给他们指示大路上头的危险的山峰。四个人都朝着破旧的三角帽前面举起手掌，向他致谢（帽边已经因为风吹雨打、历时长久，而向帽顶卷曲了）。其中一个名叫拉落斯的连长是雨洛所认识的，他就擦响枪支，对雨洛说：

“我们要给他们吹一吹笛子①，司令官。”

他们走了，两个向右，两个向左。全队兵士瞧着他们在大路

① 战争好像是奏乐，这里就是“打仗”的意思。

的两旁边失踪不见了，不是没有内心的激动。司令官也来分担这忧愁，他相信他们一定是让他派去送死的。看不见他们的帽顶的时候，他甚至于都不由自主的发起抖来。军官们和兵士们都听着他们践踏枯叶的逐渐微弱的步声。他们的心情随着隐藏这些情绪的深度而有强烈的苦痛。战场上往往可以遇到有这四个单独冒险的兵士的可怕景象，比起横卧在热马布①的万千死尸来，还要令人害怕的幕景。这些军事姿态给人的印象是这样的复杂，这样的变化无常，画家们也只好从中回想到已往的兵士，只好让平静的心灵去研究这些具有这样丰富的戏剧性的人物，因为情节这样复杂的风涛，没有长时期的间歇，是无从加以详细描写的。

四位兵士的刺刀不再发亮的时候，麦尔营长回来了。他已经用闪电一般的速度，执行了司令官的命令。雨洛发下两三道命令，叫剩下的作战部队站在道路的当中；然后，他又下令向驻扎先锋部队的柏勒林山岭进发；但是他自己却最后一个人走，他向后退缩，因为能够观察任何突然到来的变化。（自然界使这幕景变成这样的悦目，然而人事却使它变成这样的可怕。）他走到热拉尔看守走下地的地点。走下地一直拿表面看来不大在意的眼睛去观察司令官的一切布置，拿奇异的智慧瞧着两个兵士走进路右的树林；这时候，他就开始吹了三四下口叫子，仿佛是猫头鹰的清脆尖锐的声音。上面提到的三个著名的走私商贩，就是在夜里拿这种叫声的某些抑扬去暗示有埋伏，有危险，有任何使他们感觉兴趣的事情的。这也就是他们所以有朱安党这个绰号的原因，朱安是这地区称呼猫头鹰或枭鸟的土话。这个改了样的词就让人拿来称呼第一次战争时期摹仿这三位兄弟的战术和暗号的人们。听到一声

① Jemmapes 系比利时一个城市的名字，Dumouriez 尝败奥国军队于此。

令人疑惑的叫声，司令官就停止步伐，呆呆的瞧着走下地。他装做让朱安党的幼稚外表给骗住的样子，因而能够靠近的看守他，把他当做测量敌人行动的气压表。他拦住了等着砍杀朱安党的热尔的手。然后，他就派遣两个兵士站在侦探身边几步路，提高嗓子，发出清晰的声音，命令他们说：只要是他发出任何一个暗号就得开枪打死他。无论是怎么样的危险，走下地都没有露出任何神色，而在研究他的司令官也注意到他这毫无感觉的性情。

“傻子知道不了多少事儿！”他对热拉尔说，“啊！啊！在一个朱安党脸上不容易瞧出什么东西；可是这个朱安党却因为要表现勇敢而露出神色。你瞧，热拉尔，要是他假装恐怖，我就会把他看成傻子。他跟我，我们大可以配成一对儿。我已经万事俱备了。噢！我们要被攻击了！但是，就让他们来吧！现在我已经预备好了。”

低声拿胜利的神气说过这些话之后，这位老军人就磨拳擦掌，拿轻侮的态度瞧着走下地；随后，他又朝着胸脯叉起手来，停步留在道路的中央，两位受他宠爱的军官的当中，等着他的各种布置的结果。他确信要打仗，就拿冷静的神气端详着他的兵士。

“噢！这里就要有一场大战了，”美脚低声说，“司令官已经擦过手掌了。”

三

雨洛司令官和他新兵的危急地位就是坚毅的人能够在生死关头光荣表现冷静头脑的一种地位。这种情景给人们带来最后的考验。所以，比两位军官更清楚知道危险的司令官就在自尊心的勉励下显得最镇静。他一双睛睛轮流的盯着走下地、道路和树林，并不是没有忧虑的等待着他以为跟鬼魂似的藏匿在周围的朱安党的总攻击；但是他的脸色还是不可侵犯的。一切兵士的眼睛都朝着他的眼睛瞧来的时候，他就轻轻的皱起他那一双满布天花斑的棕色面颊，使劲的掀起他的右唇角，闪一闪眼（兵士们认为这就是他的微笑的脸部表情）；随后，他就拍着热拉尔的肩膀，对他说：

“现在，咱们有时间闲谈了；刚才您要跟我说些什么呀？”

“我们到底有什么新的危险哪，司令官？”

“事情并不是新的，”他低声回答说，“全欧洲都反对我们，而且这一回，他们也找到了好机会。几位总裁跟没有荞麦吃的马在厩房里打架似的互相攻击而使政府一块块的瓦解，让军队没有后援。我们在意大利吃了大亏！是的，朋友们，随着特勒比亚的惨剧，我们退出了孟杜，而儒伯尔也刚刚在诺维打个败仗。我希望马塞拿能够保守受到苏发罗夫的侵犯的瑞士关口。在莱茵河方面，我们让人家给突破了。总裁政府派了莫落到那里去。这智勇双全的将军，他能够守卫我们的国境吗？……我希望他能够；但是各国的联盟终究要打垮我们，不幸得很，能够解救我们的唯一将军却跑得远远的，到埃及那边去了！……而且他怎么回得来呢？英国人是海上的霸王啊。”

“波拿巴特不在国内，我倒不发愁，司令官，”年轻的热拉尔副官回答说，善良的教育曾经使他发展高卓的精神。“我们的革命难道就会停止了吗？噢！我们不但要防卫法兰西的疆土，我们有双重的使命。我们不是得保全我们国家的灵魂，这自由独立的一般原则，这人类的理想吗？这理想是我们的国会所提倡的，我相信它会逐渐胜利的。法兰西好比是负责提一盏路灯的旅行家，他得拿一只手去提它，另一只手去防卫它；要是您的消息是真的，十年以来，我们就没有过这么多想要吹灭这灯笼的人包围我们。要是，您的消息是有根据的，那末，主义和国家，一切就要灭亡了。”

“不幸得很，您说对了！”雨洛叹了一口气，说，“这些没有主意的总裁却懂得跟知道驶船的人吵架。柏尔那多特，卡尔诺；一切的人，甚至于达利兰公民，他们都离开了我们。总之，现在只剩下一个好的爱国人士。福赤这朋友，他控制一切的警察；这是个伟人！就是他准时给我警告这样暴动。还有，我相信，我们已经堕入陷阱里了。”

“噢！要是军队不稍微帮助一下我们的政治，”热拉尔说，“律师们一定会把我们弄得比革命之前还不如。这些小伙子是不是懂得让人家听从呀？”

“我总害怕听到人家说他们跟布尔崩王室有勾结。他妈的，要是他们有谅解，咱们这些其他的人，咱们要在这里找到什么境况啊！”

“不，不，司令，我们不至于弄到这地步，”热拉尔说，“就跟您说的一样，军队一定会起来说话的，只要军队不采取毕慈格律[①]的说法，我希望我们不至于为着长毛，结果反而让人家剪毛剪了十年，瞧着别人纺毛线。”

“噢！是呀，”司令官喊道，“我们为着换服装真是所费不赀了。”

“好，”麦尔营长说，“我们还是在这里做个好的爱国人士罢，让我们想法子阻止朱安党跟王地人暗通；因为，要是他们共同合谋，要是英国也参预其事，这一次我就不能够给统一的不可分离的共和国担保了。”

说到这里，远处传来的猫头鹰的叫声就打断了这会谈。更加不安的司令官又重新端详着走下地，走下地那不可侵犯的脸孔并没有表露出任何生命的征象，无妨这么说。由一位军官下令召集

① Pichegru，法国的将军，终以阴谋反叛被捕入狱，暴卒狱中。

的应征新兵就像一群牲畜似的聚集在道路的中央，离开作战部队有三十步路。在他们后面十步路，就有勒布龙少尉带领的兵士和爱国者。司令官瞧了这军队一眼，又对驻扎路上前头的一阵人马投去最后一次眼色。他很满意自己的布置，就转过身来，下令开步走；那时候，他刚好看见搜索路左树林回来的两个兵士的三色帽章。司令官没有看见搜索右边的兵士，他要等待他们回来。

“也就暴乱就是从那边来的，”他对两位军官说，给他们指着两位失踪的孩子恐怕死在里面的那一座树林。

两位冲锋队员给他报告的时候，雨洛停止注视走下地。这朱安党又开始拼命的吹口叫子，仿佛要让他的叫声传到很远的地方似的，随后正当他的两位监视人之中的任何一个都还没有对他瞄准之前，他就给他们每一个人打去一鞭，把他们打翻在夹道上。喊叫或野蛮的咆哮，立刻惊动了共和党人。从这位朱安党坐着的斜坡上面的树林里发出的一排枪打死了七八个兵士。五六个人一同朝着走下地射击，但却没有打中他。走下地用野猫的速度爬上斜坡，逃进林子，失踪不见了；他的木屐在沟道里辗转，人们也很容易看见他脚上穿着“国王的猎夫”的粗铁鞋。朱安党们第一次喊叫的时候，一切的应征新兵都跳进右边的树林，仿佛看见旅人走来而飞去的鸟群似的。

“朝着这些坏蛋开枪！”司令官说。

军队朝向他们射击，但是这些应征新兵却懂得靠在树背上，躲过了枪火；等到重新再来开枪的时候，他们也都失踪不见了。

“所以，您就下令组织省防军吗，哼！”雨洛对热拉尔说，“只有跟总裁政府一样傻的人才打算依靠这地方的征兵。国会最好是不要给我们通过供给多少衣服，多少钱，多少军火的议案，而是给我们这些东西。”

“这原来是些宁可吃荞麦饼不吃军粮的小丑，”美脚说，他是队里的坏人。

说了这些话之后，共和政府军队里发出的叱咤和笑声就一致责骂逃兵，但是寂寞又立刻恢复了。兵士们看见司令官派去搜索石边树林的两位巡哨好容易才从斜坡爬了下来。受伤较轻的一位扶着溅血地上的同伍。当走下地揭开他的狰狞面目时，两位可怜的兵士正好走上斜坡的一半：他这样准确的瞄着这两位蓝衣客，一鞭就打翻了他们，让他们在沟道里滚。人家好容易才看到他的大脑袋，三十支排枪就朝着他开火；但是，他却仿佛鬼魂似的在灌木丛里失踪不见了。这些需要大段文章来描写的事情就在一刹那之间过去了；然后，爱国者和后卫军也在一转瞬之间会合了其他的护卫队。

“前进!”雨洛喊道。

队伍迅速的走到驻扎小队的树木稀疏的山头。司令官在那里命令队伍预备作战；但是他却看不见朱安党的任何敌对举动，他认为这一次埋伏的唯一目的是要解放这些应征新兵。

“他们的叫声，”他对他的两位朋友说，“让我知道他们人数并不多。咱们赶紧走罢，也许咱们可以到达埃尔纳而没有他们跟在咱们的背后呢。”

这些话让一位应征的爱国者听见了。爱国者离开队伍，走到雨洛面前。

“将军，”他说，“我跟朱安党打过仗。我能够跟您说两句话吗?”

“这是个律师，他总以为是在法庭上，”司令官朝着麦尔的耳朵说。——“好罢，请你辩护罢，”他回答年轻的福杰尔人，说。

“司令，朱安党一定给他们刚刚召集的党羽供给许多军火。要是我们在他们前面走路，他们就要在树林的许多角落里等着我们，那末，没有到达埃尔纳之前，我们就要一直杀到最后一个人了。

你说辩护，对的，我们得辩护，可是我们得拿弹药筒来辩护啊。这一场小战恐怕比你所想的时间还要来得长，所以，打仗的时候，必须有我同伍中间的一个人到福杰尔去找国防军和自由军。虽然我们只是应征新兵，你也可以看得出来我们到底是不是乌鸦似的懒种。”

“那末，你想朱安党人数很多吗？”

“你自己想一想罢，司令公民！”

他领雨洛到高原的一个地方去。那里的沙土好像是由耙子给翻动过似的；然后，让他注意到这情况之后，他又带他往前走，来到一条留有许多过路人的足迹的小路里。那里的树叶都陷在让人走过的泥土底下。

“这些都是维特勒的少年们，”福杰尔人说，“他们到低诺曼地去会合那里的人。”

“你叫什么，公民？”雨洛问。

“居丁，司令。”

“好罢，居丁，我派你当你这一班资产阶级的连长。我看你很像是个踏实的人。命令你负责在你们中间选一个人到福杰尔去。你留在我身边。不过，你得先跟你的壮丁们去取回刚刚让这些土匪给打死在路上的可怜的兄弟们的枪支，他们的弹药囊和衣服。你们不能够在这里让人家打而不还手。”

这些勇敢的福杰尔人就去寻找死人的遗物，全体军队集中火力朝着树林射击，掩护他们。结果他们就把死人的遗物收了回来，没有损失任何一个人。

“这些布列颠人都是好兵士，要是他们想吃军饭的话。”

居丁派遣的密探跑进转入左边树林的那一条小路里去。忙于搜索军器的兵士们都准备好，等着开战；司令官检阅队伍，向他们微笑，走在他们前头几步路，和他的两位知心军官一同站在那里，坚毅的等待着的朱安党的袭击。寂寞又统治了一些时刻，不过为时极短罢了。三百名和应征壮丁穿得同样衣服的朱安党从右边树林里闪了出来，纷乱的冲出，大声的咆哮，在脆弱的蓝衣客联队前头占据了整条大路。司令官把兵士分为两排，每排都有十个人。他在这两队中间安置了十个匆促武装起来的应征壮丁，他自己就站在这些人的前头。这小小的前锋部队就由每队二十五人的左右翼掩护着；左右翼在热拉尔和麦尔的指挥下在道路的两旁边活动。这两位军官应当适当的威胁朱安党，阻止他们分散。这句土话的意思就是在田野里分开埋伏在各处，每一个农夫都能够在那里没有危险的射击蓝衣客；共和政府的军队于是就不懂得到哪儿去擒获他们的敌人。

司令官用环境需要的速度下令执行的措施使他的兵士都有信心，全队人马都沉静的朝着朱安党走去。在两队人马会师的前进过程中，每几分钟都有突然开来的一排准确的枪弹，使两队兵士产生死亡。这时候，不是朱安党所能抵御的共和军左右已经抄到了他们的两边，紧迫的射击使敌人的队伍产生死亡，发生紊乱，这动作几乎恢复了两边人数的平衡。但是朱安党的性格表现出他们有一种勇敢的、不可动摇的坚忍；他们屹立不动，死亡不能够使他们动摇，他们集结队伍，企图包围行伍严整的蓝衣客的小黑队。这小队伍所占据的地方非常小，仿佛是蜂群中央的蜂王似的。他们就这样的投身于惊天动地的战斗，在这战斗里，很少听到了的众铳齐鸣是由一种有同样勇气，同数目来决定胜负的短兵相接的白刃战来替代的。要是麦尔和热拉尔所指挥的两翼没有对敌人的队尾成功的进行两三次侧击的话，朱安党早就先胜利了。这两翼的蓝衣客本来应当保持地位、继续巧妙的对付可怕的敌人；但是看到英勇的联队受到“国王的猎夫”的围攻，他们就不免激动了起来；他们手里拿着刺刀，疯也似的跳上大路，使两边的人数又变成相等的，维持了一些时候。两边的队伍于是都利用一切的狂暴，党争精神的一切残酷（这是使这一次战争格外惨痛的原因），奋力进行战斗。每一个人都注意到自己的危险，都变成沉默的。这景象就像是死似的暗淡、冰冷。在这冷静的环境里，人家只从兵器的响音和脚下沙砾摩擦的声音中间听到重伤或垂死的兵士倒地的悲惨的微弱呻吟。共和军里有十二位应征壮丁非常勇敢的防卫发号施令的司令官，两三个兵士不禁喊了好几次：

“真勇敢，新兵们！”

雨洛镇静的注视一切，不久他就看出在朱安党中间有一个和他似的站在一支生力军中央的人物。他认为这个人应当就是朱安党的领袖。他觉得有认识这位军官的必要；但是他要辨明这位领袖的脸纹的企图却落了空；因为红头巾和阔边帽总给他遮住了这脸孔。不过，他却看到走下地。走下地站在他的将军的身边，不断的用嘎哑的声音传播命令。他的短枪也不停的活动着。司令官不能够忍受这重复的烦扰。他手里提着指挥刀，激动他的壮丁，用一种疯狂的动作，向朱安党的核心攻击。他居然能够突入敌人的队伍，瞥见这位领袖。不幸得很，这领袖的脸孔却让饰有白帽章的大帽给整个儿的遮住了。但是，让这勇猛的攻击给惊动了的陌生人却退了一步，突然仰起他的帽子：雨洛因此也就能够匆忙的看到这个人物的特征了。雨洛觉得这位年轻领袖最多不过二十五岁，身上穿着一件绿呢的猎衣，白色的腰带上挂着许多手枪；一双大粗鞋也是包铁的，跟其他的朱安党一样。猎夫的胫套和一条粗布短裤接连在一起，一直盖到膝上，凑全了这一套可以使人看出一副漂亮潇洒的中等身材的服装。这个人因为蓝衣客来到身边而大为愤怒，他就低下他的帽子，朝着他们前进；但是走下地和其他受惊的朱安党却立刻走来防卫他。雨洛相信从防卫这位年轻人的许多人头的缝隙里看见到有一条红绶带，挂在一半打开的上衣前面。雨洛的眼睛起先被这保王党的装饰所吸引，后来又忘记了它。他的眼睛忽然看到一张脸孔，但是不久又看不见它了，因为战争的危险逼着他去视察他自己的小队伍的安全和发展。他好容易才看见有一双晶亮的眼睛（可惜他看不见这一双眸子的颜色），金栗色的头发和让太阳晒黑的相当雅致的脸纹。他还特别注意到一只光亮的颈项，这颈项因为有一条随意打开的黑领带而更显得白皙。年轻领袖的奋激是军人的态度，就像要在战场上发扬武士道精神的英雄们似的。他那一只带有美丽手套的手就在空中挥动着在太阳光下发亮的指挥刀。他的举动既表露他的雅致，又表露他的力量。英姿焕发，举止超群的气概使这被迫移殖的人物能够叫人有个法兰西贵族的温雅的印象。他和雨洛正好成了对比。离他四步路的雨洛却显得是个生气勃勃的共和政府的典型，他这老兵士就是为这共和政府而奋斗的；严肃的脸孔，用旧了红裹的蓝色制服，挂在肩膀后面的变成黑色的肩章也这么清楚的描写出他的需要和他的性格。

年轻人的幽雅身姿和他的表情并没有能够躲开雨洛的视线；雨洛不禁叫了起来，想去会合他：

“算了罢，音乐厅的舞士，你就向前走来让我打倒你罢!”

因为暂时失利而愤怒的保王党领袖就不顾死活的前进；但是，他的人众看见他这样的冒险，就一齐朝着蓝衣客蹴踏。突然间，一声温和清晰的喊叫压住了战争的嘶哮：

“圣勒古尔死在这里！你们都不为他报仇吗?”

听了这一句赋有巫术力量的话之后，朱安党的士气就变成了惊人的，共和政府的兵士好容易才能够站稳脚，没有让人家攻破阵线。

“要他不是一个年轻人，”雨洛一边心里想，一边一步一步的向后退，“我们也不会受到攻击了。人家看见朱安党正式作战过吗？管他呢，人家不会沿路把我们跟狗似的杀掉。”

然后，他就提高嗓子，仿佛要震荡树林似的嚷着：

“来，赶紧来，英雄们！我们难道要让这些土匪给打搅了吗？”

这里，我们只能够拿相似的字眼来代替英勇的司令官所说的话；只有老手们懂得应当拿什么字眼来代替它，因为这句话含有军旅生活的最高趣味。

“热拉尔，麦尔，”司令官接着说，“叫你们的兵士回来，把他们编成一团，请你们在后面重编，朝着这些狗射击，结果了他们！”

雨洛的命令很不容易执行，因为听到了对方的声音，年轻领袖就喊道：

“看在乌来伊·安娜圣母的面上，别放松他们！散开，少年们！”

麦尔和热拉尔指挥的两翼从一团混战里离开的时候，每一小队都有人数更多的强悍的朱安党追随着。这些老山羊皮团团围住了麦尔和热拉尔的兵士，又一次的呐喊，像是猛兽的咆哮。

四

“别作声，先生们，人家听不见杀人的声音了！”美脚喊道。

这句笑话又鼓起了蓝衣客们的勇气。共和军不再只向一个据点上作战，他们防卫柏勒林高原的三个不同地点：枪声回响在不久以前这样平静的山谷里。几个钟头的战斗还不能决定胜负，非至没有任何一个战士，不能结束战争。蓝衣客和朱安党正好是势均力敌。远处传来微弱鼓声的时候，双方的战士们都越来越疯狂；依据声音的方向，由鼓声宣告来临的队伍一定得穿行古埃斯嫩山谷。

“这是福杰尔的国防军！”居丁大声喊叫，“凡尼埃一定碰到他们。”

这呼声传到朱安党的年轻领袖和他的勇猛传令官的耳朵。听了这呼声之后，保王党的队伍就开始溃退，然而又立刻被走下地的猛兽似的怒喝给止住了。由于年轻领袖低声发出的几道由走下地给朱安党翻译成低布列颠语言的命令，他们就拿一种叫共和党和司令官不知所措的技巧实行退却。首先，最强悍的朱安党听到命令就排起队来，列成一道令人敬重的阵线，而受伤和剩下的人众也就退到这阵线的后面，装备他们的枪支。然后，阵尾的受伤的人就运用了走下地刚才所有的轻捷立刻登上左边路旁的丘陵，其他有一半的朱安党也跟着爬上去，灵敏的占领了山岗，只让蓝衣客看到他们的坚毅的脑袋。他们在那里用树木建筑一座堡垒，把枪口朝着剩下的护卫兵士射击。这些护卫在雨洛的反复指挥下迅速的排列成队，排出和一部分仍然占据大路的朱安党相对抗的同等阵线。这些朱安党慢慢的退却，一边防守阵地，一边在兄弟们炮火的掩护下，转到地里去了。到达路旁沟道的时候，他们也爬上了隆起的斜坡，斜坡的边境是他们的兄弟们所占领的，而和这些兄弟们相会合，勇敢的冒犯共和党人的炮火。共和党人朝着朱安党射击，他们枪法的巧妙使敌人的尸体填满了沟道。悬岩上的人们也拿同样猛烈的炮火来回答他们。这时刻，福杰尔的国防军已经跑步到达战场，这出现结束了战役。国防军和一部分热诚的兵士都已经越过了道路，想要到树林里去追击；但是，司令官却狠命的叫喊：

“你们要到那里去送死吗！”

于是，他们就和共和政府的军队会师，共和政府的军队仍然占领战场，但也不是没有蒙受重大的损失。兵士们拿刺刀挺起一切的旧帽，举起他们的枪支，众口一声的喊了两遍：“共和政府万岁！”坐在路旁的伤兵也加入欢呼，雨洛紧握着热拉尔的手，对

他说：

“嘿！这才算是智勇双全的英雄呢！”

麦尔负责把死的人掩埋在路的凹窟里。其他的兵士就忙着运送伤兵。他们征用了附近农场的小木车和马匹，忙着把苦痛的同伍给安放在铺在那里的死人的衣服上面。离去之前，福杰尔的国防军给雨洛交来一位他们在朱安党逃走经过的险阻山腹上给捕到的受了重伤的朱安党，因为他奄奄一息的在这山腹里辗转。

“谢谢你们的救援，公民们！”司令官说，“他妈的，要是没有你们，我们还得过一刻钟的危险时间呢。你们小心罢！战争开始了。再见，英雄们！”

然后，雨洛就转过身来，朝着俘虏。

“你将军叫什么呀？”他对他说。

“少年。”

“谁？……走下地吗？”

“不，少年。”

“少年是从哪儿来的呀？”

听到这句话，具有一副粗野脸孔、因为苦痛而沮丧的国王的猎夫就缄默了，拿起他的念珠，背诵祷文。

“这少年一定就是那个结黑领带的年轻贵族，不是吗？这是暴君跟他的同盟毕特和高布尔给派来的……”

听了这些话，仿佛不知道发生多少事情的朱安党又骄傲的仰起头来：

“上帝和国王给派来的！”

他是拿消磨力量的气力来说这句话的。司令官觉得很不容易询问这样执迷不悟的一个临死的人，就皱起眉头，转过了头。让走下地给猛力鞭死在路旁的两位兵士的两位朋友就退了几步，朝着朱安党瞄准。朱安党不在枪炮之前低下呆定的眼睛，他就随着对他挨近开来的枪声而倒了下去。可是，两位兵士走近去剥他衣服的时候，他还狠命的喊叫：

“国王万岁！”

“是的，是的，坏蛋，”心钥说，“请你到你的圣母那边去吃你的荞麦饼去罢……人家以为他都已经煎熟了的时候，他不是还朝着咱们的鼻子喊了一声‘暴君万岁’吗！”

“瞧，司令，”美脚说，“这是这强盗的证件。”

“噢！噢！”心钥喊道，“请你们来瞧瞧这上帝的天兵罢，他肚皮上有颜色啊！”

雨洛和几个兵士围绕着这赤裸裸的朱安党的尸体，他们看见他胸脯上有深蓝色的花纹，画成一个火炽的心形。这是圣心兄弟会的记号。雨洛在这图像下面看到“郎布甘·马利”几个字，这显然就是这位朱安党的姓名。

“你瞧了吗，心钥？”美脚说，“好，你一辈子也猜想不出这军装的用处。”

“我不是认得教皇的制服吗！”心钥立刻答辩说。

“真是坏丘八，难道你一辈子也学不会吗?”美脚接着说，“你怎么会看不到人家答应这傻瓜将来能够复活，他因此就在这胃囊上给画个记号，希望将来能够认得自己呢?”

雨洛自己听了这句不是毫无根据的笑话，也不能够不跟大家一同笑了起来。这时刻，麦尔已经掩埋好死人，伤兵们也被同伍的兵士好歹的抬进两轮小木车里。其他的兵士就挨着临时救护车的两边排成两行队伍，走下朝向麦茵可以看到和古埃斯嫩媲美的艳丽的柏勒林溪谷的那一边山背。雨洛在两位朋友麦尔和热拉尔的陪伴下，慢慢的跟随着他的兵士，希望能够平安无事的到达埃尔纳，让伤兵们在那里找到救助。那时候，法兰西正酝酿着大事变，这一次战斗几乎是人家所不知道的。一般人就拿进行战斗的地点来称呼这战役。然而，在西方，它却引起人们的注目，因为关心第二次暴动的西方人民在这一次战斗里注意到朱安党再度作战的方法有所改变。以前，这些人从来也没有攻击过这样大数目的军队。根据雨洛的揣测，他所看见的年轻保王党就是所谓的少年，各王公派到法兰西来的新任将军，依照保王党领袖的习惯，拿战地所用的绰号隐瞒了他的衔头和姓名。这情形使司令官在悲痛的胜利之后所感到忧虑跟他揣测有埋伏的时候所有的是一般的程度。他好几次转过身来，瞧一瞧落在后面的柏勒林高地，那里还间断的传来隐约的鼓声，因为正在蓝衣客走下柏勒林溪谷的时候，国防军也走下古埃斯嫩溪谷。

“你们俩谁猜得出这些朱安党攻击我们的动机呀?”他突然对他的两位朋友说，“在他们方面，开枪打仗是一场买卖。我还看不出来他们到底赚了些什么。他们至少死了一百人，我们，”他撩起他的右颊，闪一闪眼睛，笑着加上一句话，“我们还死不了六十人。他妈的！我不了解这种投机买卖。这些坏蛋可以不打我们，我们也可以跟邮车送信似的走过这地方，我真不了解这样的突击我们的队伍对他们有什么好处。”

他就悲恻的指着两辆运送伤兵的小木车。

“他们也许都要对我们说声‘您好’呢。”他加上一句话，说。

“可是，司令，他们倒弄到了我们的一百五十个傻瓜。”麦尔回答说。

“应征的壮丁应当能够跟蛤蟆似的跳进林子，我们也没有法子到里边去找他们去，尤其是放了一排枪之后，”雨洛答辩说。“——不，不，”他接着说，“那底下一定有什么玩意儿。”

他又转过身来，向柏勒林那边瞧去。

“瞧，”他惊愕的喊，“你们瞧！”

虽然三位军官已经远离了这不幸的高原，他们的精练的眼睛倒很容易看见走下地和几个朱安党又重新占领了这块地。

“赶快走！”雨洛对他的军队喊叫，“打开你们的两脚规，叫你们的马走得比这还要快些。它们的腿难道都冻僵了吗？这些牲畜难道也是毕特和高布尔派来的吗？”

这些话推动了小队伍的急速前进。

“至于我想不透的神秘，我的朋友，”他对他的两位军官说，“但愿上帝不要让我们在埃尔纳拿炮火来揭破它。我很怕马因大路也让国王的臣民给切断了。”

使雨洛司令官撩起胡须的战略问题这时候也叫他所发现的占据山头的人们产生同样程度的忧愁。福杰尔国防军的鼓声不再回响的时候，走下地看见蓝衣客走下悠长山腹的时候，人们又立刻听到悦耳的猫头鹰的叫声，朱安党又出现了，但是人数已经没有那么多。无疑的，他们之中的一部分人是在柏勒林村看护受伤的同伴的。柏勒林村就坐落在朝向古埃斯嫩溪谷那一边的山背。两三个国王猎夫的领袖走到走下地的身边来。

离他们四步路的地方，坐在花岗石上面的年轻贵族仿佛聚精会神的想着许多妨害他的事业的困难给引起的问题。走下地拿手当凉棚遮住他的额头，让他的眼睛避免阳光的刺激，让他悲愁的瞧着共和政府的军队穿行柏勒林溪谷的道路。他那一双尖锐的小黑眼睛企图发现溪谷地平线那一边的山腹有什么事情。

“蓝衣客们要拦住邮车去了。”站在走下地最近的一位领袖忧虑的说。

“我拿乌莱伊·安娜圣母的名义问你!”另外一个问，“你为什么叫我们打仗? 为着救护你的皮吗?”

走下地给发问人投去一道狠毒的眼色，拿笨重的短枪敲打地下。

“我不是你们的头领吗?”他说。

然后，歇了一会儿，他又说：

“要是你们都跟我似的打仗，这些蓝衣客一个也逃不了，”他指着雨洛剩下的军队接着说，“那末，这邮车也许已经都到这里来了。”

“你相信，要是咱们让它安安闲闲的走过去，他们就想护送它，或是扣住它吗? 你要保护你的皮，因为你不相信蓝衣客在路上。——为着保护他的猪脸的健康，”说话人朝着其他的人加上一句话，说，“他让咱们流血，可是，咱们还得丢掉两万金佛郎……”

“你才是猪脸呢!”走下地嚷着。他退了三步，拿枪口瞄着他的对手。“你不是恨蓝衣客，你是喜欢金佛郎。瞧，你连忏悔都来不及，要是我打死你，你这今年还没有领过圣体的该落地狱的贱骨头!”

这侮辱使朱安党激怒得只管脸色发白，从他胸口发出一声低微的不平之鸣，同时立定姿势，拿起枪口瞄着走下地。年轻的领袖奋身奔了过去，拿自己的短枪敲打他们的枪，使武器从他们手里落在地下；然后，他就追问这争辩的原因，因为他们是拿他所不大熟识的低布列颠土话来辩论的。

“侯爵大人，”走下地结束他的话说，“他们这样的仇恨我，实在是可耻的，因为我让抢面包在后面，也许他可以从强盗手里夺回这邮车。”

他就指着蓝衣客的一群；在上帝和国王的忠仆们看来，这些蓝衣都是杀死路易十六的凶手和强盗。

“怎么！”年轻人怒喝一声，“原来你们还留在这里，为的是要抢夺邮车，你们这些在我的指挥下初次交锋没有打胜仗的懦夫们！可是，有了这目的，怎么能够打胜仗呢？难道上帝和国王的卫士们都是一批强盗吗？在乌莱伊·安娜圣母之前发誓！我们是跟共和政府打仗，不是跟公共马车交锋。以后犯这样可耻的抢劫罪的人就得不到教皇的赦免，也得不到国王给勇敢的仆人们所保留的宠幸。”

队伍中间发出一道低微的呻吟。我们不难看出这位新任的头领对这一群缺乏纪律的乌合之众所有的权威马上就要受到挫折。急促的马蹄声在寂寞里响荡的时候，注意到这动作的年轻人已经在设法救护指挥的权力。一切的头都朝着突然到来的人物那一边转去。这是一位横着坐在小布列颠马的背上的年轻女郎。她看到了年轻人，就叫她的马快步驰奔。

“你们有什么事情呀？”她一边问，一边轮流的瞧着这些朱安党和他们的领袖。

“夫人，正当我们为着解放我们的福杰尔少年而刚刚牺牲了许多人，打了一次小战，没有能够毁灭蓝衣客的时候，您相信他们会等着马因到福杰尔去的邮车，打算打劫吗？”

“那末，这有什么不对的呢？”年轻女郎问；妇女特有的机敏给她揭破这景象的秘密。“您损失了一些人，可是我们从来也没有缺乏人啊。这邮车运送金钱，这倒是我们所常缺少的！我们可以掩埋那些要到天国去的人，也可以拿到将要跑进这些英雄们的口袋里来的金钱。您说困难在哪儿呢？”

朱安党拿一致的微笑来赞同这一段演词。

“所以，那里头就没有什么东西可以让您脸红的吗？”年轻人低声问，“您这么需要钱，得在路上打劫吗？”

“我太贪钱了，侯爵，我相信要是没有抢到这笔钱，我就得拿我的心来典当，”她一边说，一边撒娇的对他微笑，“但是，您是哪儿来的，让您相信不叫他们这里那里的打劫几个蓝衣客，就能够利用朱安党呢？您难道没有听见过‘和猫头鹰似的偷窃’这句格言吗？况且，‘朱安’是什么啊？并且，”她提高嗓子说，“这难道不是正当的举动吗？蓝衣客不是拿过教会和我们的一切财产吗？”

一阵呻吟表示欢迎这些话，不过，不同于朱安党回答侯爵的时候所发出的呻吟罢了。面有忧色的年轻人把年轻女郎拉到一边，拿一位受过高等教育的男子的高度赌气的态度对她说：

“这些先生们会不会在约好的那一天到维夫提埃去呢？”

“是的，”她说，“一切的人，被告，大约克，也许还有费尔丁南。”

“那末，请您让我回去罢；因为我不能够在场制裁这种打劫……是的，夫人，我说打劫。贵族可以让人打劫，可是……”

“那末，”她打断他的话说，“我就可以得到您这一份儿了，我谢谢您给我让出这一份儿。多这一份儿，可以让我做许多事儿。我母亲太晚给我送钱来，我简直没有办法。”

“再见！”侯爵嚷着。

说完，他就失踪不见了；但是年轻女郎却拼命的跟在他后面跑。

“您为什么不留下，跟我在一块儿呀?”她一边问，一边给他投去一道半暴虐半温柔的眼色。这是有权利让男子尊敬的女人们懂得表达欲望的眼色。

“您不去打劫邮车吗?”

“打劫吗?”她立刻答辩说，“多难听的话呀！让我给您解释解释……”

“没有什么，”他一边说，一边握住她的一双手，拿宫臣的表面的风雅态度吻着它。“——听我的话，”他歇了一会儿，又说，“要是人家抢邮车我还待在那儿，我们的人一定要杀死我，因为我会……”

“您不会杀死他们，”她激奋的说，“因为他们看到您的地位，一定要跟您携手的。从共和政府手里抢到装备，生活，购买军火的钱财之后，他们就会盲目的听从您了。”

“您要我在这里指挥吗？要是我的生命是我的事业所必要的，请您让我挽救我的权力的光荣。要是我走开，我能够不知道这桩丑事。我以后再来陪您。”

于是，他就快速的走远了。年轻女郎非常怅惘的听着他的步声。渐渐听不见枯叶声音的时候，她还若有所失的待在那里。随后，她又急切的回到朱安党一群人这一边来。她突然露出一个轻蔑的姿态，对扶她下马的走下地说：

“这位年轻人要跟共和政府进行正规战！……啊！还得有几天，他就可以改变他的意见了。——他就这样的对待我!”她歇了一会儿，对自己说。

她坐在侯爵坐过的石子上面，静候邮车到来。这位年轻贵妇为着反抗时代的精神，而为王权而奋斗。她在剧烈情绪的推动下参加了她不同意的举动，正如许多受到伟大事业的激发而做下同样事情的英雄们似的。这而且不是这时代的一个不关重要的现象。

许多女人也跟她似的在这混乱的时代里扮演过英雄或令人斥责的角色。勤王运动并没有找到比这些女郎还要忠诚，还要活跃的间谍。但是这一党派的任何一个女英雄都没有拿这位女郎所有的这样可怕的赎罪来洗清她为忠诚而有的错误，或女人身份使她遭遇的不幸。所以，这位失望的女郎坐在路旁花岗石上面的时候，就不能够不钦佩这位年轻领袖的高贵傲气和赤诚。她不知不觉的陷入深长的梦幻。酸楚的回忆使她愿望幼年的天真，使她感到没有在大革命之下牺牲了自己是个遗憾；那时候，大革命是胜利的，它的发展不是这样纤弱的手所能制止的。

五

值得朱安党攻夺的邮车就在双方开战之后一些时刻离开小城市埃尔纳。任何东西都不能够比社会状况更能够表露一个地方的特点。从这一点看来，这一辆车是值得大书特书的。大革命本身都没有力量来破坏它，一直到我们这时候为止，它还在驰驶着。正当杜尔古[①]收回一家公司在路易十四时代所获到的在全国载客的特权而又创立所谓“杜尔古丁”企业的时候，芜慈先生、苍特克礼先生和拉岗布寡妇所有的老四轮马车就在各省份里奔驰着。其中的一辆破车就在马因和福杰尔之间行驶。几个顽固的人曾经用讽刺的口气管它叫做“杜尔古丁”，来摹仿巴黎，来发泄他们对这位企图改革的大臣所有的愤恨。这个“杜尔古丁”是一辆安有两只高轮的破车，连两位稍微肥胖的客人都不大容易坐得下。这只脆弱的机器的狭小的面积不允许它载运过多的重量，车厢特别留给运送邮件用。要是旅客携带行李，他们就得把它放在两只已经让风箱似的小柜给挤得发痛的腿中间。原来的颜色，车轮的色泽

① 法国政治家兼经济学家，曾任路易十六的财务大臣。

都叫旅客莫名其妙。两块皮帘虽然已经用得很久，却仍然不便于使用。这两块皮帘得给受苦的客人们抵御风雨。驾驶员就坐在一条旧式的巴黎两轮轻马车所有的同样的木凳上面，他总参加乘客们的闲谈，因为他刚好处在两条腿的牺牲品和四条腿的牺牲品中间。这辆马车和这些克服过无数次伤风病，中间症而还没有一命呜呼的衰弱的老年人正好有奇异的相似之处。它一边走一边喘气，而且不时不时的喊叫。就像酣睡的旅人似的，它轮流的向前倾，又向后倒，仿佛极力抵抗拉它在高低不平的路上行驶的两匹布列颠马的剧烈动作似的。这前一时代的遗留其中坐有三位客人。他们在埃尔纳换马。出了埃尔纳之后，他们又继续他们和驾驶员在换马之前所开始的谈话。

“您怎么想朱安党会从这里出来呢?”驾驶员说，“埃尔纳人刚刚告诉我，雨洛司令官还没有离开福杰尔呢。”

“噢！噢！朋友，”旅客之中年纪比较轻的一个回答说，“你只有骨头来冒险！要是你也跟我似的身上带有三百厄古，让人家认做一个爱国者，我看你就不会这么安闲了。”

“您真会胡说，”驾驶员摇头回答说。

“您可以数清楚母羊的数目，然而狼却可以吃掉它们。”第二个客人回答说。

这位穿黑衣服的人物好像有四十岁的年纪，他应当是附近的修道院院长。他的肥胖的颔部仿佛有两层肉，他那光焕的脸色应当是属于僧侣阶级的。虽然又肥又矮，每次下车或上车的时候，他却显得轻捷。

“你们是朱安党吗?”携带三百厄古的客人喊道，他的豪华羊皮遮住了他一条上等的呢裤和一件非常雅洁的短衣，让人家知道他是一个富裕的农民。“我拿神圣的罗布斯皮尔①的名字来发誓！我咒你们一定会让人家虐待……”

然后，他的灰色眼就从驾驶员看到旅客，给他们露出腰里挂着的两支手枪。

“布列颠人并不害怕这个，”修道院院长轻蔑的说，“况且，我们难道要您的钱吗?”

每次说到钱的时候，驾驶贺就变成缄默寡言的，修道院院长也相当聪明去怀疑这位爱国者有钱，去相信这钱就带在驾驶员身边。

“您今天载得不轻罢，古表?”教士问。

“嘿！居丁先生，我好像什么也没有载。”驾驶员回答说。

端详了爱国者和古表的脸色之后，居丁教士觉得在回答这句话的时候他们的态度都同样的沉着。

“你倒不错，”爱国者立刻答辩说，“有事儿的时候，我自己能够保护我的东西。”

这样专横的态度引起了古表的怒火，他粗暴的说：

“我是我这一辆车的主人，只要我载你们……”

“你是爱国者呢，还是朱安党呢?”他的对手打断他的话，激昂的说。

“我既不是爱国者，也不是朱安党，”古表回答他说，“我是车夫，我是布列颠人，这是更重要的：所以，我不怕蓝衣客，也不怕绅士。”

“你的意思是说抢士。”爱国者嘲笑的接着说。

“他们只拿回让人家拿走的东西。”修道院院长激昂的说。

两位旅客互相瞟视，甚至于互相“透入”彼此的眼白，如果

---

① Robespierre，著名的法国革命党领袖。

我们可以在谈话里引用这个字眼的话。车厢深处还有第三个旅客。他在这些争论当中保守着深刻的缄默。驾驶员和爱国者，甚至于居丁自己，都没有注意到这个哑巴。事实上，这是一个仿佛让人家绑着脚给拉到附近市场上去的小牛似的疲劳而不会社交的旅人。开头的时候，大家都占住自己所能有的合法地位，后来，大家就不顾人类的尊严而互相睡在邻座的肩膀上。爱国者、居丁和驾驶员认为无需跟这位由于一生衡量布匹，聪明的高价出售，而脸部变成化石似的人物说话之后，以为他已经睡着了，也就让他去了。这位又矮又胖的男人在车角里缩成一团。他不时不时的睁开一双蓝得跟磁器似的小眼睛，而在人家争论的时候拿惊惧狐疑的表情轮流的瞧着每一个谈论的人。但是，他好像只害怕他的同路旅伴，而不大忧虑朱安党似的。当他瞧着驾驶员的时候，人家一定会说他们是两位秘密会社的社员。这时候，柏勒林的枪声开始发出。古表不知所措的停住他的车。

“噢！噢!”教士说，他好像知道清楚这情形，“这是个剧烈的战斗，人很多。”

“居丁先生，问题是谁会打胜仗!”古表喊道。

这一次，一切的脸孔都同样的忧愁。

“咱们把车赶进那个旅馆里边去罢，”爱国者说，“等着战争结果的时候，咱们就把它藏在那儿罢。”

这意见似乎很有道理，古表于是就如法炮制。爱国者帮助驾驶员把车藏在一堆草的后面，任何人也看不见的地方。所谓修道院院长就利用一个机会低声对古表说：

“他真的有钱吗?”

“呃！居丁先生，要是他所有的都跑进您老先生的口袋里，您的口袋也不会太沉。”

共和政府的军队忙着到埃尔纳去，他们走过旅馆，而没有进去。居丁和旅馆主人听到他们的急促步声，就在好奇心的推动下走到院庭的门前去看他们。肥胖的教士突然跑近后面的一个兵士身边：

“哈！居丁，”他喊道，“皮孩子，你就跟蓝衣客打伙儿！……我的孩子，你想到这个吗？”

“是的，叔叔，”连长回答说。“我已经发誓要防卫法兰西。”

“唉！苦孩子！你丢了你的灵魂啦！”叔叔一边说，一边想拿布列颠人所有的热烈的宗教情绪去唤醒他的侄儿。

“叔叔，要是国王身先士卒的站在他的军队前面的话，我就不说……”

“呃！傻孩子，谁跟你说国王呀？你的共和政府会帮助修道院吗？它推翻了一切。你到底要怎么样的发迹呢？你还是跟我们在一起罢；我们迟早总要胜利的，那时候你也就可以当个议会的议员了。”

“议会吗？……”居丁嘲笑的说，“再见，叔叔。”

“你拿不到我三路易的家财，”叔叔愤怒的说，“我取消你的承继权！”

“谢谢。”共和党人说。

他们分手了。爱国者在这支小军队走过的时候给古表灌上的苹果酒居然使驾驶员昏迷了；但是，旅馆主人听到战斗的结果，来给报告蓝衣客占优势的时候，他却醒来了。古表又重新驱车走上道路，这车不久就出现在柏勒林山谷的深处。人家不难从麦茵高原和布列颠高原看见它在波浪之中摆动，仿佛暴风雨之后浮在海上的船只的残骸似的。

蓝衣客们走上一个山头，人家还可以从这里远望柏勒林。雨洛回过身来，看看朱安党是不是还驻扎在那里。照耀枪支的太阳使他看见朱安党的枪支就跟一点一点的火光似的。将要离开这山谷进入埃尔纳山谷的时候，他给这山谷投去一道最后的视线；他相信认得古表的马车在大路上行驶。

“这不是马因的邮车吗？”他问他的两位朋友。

两位军官的眼睛都朝着老杜尔古丁瞧去，他们清楚认得就是这邮车。

“那末，”雨洛说，“我们怎么没有碰见它呢？”

他们一声不响的互相瞟视。

“这又是一个谜了！”司令官喊道，“不过，我也开始猜透这道理了。”

走下地也认得杜尔古丁。这时候，他就指着车给他的兄弟们看。一阵一致的欢呼使年轻贵妇从梦里醒了过来。不知名的女郎向前走来，她看见邮车急速驶近柏勒林山背。一会儿，可怜的杜尔古丁到达了高原。重新埋伏其间的朱安党就神速的朝着他们的牺牲品扑去。哑巴的旅客躲在车里，立刻缩成了团，设法装做一个小包裹。

“好啦！”古表指着农民，在他的坐位上喊道，“你们嗅出了这个爱国者，因为他有金子，一满袋的金子！”

朱安党拿众口一声的大笑来欢迎这些话，他们嚷着：

“抢面包！抢面包！抢面包！”

抢面包本人也拿回响来报答这狂笑，就在这大笑当中，古表无可奈何的从坐位上走了下来。正当绰号为抢面包的著名的西保帮助他的邻人离开邮车的时候，一声敬虔的呻吟忽然喊了出来。

“这是居丁教士！”许多人都这样的嚷。

听了这个令人尊敬的名字之后，大家就脱下了所有的帽。一切朱安党都跑在牧师面前，请求祝福，教士也就严肃的给他们祝福了。

“他甚至于能够骗上圣彼得，偷上他的天国的钥匙，”修道院院长一边说，一边拍着抢面包的肩膀，“没了他，蓝衣客早就宰了我们了。”

但是，看见了年轻的贵妇，居丁教士就走去跟她在几步外谈起话来。走下地敏捷的翻开了车柜，非常快乐的让人家看到一只口袋；口袋的形状告诉人家其中是金子。没有多少时间，他就把它给分摊了。每一个朱安党都从他手里拿到平均合宜的一份儿。这分配并没有引起任何的争吵。然后他就走近年轻贵妇和牧师，给他们献上差不多六千佛郎。

“我能够良心无愧的接受这个吗，居丁先生？”她一边说，一边觉得有请求赞同的必要。

“怎么不能够呢，夫人？教会从前不是同意过没收新教徒的财产吗？何况这是否认上帝，折毁祈祷室，迫害宗教的革命家的东西呢。”

居丁教士除了说教之外，还以身作则，毫无愧色的接受了走下地给他献来的新铸的金币。

“至少，”他加上说，“我能够应用我所有的一切来防卫上帝和国王：我的侄儿跟着蓝衣客一块儿走了！”

古表悲伤了，他嚷着说他让人家给毁了。

“跟我们一块儿来罢，”走下地对他说，“你可以得到你的一份儿。”

“但是，要是没有留下强夺的痕迹就回去的话，人家一定以为我是故意让人家抢劫的。”

“只为的这个，不是吗？……”走下地说。

他做出一个暗号，随着就众枪齐鸣，射击“杜尔古丁”。老邮车受到这意外的袭击，就发出一声悲惨的呼叫，天生迷信的朱安党也就惊惶的后退；但是走下地却看见脸色惨白的哑巴旅客跳了起来，又跌在车柜的角落里。

“原来你在鸡埘里还有一只鸡吗？”走下地低声对古表说。

懂得这问题的抢面包就闪一闪眼，表示他了解这意思。

“是的，”驾驶员回答说，“但是我请求过你们给我一个条件，才来参加你们的队伍的：就是让我把这个好人平平安安的送到福杰尔去。我拿乌莱伊·安娜圣母的名义发过誓。”

“他是谁呀？”抢面包问。

“我不能够告诉您。”古表回答说。

“让他去罢！”走下地接着说，他拿肘子推一推抢面包；“他已经拿乌莱伊·安娜圣母的名义发过誓，他必须履行他的诺言。”

“可是，”朱安党走近古表说，“你可别太快下山，我们要跟你会齐去，这是有道理的。我要瞧一瞧你这旅客的脸孔，然后给他一张通行证。”

这时候，人家听见有一匹马渐渐走近柏勒林的疾驰的蹄声。一会儿，年轻领袖又出现了。贵妇立刻把手里拿着的口袋藏了起来。

“您不必害臊，您可以留下这金钱，”年轻人一边说，一边把贵妇的手臂拉到前面去。“这是一封信，是我从搁在维夫提埃等着我的许多信件当中给您找到的一封信。它是令堂大人的信。”

轮流的瞧着重新走进树林的朱安党和驶下古埃斯嫩山谷的邮车之后，他又加上一句话说：

“无论我跑得怎么快，我都没有来得及。但望我的狐疑错了！”

“这是我可怜的母亲的钱！”拆开这封信的时候，开头几行字就使她喊出了这句话。

几声哑塞的狂笑在树林里回响着。年轻人看到贵妇手里拿着贮藏打劫自己家里钱所分到的一份儿的口袋，也不禁嫣然一笑。她自己也大笑起来了。

“好罢，侯爵，上帝是值得称赞的！这一次，我算是没有什么污点了。”她对领袖说。

“所以，你无论在什么事情里都是轻佻的，甚至于悔恨的时候，不是吗？……”年轻人说。

她不禁涨红了脸。她这样懊悔的瞧着侯爵，他甚至于都被解除武装了。教士谦恭多礼的送还他刚刚收到的一份儿，不过态度不大自然罢了。年轻领袖走上自己来的时候所走的迂路，教士跟在他后面。走去会合他们之前，年轻贵妇给向她走来的走下地做了一个暗号。

“您必须到莫尔泰额去，”她低声对他说。“我知道蓝衣客必须给阿郎桑不断的送一大笔现钱去，作为备战的费用。我让你兄弟们拿走了今天劫到的钱，这是有条件的，就是：他们必须赔偿我。尤其是少年并不知道这远征的目的，他也许会反对的；但是事情不妙的时候，我可以和缓他。”

“夫人，”侯爵对骑在他的马臀上而把自己的马让给教士骑的贵妇说，“我们的巴黎朋友给我写信，叫我们小心。共和政府想要运用奸计和收买叛徒来打击我们。”

“这还不算太坏，”她回答说，“他们真有不少好主意，这些人！我能够参加战争，找到敌人。”

“我也相信！”侯爵喊道，“毕慈格律劝我在任何朋友当中都得非常的小心，非常的谨慎。共和政府给我光荣，因为它以为我是一切王地人之中最危险的一个；它计算要利用我的弱点来擒获我。”

“您也要怀疑我吗？”她说着，用她抱住他的那一只手拍着他的胸脯。

“你在我心里吗，夫人？……”他一边说，一边转过他的额头，朝着她；她也就吻了这额头。

“所以，”教士接着说，“福赤的警察要比正规部队和反朱安党的军队还要危险了。”

“您说得对，大人。”

“啊！啊！”贵妇喊道，“那末，福赤就派女人们来抵抗你吗？……我等着她们来，”稍微歇了一口气之后，她又拿深沉的声音加上一句话说。

从领袖们所放弃的高原算起，三四倍枪弹射程的地方，演出了一幕戏。好久以来，这幕景都是大路上所常有的。走出柏勒林小村落的时候，抢面包和走下地又在边僻的凹路上扣住了邮车。经过轻微的反抗之后，古表又从坐位上下了车。在隐藏的地方让两位朱安党给发现了的哑巴旅客正跑在灌木丛里。

“你是谁？”走下地用严厉的声音问。

抢面包重新问他这句话，给他打了一杖的时候，他还是缄口无言。

“我是毕诺·约克，”然后，他才瞧了古表一眼，说，“一个穷苦的布商。”

古表做出否认的姿势，他相信这一摇头并不等于违约。这姿势叫抢面包明白一切，抢面包就拿起枪口瞄着旅客，走下地也给他明确的表示这是最后的通牒：

“你这么胖，怎么能够让人家相信你穷呢！要是你还要人家问你真姓真名，这就是我的朋友抢面包，他可以‘砰’的一枪让你的承继人尊敬他，感谢他。——你是谁？”他歇了一口气，又加上一句话说。

“我是奥尔慈孟，福杰尔人。”

“啊！啊！”两位朱安党叫了起来。

“我并没有说出你的名字啊，奥尔慈孟先生，”古表说，“圣母证明我已经好好的防卫过你。”

“因为您是福杰尔的奥尔慈孟先生，”走下地用可敬的冷笑神气接着说，“我们要让您平平安安的走过去。但是，因为您既不是一个好的朱安党，又不是一个真的蓝衣客，虽然您曾经买过儒维疑修道院的财产，您还得给我们钱，”朱安党好像计算股票似的加上一句话说，“给我们三百块六佛郎的厄古，来赎身。中立的代价值得这么多。”

“三百块六佛郎的厄古！”不幸的银行家合唱似的和着抢面包和走下地，不过是不同的表情罢了。

“咳！亲爱的先生，”奥尔慈孟说，“我已经破产了。要我缴纳极大数目捐税的魔鬼似的共和政府的一万万强迫公债已经使我一干二净了。”

“那末，共和政府向您要多少啊？”

“一千厄古，先生，”银行家以为能够得到一个折扣，就用乞怜的神色回答说。

“要是你的共和政府强借了你这么大的数目，你就可以看得出来，跟我们办交代能够赚点儿钱，我们的政府要得便宜。三百厄古，拿这数目来换你的皮儿，这还算多吗？”

“我到哪儿去拿这些钱呀?”

“到你柜里去取去,”抢面包说,“不要拿缺角的钱币来,要不然,我们就要拿火烧你的指头了!”

“我到哪儿去给您付钱呢?”奥尔慈孟问。

“你在福杰尔的别墅离基巴利农场并不远,我的堂兄小酒鬼,或所谓的大西保,就住在这农场,你可以拿钱交给他。”抢面包说。

“这不合手续,”奥尔慈孟说。

“这跟我们有什么相干!”走下地接着说,“记清楚,要是两礼拜内你还没有拿钱交给小酒鬼,我们就要找你去了。这一找倒可以治好你的风痛病,要是你脚上生了这种病的话。——至于你,古表,”他走近驾驶员,接着说,“从此之后,你可以叫做‘弄得好’。”

说完,两位朱安党就走开了。旅客又登上马车,多亏古表的鞭子,这车就快速的驶向福杰尔去了。

“要是您带武器,”古表对他说,“咱们也许就能够防卫得更好。”

“傻子!我这里有一万佛郎!”奥尔慈孟立刻回答说,一边指着他的大粗鞋,“人家身上带着这么多钱,还能自卫吗?”

弄得好抓一抓自己的耳朵,转向背后瞧去,可是他的两位新兄弟已经完全失踪不见了。

六

雨洛和他的兵士在埃尔纳停留了一些时候,让他们把伤兵安置在这小城市的医院里,然后,因为没有什么烦人的事情可以阻止共和政府军队的行程,他们也就到达了马因。第二天,司令官居然能够解释邮车去向的疑窦;因为,那里的居民第二天就听到劫车的消息。几天之后，政府送了相当数目的入伍爱国者到马因来补充雨洛的小联队。不久，愁人的传闻不断的传播着暴动的消息。前次战争的时候朱安党和王地人所有的一切暴动中心，这一次也都起来反叛。保王党统制了布列颠的崩多尔桑，因而能够和海上联络。坐落在崩多尔桑和福杰尔之间的圣詹姆士小村也被他们占据了，他们好像要把这地方做为暂时的司令部，贮藏军火和行动的中心。他们可以从那里没有危险的和诺曼地、莫尔比罕互通消息。次要的领袖在这三个省份里到处的奔跑，征集拥护王朝的党羽，通盘的计划一致的事业。这些狡猾的手段刚刚好配合着王地传来的消息。在四位著名领袖的领导下，那里的阴谋也激动了全地区。这四位领袖就是：维尔发尔教士、方登伯爵、沙迪昂先生和苏三纳先生。人家说发罗瓦骑士、德斯格里昂侯爵和诸位特瓦维尔是他们在奥尔纳省的联络员。一个广泛的行动计划慢慢的进行着，然而却是可怕的。这计划的真正领袖就是少年，这是孟多兰侯爵登陆之后朱安党们给他起的绰号。雨洛给部长们送去的报告都是非常正确的。人家也就立刻认识到这个国外派来的领袖的权威。侯爵甚至于可以充分的统制朱安党，让他们明白这战争的真正目的，对他们解说把他们判成有罪的残暴的法令污蔑了他们的高尚抱负。这位年轻贵族的大胆、勇敢、镇静和才干唤起了共和政府的敌人的希望。他这样热烈的激动这些地区的无声颂扬，甚至于都叫最懒的人参加工作，准备为失败的王朝而效劳。雨洛没有收到他给巴黎送去的请求和不断报告的回复。这奇怪的缄默证明革命政府又有新的纠纷。

“现在怎么样呀?”老领袖对他的朋友们说，“政府方面，金钱方面，都怎么样呀？人家都不理睬这些呈文吗?”

可是，波拿巴特将军神秘回国的消息，雾月[①]十八日的事变新闻也立刻传开了。西方的司令官们于是就明白了部长们所以缄默的原因。不过，这些领袖们也只有更不耐烦的等待着他们的繁重责任，他们相当好奇的想要认识新政府要进行什么措施。军事领袖们听说波拿巴特受命为共和国的第一总裁，不禁大为雀跃：他们第一次看到他们之中的一个人主持国政。崇拜这位年轻将军的法兰西都因为希望而颤栗。国家又有生气了。因为忧愁而疲惫的京城又大事庆祝，举行欢宴：人家已经停止娱乐好久了。总裁政府的第一批措施就没有使人失望，自由也没有因此而受到威胁。第一总裁向西方的居民呼吁。波拿巴特所发明的这些漂亮动人的告知民众的文件就在爱国情绪和神奇事迹充满全国的时代里，产生了无边的效果。他的声音就像是先知的呼声似的在人寰回响，因为胜利从来也还没有拒绝证明过他的呼吁：

居民们：

一个反常的战争又威胁着西方各地区了。

这些叛军的主使是受到英国人收买的卖国贼，或只想在内乱里去找罪恶的粮食和赦免的土匪。对于这些人，政府用不着预防，也用不着阐明政府的主张。

但是，祖国的一部分亲爱的公民却受到他们诡计的诱惑；政府必须对这些公民说明真理。

政府曾经颁布和实施过不公正的法令；专断的行为曾经威胁过公民的安全和信仰的自由；胡乱开出的必须移居的贵族名单到处的威胁公民们；社会秩序的大原则也被破坏了。

总裁们宣布：信教的自由是“宪法”所保证的，允许公

① 即共和历第二月。

民应用宗教建筑举行仪式的共和三年牧月[1]十一日的法案一定要付诸实施。

政府可以赦免：政府要宽恕改过自新的人，这特赦是完全而绝对的；但是在这宣言之后，谁还敢反抗国家的权威，政府就要严惩不贷了。

“呃，”大家念读这总裁的宣言之后，雨洛就说，“还有比这个更仁慈的吗？然而，你们一定可以看得出来，没有一个保王党土匪会改变意见的！”

司令官没有说错。这宣言只为的使每一个人站稳立场。几天之后，雨洛和他的同僚得到了援兵。新任的战事部部长通知他们，政府已经派遣布龙将军来指挥法兰西的西方军队。有丰富经验的雨洛暂时统制奥尔纳和马因两地区。空前绝后的活跃立刻使政府的一切机构恢复了生气。战事部部长和警察总局局长的布告宣称：严厉的措施已经授权给军事司令官们去实行，来就地镇压暴动。但是，朱安党和王地人已经利用了共和政府的疏忽而煽动了乡下的暴动，整个的占据了农村；所以，总裁政府又发出另一种新的宣言。这一次是将军对士卒们的讲话。

士卒们：

现在留在西方的只有土匪、必须移居的贵族和英吉利的雇员。

军队是由六万多勇敢的斗士组成的；让我不久得到叛军的领袖们不在人间的消息。我们只能够拿劳苦去换取光荣；如果待在大城市的司令部里就能够得到光荣，谁不会得到它

[1] 即共和历第九月。

呢？……

士卒们，无论你们属于哪一种军级，国家的感恩都在等待着你们。为着值得这感恩起见，你们就必须克服气候的变化，冰雪和深夜的奇寒；请你们天一发亮就去突击你们的敌人，消灭这些侮辱法兰西的恶徒。

你们必须快速而漂亮的作战；你们必须对土匪严酷，但是你们也必须遵守严格的军事纪律。

国防军的袍泽们，请你们尽力帮助战阵军队。

如果你们在同伴当中发现有土匪党徒，请你们立即加以逮捕！别让他们在任何地点找到隐藏的地方，叫他们躲过兵士们的追击。如果有什么奸细敢于接待和防卫他们，一律格杀勿论！

“这简直是老子的口气！”雨洛喊道，“这就仿佛对意大利的军队讲话似的，他简直是摇铃唱弥撒。这是平常的讲话吗？”

“是呀，不过他是一个人拿自己的名义说话罢了，”热拉尔说，他开始巩惧雾月十八日之后的结果。

“呃！好家伙，这有什么关系，他不是一个军人吗？”麦尔喊道。

几步路之外有许多兵士集结在墙上贴着的宣言前面。因为没有人认得字，他人就瞧着它，有的是天真烂漫的神气，有的是非常的好奇，其中有两三个人就到过路客人当中去找一个学者脸孔的公民。

“你瞧罢，心钥，这张纸是什么呀？”美脚拿轻漫的神色对他的同伍说。

“这容易猜。”心钥回答说。

听了这句话，所有的兵士都瞧着这两位老是等着起作用的兄

弟们。

“瞧，你瞧，”心钥一边接着说，一边指着宣言上面的一张粗糙的插画；几天以后，一只两脚规的图像已经在这插画里代替了1793年的天秤图像了。“这意思就是说，我们这些军队，我们必须走得稳！他们在那里给画上一个总是打开的两脚规，这是一个符号。”

“不，我的孩子，你装不了学者！那东西叫做一个问号。我曾经在炮兵队里服过兵役，”美脚加上一句话说，“我的军官们只靠这个吃饭。”

“这是一个符号。”

“这是一个问号。”

“咱们打赌罢。”

“赌什么?”

“你的德国烟斗。”

“好!”

“我不攻击您，副官，这是一个符号，不是一个问号，不是吗?”心钥对热拉尔说，热拉尔正沉思的跟在雨洛和麦尔的后面。

“这既是一个符号，又是一个问号。”他严肃的回答。

“副官跟咱们开玩笑了，”美脚说，“这张纸的意思就是说，我们的意大利的将军变成了总裁，这是一个伟大的衔头，我们就要有大衣和鞋穿了。”

雾月下旬的一个早晨，正当雨洛命令奉命全部集中在马因的小联队操演的时候，从阿郎桑来的快车给他带来了许多公文；阅读这些消息的时候，雨洛的脸孔不由自主的露出极不愉快的神色。

“来，开步走!”他一边幽默的喊，一边把纸塞进他的帽底。“两小队兵要跟我一块儿开到莫尔泰额去。那边有朱安党。——你们可以跟我去，”他对麦尔和热拉尔说，“……要我懂得这公文的一句话，我就宁可当贵族！也许我只是一个傻瓜，没关系，开步走！咱们没有时间可浪费了。”

“司令，这猎囊里难道有什么野蛮的东西吗?”麦尔一边说，一边拿鞋尖踢着部令的信封。

“他妈的！没有什么，只是人家拿咱们当傻瓜罢了。”

司令官一说出这句军人口吻的话（这已经是一种保留），这就宣告有什么风波到来，这句话的各种声调形成了各种不同的测量表，在小联队的兵士们看来，这是指明领袖的忍耐程度的寒暑表。这位老兵士的坦率爽快叫人家容易认识他。就是最无能耐的鼓手也能够由于观察司令官缩起面颊和闪动眼睛的脸部表情的变化而熟识他的雨洛。这一次，陪礼这句话的忍气吞声的语调使这两位朋友变成缄默而谨慎的。严厉的脸孔上面的天花一般说来也比平常显得更深，颜色也比平常显得更黑。雨洛重新戴上三角帽的时候，他的发辫落在他的一个肩章上，他也就愤怒的把它拨回，都叫假发散乱了。可是，因为他还静静的愣住，两只拳头紧紧的握着，两条臂膀使劲的叉在胸前，胡须倒竖着，热拉尔就冒险问他：

“我们就走吗？”

“是的，要是弹药囊准备好了的话。”

“准备好了。”

“托枪！向左转！向前开步走！”热拉尔依照领袖的姿势，说。

于是，鼓手就在热拉尔所选择的两小队的前面走。听了冬冬的鼓声，若有所思的司令官仿佛醒了过来似的。他在两位朋友的陪伴下走出了村落，没有对他们说一句话。麦尔和热拉尔互相瞟了好几眼，仿佛要彼此问一句：“他总要对我们这么严厉吗？”他们一边走路，一边偷偷的观察雨洛。雨洛不断的喃喃私语。好几次了，他的声音就像发誓似的在兵士们的耳鼓里响着；但是谁也不敢说一句话，因为他们都懂得遵守波拿巴特当日在意大利的军队里所训练的严格纪律。其中大部分人也跟雨洛似的，都是在允许不把他们送到国境去的条件下而在马因投降的著名部队的遗留。军队管他们叫做“马因部队”。我们很难找到比他们还能彼此互相了解的兵士和领袖。

第二部　福赤的妙计

七

第二天，雨洛和他的两位朋友一清早就在离这最后的城市约有一里路的阿郎桑大路上，朝着莫尔泰额走去。大路的这一段刚刚好是沿着沙尔特河所灌溉的草地而修筑的。这些草地的如画景色渐渐的向左伸展，那一片接连孟尼尔——布鲁斯特的密林所掩护的右岸就形成了这河流的前景浓彩，如果我们可以用绘画的术语来说的话。土沟的泥土不断的被人给倒在田园里，大路和土沟之间的狭道就在那里形成了高高的斜坡，坡顶盖着西方人所谓的“阿庄树”的一种多刺的灌木。这些灌木的嫩芽厚厚的铺在地上，是马和牲畜的最好的冬天食粮。但是，只要人家还没有收获这灌木，朱安党们就隐藏在这树丛的绿荫背后。这些斜坡和阿庄树告诉旅客已经靠近布列颠，它使这一段路变成非常的危险，和它的美丽正好成对比。存在于莫尔泰额和阿郎桑，阿郎桑和马因之间的行程的危险，正是雨洛所以开拔的原因。他的愤怒的秘密也终于在这里表露了出来。他护送一辆老邮车，这邮车是由几匹马驾驶的。疲惫的兵士不得不赶着这些马慢慢的前进。莫尔泰额司令部的蓝衣客把这辆破车一直送到兵站边界上，让雨洛来替换这工作（他的兵士们说这是一种爱国的把戏）之后，就往回走，人家还可以远远的看见他们就像是一些黑点。老共和政府军队之中的一小队走在后面几步路，另外一小队走在这四轮轻车的前头。在麦尔和热拉尔之间走路的雨洛就在邮车和前卫当中的一半道路上。他忽然对他们说：

“该死！你们相信将军叫我们离开马因就为的是陪着这老军车里面的两条短裙吗？”

“可是，司令，刚才咱们站在女公民面前的时候，”热拉尔回答说，“您倒给她们行礼致敬呢。您的神气也不怎么样的笨拙啊。”

“呃！真是丑事！这些巴黎的纨袴子弟不是叫我们得用心关照他们的女妖怪吗！人家能够把我们这样勇敢的爱国者给安置在石榴裙下受侮辱吗！噢！我，我要走我自己的直路，我不喜欢人家的曲折。从前，我看见唐丹①和巴拉斯②都有许多情妇，我曾经对他们说过：‘公民，共和政府请你们来治理国家，不是给你们权利来享受前朝的欢乐。’关于这个，你们也许要告诉我说女人……？噢！人家有许多女人！这是对的。你们知道，多谋善战的人必须有许多女人，许多好女人。但是危险到来的时候，却相当有口舌。那末，要是爱国者要恢复前一朝代的恶习，我们又何必去扫除它呢？你们瞧瞧这第一总裁，他就一个人，没有女人，整天的工作。我要拿我的胡须来打赌，他一定不知道人家叫我们在这儿干的事儿。”

“相信我，司令，”麦尔笑着回答说，“我看见躲在邮车里面的

---

① Danton，法国革命时代的一个领袖。

② Barras也是法国革命时代的一个领袖，曾与拿破仑同为总裁政府的一个总裁。

少妇的鼻尖。我承认一切的人都会跟我似的希望在车子旁边打转，能够跟女客们聊聊天，而不觉得有什么耻辱。”

“留神，麦尔！”热拉尔说，“这些美丽的小鸟有一个狡猾的公民跟着呢，他会叫你掉在井里。”

“他是谁呀？这个轻薄儿，他的两只小眼睛不断的瞧着路的这一边，又瞧着路的那一边，好像在那儿看到朱安党似的；人家好容易才看到这位纨袴子弟的腿；马的腿让车给遮住的时候，他就仿佛一只鸭头从面包里钻了出来似的！要是这笨汉不让我抚摸这只美丽的秀目鸟……”

“鸭头！秀目鸟！噢！可怜的麦尔，你简直是进了鸟国了。可是，你可千万别相信鸭子！我觉得他的两只绿眼睛跟毒蛇的眼睛似的阴险，宽恕丈夫的女人所有的眼睛似的精细。我更怀疑这些律师们。他们的脸孔就跟盛柠檬水的玻璃瓶似的。我觉得他们比朱安党都还难于信托。”

“嘿!”麦尔快乐的说，“只要司令官允许，我就敢冒险！这位女人有一双天星似的眼睛，人家可以不顾一切去瞧一瞧。”

“他迷惑了，这个兄弟，”热拉尔对司令官说，“他开始说傻话了。”

雨洛皱一皱脸，耸一耸肩，回答说：

“喝汤之前，我劝他先尝一尝这汤的滋味。”

“好麦尔，”热拉尔接着说，他从麦尔的缓慢步伐里猜出麦尔故意让邮车渐渐的赶上他，“他真快乐呀！他是唯一能够在一位兄弟死的时候发笑而不至于让人家骂他为无情的男子。”

“他是正牌的法兰西兵士。”雨洛严肃的说。

“噢！他就把他的肩章披在肩上，要让人家看出他是营长，”热拉尔笑着说，“好像军级还可以在那里算做一回事似的!”

军官朝着车子走去。这车子事实上载有两位女客，其中的一位好像是另外一位的女仆。

“这些女人总是两个一对儿一对儿的出门，”雨洛说。

一位干枯清瘦的短小男子忽在车子之前，忽在车子之后；虽然他似乎是陪着这两位享有特权的女郎，人家还没有看见她们跟他说过一句话。这缄默，这轻蔑或尊敬的证据，许多的行李，司令官所谓的一位公主的纸箱，甚至于她的侍从的衣装，这一切的一切都引起雨洛的思虑。陌生男子的服装刚刚好代表了这时代人家给轻薄儿描绘的讽刺画。请您想象一下这位人物的奇装异服：衣裙非常的短，让背心露出五六寸；下衽这样的长，就像是鳖鱼的尾巴；那时候，人家就管这衣衽叫做“鳖鱼尾”。一条大领带在他的颈项上给描出许多轮廓，从一堆洋纱里露了出来的小头也就符合了麦尔营长所说的一句拿烹饪术语来做比喻的话。陌生男子穿一条褶裤，一双苏微落夫式的长靴。一颗白蓝相间的大宝石就当做衫衣的别针用。两条表链从他的腰带上平行的垂了下来；他的头发结成旋螺式的发鬟，顺着脸部的两边垂着，几乎都盖住了他的整个额头。最后，为着凑全这装饰起见，衫衣的领和礼服的领就挺得高高的，使他的头看来仿佛是插在纸袋里的花束似的包在里面。除了这些零星的附带装饰品之外，还有黄色裤，红色青心，肉桂色的礼服。由于这些颜色的对照，你们就可以看到一幅总裁政府初年的时装所追随的一种超卓色调的写真。这种奇异的服装好像是特别发明来帮助人们表现雅致，来指明时装有多么可笑的式样。侍从看来仿佛已经到了三十岁的年华，然而他好容易才到了二十二岁；这外表也许是纵欲，也许是时代的损害的结果。虽然是江湖派的打扮，他的举止却有某种风雅，我们可以在受过高等教育的人身上看到这风度。营长走近四轮轻车的时候，这位纨袴子弟仿佛猜到他的目的，有意作成他似的，就和缓了马的步伐。麦尔给陌生男子投去一道冷笑的眼色，他遇到一副因为革命的风波而惯于隐藏一切情感的不可侵犯的脸孔。老三角帽的卷曲的帽顶和肩章让女人们看到的时候，天使一般的声音就问营长：

“军官先生，您可以告诉我们，我们在这一条大路的哪一个地方吗?”

在这位陌生女客的问话里存在有一种不可言喻的魔力，其中的任何一个字眼都包含有一个冒险；但是，如果女人因为柔弱无知而去请求保护的话，每一个男子不也都懂得慢慢编纂一篇不可能的神话来使自己幸福吗？所以，“军官先生”这句话和说这句话的合乎礼仪的方式就给营长的心带来了一种无名的烦扰。他设法研究这位女客而得不到结果，因为一条讨厌的面帕给他遮去了她的脸纹；他好容易才看到她的眼睛。这一对美丽的眸子就像太阳照耀的白玉似的从透明的丝织品里发出光辉。

“您现在离阿郎桑有一里路，夫人。”

“阿郎桑，已经到了这里！”

然后，这不知名的贵妇又奔入，或更正确的说，又走到车子里面去了，不再回答一句话。

“阿郎桑吗？”另外一个女人重复一句话，仿佛醒了过来似的。“您就要重新见到您的故乡了……”

她瞧了营长一眼，又停口不说了。因为看不到美丽的陌生女郎而失望的麦尔就来端详她的同伴。这是一位差不多二十六岁年纪的金栗发的女子，细细的腰，赋有发郎额、巴伊尔和阿郎桑周围的女人所特有的鲜艳的皮肤颜色。她的蓝眼睛并不表露聪明，然而却表露一种杂有柔情的坚毅。她穿一件平常的布衫。一顶苛楚瓦式样的小帽下面冒出一堆头发，这头发使她的脸孔变成素朴而动人的。她的态度并没有沙龙女人的贵质，然而却有追溯平生而无悔恨的谦卑少女所有的自然的端庄。麦尔一瞥眼就看出她是一朵让人家给移到巴黎的暖室里，遇到各种使树木枯萎的光线而并没有损失纯粹颜色的素朴的鲜花。少女的天真态度和她的谦卑眼色使麦尔懂得她并不希望有人来听她说话。事实上，当他走开的时候，两位陌生女郎就开始低声谈论，谈论的声音好容易才传到他的耳朵。

“您走得太匆促了，”年轻的乡下女郎说，“您甚至于都没有时间换衣服。然而您却这么美！要是咱们过了阿郎桑还要再走的话，咱们就得在那里重新打扮打扮……”

“噢！噢！佛兰心！”不知名的贵妇喊道。

“您说什么啊？”

“你第三次想要打听这一次旅行的原因和目的啊！”

“我说过一句话值得这样挨骂吗？……”

“噢！我已经注意到你的小聪明了。你最初是天真纯洁的；可是现在，你已经从我这一派里学到一些狡猾了。你开始讨厌直接的问话。你有道理，我的孩子。依我看来，这是最笨重的一个打听秘密的方法。”

“那末，”佛兰心接着说，“因为我没有法子瞒过您，请您同意这个，玛利，您的行为不是会引起一个圣人的好奇吗？昨天是一文莫名的，今日却满手的黄金，人家在莫尔泰额杀死邮车的驾驶员，把抢来的邮车送给您，由政府的军队来护送您，叫一个人跟着您，我看这个人简直就是您的魔鬼……”

“谁？高兰丹吗？……”不知名的年轻女郎问，她拿充满轻蔑色彩的不同音调说出这两句话，这轻蔑的成分甚至于都在她拿来指着侍从的姿态中间流露出来。“你听，佛兰心，”她接着说，“我常常教‘爱国者’去摹仿唐丹，这猴子也使我们非常的快乐，你记得爱国者吗？”

“是的，小姐。”

“那末，你怕他吗？”

“他已经让链子给链起来了。”

“可是高兰丹却让人家给套上嘴套了。”

“咱们跟爱国者一块儿玩过好几个钟头，”佛兰心说，“我知道他，可是，他最后总给咱们开玩笑。”

说完，佛兰心就赶快投入车里，坐在女主人的旁边，拿着她的手，懒洋洋的摸抚着，动情的对她说：

“您倒猜着我了，玛利，可是您没有回答我。怎么，这些叫我非常苦痛的悲剧，噢，太苦痛了，在这些悲剧之后，您怎么能够在二十四小时内就变成这样快乐的呢？好像您还说过要自杀呢。这变化是从哪儿来的呢？我有权利来跟您算灵魂账。拿任何其他的人来比，这灵魂都更像是属于我的，不像是属于他们的，因为我要比任何时候都更爱您。您说罢，小姐。”

“好，佛兰心，你难道没有在我们身边看出我快乐的秘密吗？请你瞧瞧这些远远的发黄的树梢：彼此都不一样。远处看来，人家不是要说它是古堡的一块老地毡吗？请你瞧瞧这些园篱，我们说不定可以在这背后随时碰到朱安党。我看到这些阿庄树，就觉得仿佛看到枪身似的。我喜欢包围我们的这种新的危险。每一次路上有点阴沉的神气，我就想我们快要听到爆炸的响声：于是，我的心也就跳了，一种无名的感觉也就激动了我了。这既不是恐惧的颤栗，也不是快乐的心情；不，这更好，这是在我身上活动的东西，这是生命。我什么时候能够稍微激动我的生命而不会变成快乐的呢！”

“啊！您什么也没有告诉我啊，您太狠心了！——圣母，”佛兰心加上一句话，仰起眼睛，苦痛的朝着天空；“要她什么也不告诉我，她要对谁忏悔啊？”

“佛兰心，”不知名的女郎严肃的说，“我不能够告诉你我的事情。这一次，这是可怕的冒险。”

“为什么您明知故犯去受罪呢？”

“你要怎么啦！我很奇怪我的思想怎么就像是五十岁老太婆的思想，而我的行动就像是十五岁少女的行动！你总是我的理性的指导员，可怜的女儿；可是，在这一桩事儿里，我可必须关上我的良心……并且，”她歇了一歇，叹了一口气，说，“我也不会成功。你怎么能够要我在我身边给安置一个跟你似的严厉的忏悔师呢？”

于是，她就轻轻的拍佛兰心的手。

“呃！我什么时候骂过您的举动呀？”佛兰心喊道，“您的罪过可以得到恩典。是的，乌莱伊·安娜圣母会赦免您的一切，我常常向她替您祈祷。总之，我不是一路上都在您身边而不知道您要到哪儿去吗？”

说完，她又大受感动的吻她女主人的手。

“但是，”玛利接着说，“你可以放弃我，要是你的良心……”

“算了罢，别说啦，小姐，”佛兰心一边接着说，一边努一努悲痛的嘴，“噢！您不是要对我说……”

“不，绝不，”年轻女郎坚强的说，“不过，你得知道，我比那个花言巧语给我解释的人都还要恨这事情……我愿意诚恳。我要告诉你，要我没有在这个贱骨头身上看到诱惑我的一个恐怖和爱情的混合物，我也就不会献身给他们的欲望了。并且，我也不愿意没有在世界上搜集过我不顾生死而想得到的花朵就死了去！但是，请你记住，为纪念我而记住：要是我是幸福的，落在我头上的他们的大刀也不能够叫我接受来扮演这悲剧，因为这是一出悲剧……现在，”她一边接着说，一边做出一个厌恶的姿势，“要是人家收回成命，我就要跳进沙尔特河；这算不得自杀，因为我还没有真正的活过呢。”

“噢，乌莱伊圣母，请您赦免她！”

“你为什么害怕呢？家庭生活的小变化不会激动我的感情，你知道。这在一个女人方面是很不好的；但是，我的灵魂却有一种更高的感觉性，可以支持更强的考验。我也许可以变成跟你似的温和的女孩子。我为什么就比其他的女子高明或低劣呢？啊！但望波拿巴特将军的女人幸福！瞧，我要年纪轻轻的死去，因为我已经走到不怕欢乐聚会，唐丹所说的‘喝人血’的欢乐聚会的地步了。可是，请你忘掉我所说的话。说话的是五十岁的老太婆。谢谢上帝！十五岁的小姑娘不久就要重新出现了。”

年轻的乡下姑娘发抖了。只有她一个人懂得女主人的急性子；只有她一个人明白这个激发的灵魂的神秘，只有她一个人明白一个女郎想要擒获生命而一直瞧着它跟影子似的无纵捕捉的时候所有的情绪。这位女郎播下种子而得不到收获，她还是处女；但是，由于几番的失望而愤怒，由于没有对手的争斗而疲惫，她就在悲哀中宁可选择善而不选择恶，如果善可以产生一种快乐的话，宁可选择恶而不选择善，如果恶表现一些诗意的话，宁可选择穷苦而不选择小康，认为它是比较伟大的，宁可选择死亡黑暗的不可知的将来而不选择有希望的或苦痛可怜的生命。任何金刚石粉都不能够这样的堆砌成辉，任何财富都不能够这样的为爱情而挥霍，任何夏娃的女儿都不能够比她更挥金如土。她好像是地上的天使似的，佛兰心崇拜她的完美，她看顾这个人物，相信自己是完成一个上天的命令，如果她把这人物保留在大天使合唱队里的话。这人物仿佛是因为犯了骄傲的罪而被贬下凡。

“这是阿郎桑的钟楼。”侍从挨近车子说。

“我看见了。”年轻贵妇冷淡的回答。

“好！”他一边说，一边露出服从的神色，离开了车子，虽然心里不愉快。

“走，快一点儿走，”贵妇对马夫说，“现在没有什么可害怕的了。请您快步走或是跑，要您能够的话。我们不是在阿郎桑公路上吗！”

走过司令官前面的时候，她低声对他说：

“我们可以在旅馆里再见，司令。请您到那里来看我。”

“好的，”司令官立刻辩答说，“‘在旅馆里！请您来看我！’您就这样对一位联队队长说话！……”

他就拿拳头指着迅速转上大路的车子。

“别埋怨，司令，她衣袖里存有您将军的委任状呢，”高兰丹一边笑着说，一边让他的马奔驰去会合车子。

“啊！我绝不让这些俗人麻烦我，”雨洛对两位喃喃私语的朋友说，“我宁可把将军的服装给扔在沟里，不要从睡床上得到它。这些鸭子到底要什么呀？你们其他的人，你们知道葫芦里卖的什么药吗？”

“噢！是的，”麦尔说，“我知道这是我从来也没有看见过的最美丽的女人！我相信您不懂比喻。这也许是第一总裁的女人罢？”

“嘿！第一总裁的女人年纪老，可是，这位贵妇却是年轻的，”雨洛立刻辩答说，“并且，我收到的部令也告诉我她叫做维尔纳尔小姐。她是一位贵族的小姐。我难道不知道这个吗！大革命之前，她们总干这种事儿；你可以一转眼当上联队队长，只要你对他们好好的说两三次：我的心肝！”

八

拿司令官的字眼来说，每个兵士打开“两脚规”的时候，这可怕的车子（那时候用做邮车）就突然到达了阿郎桑大街中间的三穆尔旅馆。破车发出的铁屑响声引着店家走到旅店的门限上来。任何阿郎桑人都没有想到人家会在三穆尔旅馆下车，但是莫尔泰额案件却叫许多人跟着她们，两位女客甚至于都只好赶快躲到厨房里去逃避一般人的好奇。厨房是西方的旅店所不能没有的前厅接待室。店家检查了车子之后，预备跟着她们来，然而马夫却用手臂拦住了他。

“请您注意，布鲁塔斯公民，”他说，“那里有一队蓝衣客的护送队呢。因为既没有驾驶员，也没有照会，是我把这两位女公民给你带来的；她们一定会跟公主似的付钱；所以……”

“所以，我们一会儿就可以大家一块儿喝一杯酒了，我的孩子。”店家对他说。

给这一间被烟熏黑的厨房和那一张被生肉染得血腥的桌子投去一道眼色之后，维尔纳尔小姐就跟鸟似的轻捷飞到隔壁一间厅里去，因为她害怕这厨房的景象和它的味道，同时也恐惧一个肮脏的主人和一位又肥又矮的女人的好奇：他们已经聚精会神的端详着她。

“我们得怎么办呀，孩子的娘？”店家说，“谁会想到这时候我们还有这么多客人呢？没有给她伺候一顿好饭，这位太太一定耐烦不了。他妈的，我有了主意了：因为这些都是正经人，我给她们提议，叫她们跟上边那个女客人在一起，你说好不好？”

店家回来寻找新来女客的时候，他可只看到佛兰心。他领着她到厨房靠近庭院那一边，离开可以听见他人说话的人的地方，低声对她说：

“要是太太们要人家特别伺候，我想她们一定要这样的，我倒有一顿非常好的饭菜，是给一位贵妇跟她的儿子预备的。我想这些旅客一定不会反对跟你们分着吃，”他很神秘的加上一句话，说，“这些都是有身份的人。”

店家好容易说完他的最后一句话，就觉得背上着了一下鞭打，他立刻转过身来，看见背后有个矮胖子一声不响的从隔壁小室里走了出来。他的出现使粗胖的女人、主人和他的厨下仆人害怕得只管发冷。店家一边脸色发青，一边转过头来。矮个子摇动他的头发，这散乱的头发就整个的遮住了他的额头和他的眼睛。他跷起脚尖，朝着店家的耳朵，对他说：

“您知道不小心乱说话有什么结果，您也知道我们要拿哪一种颜色的金钱去对付它。我们是客气的……”

他还拿姿势来配合言语，使人家更了解他的话头所含的可怕成分。虽然肥胖的店家给她遮住了这个人物，佛兰心总听到他低声说出的几句话的段片，仿佛受到半天霹雳的打击似的听着这布列颠口音的嘎声。她在一般的恐惧之中，奋身跑到矮个子的身边来；可是仿佛拿野兽的轻捷转动而去的矮个子却已经从朝院的一扇旁门出去了。佛兰心认为自己猜错了，因为她只看到一张不大不小的熊的褐色皮。她惊愕的跑到窗口前面去。她从让烟熏黄的玻璃上看去，瞧见这位不知名的陌生人拿冗长的步伐走到马厩。这个人在走进马厩之前，睁着一双黑眼睛，瞧瞧旅馆的第二层楼，又瞧瞧邮车，仿佛要告诉一个朋友关于这个车子的重要性似的。虽然他披着山羊皮，他这动作却使他露出脸孔，让佛兰心从他的大皮鞭，他的匐行步伐（虽然有的时候是轻捷的）里认得他是绰号叫做走下地的朱安党。她从阴暗的马厩里模糊的观察他，看见他躺在马厩里一个可以让他观察旅馆一切动静的草堆里。走下地缩成一团，他的姿势可以让最狡猾的侦探无论远近都会把他看做是个运货车车夫的大狗，卷成一团，把尾巴放在两脚爪中间的睡着。走下地的行为给佛兰心证明他还没有认得她。然而，在女主人所处的困难环境里，她不知道这到底是值得称赞，还是值得忧愁。但是，朱安党的威胁和店家的建议（这在常常要一举两得的店家方面，是一桩平常的事情）之间的神秘联系却激起了她的好奇心；她离开了玻璃窗（可以从中看见走下地所占的地点的漆黑一团的秽污的玻璃窗），转过身来，朝着店家这边走来。她看见他的态度就像是走了一步错路而不知道退回的人似的。朱安党的姿势使这可怜的男子惊呆。在西方，没有人不知道国王的猎夫对漏泄消息的嫌疑犯所加的残暴刑罚。店家觉得他们的刀仿佛就架在他的颈项上。店家恐惧的瞧着他们常常拿来烧烤漏泄消息的人的脚的火灶。肥胖的矮女人一边手拿着一把厨刀，一边手拿着一只切过一半的马铃薯，呆呆的瞧着她的丈夫，厨下仆人就在猜想这种莫名的无声恐怖的秘密。佛兰心的好奇心也就自然而然的被这一幕哑剧给激动起来了。这哑剧的主角是大家都看得见的，虽然并不在场。年轻少女欣赏这位朱安党的可怕的力量；虽然在她的谦卑性格里不可能有女仆一般的狡狯，这一次她却有钻研这神秘的兴趣，她不会不应用她的特长。

“好罢，小姐接受您的提议，”她严肃的对店家说，店家仿佛突然让这些话给唤醒似的。

“什么提议呀?”他的确非常惊讶的问。

“什么提议呀?”突然来临的高兰丹问。

“什么提议呀?”维尔纳尔小姐问。

“什么提议呀?”站在楼梯的最后一层，轻轻的跳进厨房的第四个人问。

“就是跟您的贵客们一块儿吃饭呀。”不耐烦的佛兰心回答说。

“贵客，”从楼梯上跳了进来的人物拿刺人的嘲弄口吻说，“亲爱的，我觉得这是旅馆的一个把戏，而且是个坏把戏；可是，要是你打算给我们这一边送来的客人是个年轻女公民的话，拒绝这提议就简直是发了疯，好人，”他一边说，一边瞧着维尔纳尔小姐，“我母亲不在的时候，我接受这提议，”他一边说，一边拍着呆呆愣住的店家的肩膀。

可爱的青春的轻率使这几句话显得非常的傲慢。这几句话也就引起了这幕戏的一切演员对这位新人物的注意。店家学着比拉多的作派，想法子洗手，拿它来免除杀害耶稣基督的罚愆。他退了两步，走近肥胖的妻子，朝着她的耳朵，说：

“你可以作证，要有什么不幸，这可不是我的错啦。但是，”他又低声加上一句话，说，“你得把这一切报告给走下地。”

这位旅客是中等身材的一个青年，穿着一件蓝色礼服，一双一直挺出膝盖上的黑色大胫套，礼服下面是一条同样蓝色的呢短

裤。这纯朴没有肩章的制服是属于诸艺学校的学生的。维尔纳尔小姐一瞥眼就看出在这暗色的服装里存在有风流的姿势和我也说不出名堂的宣泄贵质的体态。年轻人的面貌，初视之，相当的平凡，可是不久，他的脸纹就让人家注意到他有办理伟大事业的才能。棕黑的颜色，卷曲的金栗发，发亮的蓝眼睛，精致的鼻孔，态度自如的动作，这一切都泄露他有高贵的情绪和司令官的精神。但是，最能表露他的天才特性的就是他那一只波拿巴特式的颔部，他那配合上唇而描成哥林多黄芬花叶似的温雅的曲线的下唇。造化曾经在这两条线里给赋上不可能抵抗的幻惑。

“这个年轻人，不是平常的共和党人。”维尔纳尔小姐心里自己说。

她拿一闪眼去瞧这一切，因为快乐的欲望而激奋。她把她的头软软的倾在一边，发出可以使死去的心灵重新在爱海里复活的多情的目光。她拿一封浓厚的眉毛遮住了一双漆黑的长眼睛；弯弯的睫毛就在脸颊上给画出一道棕色的线条。她从嗓子里找出了最富有音乐性的声音，来给“谢谢您，先生”这句粗话灌入深刻的魔力。这一切幻术的出现还没有我们描写它所需要的这么长的时间。然后，维尔纳尔小姐就走近店家，问他她的寓所在哪里，瞧着楼梯，和佛兰心两个人一块儿走了，让陌生人去猜想她这句回答到底是接受呢，还是拒绝。

“这位女郎是谁呀？”诸艺学校的学生灵敏的询问呆愣着的渐渐糊涂的店家。

“她是维尔纳尔女公民，”高兰丹满腔醋味的回答说，他妒忌的憎视年轻人，“她是一个贵族；你要怎么啦？”

陌生人低声唱了一首共和歌，骄傲的仰起头来，朝着高兰丹瞧来。两个年轻人就好像将要决斗的雄鸡似的彼此瞧了一会儿，这一瞧可给他们酝酿出永远的仇恨。军人的蓝眼睛越加率直，高兰丹的绿眼睛也就越显得狡猾而虚伪；一个是天生的贵质，一个只有婉转的作态：一个挺胸向前，一个弯下肩背；一个命令人尊敬，一个设法得到敬重；一个应当说：“咱们可以征服！”一个应当说：“咱们分一分罢！”

“圣锡尔·居阿公民在这里吗？”一个农民回来说。

“你找他什么事情呀？”年轻人挺身向前，回答说。

农民行了一个重礼，给他交上一封信，年轻学生看完，就把这封信给撂在火里烧。他只拿点头来回答，农民也就走了。

“你一定是从巴黎来的，不是吗？公民？”高兰丹一边说，一边态度自如的朝着陌生人这边走来。他的神气是温和而柔顺的，是居阿公民所不能忍受的。

“是的。”他冷冷的回答。

“你一定是在哪一队炮兵里升了官罢?”

“不，公民，是在海军里。”

“啊！你要到布勒斯特①去吗?”高兰丹用无忧无虑的腔调问。

然而年轻的海军水兵却顺着鞋跟轻捷的转了过去，不愿意回答，否定了维尔纳尔小姐从他脸上看到的美妙的希望。他用儿童的轻浮神色忙着吃饭，追问店家和女店东有多少收入，拿乳臭未干的巴黎人的资格惊怪外省的习惯，跟小情妇似的装出厌恶的神气，没有表露任何他的脸孔和举止所宣示的特性。高兰丹看见他喝着诺曼地上等苹果酒而皱起脸皮，不禁笑将起来，觉得他可怜。

“嘿!”他喊道，“你们这些人，你们怎么能够吞下这个呀? 那里有的是喝的，是吃的。怪不得共和政府不相信拿长棍打葡萄，在路上阴险开枪打死旅客的外省，它有道理。别给我们在桌上放上这样的药瓶，还是给我们放上一瓶好的保尔都白色葡萄或是红色葡萄酒罢。请您特别给我瞧瞧去，看看上边到底有人没有。我觉得这些人在文化方面未免太落后了。——啊!”他接着叹一口气，说，“世界上只有一个巴黎，人家没有把它搬到海里来，这是个大损失！——怎么，臭味，”他对店家说，“你有那么多的柠檬，还在这炒鸡片里放些醋！……——至于您，老板娘，您给我这么粗的被单，我简直整夜的闭不上眼睛。”

然后，他就开始要一根粗手杖，拿儿童的谨慎态度舞了几下。舞法的精巧和熟练可以宣示一个年轻人在轻薄儿阶级里多少可以让人敬爱的地方。

“人家就希望这些纨袴子弟，”高兰丹一边偷偷的对店家说，一边侦察他的面孔，“去当共和政府的海军水手吗?”

---

① Brest是法国的海军军港。

“这个人，”年轻水兵朝着女店东的耳朵上，说，“他是福赤的侦探，他的脸上简直就挂着警察的字号，我可以发誓他额部里留下的一个斑点就是巴黎的泥土。可是，有了好猫，就有好……”

这时候，一位贵妇走进了旅店的厨房。水兵拿外表上的一切恭敬迎着她去。

“亲爱的妈妈，”他说，“您居然来啦。我相信您不在的时候我可招了不少客人来啦。”

“不少客人，”她回答他说，“这不疯了吗!”

“这是维尔纳尔小姐。”他低声接着说。

“沙夫纳伊案件之后，她已经死在断头台上了；她是到芒斯去救她哥哥鲁顿亲王的。”他的母亲突然对他说。

“您错啦，太太，”高兰丹温和的说，他特别用心说出太太这个字眼，“我们有两个维尔纳尔小姐呢，大家庭总有许多支派。”

陌生女人听了这样亲热的口气，甚至惊异。她就退回几步，来研究这位突如其来的对话人。她拿女人所特有的敏锐的黑眼睛呆呆的盯住他，仿佛要研究他有什么原因肯定维尔纳尔小姐的存在似的。同时，偷眼研究这位贵妇的高兰丹也拒绝承认她有母爱的快乐，因而能够给她加上爱情的快慰。他拿风流的态度否认这位女人是一个有二十岁儿子的幸福的母亲，因为她那晶亮的皮肤，她那浓厚的弯曲眉毛，她那未曾脱落的眼睫是他的崇拜对象，她那分梳在额头上面的丰满的黑头发使一只富有精神的脑袋流露青春的情态。额头上的小皱纹不但没有说明她的年龄，而且表露许多年轻的感情。如果刺人的眼睛有点暗淡，人家也不知道这种变化到底是来自旅途的疲惫或是来自过分的快乐。高兰丹又发现这位不知名的女郎身上披有一件英国布的无袖女外衣，她的帽子虽然样子奇怪，却不属于激动巴黎服装界的所谓希腊式。高兰丹是个天性多疑的人，他立刻怀疑到这两位旅客的身份。在她一方面，这贵妇也用同等的速度来观察高兰丹，随后又转过身来，朝着她的儿子，做出一种极有含意的神气。这种神气可以用下面的话忠实的翻译出来：“这怪人是谁呀？他是我们这一边的人吗？”听了这个无声的内心问话之后，年轻水兵就用一个姿势，一个眼色，一个手势回答说：“真的，我一点儿也不知道，我比您还怀疑他呢。”然后，他就让他的母亲去猜想这神秘的底蕴，转到女店家这边来，朝着她的耳朵，说：

“请您打听一下这家伙是干什么的，他到底是不是真的陪着这个小姐来，为什么。”

“所以，”居阿夫人瞧着高兰丹说，“公民，你真的知道清楚维尔纳尔小姐还活着吗？”

“太太，她就跟圣锡尔·居阿公民似的有肉有骨的活着。”

这句回答包含有深刻的讽刺，只有这贵妇懂得它的秘密，其他的女人一定会让它给弄糊涂了。她的儿子忽然呆呆的瞧着高兰丹，然而高兰丹却冷冷的取出他的表，没有疑惧他的回答所生的危险。贵妇心中忐忑不安，她很好奇，想要立刻知道到底这句话是不是包含有讥刺的成分，或者只是偶然的凑巧，她就拿最自然的态度对高兰丹说：

“好家伙，路上多不安静啊！我们在莫尔泰额过去的地方让朱安党给打了。小儿差点儿没了命，他为着防卫我而在帽子上中了两颗枪弹。”

“怎么，太太，您就坐在带我们来的这一辆有人护送还被打劫的邮车里面吗？那末，您应当认得这辆车啦！我路过莫尔泰额的时候，人家告诉我有两千名朱安党打劫邮车，把大家都打死了，连旅客也活不成。原来人家就是这样写历史的！”

高兰丹嘴里发出的浪子的口吻和他那幼稚的神气使他这时候变得跟一个要拿苦痛的心情去认识政治新闻的错误的小普鲁凡斯

省的居民似的。

“哎唷！太太，”他继续说，“要是人家在距离巴黎这样近的地方杀死了旅客，您就可以想到布列颠的道路怎么样的危险啦！真是，我真要回到巴黎去，不再往前走啦。”

“维尔纳尔小姐美丽年轻吗？”贵妇忽然想到一个念头，就走向女店家这边来，这样的问她。

正在这时候，店客打断了他们的谈话。这谈话在这三个人物方面，有一点残酷的兴趣。他宣称饭已经预备好了。年轻水兵用假装的亲热态度给他的母亲伸出手臂。这种态度可以证明高兰丹的怀疑。他一边走向楼梯，一边高声对高兰丹说：

“公民，要你陪着维尔纳尔女公民，要她接受店家的主意，你就别拘……”

虽然这些话是由一种不大负责的轻浮声调说出来的，高兰丹却登上了楼。年轻人强烈的握住贵妇的手，当他们离开巴黎人有七八层梯级的时候，他就低声说：

“原来我们是拿您的事业去冒这样没有光荣的危险！要是咱们让人家给发觉了，咱们怎么逃得了呢？您到底让我要什么把戏啊！”

三个人都走到一间相当宽阔的房子里来。用不着在西方走多少路，就可以懂得这位店家为着接待他的客人怎么样的花费他的一切宝库和不平凡的奢侈。桌上排布得非常齐整。一团旺火驱走了寓所的湿气。桌布啦，椅子啦，盘子啦，都不算脏。所以，高兰丹就觉得店家是拼命来取悦客人的，无妨用一句俗话来说。

“所以，”他对自己说，“这些人都不是他们所装出来的那个样子。这个短小的年轻人太狡猾啦；我还以为他是一个傻子呢。可是，现在，我相信他跟我一样的精细。”

年轻水兵，他的母亲和高兰丹都等着由店家去呼唤的维尔纳尔小姐。但是美丽的女客却不出现。诸艺学校的学生怀疑她有什么困难，就低声唱着“帝国万岁”，走向维尔纳尔小姐的房子里来，心中有个刺人的欲望，想要克服他的疑惧，带她过来。也许他要解决激动他的许多疑问，也许他要尝试在这陌生女工身上去发展一个男人可以对一个美人施展的权力。

“要这是个共和党人，”高兰丹看见他出去，就对自己说，“我就宁愿让人家给吊死！他的肩膀所发出的是宫里人的动作……要这是他的母亲，”他瞧着居阿夫人，又对自己说，“我就是教皇！我相信他们是朱安党。我们得查考查考他们的身份。”

九

一会儿，门开了，年轻水兵挽着维尔纳尔小姐的手出来了。他非常客气而矜持的领她到桌上来。魔鬼并没有虚费刚刚流逝的一小时的时间。在佛兰心的帮助之下，维尔纳尔小姐拿一副比跳舞会的装束还要可怕的旅行服装武装起来了。她的素朴有一种艺术的情趣，一位配得让人看做装饰品的相当美丽的女人懂得拿这种艺术把服装减低到成为次要修饰的地步。她穿一件绿色的长袍。剪裁秀丽的绣有花边的短外衣拿一种不大适合于少女的情态给描出了她的身姿，让人看出她的袅袅的纤腰，风流的胸脯和娴雅的动作。她拿懂得在嘴里露出白瓷似的透明的齐整牙齿，懂得在颊上露出儿童似的鲜丽笑靥的女人所有的自然的温厚，带笑的走了进来。脱下了最初几乎让年轻水兵看不见她的这顶大帽子之后，她居然够毫不费事的做出成千的技巧，这些技巧表面上是这样的天真的，可是一个女人却能够应用它去叫人赞扬叹慕她的面貌的一切美丽和她的头部的一切温情。举止和服装的配合使她显得这样的年轻，居阿夫人甚至于都相信把她看成二十岁的姑娘是自己的宽大。这服装显然是制来取悦别人的，这服装的艳丽应当可以使年轻人生出希望；然而维尔纳尔小姐却用轻微的点头给他致敬，没有瞧他；她似乎是拿毫不介意的轻慢来摈弃他，使他受窘。这种矜持的态度，在别人看来，既不表示谨慎，也不泄露娇冶，而是一种自然的或矫揉造作的漠不在意。女客人懂得在自己脸上显露的诚实表情使她变成不可侵犯的。她并没有有露出任何想要获得胜利的预谋，仿佛只有可以诱惑（而且已经欺骗了）这个年轻水兵的自尊心似的。所以，素不相识的水兵就非常忧愤的回到自己的坐位上面去。

维尔纳尔小姐挽着佛兰心的手，走向居阿夫人这边来：

“太太，”她用媚人的声音对她说，“您愿意让这个女孩跟您一块儿吃饭吗？我把她当做朋友，不是把她当做女仆看待。在这多风波的时代里，我们只能够拿友情去报答人家的忠实；并且，这难道不是我们所有的一切吗？”

居阿女人拿一种略带仪式的一半敬礼来回答这句低声说出的话。这可以表示她怎么样的不喜欢遇到一位这样美丽的女人。然后，她就朝着她儿子的耳朵上：

“噢！多风波的时代，忠实，太太，女仆！”她说，这绝不能够是维尔纳尔小姐，这是福赤派来的。

客人们就坐了。维尔纳尔小姐看见高兰丹继续分析两位经他这一瞟视而感到不安的陌生人。

“公民，”她对他说，“你一定是有教养的，你不会这样的老跟着我。共和政府把我的父亲送上了断头台，它没有这样的宽宏大量，给我送一个保护人来。尽管你怎么样的为着一种空前的武士道的风雅，不顾我的反对，而陪着我来——说到这里，她就叹了一口气——我却决定不让你对我所有的这样费心的保护叫你受罪，麻烦。我在这里很安全，你可以离开我。”

她给他投去一道呆定的轻蔑眼色。高兰丹懂得她的意思，他就压下几乎锁住他的两只狡猾的嘴角的微笑，尊重的给她行了一个敬礼。

“女公民，”他说，“我总认为服从你是一个荣幸。只有美丽才是一个真正的共和党人所要自愿效劳的女王。”

维尔纳尔小姐看着他出去。她的眼睛射出一道非常天真的快乐的光芒，她拿充满幸福的智慧对佛兰心发出一个会心的微笑，瞧着她。因为妒忌而变成谨慎的居阿夫人也就觉得有放弃维尔纳尔小姐的美丽刚刚给她引起的狐疑的必要。

“这也许就是维尔纳尔小姐。”她朝着她儿子的耳朵上说。

“那末，这个护卫呢？”年轻人回答说，忧愤使他变成慎重的。“她是俘虏呢，还是受保护的人呢？她是政府的朋友呢，还是政府的仇敌呢？”

居阿夫人闪一闪眼睛，仿佛说她能够揭破这秘密似的。然而，高兰丹的离席却似乎使水兵减轻狐疑。水兵的脸孔已经失去了严厉的表情。但是，他给维尔纳尔小姐投去的几道秋波更像是对女人们的一般的爱慕，不像是对新生的爱情的热烈的尊敬。年轻女郎只因之而变得更加慎重，她只对居阿夫人说出多情的言辞。年轻人因为没有人理睬，只管对自己生气。他就设法在苦闷里装做毫不动情的神气。维尔纳尔小姐仿佛并没有看到这法术，她显得单纯而不怯懔，保守而不谨慎。这两位不像要互相认识的女人的逢遇并不引起任何的特殊感情。这里甚至于都有一种粗俗的别扭，一种障碍，打破了维尔纳尔小姐和年轻人一刻钟之前互相允许的一切快乐。但是女人们总有这么一种值得敬佩的适当机智，这么一种亲密的联结或是这么一种剧烈的感情要求，她们总懂得怎么样在这些机缘里打破冷淡。突然间，仿佛两个美丽的女客都有同样的思想似的，她们就开始天真的打趣她们的唯一侍从，争先恐后的说他的笑话，注意他，护卫他。精神上的一致使她们变成自由的。窘迫之中所发出的一道眼色或一句话都是有价值的，都变成了有意义的。总之，半点钟之后，这两位已经成为秘密仇人的女人却仿佛是世界上最知心的朋友。年轻水兵万分惊惶的怀恨维尔纳尔小姐的精神焕发，正如他曾经怀恨过她的缄默保守一样。他心下里极端的不痛快，忍气吞声的觉得跟她分享这一顿饭是个极大的遗憾。

“太太，”维尔纳尔小姐对居阿夫人说，“令郎都跟这会儿似的忧愁吗？”

“小姐，”他回答说，“我问我自己这个即将流逝的幸福有什么用处。我的忧愁正因为我的剧烈的快乐。”

“这是宫里熟识的一篇情歌，”她笑着说，“不是诸艺学校的学生所精通的。”

“这只表达一种自然的思想罢了，小姐。”居阿夫人说，她有理由去笼络这位陌生的女郎。

“算了罢，请您笑笑罢！”维尔纳尔小姐笑着对年轻人说，“要是叫您快乐的事情就是叫您忧愁的幸福，那末，当您哭的时候，您算是什么呀？”

这一微笑，再加上破坏诚实假面具的和谐的逼人的眼色，这就使水兵产生一些希望。但是，女人的天性往往叫她去做过多或过少的事情。就在这天性的感应下，维尔纳尔小姐忽而拿含情的秋波去占据这位年轻人，忽而拿冷淡严肃的态度去对抗他的风流的表情，这其实是女人们用来隐蔽她们的真情的通俗智巧。一刹那之间，也只有一刹那的工夫，正当他们都发现对方垂下眼皮的时候，他们就交换了彼此的真实思想；但是，他们又立刻掩住他们的眼色，仿佛他们也这样迅速的惊讶那一道照耀而推翻他们的心田的光线似的。因为用一道秋波说了太多的话而觉得害臊，他们就不敢再互相瞟视了。维尔纳尔小姐要让陌生人觉悟，她又缩回冷淡礼仪的范围里来，甚至于显得不能忍耐把饭吃完的样子。

“小姐，您在监狱里一定吃了不少苦头罢?”居阿夫人问她。

“哎唷！太太，我好像还在那里似的。”

“您的护送队是来保护您呢，还是监视您呢，小姐?……您是共和政府的宝贝呢，还是它的嫌疑犯呢?”

维尔纳尔小姐本能的了解居阿夫人对她没有多少兴趣，就对这问题发怒了。

“太太，”她回答说，“我不大清楚这时候我和共和政府的关系怎么样。”

“您也许要让它发抖。”年轻人略带嘲弄的口吻说。

“为什么不尊重小姐的秘密啊?”居阿夫人接着说。

“噢！太太，一位只知道生命的不幸的年轻女郎，她的秘密没有什么稀奇的。”

“可是，”居阿夫人加上一句话说，想要继续谈论可以让她知道她所要知道的事情的话题，“第一总裁的意向好像是完善的。人家不是说他要取消压迫亡命的贵族的法律吗?”

“这是真的，太太，”她用过分的激愤回答说，“那末，我们为什么要在王地和布列颠暴动呢?为什么要在法兰西点起烽火呢?……”

这句仁慈的叫声仿佛要人家来责罚她似的。这叫声使水兵不禁发起抖来。他猛力瞧着维尔纳尔小姐，然而却在她的脸上找不到怨恨和敬爱。这一张发亮的精细的皮肤是不可侵犯的。不可克服的好奇心突然把他和这奇怪的女郎联系了起来；其实他已经因为强烈的欲望而受到她的吸引。

“但是，”她歇了一会儿，说，“太太，您是不是到马因去呢?”

“是的，小姐，”年轻人拿怀疑的神气回答说。

“那末，太太，”维尔纳尔小姐继续说，“因为令郎在共和政府里做事儿……”

说这句话的时候，她的态度表面上看来是漠不在意的，然而她却给这两位陌生人投去一道只有女人跟外交家懂得应用的瞟视。

“你们大概很怕朱安党罢？”她接着说，“一个护送队可非同小可。我们几乎已经变成旅伴了，请你们跟我们一块儿到马因去罢。”

母子俩有点犹豫，他们似乎要互相商议。

“小姐，”年轻人回答说，“我不知道是不是应该告诉您，一桩非常重要的事情要我们今天晚上到福杰尔附近去，我们还没有找到交通工具呢；可是，小姐们总是这样的客气，要是我不信任您，我就未免太泄气了。不过，”他加上一句话，说，“在把我们交给您手里之前，我们至少要知道一下我们是不是可以安全的出来。您到底是您的共和党护送队的女王呢，还是奴隶？请您原谅一位年轻水兵的坦白，但是我看得出来在您的环境里有许多不自然的……”

“先生，我们是生活在任何事情都不自然的一个时代里。所以，你们可以毫不犹疑的接受我的提议，请你们相信这个。特别是，”她加上一句话，来支持自己，“你们也不必害怕上当，因为一个没有任何政治仇恨的女人的这样单纯的提议绝不会让你们上当的。”

“这样的旅行就不至于不会发生危险了，”他特别注重的说。他眼里的精细表情使这句粗俗的回答生色不浅。

“那末，您还怕什么啊？”她用嘲弄的微笑问，“我看不出来任何人有什么危险。”

“跟我说这些话的女郎是不是跟那个拿眼色来反映我的欲望的女郎一个人呢？”年轻人对自己说，“这是什么腔调啊！她给我张了什么圈套。”

这时刻，一声清越尖锐的猫头鹰的喊叫仿佛一个暗号似的荡漾着，这只猫头鹰似乎是栖在烟囱的顶梢。

“这是什么呀？”维尔纳尔小姐说，“我们的旅行没有好征兆啊。可是，大白天怎么能够有猫头鹰喊叫呀？”她做出一个惊愕的姿态问。

“这种情形有的时候是有的，”年轻人冷冷的说，“——小姐，”他接着说，“我们也许会给您带来不幸。您不是这么想吗？那末，咱们就别一块儿旅行啦。”

这句话是由一种冷静保守的态度给说出来的，使维尔纳尔小姐惊愕。

“先生，”她用贵族的傲慢态度说，“我并不是要强迫你们。我们还是保守共和政府所给我们留下的一点自由罢。要是太太单独一个人，我就要坚持……”

一位军人的沉重的脚声回响在走廊里，一会儿雨洛司令官就露出他那一副蹙皱的脸孔。

“到这儿来罢，上校，”维尔纳尔小姐笑着说，拿手给他指着一张在她身边的椅子。“——咱们谈一谈国家大事罢，因为这是必要的。请您别这么严肃！您怎么啦？这里有朱安党吗？”

司令官看见年轻的陌生人，只管呆呆的张开嘴，吃了一惊。他特别注意的瞧着他。

“妈妈，您还要一点兔肉吗？——小姐，您不吃啦？”水兵忙着照应客人，对佛兰心说。

但是雨洛的惊愕和维尔纳尔小姐的注意是一桩非常严重的事情，不认清这事情是很危险的。

“你有什么事呀，司令？你要认识我吗？”年轻人突然接着说。

“也许。”共和党人回答。

“真的，我相信我看见你到学校里来过。”

“我从来也没有到学校里去过，”司令官唐突的辩答说，“你是从哪一个学校出来的呀？你？”

“诸艺学校。”

“噢！噢！是的，是从这个人家要在寄宿舍里养军人的兵营里出来的，”司令官回答说，他对这些从这学识丰富的学校里出身的军官的厌恶是难于克制的，“那末，你是在哪一种军队里服役啊？”

“海军里。”

“啊！”雨洛狞笑说，“你认得不少这学校的毕业生在海军里服务吗？——这学校只出有，”他用严肃的声调接着说，“炮兵和工兵的军官。”

年轻人没有惊惶失措的神色。

“我有家庭的关系，所以是例外的，”他回答说，“我们一家人都在海军界服务。”

“啊！”雨洛接着说，“那末，你姓什么呀？公民？”

“圣锡尔·居阿。”

“你没有在莫尔泰额被刺吗？”

“啊！几乎被刺死了！”居阿夫人奋激的说，“我的儿子中了两枪。……”

“那末，你有你的证件吗？”雨洛不理睬母亲的话，这么说。

“您要验我的证件吗？”年轻水兵放肆无礼的问。他的狡狯眼睛轮流的研究司令官和维尔纳尔小姐的暗淡的脸孔。

“像你这样不知世故的少年也要找机会来麻烦我吗？算了罢，拿出你的证件来，要不然，我就带你走！”

“呃，呃，好朋友，我并不是一个应征新兵。我有回答你的必要吗？你是谁呀？”

“本地区的司令官，”雨洛立刻辩答说。

“噢！那末，我的事情一定会变成非常严重的，我一定会弄到非手里拿枪不可的地步了。”

于是，他就给司令官递过一杯保尔都葡萄酒。

“我不渴，”雨洛回答说，“好罢，咱们瞧瞧你的证件罢。”

这时刻，枪械的响声和兵士的步声在街上振荡着，雨洛立刻走近窗口，装出一个满意的表情，使维尔纳尔小姐不禁发起抖来。女郎对他的这种关怀的记号使年轻人又热情起来，他的脸孔已经变成冰冷而傲慢的了。他伸手探入礼服的口袋取出了一只精美的皮夹子，将证件递交给司令官。雨洛慢慢的读着，根据通行证上所描写的特点来比较这位极可怀疑的旅客的面貌。正在查验的时候，猫头鹰的声音又开始呼叫了；但是，这一次却不难辨别出来是人类所假装的声调。司令官就用嘲弄的神气给年轻人送还这证件。

“这都是很对的，”他对他说，“但是你得跟我到区里去。我不喜欢音乐，我！”

“您为什么要把他带到区里去呢？”维尔纳尔小姐用另一种腔调问道。

“我的小姑娘，”司令官顺着他的习惯，做出一个脸相，回答说，“这不干您的事。”

维尔纳尔小姐因为老军官的声调和表情，特别是这位老军官在她所取悦的男子面前所有的谦让态度而大为激奋；她站了起来，改变了一向她所保持的诚实谦和的态度。她的脸色激动了，她的眼睛发亮了。

“请您告诉我，这位年轻人是不是有一切法律所要求的证件？”她轻声的喊，但是她的声音带有一种颤抖的振动。

“是的，表面上是这样的。”雨洛讽讥的回答说。

“那末，我也希望您让他表面上安静了，”她接着说，“您怕他跑了吗？您可以把他跟我一块儿护送到马因去，他可以跟他的母亲一块儿坐在邮车里。请您别瞧他们，我要您这样！——好罢，怎么样！……”她一边瞧着做出一个小脸色的雨洛，一边接着说，“您还觉得他有嫌疑吗？”

“一点儿，我想。”

“那末，您要怎么样？”

“没有什么，只是要拿一些铅来洗刷洗刷他的脑袋……他是个糊涂虫。”司令官讥刺的接着说。

“您说笑话吗，上校？”维尔纳尔小姐喊道。

“咱们走罢，老兄！”司令官一边说，一边给水兵点一点头，“咱们走罢，咱们赶紧走罢！”

维尔纳尔小姐拿微笑来回答雨洛的无礼举动，而冷静了下来。

“您别走，”她对年轻人说，她用一个充满尊严的姿势来保护他。

“噢！真好看的头！”水兵朝着蹙着眉毛的母亲的耳朵上，说。

成千忧愤沮丧的情绪使巴黎女郎的脸孔发挥新的美丽。佛兰心、居阿夫人和他的儿子，大家都站了起来。维尔纳尔小姐挺身站在他们和司令官的中间。司令官微微的笑着，轻快的捉弄她的短外衣的两道绣花边。然后，她就拿女人的自尊心受到侵犯的时候所有的盲目举动，激忿的给司令官递过一封开着的信，仿佛小孩子得到新玩具的时候想要表现权力似的兴奋而烦躁。

“您念罢。”她冷笑的对他说。

她转过身来，朝向年轻人一边，在胜利的沉醉之下，给他投去一道杂有情意的狡狯的眼色。两个人的额头都发出亮光；快乐使他们的激奋脸孔生出光彩，成千的矛盾思想都涌上他们的心头。居阿夫人一瞥眼似乎就看出维尔纳尔小姐的殷勤有爱情的成分，不是慈善的念头。她想得对。美丽的女客人最初先涨红了脸，然后就温和的垂下眼睫，猜出女人的瞧视所说出来的一切的话。在这种带有威胁性的控诉之前，她又骄傲的仰起头来，向一切的眼睛挑战。发怔的司令官递还了部长们副署的信件。这信件请求一切的地方当局去听从这位神秘女郎的命令。但是他却从刀鞘里拔出他的指挥刀，拿在手里，在膝盖上把它敲断，一块一块的扔了出去。

“小姐，您也许知道您应当怎么做；但是一个共和党人有他的思想和他的骄傲，”他说，“由美丽的少女来给我们指挥，我实在是干不了的；今天晚上起，第一总裁就可以接到我的辞职书，只有雨洛以外的人才能够服从您，在我没有懂得这把戏之前，我只好停止了，尤其是我被迫去了解它的时候。”

一刹那的岑寂之后，年轻的巴黎女郎就打破这寂寞，走向司令官这边来，拉着他的手，对他说：

“上校，虽然您的胡髭稍微长了一些，你还可以吻我，因为您是一个男子汉。”

“荣幸得很，”他一边回答，一边笨拙的吻了这位奇异的女子的手，“——至于你，老兄，”他用手指指着年轻人，加上一句话说，“你算是躲过了一关！”

“司令，”陌生人笑着说，“别再说笑话了，要是你要的话，我就跟你到区里去好啦。”

“你要跟你那看不见的吹号人，走下地，一块儿到那里去吗？……”

“谁是走下地？”水兵装出真正惊异的表情问道。

“刚才他不是吹过口叫子吗？”

“那末，”陌生人答辩说，“这吹口叫子跟我有什么相干啊？我问您。我还以为这一定是您指挥来抓我的兵士们给您吹口叫子，通知您他们来了呢。”

“真的吗，你真的这么想吗？”

“呃！天老爷，可不是吗！请你喝你的保尔都酒罢，这真是美酒。”

司令官奇怪水兵的自然惊愕，他那不可相信的轻佻举止，他的年轻脸孔（这脸孔因为小心卷好的金栗色发环而显得几乎是小孩子的面貌），不禁涌上了成千的疑惑。他瞧了瞧正在设法研究儿子给维尔纳尔小姐投去的秋波的居阿夫人，突然的问她：

“您多大年纪啊，女公民？”

“噢，军官先生，我们的共和国法律未免太残酷了！我三十八岁。”

“人家什么时候要枪毙我，我都不相信这个。走下地在这儿，他吹了口叫子，您是朱安党化装的。他妈的！我要让人家整个包围搜索这旅馆。”

这时刻，跟人家刚才所听见的相似的不规则的吹口叫子的声音从旅馆的院子里响了过来，打断了司令官的话；他很幸运的快步跑到走廊里来，没有看出他的话给居阿夫人脸上沾染的苍白颜色。雨洛看见吹口叫子的人是一个给邮车驾马的马夫；他不再狐疑了，因为他觉得朱安党在阿郎桑冒险是很可笑的事情。他就惭愧的回来。

“我饶了他，但是将来他一定得拿极大的代价来偿还他在这里给我们受罪的这一刻钟，”雨洛回到房里来的时候，母亲严厉的朝着儿子的耳朵上，说。

英勇的军官，在他那受窘的脸孔上，现出一种认真负责的精神给心里所激起的对抗善良天性的斗争的表情。他保留愤怒的神气，也许因为他认为自己受了骗；可是，他却喝了保尔都葡萄酒，说：

“老兄，请你原谅我；可是，贵校给军队送来这么年轻的军官们……”

“那末，土匪不是也有更年轻的军官吗?”冒充的水兵笑着问。

“您到底把我的孩子看做什么人啊?”居阿夫人接着说。

“看做少年，就是伦敦内阁给朱安党和王地人送来的领袖，也就是人家叫做孟多兰侯爵的。”

司令官仍然十分注意的侦察这两位很有嫌疑的人物。他们互相的瞟了一眼，仿佛两位自负的无知笨汉彼此呼应的做了一个奇怪的姿势似的。这种表情可以拿这对话的方式去翻译它：“你懂得这个吗?”“不，你呢?”“一点儿也不懂得。”“他到底说些什么呀?”“他做梦呢。”然后，当他相信胜利的时候，他就发出愚傻的轻慢的狂笑。

维尔纳尔·玛利听到保王党将军名字的时候所有的态度的突变和昏迷，只有佛兰心察得出来，因为只有她一个人认识清楚这副年轻面孔的微末色彩。司令官狼狈的拾起他的两段刀片，瞧了维尔纳尔小姐一眼；小姐的热烈表情感动了他的心灵，他就对她说：

“至于您，小姐，我绝不食言，明天，我的刀片一定会让人给送到波拿巴特面前去，除非……”

“呃！波拿巴特，您的共和政府，朱安党，国王和少年，他们跟我有什么相干呢？”她一边嚷，一边勉强抑住一个厌恶的动作。

莫名的情意或感情使这脸孔发出晶亮的光彩，人家可以看出：这位年轻少女特别看中一个人物的时候，在她看来，全世界应当等于零。但是，突然间，她又强制自己镇静，觉得自己是一个著名演员似的成为一切观众的对象了。司令官忽然站了起来。维尔纳尔小姐又忧虑，又激奋的跟着他出去，在走廊里拦住他，用严肃的口吻问着他：

“您是不是有许多理由怀疑这位年轻人是少年呢？”

“他妈的！小姐，护送您来的步兵告诉我，邮车和旅客被朱安党劫杀了，这是我所知道的；但是我不知道遇害的旅客就叫做圣锡尔·居阿。”

“噢！要是有高兰丹参与其间，我就不奇怪这个！”她用一个厌恶的动作嚷着说。

司令官走远了。他不敢瞧视维尔纳尔小姐，因为她那带有危险性的美丽已经扰乱了他的心思。

“要是我再多留二分钟，我一定会做出傻事，重新拿起我的刀，护送她，”他一边走下楼梯，一边喃喃的自言自语。

居阿夫人看见年轻人的眼睛死盯住维尔纳尔小姐走过的那一扇门，就朝着他的耳朵上，说：

“总是这样的！您只能够死在女人手里。一只洋囡囡就让您什么都忘了。您为什么这么费劲，要她跟我们一块儿吃饭呢？这个维尔纳尔小姐，她同意跟陌生人一块儿吃饭，她有蓝衣客护送她，她拿出一封好像情书似的藏在花边里的信，就可以吓退他们；这个维尔纳尔小姐到底是什么东西呀？这就是帮助福赤来抓您的许多坏女人之中的一个。她拿出的信就是为着请求蓝衣客来对抗您的呀。”

“呃！太太，”年轻人拿一道刺破贵妇的心而使她脸色发白的声调回答说，“她的温厚证明您的怀疑并不可靠。您得记清楚，我们的结合只是为着国王的事业。您脚边有了查礼特[①]之后，在您看来，宇宙难道不是空的吗？您不是已经只为着替他报仇而要活着吗？”

贵妇若有所思的站着，仿佛一个人伫立河岸，观看自己宝藏的沉没，而万分羡慕这不可复得的财产似的。维尔纳尔小姐回来了，年轻人跟她交换了一个微笑，一个充满甜蜜讥笑的眼色。无论前途是怎么样的渺茫，无论他们的结合是怎么样的匆忙，这希望的预兆总是越来越加悦人。无论怎么样的急速，这一个秋波都瞒不住居阿夫人的慧眼。贵妇明白了，她不禁微微的蹙起额头，她的态度也不能够整个的掩住她的妒忌的心思。佛兰心观察这个女人；她看见这贵妇的眼睛发亮，双颊激奋；她仿佛看见有个什么魔鬼在什么可怕的动乱的袭击下使这脸孔激奋。但是这个表情却很快的流逝，比起闪电或死亡来还要迅速。居阿夫人又恢复了平静的快乐神色，使佛兰心觉得自己做了梦。不过，看出在这位女人身里也有和维尔纳尔小姐至少相等的激动的时候，她就不禁

---

① Charette是王地勤王军的领袖，曾于马赤古尔（Machecoul）击败共和军，后被擒，于一七九六年受枪杀之刑于南特。

预先想到将来在这两个这样强力的人物之间一定会发生许多可怕的冲突，也就发抖的看着维尔纳尔小姐走向年轻军官那边去，握住他的两只手，把他拉近身边，用狡猾的娇冶姿势带他到窗口来。

“现在，请您对我承认了罢，”她一边说，一边注视他的眼睛，“您并不是圣锡尔·居阿公民，不是吗?”

“我是圣锡尔·居阿呀，小姐。”

“圣锡尔·居阿和他的母亲前天让人家杀死了呢!”

“我很抱歉，”他笑着回答说，“无论如何，我总得永远的感谢您，我而且要给您证明我对您的感恩。”

“我相信我是救了一个被迫移殖的贵族，但是我更喜欢您是个共和党人。”

这句话是糊里糊涂从她的嘴唇中间说了出来的。之后，她就变成害臊的样子，她的眼睛好像红晕了，她的举止只有一个甜蜜的天真情绪的表露；她慢慢的放松了军官的手，她所以觉得害臊并不是因为她紧紧的握住这只手，而是因为她在心里有个非常笨重的思想。她让他生有希望而疯狂。突然间，她又仿佛怨恨自己做出这懈怠的举动，这懈怠也许是她的冒险的旅行所给她的特权；她又恢复了平常的多礼态度，给她的两位同路伴侣致敬，跟佛兰心一块儿出去，不见了。来到房里的时候，佛兰心叉着手指，向外伸出她的手掌，弯着她的手臂，瞧着她的女主人，对她说：

“啊！玛利，这一会儿的时间做了多少事儿啊！只有您能够做这些事儿!”

维尔纳尔小姐跳了起来，抱住佛兰心的颈项：

“啊！这就是生活！我是在天国里!”

“也许是在地狱里。”佛兰心辩答说。

“噢！你说地狱就算是地狱罢!”维尔纳尔小姐快乐的接着说，“瞧，给我你的手罢：请你摸一摸我的心脏，它这样哔啪的跳啊!

我发烧了。这时候，整个的世界都算不了什么东西！我多少次没有在梦里看见这个人呢！噢！他的头多么美丽啊！他的眼睛多么亮啊！”

“他会爱您吗?”天真素朴的乡下姑娘低声的问，她的脸显出哀怨的痕迹。

“你问我这个吗?”维尔纳尔小姐回答说，“——你说罢，佛兰心，”她让她看出她那半庄半谐的态度，加上一句话说，“那末，这一定会变成非常困难的了!”

“是的，可是他会永远爱您吗?”佛兰心笑着接着说。

两个人互相注意了一会儿，缄口不言，佛兰心心里称颂许多经验，玛利平生第一遭看到感情的将来幸福，所以，她就好像探身绝壁，等着先前无意中投下的石子的响声，要去测量绝壁的深度似的。

“呃！这是我的事业，”她说着，做出一个失望的赌徒所有的姿势，“我绝不埋怨一个受骗的女人，她只有自己负责自己的被弃。无论生死，我都得守住这个要把心献给我的男人。——可是，”她歇了一会儿，忽然惊愕的加上一句话说，“你哪儿来的这些知识呀，佛兰心？……”

“小姐，”乡下姑娘兴奋的回答说，“我听见走廊里有步声……”

“啊!”她一边侧耳倾听，一边说，“这不是他！——可是，”她接着说，“原来你就这样的回答我！我懂得你：我要等着你的秘密，或是猜着你。”

佛兰心有道理。三响敲门声打断了她们的谈论。听到维尔纳尔小姐请他进来的声音之后，麦尔营长就出现了。

十

给维尔纳尔小姐行一个军礼的时候，营长偷偷的给她投去一瞥眼，他被她的美丽给迷住了，就不知所措的只管对她说：

“小姐，我听从您的命令！”

“那末，您是因为您的联队队长辞职，变成了我的保护人吗？您的军队不是这样称呼吗？”

“我的上司是热拉尔上尉副官，他派我来。”

“所以，您的司令官很怕我吗？”她问。

“请您原谅，小姐，雨洛并不怕您，可是女人们，您瞧，这不是他的事情；这逼着他去找一个戴女帽的将军。”

“不过，”维尔纳尔小姐立刻回答说，“他的责任就是服从上峰！我喜欢下属，我预先告诉您这个，我不喜欢人家抵抗我。”

“这一定是不容易的，”麦尔回答说。

“咱们商量商量罢，”维尔纳尔小姐接着说，“您这里有许多新兵，他们可以陪我到马因去，今天晚上我可以到达马因。我们能够在那儿找到新兵陪我们再往前走，不必让我们停在那里吗？朱安党不知道我们的行径。这样的夜里旅行，要是我们碰到一大队朱安党来打击我们，我们就未免太不幸了……咱们瞧，您说，您认为这是可能的吗？”

“可能的，小姐。”

“从马因到福杰尔去的路怎么样？”

“崎岖得很。老是得上坡，下坡。这真是松鼠的国度。”

“咱们走罢，咱们走罢，”她说，“我们既然没有什么危险离开阿郎桑，你们就无妨先去，我们再去会合你们。”

“人家一定要说她已经当了十年军官，”麦尔一边出去，一边对自己说，“雨洛错了，这位女郎比不得那些用一架鹅毛床去收税的女人。好家伙！要是麦尔营长想当上尉副官的话，我就不劝他把圣米赤儿看做魔鬼。”

维尔纳尔小姐跟麦尔谈论的时候，佛兰心就走出去，想要从走廊的窗口去看一看她到旅店里来之后就要去侦察的院里的一个地点。她十分用心看着马厩里的草堆，人家甚至于都会以为她是在圣母面前祷告。一会儿，她就看见居阿夫人只怕潮湿了脚爪的猫似的蹑手蹑脚的朝着走下地那边走去。朱安党看见贵妇，就站了起来，必恭必敬的伫立在她面前。这奇怪的情景唤起了佛兰心的好奇心，她就奋身跑到院子里来，沿着墙溜了过去，免得让居阿夫人瞥见，设法躲在马厩的门后；她翘着脚尖走路，忍住呼吸，避免弄出任何的声响，居然能够走近走下地而没有引起他的注意。

"呃，要是根据这些消息，"陌生女郎对朱安党说，"这并不是她的姓名，你就可以毫不留情的开枪打死她，就像打疯狂的母狗似的！"

"好的。"走下地回答说。

贵妇又走开了。朱安党再把红毡帽戴在他的头顶，继续站着。当他看见佛兰心仿佛魔术似的出现在他眼前的时候，他就好像受窘的人似的只管搔着耳朵。

"乌莱伊·安娜圣母啊！"他喊道。

他突然放下他的皮鞭，合起双掌，迷迷糊糊的愣住。他的粗鲁的脸孔浮出微弱的红晕，他的眼睛就像是掉在污泥里的金钢钻似的发亮。

"这是高丹的神女吗？"他用只有他一个人听得到的微小的声音说，"——您是'歌当'吗！"他歇了一口气说。

"歌当"这个奇怪的字眼是这些地方土话的一个极级形容词，是情人用来表示华丽服装和秀美面貌相配合的颂词。

"我不敢动您，"走下地接着说，然而他却对佛兰心伸出他的大手，好像要支持一条围住她的颈项一直垂到她腰里的大金链的重量似的。

"您最好不要这样，彼得！"佛兰心回答说。当一个女人不受压迫的时候，她的本能可以使她变成虐君。佛兰心就是在这本能的感应下说出这句话的。

欣赏朱安党的惊惧之后，她就骄傲的退了回去；但是她却用温存的秋波去补偿她的无情的言辞。她又走近了他。

“彼得，”她接着说，“这位贵妇人跟你谈判到我的女主人，不是吗？”

走下地保持缄默，他的脸色就像晨曦在黑暗和光明之间的挣扎似的变化着。他轮流的瞧了瞧佛兰心，他所丢弃在地下的鞭子和这条金项链，这项链好像和这位布列颠女郎的面貌对他都有同行的引诱力似的。然后，仿佛要结束他的忧虑似的，他就拾起了他的鞭子，保守沉默。

“噢！我很容易猜出这位贵妇人一定给你下过命令要你来杀死我的女主人，”佛兰心接着说；她知道他忠诚而要消除他的疑窦。

走下地用一个极有含义的动作低下了头。在高丹的神女看来，这已经是一个回答了。

“那末，彼得，要是她有半点儿差池，要是她头上让人家拔去一根头发，我们就算是最后一次在这里见面了，永远不会再见面了，因为我就要到天堂去，我！你也要到地狱去！”

当年由教会给祓除妖魔的受迷人也不比走下地听到他所相信的这句预言时更为激动。他的眼色最初含有视野的柔情，后来却因为想到跟爱情有同等急切的诱惑的责任而沮丧了。他看见他以往的纯洁的情妇有一种高傲的神气，他的眼睛就突然变成凶恶的。佛兰心用她自己的想法来解释这个朱安党的缄默。

“那末，你不愿意给我做任何的事情吗？”她用责难的口吻对他说。

听了这句话，这个朱安党就用乌鸦翅膀一般黑的眼睛瞧了他的情妇一眼。

“你自由吗？”他用只有佛兰心听得见的怨恨的吟声问。

“要我是自由的，我还在这里吗？……”她气愤的回答说，“可是，你，你在这里干什么呀？你还当朱安党，你就像找人咬的疯狗似的到处的跑。噢！彼得，要是你聪明点儿，你就跟我一块儿来罢。我可以告诉你，这位美丽的姑娘当时是我们家里养大的，我抚育过她。现在我有二百佛郎年金。还有，小姐还用五百厄古替我买了我的舅舅杜马斯的房子，我还有两千佛郎的积蓄呢。”

可是，她的微笑和她对于财富的报告却在走下地的不可侵犯的表情之前碰了一个钉子。

“修道院的院长们谈过应当准备打仗，”他回答说，“把一个蓝衣客打在地上就可以挣得一个赦免。”

“可是，蓝衣客说不定还要杀死你呢！”

他的回答就是放下手臂，仿佛抱歉没有给上帝和国王献上丰富的祭品似的。

“那末，我要变成什么样子的呢？”年轻女郎苦痛的问。

走下地呆呆的瞧着佛兰心；他的眼睛好像睁大了，两颗泪珠平行的流下他的双颊，滴在他所披盖的羊皮上，一声轻微的叹息冲出他的肺腑。

“乌莱伊·安娜圣母！……原来这就是七年离别之后你所要对我说的一句话吗？……你变了人啦！”

“我总是永远的爱你，”朱安党突然回答说。

“不，”她朝着他的耳朵说，“国王是在我之上的。”

“要是你这样的瞧我，我就要走啦。”

“好罢，再见，”她悲痛的接着说。

“再见！”走下地重复着说。

他拉着佛兰心的手，紧握着，吻了它，做出一个十字架的记号，跑到马厩里去，仿佛偷到一块骨头的狗似的。

“抢面包，”他对他的同伴说，“我一点儿也瞧不见。你有你的烟锥吗?”

“噢！老天爷！美丽的项链！……”抢面包一边回答，一边伸手摸索他的羊皮衣的口袋。

他给走下地递过一只小小的牛角锥，这是布列颠人拿来贮藏他们在冬天的长夜里所碾碎的精美烟丝的器具。朱安党伸出他的大拇指，给他的左手做出一个凹洞，仿佛伤兵用来衡量烟撮似的。他在那里重重的摇了几下这烟锥（抢面包已经取下这烟锥尖角上的螺丝钉)。一道触摸不着的粉末慢慢的从这布列颠的贮烟器的尖角上流了出来。走下地重复了七八次这一声不响的把戏，好像这粉末赋有一种可以改变他的思想的力量似的。突然间，他又做出一个失望的姿势，把烟锥扔给抢面包，拿起了藏在草堆里的短枪。

“这样的摇了七八下烟锥，算得什么!”悭吝的抢面包说。

“去罢!”走下地用嘎哑的声音说，“咱们有工作。”

三十个左右睡在马槽和草堆的朱安党都钻出头来，瞧了走下地一眼，从朝向花园、可以通到田里的门上走了出去，失踪不见了。佛兰心从马厩出来的时候，邮车已经准备好，等着出发了。维尔纳尔小姐和她的两位旅伴已经坐上了车。布列颠女人看见她的女主人就在车里坐在刚刚给朱安党下令杀死她的女人旁边，不禁发起抖来。可疑的男子坐在玛利的前面。佛兰心坐稳座位之后，笨重的邮车就开走了。这行驶实在是个大错。

太阳驱散秋天的灰云，它的光辉用一种喜悦和青春的情调使田野扬起了一种忧愁的色彩。许多情人都从这天时的变故里看到预兆。佛兰心非常惊异这些旅客的最初的寂寞。维尔纳尔小姐又装起了她的冷淡神气。她的眼睛低垂着，她的头部倾斜着，她的双手放在她所披上的无袖女大衣的下面。如果她仰起双眸，她的目的就是要去欣赏急速向后退转的山景。她确信人家崇拜她，她却拒绝不让人家崇拜。但是她那漠不关心的外表却使她显得更为娇冶，不是诚实。动人的贞洁往往给那些可以激奋柔弱心灵的不同表情许多调和的情意。这贞洁仿佛不能够拿鼓动爱情风波的热烈表情去诱惑这个女郎。在初次私奔的快乐的袭诱之下，陌生的男子还没有追寻解释这位奇异女郎的娇冶和奋激之间的不相调和的理由。这种虚伪的诚实不让他从容欣赏这只由冷静和兴奋给同样加以美化的脸孔！我们从来也没有泄露我们的快乐的源泉。

一位美女很难在车里避免同伴的瞟视。他们的眼睛只管盯在她的身上，好像要在那里寻觅一个消除旅途的单调生活的遣兴似的。所以，年轻军官非常欣幸能够满足他的初生情感的贪婪，没有让陌生女郎避开他的视线或紧迫的对他反攻。他很快乐的研究描绘这幅脸孔的轮廓的纯洁明亮的线条。在他看来，这简直就是一张图画。一会儿，太阳的光辉使两只鼻孔显出透明的玫瑰的颜色跟联络鼻孔和上唇的两道弓形的人中；一会儿，一道惨白的阳光又使在双眸之下闪烁，在嘴唇周围，在两颊之上发润，在鬓角和颈项之间阴沉的色彩生辉。他欣赏围绕脸孔四周，在那里印上即生即灭的温柔痕迹的黑色发卷所生的黑白对照，因为在女人身上一切都是暂时的！她今日的美丽往往不是昨日的美丽，也许在她方面幸而是这样的！所谓的水兵还在能够欣赏这些无往而不表现爱情的细节的年龄；他幸运的等待着这眼睫的重复运动，呼吸在胸口所产生的迷人的动作。有的时候，他顺着他的想法，觉得在眼睛的表情和看不见的嘴唇的微颤之间有一个默契。每一个姿势都给他献出一个灵魂，每一个动作都给他呈上这个女郎的新面目。如果有些思想激动了这些活动的线条，如果陡然的红润在那里涂上颜色，如果嫣然的微笑在那里灌入生命的话，他就在猜测这神秘女郎的秘密当中尝着成千的滋味。一切的一切都是灵魂的陷阱，一切的一切都是感觉的罗网。总之，这寂寞不但没有阻碍心心的相印，而且变成了相思的联系。维尔纳尔·玛利的视线好几次都碰到了陌生人的视线；这使她懂得寂寞会给她招祸；于是，她就给居阿夫人提出一些毫无意义的问题，去引起谈话，但是她也不能够避免问到这个儿子。

“太太，”她说，“您怎么能够决定把令郎送到海军界去呢？这不是罚您永远担心吗？”

“小姐，女人们，母亲们的命运，我可以说，就是永远为她们的宝贝颤栗。”

“先生很像您。”

“您倒看得出，小姐。”

居阿夫人所冒充的年龄居然让维尔纳尔小姐天真的承认了。这种承认使年轻人不禁嫣然一笑，给假装的母亲感应了一个新的忧愤。这位女人的仇恨也就随着她的儿子向玛利投去的每一道多情的秋波而增强了。寂寞和会谈都在她身上燃起了隐藏在多情多礼的外表之下的可怕的怒火。

“小姐，”陌生的男子就说，“您错了。水兵并不比其他的军人更危险。女人们千万不要恨水兵：我们不是比陆军更方便，能够对我们的情妇忠实吗?”

“噢！这是被迫如此的。”维尔纳尔小姐笑着回答说。

“可是，这总算是忠实呀。”居阿夫人用阴沉的声音答辩说。

谈话炽烈起来了，大家谈到这三个旅客都感觉兴趣的问题，因为在这种环境下，聪明人可以给粗鲁的言词加上许多新鲜的意义；但是这些陌生人乐于互相询问的会谈表面上虽是无关紧要的，内里却藏有激动他们的欲求、感情和希望。随时提防的玛利，她的精细和狡猾让居阿夫人明白只有诽谤和出卖才能够使她打败这个既聪明又美丽的劲敌。旅客们赶上了护送队，邮车也走得慢了。年轻水兵看见前面是个悠长的山岗，就给维尔纳尔小姐提议下车散步。年轻人的高雅趣味和他的多情礼貌好像使巴黎女郎定下主意，她的赞同使他十分高兴。

“太太也赞同我们的意见吗?”她问居阿夫人，“您也要散步散步吗?”

“这妖精!”贵妇一边下车，一边说。

玛利和陌生人一块儿走，但是却是分开的。心里蓄有强烈的欲望的水兵很想叫她放下她的保守态度，他不是不明白这保守态度的虚伪。他相信能够用法兰西的和蔼，有时轻佻，有时严肃，总是带有骑士的风采，往往含有讥讽的成分的被人放逐的贵族所有的聪明去跟这位不相识的女郎诙谐，去求得成功。但是这位哈哈大笑的巴黎女郎却这样狡猾的跟年轻的共和党海军打趣，她懂得这样傲慢的斥责他的无稽的居心，这样的选择可以刺痛他的激烈的言词，使他容易想出取悦她的办法。谈话的风格于是就改变了。从这时候起，陌生男子就实现了他那富于表情的脸孔所给他的希望。不时不时的，在他想要欣赏这位使他依恋难舍的妖妇的时候，他又觉得有许多新的困难。他越觉得这位女郎的奇怪，也就不得不停止他对这位正在运用法术到处破坏他对她的估量的少女的判断。因为欣赏她的美丽而被诱惑之后，他就让玛利喜欢给他激起的好奇心给吸引到这位陌生的女人身上来。这个会谈就不知不觉的采取了维尔纳尔小姐想要极力矫饰而仍然遮掩不住的漠不在意的声调所生的一个非常奇怪的方式。

虽然居阿夫人跟着两位情人来，他们却不知不觉的走得比她快。一会儿，他们就把她扔在后面差不多一百步的光景。这两位疯狂的情人踩着路上的细沙，拿儿童的兴致去听他们的脚步的轻微的回音，快乐的看着自己浸浴在春天似的阳光里，一块儿呼吸杂有许多菜蔬气味的秋天的馨香，这些芬芳就像是空气给初生的爱情带来的食粮似的。虽然他们彼此之间都只觉得这是暂时结合的平常的韵事，但是天空、地势和季节却给他们的情绪染上一种严重的色素，使他们露出爱情的外观。他们开始称颂美丽的时日；然后，他们又谈到他们的奇异的逢遇，谈到人家在旅途中这样甜蜜，这样容易和暂时见面的同伴谈心而生的结合之将要离散。说到这最后一个问题的时候，年轻人就利用人家巧妙授权给他去和盘托出一些机密话的许诺冒险说出了一些间接的供状，因为他是习惯于这种环境的。

“您注意到，小姐，”他对她说，“在我们这恐怖的时代里，多少情绪都不是走平常的路吗？在我们身边，一切的事情不都受到一个不可解释的突如其来的打击吗？今天，我们只是一瞧眼就互相的爱慕，互相的仇恨。人家为着生活而联合，或是拿着走上死亡的速度来彼此分离。什么事情都是急忙忙的，就像国家也是乱纷纷的似的。在危险当中，我们应当比平常的生活更强烈的紧抱着。最近在巴黎，每一个人都知道一握手所能说的一切的话，好像在战场上似的。”

“人家觉得有多多生活，快快生活的必要，”她回答说，“因为人家没有多少时间去生活。”

她再给她的同伴投去一道眼色，仿佛要告诉他这短促的旅行即将结束似的。然后，她就狡猾的加上一句话说：

“您真知道不少生活的事情啊，您这从学校里出来的年轻人！”

“您想我是怎么样的人呢？”一会儿的沉寂之后，他就问道，“请您不要客气说出您的意见。”

“您一定想要得到权利谈到我，不是吗？……”她笑着立刻的回答说。

“您没有回答我啊，”他稍微歇了一口气，就接着说，“当心呀，缄默往往就是回答。”

“我不是猜透您要说到我的一切话吗？呃！好家伙，您已经说得太多啦。”

“噢！要是咱们互相了解，”他笑着说，“我所得到的就要比我所敢希望的多得多。”

她开始温存的微笑，好像是接受了一切男子都喜欢拿来胁迫女人的斗争似的。他们就半真半假的互相承认他们绝不能够变成这时候他们所有的关系之外的东西。年轻人能够追求没有任何前途的情爱，玛利也能够窃笑他。然后，当他们在彼此之间给盖上一层幻想的隔墙之后，他们又好像彼此都非常忙于利用刚刚商议停当的危险的自由似的。

玛利忽然碰到一块石头，走了一步错路。

“请您拉我的手臂罢。”陌生人说。

“真应当这样，您这急性儿！要是我拒绝的话，您说不定就太骄傲啦。我不是有点怕您的神气吗？”

“啊！小姐，”他一边回答，一边压紧她的手臂，让她觉出他的心悸，“您要使我因为这宠幸而变成骄傲的。”

“好罢，我这样的随便，这可以给您扔掉您的幻想。”

“您已经要防卫我，让我避免您所给我产生的感情的危险吗？”

“别啦，我请您，”她说，“别再把我引诱到这些化装室的念头里来，到这些街巷的谜语里来。我不喜欢在您这样性格的一个男子身上找到傻子们也能有的智慧。您瞧！……咱们是在一个美丽的天空底下，广阔的田野里头；我们的前边，我们的顶上，一切都是伟大的。您要说我美，不是吗？可是我不是一个容易拍上马屁的女人。——您要不要凑巧给我说一些您的情绪呢？”她冷笑的加上一句话说，“您是不是以为我是一个单纯的女人，我会相信您的突然的同情，我会相信您那相当强烈，可以运用您对这一早晨的回忆去统制怕整个生命的同情呢？……”

“不是我对这一早晨的回忆，”他回答说，“而是我对一位显得这样仁慈的美人的回忆。”

“要是您遇到更伟大的美人，”她笑着接着说，“您就会忘记了这个一切都很别扭的陌生女人，因为她的名字，她的身份，她的地位，她的自由精神，她的无羁举止都是别扭的。”

“您不是我不认识的陌生人，”他喊道，“我猜得着您，除了希望您多多相信您所感应的爱情之外，我也想不出您还要什么其他的完善的美德了。”

“啊！我可怜的十七岁的孩子，您已经谈爱情吗？”她微笑的说，“好，算了罢……这是两个人之间的谈话材料，好比说，我们拜访的时候所谈到的雨水和天气，咱们就谈这个罢！您可以找出我既不是假谦虚，也不是小器量。我能够听这句话而不至于脸红，我已经听过太多这种没有心声的话啦，在我看来，它几乎是没有意义的啦。戏院里，书本里，交际场里，到处都是这句话；但是，我可从来也没有遇过这样真正伟大的情绪。”

“您追求过这情绪吗？”

“追求过。”

这句话是非常疏忽的说了出来的，甚至于都使年轻人做出一个惊愕的姿势。他呆呆的眼睛盯住玛利，仿佛忽然改变了他对她的性格和她的真正地位的意见似的。

“小姐，”他拿隐蔽不住的情感说，“您是少女呢，还是妇人呢？您是天使呢，还是魔鬼呢？”

“我既是少女，又是妇人，既是天使，又是魔鬼，”她笑着回答说，“一位没有慈爱过，也许永远不谈恋爱的少女不是有点既像魔鬼又像天使吗？”

“您觉得这样幸福吗？……”他用自由的腔调和态度说，仿佛已经有点轻视他的女救星似的。

“噢！幸福，”她接着说，“不，只要我想到我是一个孤单的女人，我得忍受使我变成矫揉造作的社会习俗的统制，我就羡慕男人的特权。可是，要是我想到上天赋给我们来包裹你们，来把你们捆在一个有力量，看不见的网子里，你们之中就没有人能够抵抗这力量，我就笑着接受这世界让我扮演的角色；然后，我就突然觉得男人是渺小的，觉得我要轻蔑一个男人，仿佛他很容易受到习俗的欺骗。总之，有的时候，我看到我们的肩轭，它使我快乐，然后我又觉得它可怕，我就拒绝接受；有的时候，我觉得我心里有可以叫女人显得高贵美丽的一种忠贞的欲望，然后要求统治权的欲望就吞噬着我。也许这就是使这世界的一切造化能够生活下去的‘善’和‘恶’的自然斗争。天使和魔鬼，您已经说过了。啊！我不是今天第一次才认识我的双重性格。不过，我们这些女人，我们比你们更知道清楚我们的缺点。我们本能的希望在任何东西上面发觉不可能实现的完善。可是，”她一边瞧着天空，叹了一口气，一边加上这句话说，“使我们在你们眼睛里变成伟大的……”

“就是……？”他说。

“就是，”她回答说，“我们大家多少都跟一个不完全的命运进行斗争。”

“小姐，那末，我们为什么今天晚上就要离开呢？”

“啊！”她一边说，一边用微笑去回报年轻人给她送来的含情的眼色，“咱们回到车里去罢，这空气对我们没有什么好处。”

玛利突然转身回去，陌生人跟着她来，用稍欠尊严的动作紧紧的拉住她的手臂，然而这动作却表现出他的急切欲望和他对她的崇拜。她加紧她的步伐。水兵猜想她要避免听见一句烦人的宣言。他也只因此而变得更加热烈。他要冒着一切的危险从这个女郎身上求得第一次恩宠。他精细的端详她，对她说：

“您要我告诉您一个秘密吗？”

“噢！快点说罢，是不是跟您有关系的秘密呢？”

“我并不是给共和政府效劳的。您要到哪儿去呢？我要跟您去。”

听了这句话，玛利不禁大为惊讶，她缩回她的手臂，拿一双手掩住她的脸，去遮蔽改变面纹的脸色的发红或发白。可是，她又忽然放开她的脸，用动情的腔调对他说：

“那末，您从头到尾都骗了我吗？”

“是呀。”他说。

听了这句话，她就转过身来，背着他们所要走去的邮车，几乎开始跑了。

“可是，”陌生人接着说，“您不是说空气对我们没有什么好处吗？……”

“噢！现在不同了，”她一边用严厉的声调说，一边在纷乱思想的袭击下继续走着。

“您不说话吗？”陌生人问，他的心坎充满着期待快乐的时候所有的甜蜜领会。

“噢！”她急促的说，“悲剧已经开幕了。”

“您说的是什么悲剧呀？”他问。

她停步了。她先拿又害怕又好奇的神气打量着诸艺学校的学生，再在不可侵犯的镇静下隐藏着激动的情感，让人家看出像她这样一个少女已经有丰富的生活经验。

“您是谁呀？”她接着说；“可是，我已经知道啦！瞧着您，我就有点怀疑，您不是叫做少年的保王党领袖吗？前任的乌当主教说对啦，他告诉我们应当随时相信宣示不幸的预兆。”

“那末，您为什么要认识这个孩子呢？”

“那末，要是我都已经救了他的生命，他为什么还要瞒着我呢？”

说完，她就哈哈的笑了起来，不过是勉强的大笑罢了。

“我阻止您来告诉我您爱我，这是很聪明的。您得知道清楚，先生，我恨您。我是共和党人，您是保王党领袖，要是没有我的一句话，我就把您交给区里了，要是我没有救过您一次命，要是……”

她停住不说了。这些强烈的反躬自省，这些内心的斗争使她不再费力去忧愁的遮瞒陌生人，然而陌生人却落空的想要观察她。

“咱们立刻就离开罢，我希望这个。再见！”她说。

她又转过身来，走了几步，又向回走。

“不，我非常希望知道您是谁，”她接着说，“一点儿也别瞒我，请您说实话。您是谁呀？因为您不但不是十七岁，而且也不是诸艺学校的学生。……”

“我是个水兵，我等着要离开海洋，愿意受您幻想的指挥，到处跟着您去。要是我荣幸给您一些神秘，我就不愿意打破您的好奇。正当我们开始这样互相了解的时候，为什么要把实际生活的问题给纠在心灵生活里头呢？”

“我们的灵魂可以互相了解，”她严肃的说，“可是，先生，我却没有权利要求您的信任。您永远也不会明白您应当怎么样感激我：我不要再说话了。”

他们在极端岑寂的空气里向前走了几步。

“我的生命对您有多大兴趣啊！”陌生人接着说。

“先生，”她说，“给我面子，您贵姓呀？要不然，就请您别说话。您真是一个孩子，”她耸一耸肩膀，加上一句话说，“您真叫我可怜您。”

女旅客要知道他的秘密的固执态度使这位冒充的水兵在谨慎和欲望中间犹豫着。被爱的女郎的嗔怒实在有一种强力的诱惑；正如她的怒气一样，她的屈服也是这样逼人的，她甚至于打中了男人的心弦，钻进他的心坎，而制服了他！维尔纳尔小姐难道只是一个娇冶的女郎吗？无论他怎么样的热情，陌生人总有力量去怀疑一个想要揭破有关他的生死的秘密的女人。

“为什么，”他一边说，一边拉着她无意中让他握住的一只手，“为什么我的谨慎可以给今天这日子赋上前途，这谨慎就会破坏今天的美焕呢？”

维尔纳尔小姐露出苦痛的神色，她缄口不答。

“我有什么让您苦痛的呀？”他接着说，“我能够做什么事情来安慰您呢？”

“告诉我您的姓名。”

这一次却轮到他缄默的走着，他们又向前走了几步。突然间，维尔纳尔小姐停止了步伐，仿佛立下一个重要的决心似的。

“孟多兰侯爵先生，”她庄严的说，然而却不能够整个的遮掩使她脸纹颤抖的激动，“虽然这可以使我牺牲，我总觉得荣幸能够帮您一个大忙。我们要在这里分手了。护送队和邮车对于您的安全都是非常必要的，您不能够不接受其中的任何一个。别怕共和党人啦，您瞧，这些兵士都是老实人，我就要给副官下几道命令，叫他忠实的执行。我，我能够跟我的女仆一块儿步行到阿郎桑：我们有几个兵士可以陪我们走。请您好好的听我的话，因为这是关于您的脑袋的问题。没有得到安全之前，要是碰到您刚才在旅馆里看到的那个纨袴子弟，您就得逃，因为他可以立刻把您送到区里去。至于我……”

她歇了一口气。

“至于我，我很骄傲的抱歉我是在生活的惨剧里，”她忍住她的眼泪，低声接着说，“再见，先生。祝您幸福！再见……”

她就给到达岗顶的麦尔营长做出一个手势。年轻人并没有期待这样突然的结局。

“等一等！”他用一种相当造作的失望喊道。

陌生人愿意为这女郎而牺牲生命，这女郎的奇异的柔情使他非常惊讶，他就发明了一条可怜的奸计，想要同时隐姓埋名，同时满足维尔纳尔小姐的好奇。

“您几乎都猜着了；”他说，“我是一个被迫移殖的贵族，被判死刑的贵族，我叫做保梵子爵。热爱国土的心情叫我重新回到法兰西来，在我的哥哥身边。我希望用保阿尔纳夫人的力量把我的姓名从黑名单上给取消下去。夫人现在是第一总裁的太太。但是，要我失败的话，那末，我就要追随孟多兰侯爵之后，跟他一块儿斗争，死在我的国土上。我用一张他给我弄来的护照先要秘密打听一下到底我在布列颠还留有产业没有。”

年轻绅士说话的时候，维尔纳尔小姐就用逼人的眼睛细察着他。她想方法怀疑他的语言的真实性。但是，她却轻信的慢慢的重新发出一个畅快的表情，喊道：

“先生，您刚刚告诉我的都是真的吗?”

“绝对真的，”陌生人重复说，他仿佛没有在他和女人的关系当中给放上多少诚实似的。

维尔纳尔小姐叹了一口长气，好像恢复生命的人似的。

“啊！”她喊道，“我真幸福啊。”

“那末，您很恨我的可怜的孟多兰吗?”

“不，”她说，“您不会懂得我。我不至于希望您受到我要为他抵御的危险的威胁，因为他是您的朋友。”

“谁告诉您孟多兰有危险呢?”

“呃！先生，要我不是从到处谈论他的巴黎来的，我想阿郎桑的司令官却已经对我们说了相当多关于他的话。”

“那末，我就要问您您怎么能够救他的危险呢？”

“要是我不回答这句话呢？”她用女人们懂得隐藏情感的傲慢态度说，“您有什么权利来认识我的秘密呢？”

“一个爱您的人所有的权利。”

“已经？……”她说，“不，您并不爱我，先生，您不过是把我当做萍水相逢的风流对象罢了，没有别的。我不是立刻就猜透了您吗？有点上流社会习惯的女人听了诸艺学校毕业生说文雅的话，看见他像您似的把大贵族的作派给疏忽的掩蔽在共和党人的外貌底下，可能让人家给骗住了；但是，您的头发还留有一些粉儿，您有交际场中的女人可以立刻嗅到的绅士的香味儿。我只怕有女人的一切精细的监视人能够认出您，所以，立刻打发他走。先生，诸艺学校毕业的共和党军官绝不会觉得在我旁边是幸运，也不会把我当做娇美的女阴谋家来看待。保梵先生，让我拿女人的愚见来说这些话。您是不是太年轻，甚至于都不懂得在一切女性当中，最难于屈服的就是有价值而厌腻欢乐的一个呢？人家告诉我，要得到这种女人就需要极大的诱惑，她也只为自己的偏好而投降；她而且认为能够取悦她的只是男子的最大傲气。我们无妨撇开这些您也把我荣幸列在当中的女人们罢。人家总认为她们是美丽的。您得知道一个年轻、高贵、漂亮而聪明的女人（您认为我有这些长处）并不出卖自己，她只能够在爱的时候让人家得到。您听我说！要是她恋爱，要是她想发一次疯，我们也应当知道这疯狂有伟大的成分！请您原谅我说这一大堆道理。这些推理是我们女性所罕有的；但是为着您和……我的体面起见，”她一边说，一边低下她的头，“我却不愿意我们错认了彼此的功勋，或不愿意让您相信无论维尔纳尔小姐是天使还是魔鬼，是少女还是妇人，都可能让粗俗的妩媚给钩上了。”

“小姐，”冒充的子爵说，无论怎么样的掩饰，他的惊异都是极端的，他又忽然变成一个上流社会的男子，“我恳求您相信我承认您是一个非常高贵的女子，热烈的心肠，高尚的情绪，或是……认为您是一个好女子，都随您的便！”

“我没有这么要求您，先生，”她笑着说，“让我保守我的秘密罢。而且我的面具比您的面具还戴得好，我，我也喜欢留着它，这为的只是要探听一下跟我讲爱情的男子是不是诚恳的……所以，请您别轻轻佻佻的接近我。——先生，您听我说，”她用力握住他的手，加上一句话说，“要是您能够给我证明您有真正的爱情，任何人间的力量都不能够使我们分离。是的，我要跟一个伟大的男子结合，我要委身给有大志气和有高尚思想的人。高贵的心灵绝不是不忠实的，因为贞操是支持他们的一种力量；所以，我总要永远被爱，永远幸福。但是，我也不是永远等着拿我的身躯去构造阶梯，让爱我的男子升官发财，等着为他牺牲，尽一切的力量去支持他，就是他不爱了我，也还永远的爱他。我从来不敢相信另外一只心灵，不敢相信我的兵士，也不敢相信吞噬我的激奋的情感；但是我可能够跟您谈谈这个，因为只要您得到安全，我们一会儿就要离别了。”

“我们离别了？……绝不！”他说。他好像受到这激奋的心灵给吐出的声调的电击似的，这心灵似乎正在跟一个庞大的思想争辩。

“您是自由的吗！”她给他投去一道可以使他退缩的傲慢的眼色，接着说。

“噢！为了自由……是的。除了死刑以外。”

于是，她就拿充满辛酸情调的声音对他说：

“要是这一切都不是做梦，我们的生活就多么美丽啊！……但是，要我说了些疯话，我们可别做疯事。我一想到您得怎么样才能够欣赏我的价值，我就怀疑一切了。”

“可是，我，我可什么也不怀疑，只要您是属于我的……”

“嘘！”她听见由真切的感情给说出来的这一句话，就这样的喊了起来；“空气对我们绝对没有什么好处，咱们去找咱们的面帕罢。”

十一

一会儿，邮车就跟这两个人物会合了。他们又坐上了原来的位子，在极端的岑寂里走了几里路。如果他们大家都有许多深思的材料，他们的视线从此之后却不再怕相碰了。两个人仿佛都有同样的兴趣去反躬自省，去隐藏重要的秘密；但是，他们却都觉得有一种缩紧感情范围的欲望，因为他们都互相认识彼此的性格，这性格可以给他们提高彼此相斗争或相结合的快乐。也许两者之中的每一个人都因为登上冒险的生命的帆船，而走到一个非常奇异的精神世界里来。在这世界里，无论是懈怠或是想要怀疑命运，人家总不愿意郑重的思考正在追求的事业，只把命运交给偶然的机遇，正因为这事业没有任何的结果，正因为要知道它的必然的结局。就像物质世界似的，精神世界不是也有深渊让意志坚强的人去沉溺，去拿生命来冒险，仿佛赌徒喜欢拿财产来孤注一掷吗？经过这一次的会谈，绅士和维尔纳尔小姐心里都浮上一些共同的念头；他们就这样的跨上一大步，因为心灵的交通都是随着感觉的交通而来的。他们越觉得不自由制的倾向于对方，也就越要研究对方，不过只是为着要拿不自觉的计算去增加他们的将来快乐罢了。年轻人还很惊异这位奇怪女郎的深刻思想。他先问自己她怎么能够知道这么多关于鲜艳青春的见识。他相信在玛利极力表现自己的贞洁态度里发现有一种极力想要显得贞洁的欲望；他怀疑到她的虚伪，就向自己的欢娱的欲望斗争，只愿意把这位陌生女郎看做技巧精熟的戏子。他想得对。跟一切交际场中的女郎似的，维尔纳尔小姐越觉得激奋也就越变成温和的。她非常自然的采取了女人们懂得掩饰剧烈欲望的谨慎举动。一切的女人都愿意拿处女的喜悦去迎接爱情；如果不是这样的话，她们的矫饰就是她们给爱情献上的贡税。这些思想迅速的掠过绅士的心灵，使他感到愉快。事实上，这种研究只有使他们俩都产生更进一步的情感。情郎不久就走到了把情妇的缺点认为是他所以更爱她的理由的地步。维尔纳尔小姐比亡命的贵族沉思了更长的时间；也许她的幻想使她在将来的前途上穿行更大的距离。年轻人听从必得在生活里产生的成千情绪之中的一个，年轻的少女瞥眼看到她的整个的生命，她必须把它排布得非常的美丽，使它充满幸福和高贵的情绪。玛利沉醉在思想里，迷惑在梦幻和现实里，她打算回步，在这年轻人的心上给树立起她的权威，她也为此而本能的激动，正如一切女人都会这样的激动似的。打定主意要献出全身之后，她就觉得需要一步一步的投降；她真想从过去的生活里收回她的一切举动，一切言词，一切眼色，使她能够和一个被爱的女人的尊严相调和。所以，一想到刚才让她显得这样急进的会谈，她的眼睛有时就露出一种恐怖的神色。但是，看到这一副充满力量的脸孔，她就对自己说这样有权力的一个人物一定是很宽仁的，自喜能够碰到比其他的女人所遇到的更美丽的对象，因为她发现她的情人是一个有品格的男子，虽然被判死刑，而仍然愿意拿脑袋来冒险，来跟共和政府作战的男儿。她一想到要整个的独占这样美丽的一个心灵，她就给一切事物加上一个不同的姿态。五点钟之前，她还装腔作势的激怒这位绅士，现在她却能够拿一道秋波去颠倒他；在这两种情形之中，有个死的世界和活的宇宙的分别。善意的狂笑和快乐的撒娇遮掩着一个强烈的情感，这情感就跟不幸似的，也是由微笑给表现出来的。在维尔纳尔小姐的心灵状态之下，外面的生活就给她露出幻灯似的性格。四轮轻车驶过许多村落，许多小谷，许多山坡，然而她的记忆却没有留下任何的印象。她到达了马因了。护送的兵士换班了。麦尔对她说话，而她也回答了。穿过了整个的城市，大家又开始走上大路了。但是，人众的面貌，房屋，街道，山水，人物等等都只像是梦里的模糊形象似的。夜来临了。玛利在满天星斗之下旅行，身上披着一层温软的星光。她走上了福杰尔大路，而没有想到天色的变化，不知道什么是马因，什么是福杰尔，甚至于不知道自己到什么地方去。在她看来，不久就要离开她所选择的男子（她相信自己也是这男子所选择的），这简直是不可能的事情。如果她的言语有时泄露一些她的思想，她就说了许多几乎没有意义的话，然而这些话却在情人心里仿佛欢乐的许诺似的荡漾着。亲眼看见这初生爱情的两位证人认为这爱情已经走上可怕的地步。佛兰心认识玛利，就像这位陌生妇人认识年轻人似的清楚。以往的经验使她们静静的等待着可怕的结局。事实上，她们不久也就看到这幕戏剧的收场。维尔纳尔小姐曾经不知不觉的悲痛的管这幕戏叫做悲剧。

四位旅客差不多走出马因一里路。他们听见有人骑马向这边疾驰而来的声音。这个人到达邮车的时候，就弯下腰来看看维尔纳尔小姐。小姐认得他是高兰丹。这怪物给她做出一个会心的手号。这亲切的态度使她觉得受到伤刺。拿这卑鄙的手号给她浇了一身冷水之后，他就跑走了。亡命的贵族仿佛不大痛快这景象似的，这景象也瞒不过冒充的母亲；但是，玛利却轻轻的靠紧他，仿佛要拿一个秋波躲在他心里似的，因为他的心就像是她在世界上所有的唯一避难所。年轻人的额头发出了光彩，因为他正在尝味着他的情妇仿佛无意中给他做出的姿势的情趣；这姿势可以揭露她归附他到什么程度。一种不可解释的恐惧熄灭了一切的娇冶，爱情显得有一刹那的率真；他们都默默无言，仿佛又叫这一刹那的甜蜜再行延长似的。不幸得很，居阿夫人在他们中间看到了一切；就像一个悭吝人请客似的，她仿佛在点数他们的肉块，衡量他们的生命似的。两位情人在快乐的袭击之下，没有注意他们所走的道路而到达了埃尔纳山谷深处。这地方就是发生这篇故事的三个盆地之中的第一个。在那里，佛兰心看见有许多奇怪的脸孔仿佛树影似的在树林里和围绕田野的阿庄树里浮动着。她就指出这些影子。邮车到达这些阴影所在的地方的时候，忽然众枪齐发，子弹嘶嘶的穿过他们的头上，这告诉旅客们这些影子的确是人。护送队遇到埋伏了。

麦尔营长听到这紧迫的枪声，懊悔不该听了维尔纳尔小姐的错误意见：她认为夜间旅行是安全而快速的，只叫他带领六十名左右的兵士。在热拉尔的指挥之下，营长立刻把他的小队伍分做两组，去防守道路的两边；每一个军官都急促的跑着，穿过灌木和阿庄树的田野，在没有点清攻击者的数目之前，就去追击他们。蓝衣客们都勇不顾身的开始在这浓密的荆棘左右两边作战，回报了朱安党在灌木丛里开枪发火的袭击。维尔纳尔小姐的第一个动作就是跳出四轮轻车，跑到后面远远的地方，离开了战场。但是，她觉得害怕可耻，又觉得应该在情人眼里变成伟大的，因为，就屹立不动，冷静的观察战事。

亡命的贵族跟着她来，拉住她的手，放在他的心口。

“我刚才很害怕，”她微笑的说，“但是现在……”

这时刻，受惊的女仆就对她喊道：

“玛利！当心啊！”

但是想要奋身跳出车外的佛兰心却觉得自己被一个强硬的手给拦住了。这只大手的重量给她逼出了高声的喊叫，她又回到车子里去，缄口不言，认得是走下地的脸孔。

“所以，”陌生人对维尔纳尔小姐说，“您的恐惧实在给我泄露了您最甜蜜的心灵的秘密，我得感谢您！幸亏有佛兰心，我才知道您的名字叫做玛利；玛利，这是我在一切忧愁里所说过的一个名字！玛利，这是我此后要在快乐当中说出的一个名字，我现在不会说出这个名字而不至于亵渎神圣的，因为我把宗教[①]和爱情混在一起！可是，把恳求跟爱情合在一起，难道真的是个犯罪的行为吗？”

说完这句话之后，他们就拉紧他们的手，静静的互相瞟视，过度紧张的感觉也就失去了表达思想的力量了。

“你们其他的人并不会有什么危险！”走下地粗暴的对佛兰心说，给他的嘎哑声音加上一种责难的腔调，每一个字眼都是拿一种使纯洁的乡下姑娘发怔的态度说出来的。

可怜的女郎第一次看见走下地的眼睛里有个凶猛的成分。微弱的月光好像是唯一配得上这副脸孔的颜色。这位粗野的布列颠人一只手拿着他的帽子，一只手拿着笨重的短枪，好像地神似的缩成一团，浸浴在这些使他脸形变成这样奇怪的白色光芒里。他简直是神话里的人物，不是真实世界的人类。他的出现和他的责难好像是鬼神似的快速。他突然转过身来，朝着居阿夫人，跟她交换了几句奋激的话。佛兰心忘记了一些低布列颠的乡音，她没有能够听懂。贵妇仿佛给走下地许多命令。在这短促的会谈之后，随着而来的就是贵妇给走下地指着两个情人的傲慢的态度。服从命令之前，走下地给佛兰心投去最后一道眼色，好像在埋怨她；他没有能够跟她说话，但是布列颠女人知道她的情人的缄默是被迫的。这位男子的粗暴的茶褐色的皮肤开始在额头上发起皱来，上下的眉毛紧紧的锁住。他要抵抗给他再三叮咛，叫去杀死维尔纳尔小姐的命令吗？这脸势无疑的使居阿夫人更为厌恶，但是他

① 玛利本是圣母的名字。

对佛兰心射来的目光却几乎是温和的。这一瞥眼使佛兰心猜想，她还能够拿女人的意志去叫这野蛮人退让。她希望还能够在上帝的神威下统制这粗暴的心灵。

玛利的甜蜜谈心让居阿夫人给打破了，因为夫人走来会合她，嘴里喊叫着，仿佛有什么危险似的；但是，她的目的却在于让她所认得的一个骑士能够跟亡命的贵族谈话。

“请您别相信您在三穆尔旅馆里碰到的女人!”

朝着年轻人的耳朵里说了这一句话之后，阿郎桑保王党委员会的一个委员发罗瓦骑士（他骑了一匹布列颠小马）就跑进他刚刚从中出来的灌木丛里边去，失踪不见了。这时候，小规模的战争出乎意料的剧烈进行着，然而双方都没有短兵相接。

“副官，这不会是假装打仗，要求绑票咱们的旅客罢？……”心钥说。

“你一定跟他们合伙儿了，要不然，就是我错了!”热拉尔一边回答，一边向路上飞跑而去。这时候，朱安党的枪火渐渐的疏微了，因为他们的开枪目的只在于让骑士来报信。麦尔看见他们一小股穿过树篱跑了，认为跟他们进行无谓的危险战斗是不恰当的。热拉尔说了两句话就叫护送队重新集中路上，毫无损失的开始继续前进。

营长居然能够给维尔纳尔小姐伸出手，扶她重新坐上车子，因为绅士好像半天霹雳似的愣在那里。极端惊愕的巴黎女郎登上了车，没有接受共和党人的敬礼；她转过头来朝着她的情人，看见他伫立不动，随着骑士给他送来的神秘音信所生的突然变化而怔住了。年轻的亡命贵族低着头，慢慢的回来；他的态度泄露他有非常烦闷的情绪。

“我不是说对了吗?”居阿夫人一边领着年轻人回到车里来，一边朝着他的耳朵上说，“我们一定是落在一个女妖手里，人家拿钱给她来买您的头；但是，因为她相当愚笨的傻爱您，不做这买卖，您可不要再干孩子们的傻事了，您应当装着爱她，一直等到我们到了维夫提埃的时候为止……一旦到了那里！……可是，他已经爱上了她吗？……”她看见青年昏昏沉沉的坐上车子，就对自己说。

四轮轻车一声不响的在道路的沙土上转动着。维尔纳尔小姐第一眼瞧着她的身边，就觉得一切都改变了。她的爱情已经带上了“死”的颜色了。这也许只是一些暗影，但是在一切爱恋的女人看来，这些暗影就和强烈的色彩似的鲜明。由于走下地的一个眼色，佛兰心懂得她要他来保护的维尔纳尔小姐的生命已经落在别人手里了。她不禁脸色发白。女主人再来瞧她一眼的时候，她都忍不住她的眼泪。陌生的贵妇在假装的笑态里没有周密的隐藏女性的仇恨的狡猾。随着她对维尔纳尔小姐的阿谀而来的态度上的突然变化本质上可以叫一位聪明的女人恐惧。所以，维尔纳尔小姐就本能的颤栗起来，自己问自己说：

“我为什么颤栗呀？……这是他的母亲。”

但是她却四肢发抖，突然对自己说：

“这真的是他的母亲吗？”

于是，她就看到一个深渊。给年轻人投去一道最后的目光使她明白清楚这深渊。

“这个女人爱他！”她心里想，“但是，对我这样冷淡之后，为什么她又对我这样和气呢？我是不是已经完了呢？她怕我吗？”

至于绅士呢，他一阵白一阵红的改变脸色，保守一种镇静的态度，低下眼睛去消除激动他的奇怪的情绪。双唇的紧闭扰乱了它的温雅的曲线。他的脸色在烦恼的思想的影响下发黄了。维尔纳尔小姐甚至于都不能够猜想在他的愤怒里是不是还存在有爱情。这一段路的旁边都包围有树林，使它变成阴黑的，这两位哑角因此也不能够拿眼睛来互相询问。啸啸的风声，索索的树鸣，护送队的齐整步伐，使这场幕景产生一种可以增加心跳速度的严肃的特性。维尔纳尔小姐不能够落空追寻这变化的原因。高兰丹的印象就像闪电似的涌上她的心头，给她突然带来她的真正命运的图像。自从早晨以来，她才第一次考虑到她的地位。一直到现在为止，她都只让自己自由的追求爱情的幸福，既没有想到自己，也没有想到前途。她不能够再忍受心灵的苦痛，她用爱情的坚忍去寻找，去等待年轻人的一个眼色。她这样热烈的恳求这个眼色。她的惨白和颤栗带有这样深刻的雄辩，使他不能够不踌躇起来，但是，这悲剧却只有因此而更加完全。

“您苦痛吗，小姐?”他问。

听了这一阵没有温和痕迹的声音，这句问话本身，这个眼色，这个姿态，这一切的一切都让可怜的少女相信这一天的事情是心灵的一个幻景，仿佛被风吹散的一半结成的云彩似的消失了。

“要是我苦痛呢？……”她勉强笑着说；“我要问您同样的问题。”

“我相信你们彼此都互相了解。”居阿夫人假装善意，说。

绅士和维尔纳尔小姐都没有回答。受到双重侮辱的少女忧愤的看着自己的美丽失去了力量。她知道能够随时明白这情景的原因；但是她却不大愿意追求它。一个女人在一个秘密之前退让，这也许是第一次。环境随着强烈的思考或惨剧的结果而使我们的思想不能形成，没有内容，没有依据，而使现在不能和过去或将来相联系的时候，人类的生活是怪丰富的。这就是维尔纳尔小姐的情形。她好像是拔了根灌木似的倒在车里。她不再瞧视任何一个人，她沉默而忧愁的浸浴在自己的痛苦里，拿极乎强烈的意志居住在不幸者的避难所的无名的世界里，而看不见任何的东西。乌鸦叫着从他们头上飞过；可是，虽然她也跟意志坚强的人似的在自己心里给迷信留下一个角落，她却没有注意到它。旅客们沉静的走了相当时候的路。

十二

“已经分离了!”维尔纳尔小姐对自己说，“可是，我身边的任何东西都没有告诉过他。这难道是高兰丹吗？然而，这不是他的兴趣。那末，到底是谁起来告了我呢？好容易才让人家给爱上，现在就已经有了被弃的苦恼。我种的是爱情，我收的却是轻蔑。所以我的命运就是永远的瞧着幸福，而永远的失去了它!”

于是，她就觉得心里有许多莫名的烦扰，因为这是她第一次的真正的爱恋。不过，她也并没有弄到不能够在年轻美丽的女人的骄傲里找到抵抗苦痛的法宝的地步。爱情的秘密，这总是保守在烦恼里的秘密，还没有离开她。她又站了起来，觉得拿这沉默的苦痛去让人家测量她的情感的范围是个可耻的事情。于是，她就拿一个快乐的动作摇了摇头，露出一副狂笑的脸孔，或说得更正确些，一副狂笑的假面具，努力调节她的声音，去遮掩它的变化。

“我们到了什么地方了哇?”她问麦尔营长。麦尔总是走在离开邮车有相当距离的地方。

“离福杰尔三里半的地方，小姐。”

“那末，我们一会儿就可以走到那里了吗?”她对他说，鼓励他来参加她要给营长证明她对他的尊敬的谈话。

“这些里数并不算远，”麦尔非常快乐的答复说，“只是在这些地方，这些里数总是走不完的。等到您走到我们现在正在攀爬的山岗顶上高原的时候，您就可以看见一个跟我们刚刚走过的同样的山谷，您也可以在地平线上看到柏勒林山峰。但求上帝叫朱安党不要在那里来对我们报复！您看得清楚这样的上山下山简直就等于没有走上一步路。从柏勒林那一边，您又可以发现……”

听了这一句话，亡命的贵族又一次的发起抖来，不过这是非常轻微的颤栗，只有维尔纳尔小姐察得出罢了。

“这柏勒林到底是什么东西呀?”少女奋激的问，打断了解释布列颠地势的营长。

“这是，”麦尔回答说，“这是一座山的顶峰，人家就拿它的名字来叫麦茵的一个山谷。我们一会儿就要走进这山谷。这山谷把这一省和古埃斯嫩山谷给分开，布列颠第一个城市福杰尔就坐落在这山谷的尽头。我们曾经在那里跟少年和他的土匪们打过仗，那是获月下旬的时候。我们押送一些新征的兵士，这些人不愿意离开本乡，就想在省界上杀死我们，但是雨洛是个能耐的基督徒，他给他们……”

“那末，您一定看见过少年，不是吗?”她问，“他是怎么样一个人呢？……”

她的狡猾的逼人的眼睛并没有离开冒充为保梵子爵的脸孔。

“噢！他妈的！小姐，”老是被人打断话头的麦尔回答说，“他非常像居阿公民，要是他没有穿上诸艺学校的制服，我一定要担保他就是他。”

维尔纳尔小姐的眼睛死盯住正在轻蔑她的冰冷不动的年轻人，但是他却没有露出任何害怕的神色。她拿一个苦笑去告诉他这样让他负心瞒着的秘密这时候已经被她发现了；然后，她的鼻孔就随着快乐而胀了起来，她就斜着头，观察这个绅士，同时又瞧着麦尔，对这共和党人说：

“营长，这个领袖给第一总裁许多忧虑。人家说他胆子大；不过，他在某些事情方面却跟急死鬼似的冒险，特别是在女人身边。”

“我们就在这上头打算，”营长回答说，“去跟他算账。只要我们能够兜住他两个钟头，我们就可以给他的脑袋装上一些铅。要是他碰到我们，这个科布莲慈[1]人也会同样的对付我们，请我们到阴间去；所以，这是一报还一报……”

“噢，”亡命的贵族说，“我们没有什么可怕的！您的兵士不会一直走到柏勒林，他们太累了，只要您同意，他们可以在这里两步路休息休息。家母在维夫提埃下车，路就在这里，几个枪弹的射程。这两位太太都愿意在那里歇歇，她们一直从阿郎桑到这里来，一定很疲劳。——并且，因为小姐，”他一边说，一边拿勉强的礼貌转过身来，朝着他的情妇，“因为她好意让我们路上又平安又畅快，她一定会给我们面子在家母家里吃宵夜，不是吗？——还有，营长，”他朝着麦尔加上一句话说，“这时代还不算太不幸，我们不至于在维夫提埃找不到苹果酒来给您的兵士们喝。去罢，少年不会在那里拿走一切的东西；至少，家母这么相信……”

“令堂吗？……”维尔纳尔小姐讥笑的打断了他的话，没有回答人家的奇怪的邀请。

“那末，您今天晚上似乎不大相信我的年龄吗，小姐？”居阿夫人回答说，“我不幸太早结婚，我十五岁就生了我的孩子……”

“您别说错了罢，太太？这不是三十岁的时候生的吗？”居阿夫人尝味着这句讽刺，她不由得脸色发白了。她真想报仇，而不得不微微的一笑，因为她要用一切的代价，甚至于受到任何的残暴讽讥去认识激动年轻女郎的情绪；所以，她就装着没有懂得的样子。

“朱安党从来也没有过像他这样残忍的领袖，要是我们相信外边对他的谣言的话。”她朝着佛兰心，又朝着佛兰心的女主人说。

---

① Coblentz是莱茵河上的一个要塞，法国革命的时候，许多贵族都亡命至此，曾于此组织刚地军。

"噢！我不相信他残忍，"维尔纳尔小姐回答说，"但是，他懂得撒谎，我觉得他不诚实。一个党派的领袖不应当当了人家的玩具。"

"您认识他吗？"年轻的亡命贵族冷冷的问。

"不，"她一边给他投去一道轻蔑的眼色，一样辩答说，"可是，我相信我认识他……"

"噢！小姐，他的的确确是个坏蛋！"营长昂一昂头接着说，他用富有表情的姿势给这句话表露当时所有的特殊意义，"这些老家庭有的时候会生出英勇的后裔。他是从一个地方回来的，亡命在这地方的贵族们都很艰苦；您瞧，人们都是跟枇杷似的在草堆里成熟的。要是这孩子能干，他就会让我们跑得更长。他懂得拿轻兵来抵抗我们的自由军，来削弱政府的力量。要是人家烧了保工党的一个村落，他就会给共和党烧上两个村落。他在广阔的地区里发展，逼着我们在没有太多军队的时候去用相当大量的军队！……噢！他懂得事情。"

"他杀害他的祖国！"热拉尔大声打断营长的话说。

"可是，"绅士答辩说，"要是他死了可以救国，就请您赶快枪毙他好了。"

然后，他就用一瞟眼去探测维尔纳尔小姐的心灵，他们之间也就演出了不能言传的一幕哑剧。危险使人感觉兴趣。一讲到死，最狠恶的罪犯往往也会引起人们的怜悯。虽然维尔纳尔小姐觉得这位轻蔑她的情人就是这危险的领袖，她还不愿意用她的苦痛去确信他；她有其他的好奇心去满足。她宁可依据她的感情忽而怀疑，忽而相信，从事于危险的玩弄。她那充满讥讽的负心的眼色就拿一种胜利的神气给年轻领袖指着兵士：给他这样的指示出危险的图像，她就快乐的使他觉得他的生命都只依赖于她的一句话；她的嘴唇都仿佛已经动着来说这句话似的。正如美洲的野蛮人似的，她细察着捆在柱上的仇人脸上的纤维，温存的举起她的大头棍，尝着一种非常天真的报仇滋味，跟一位还在迷恋的情妇似的责罚她的情人。

“要是我有一位跟令郎似的儿子，太太，”她对显然受惊的陌生女郎说，“当我把他送去冒险的那一天，我就一定会为他挂孝的。”

她没有得到任何的回答。她朝着军官们转过二十次头，又突然朝向居阿夫人这边转来，然而却没有惊愕的发现在她和少年之间有什么可以证实她所怀疑，而不愿意相信的亲密关系。一个女人能够一言定案的时候，总喜欢在生死的挣扎里犹豫！年轻将军拿最镇静的气度微笑着，忍住维尔纳尔小姐叫他受的苦刑，而不颤栗；他的态度和身姿都显得是个视死如归的男子汉。有的时候，他似乎对她说：“这是让您给受伤的虚荣心报复的机会：请您抓住这机会罢！要是我收回我对您的轻蔑，我一定要失望的。”维尔纳尔小姐拿无礼和表面上的庄严去观察这位领袖的崇高地位，因为她在心坎里崇拜他的勇敢和镇静。她很高兴她的情人有个老衔头，这衔头所有的特权是一切女人都喜欢的。她欣幸能够在他拿高贵事业的领袖资格来运用一切的心灵力量去跟常胜的共和军对抗的情景下遇到他，能够在他冒险向女人心上施展这样坚强的勇气的时候看到他；她试探他二十次，也许是顺从叫女人仿佛猫要被捕的老鼠似的舞弄猎获物的本能。

“您是根据哪一条法律来判朱安党的死刑呀?”她问麦尔。

“可是，上一果月[①]十四的法案决定取消暴动省份的正常法律，而在那里组织军事法庭，”共和党人回答说。

① 果月（fructidor）即共和历十二月，等于阳历八月十八日至九月十六日。

“为什么我现在这么荣幸让您瞧着我呢?”她对聚精会神端详着她的年轻领袖说。

“因为只能够由风流男子这样表达出来的一种情绪,”孟多兰侯爵倾过头来朝着她,低声回答说,“——我们得,”他又高声说,“生活在这时代里去观察女人怎么样的当了刽子手,怎么样的拿舞玩刀斧的姿态去提高这勾当的价值……”

她呆呆的眼盯着孟多兰;然后,她又觉得受到这生命操在她手里的男人的侮辱是一种快乐,她就温和的狞笑着,朝着他的耳朵说:

“您的脑袋太难看,刽子手们不会看中它,我保守它。”

愣住的侯爵瞧着这位难解的少女一些时候。这位女郎的爱情总要胜过一切,甚至于最刺人的侮慢。她拿宽恕去报复其他女人所不能宽恕的攻击。侯爵的眼睛渐渐的减轻它的严厉,它的冷淡,一道悲哀的表情甚至于都掠过他的脸纹。维尔纳尔小姐满意她所追求的这种和解的小保证,她温和的瞧着领袖,给他投去一道接吻似的微笑;然后她就靠在车里,不再把这幸福戏剧的前途来冒险,她相信自己已经拿这微笑给重新结上这个情网。她是这么样的美丽啊!她清楚懂得怎么样去克服爱情的障碍!她是这么样的习惯于嘲弄一切,走上冒险的路啊!她太喜欢不能预测的事情和生命中的风波!

一会儿,在侯爵的命令之下,邮车离开了大路,朝着维夫提埃走去,穿过一条遍植苹果树的斜坡之间的崎岖小路。这些斜坡使这条路简直变成了沟道。旅客们让蓝衣客慢慢的跟着他们走向一座大田宅。这田宅的灰色屋脊隐隐约约的在这条路上忽而显出,忽而不见。兵士们还在这路上忙着跟鞋底的厚泥斗争。

“这简直是天国的道路!”美脚喊道。

谢谢车夫的经验,维尔纳尔小姐没有迟慢去观看维夫提埃的

古堡。这所房屋坐落在山角上，两边围绕着两畦深池，叫人家只能够顺着一条狭窄的水堤走到那里去。这一块住有居民，开有花圃的半岛，它的一部分就在古堡后面由一个宽阔的水沟给保护着，水沟放出跟它相通的深池的流水，构成了一块真正不可攻夺的小岛，正好是一位只能够受出卖而被袭的领袖的宝贵隐庐。听到生锈的门枢的乡音，穿过前次战争所破毁的大圆门的峨特式穹窿的时候，维尔纳尔小姐就探出了头。现在她眼前的图像的可怕颜色几乎都拭掉了她所浸浴其间的爱情和娇媚的思想。邮车走进了一个大院，这大院几乎是水池的堤岸所圈围而成的。这些粗野的水堤受了浮飘许多大绿点的池水的浸浴，它们所有的唯一装饰就是脱了叶，枝干萎缩，末梢庞大光秃，生长在芦苇和荆棘上面，仿佛是奇形怪状的矮人似的水生树。当车声惊动了青蛙，使它们嘎嘎鸣叫，水鸥从泥水飞过池面的时候，这些不甚悦目的树篱就好像有了生命，会说话似的。在萎靡的高草、阿庄树和矮小或寄生的灌木围抱之间的院子，排除了一切秩序和光焕的观念。古堡似乎久已荒芜。屋瓦仿佛退缩在生长在那里的草木的重量之下。屋墙虽然是由当地所富有的坚韧的叶纹石给砌成的，然而却有许多足爪钩着长春籐的壁虎。两椽房屋连成一个曲尺形，接上一个高耸的塔楼，朝着池子的对面，这就构成了古堡。古堡的门洞和倒悬腐烂的门扉，生锈的栏杆，破损的窗户，都好像一刮风就要塌下的神气。那时候，微风吹着这些废墟，闪烁的月亮使它们显出一个大鬼的姿势。我们得先看见这些跟黑色和褐色的叶纹石相杂的灰色花岗石的颜色，才可以明白这个空虚阴惨的骨架所给眼睛呈现的图像是怎么样的真切。分裂的石块，没有花玻璃的十字窗，加有凸字壁的塔楼，透光的屋瓦都完全是骨骼的神色；飞翔鸣叫的鸷鸟又给这空泛的比拟加上一条明显的线形。屋后几棵耸高的松树在屋顶上飘荡着阴黑的树叶，修剪来装饰墙角的水松就拿悲惨的枝叶包围这房屋，仿佛出殡的仪仗似的。总之，门户的形状，装饰的粗野，结构的散漫，这一切的一切都显得它是个布列颠所自夸的封建的大宅。这种自夸也许是有道理的，因为这些大宅在盖尔民族的土地上形成了一种君主政制之前荒古时代的历史遗迹。维尔纳尔小姐总认为古堡这个字眼所代表的是一个舒适的生活方式，看到了这图像的凄惨姿态，她不由得轻轻的跳出四轮轻车，一个人恐惧的细察着它，一边想着应当采取的主意。佛兰心听见居阿夫人觉得远离蓝衣客而发出的一声快乐的太息，居阿夫人发现门已关上的，觉得自己是在天然要塞里而吐出的一声不由自主的惊叹。孟多兰奋身跑到维尔纳尔小姐这边来，他猜出她这时候的思想。

“这古堡让战争给弄毁了，”他略带悲哀的口调说，“就像我想给我们的幸福所做下的计划让您给弄毁了一样。”

“这怎么说呀？”她十分惊异的问。

“您是一个美丽、高贵而聪明的少女！”他用讥笑的口吻重复他们在路上会谈的时候她给他这样撒娇说出的这句话。

“谁告诉您相反的情形呢？”

“关心我的安全，不要让我上当的靠得住的朋友们。”

“上当！”她讥讽的说，“阿郎桑和雨洛难道已经离得太远吗？您没有记忆力，这是一个党派的领袖所有的一个危险的缺点！——可是，要是您的朋友这样有力的统治您的心，”她拿少见的无礼态度加上一句话说，“您就守卫您的朋友罢。什么东西都比不上友谊的快乐。再见！我跟共和党的兵士都不会走进这里来。”

她奋身用一种受伤的轻蔑的骄傲动作朝着大圆门跑去，但是她在她的步伐里却施展出一种高贵而失望的性质，使侯爵改变了一切的思想。他必须过分牺牲去否认他的欲望，他不能不变成疏忽而轻信的。他也已经有了爱情。所以这两位情人都不愿意长久的争吵。

“请您再多说一句话，那末，我就相信您了。”他用恳求的声调说。

“一句话吗？”她闭紧嘴唇讥讽的接着说，“一句话吗？不只是一个姿势！”

“至少是骂我的一句话，”他一边说，一边设法拉住她所缩回的手；“要是您敢跟刚才又快乐又相信您，现在却同样的又不信任您又莫名其妙的一个叛党的领袖赌气的话。”

玛利没有怒气的瞧着侯爵，侯爵就加上一句话说：

“您知道我的秘密，然而我却不知道您的秘密。”

玛利给领袖投去一道幽默的眼色，回答说：

“我的秘密？……绝不!”

在爱情里，每一句话，每一个眼色都是一种辩论；但是，这里，维尔纳尔小姐却没有露出任何确切的含义，无论孟多兰怎么样的精练，这句惊叹的秘密还是不可揭破的，虽然这位女人的声音表现出反常的情感，应当可以引起他的好奇。

“您有一种消除疑窦的悦人的态度。”他接着说。

“那末，您爱护这态度吗?”她一边问，一边憎视他，好像是对他说：“您有占据我的权利吗?”

“小姐，”年轻人屈服的坚毅神气说，“您对这些共和党人，这些护送队所施的权力……”

“啊！您让我想到这个。我的护送队和我，”她稍微讥刺的问，“总之，您的保护人，他们在这里安全吗?”

“安全，我拿绅士的资格发誓！无论您是什么人，您和您的一班人都不必在我家里害怕。”

这句誓约是用这样诚实，这样宽厚的动作给说了出来的，维尔纳尔小姐对于这些共和党人的安全应当有十分的把握。她正想说话，然而居阿夫人的到来又使她不能够不沉默了。这位贵妇应当能够听到或猜透这两位情人所说的一部分话。当她看见他们并没有显出任何仇恨气色的时候，她的忧虑却是不小的。看见了这个贵妇，侯爵就给维尔纳尔小姐伸出手，紧张的朝着房屋走去，因而能够摆脱这个讨人厌的伴侣。

“我扰了他们。”陌生女人发愣的站着，屹然不动的对自己说。

她看着两位和解了的情人慢慢的朝着石阶那边走去，跟她有相当的距离之后，他们就停留在那里聊天。

“是的，是的，我扰了他们!”她又接着自言自语的说，“可是，用不着多少时候这妖精也就不会再妨害我。天老爷，池子应当就是她的坟墓！——我不是要支持你的‘绅士的誓言’吗？这一次在这水里，人家还有什么可怕的呢？她不是要在那里求得安全吗？”

她盯着眼睛瞧着右边小湖的平静如镜的湖水。突然间，她听见堤上荆棘中间发出的一种声音，她在月色下面看到走下地的脸孔。走下地伫立在一棵老柳树的多节的树皮上面。要在这一堆斫折的树枝里去认清这个朱安党，就必须先熟识他，因为柳树就在这一大堆树枝里，容易相混。居阿夫人先给她的周围投去一道疑惑的眼色；她看见车夫牵着马到马厩里去，这马厩就坐落在走下地所躲藏的湖岸对面那一边的古堡的厢房里；她又看见佛兰心朝着两位这时候简直忘却了整个世界的情人那边走去。于是，这位陌生的女郎就向前走去，拿手指压住她的嘴唇，叫人家不要张声；朱安党懂得她的意思，他又听到下面的话：

“您这里有多少人呀？”

“八十七个。”

“他们只有六十五个，我算过。”

“好。”野蛮人用粗暴的满意腔调回答说。

朱安党注视佛兰心的一切姿态，他看见她转过身来用她的眼睛去寻觅她所自动监视的敌人，就躲进柳树皮里不见了。

十三

七八个被车声引来的人众登上了中间大石阶的上面，嘴里呼唤着：

“这就是少年！……就是他，他来了！”

听了这句欢呼，其他的人也就跑来了，他们的出场打断了两位情人的谈话。孟多兰侯爵赶紧朝着这些绅士这边走来，给他们指着正从大路上走出隘口的共和党兵士。听见了这么著名的红里蓝面的制服和这些闪烁作亮的刺刀，这些受惊的谋反人都不禁叫了起来：

“您是来出卖我们吗？”

“我不是来警告你们有什么危险，”侯爵苦笑的回答说，“——这些蓝衣客，”他歇了一会儿，又接着说，“是这位年轻女郎的护卫。她的仁慈跟神迹似的救了我们的危险；我们几乎都在阿郎桑一家旅馆里丢了生命。我将来再给你们谈谈这桩事儿。是我请小姐和她的护送队到这里来的，他们应当得到我们的友谊招待。”

居阿夫人和佛兰心一直到石阶上面来。侯爵风流潇洒的给维尔纳尔小姐伸过他的手；绅士的一群就分裂为两排，让他们走过去。大家都设法观看陌生女郎的面貌，因为居阿夫人已经给他们偷偷的做出几个暗号，使他们的好奇心更加炽烈。维尔纳尔小姐看见在第一间大厅里有一张为二十来个客人预备的布置雅致的大桌。这间饭厅通到一间庞大的客厅，大家一会儿就在这客厅里会齐。这两间大厅和古堡的外观所呈现的破损景象正好相调和。平滑的胡桃木装壁板是粗糙的形状，突出而修整不齐，分裂而快要崩塌的样子。它们的颜色好像给这两间没有镜台和帘幕的大厅加上悲惨的情调，累世的旧家具在那里和这残物的全貌正好相配合。玛利看见有许多地图和铺在大桌上面的图表；她又在寓所的墙角里看到许多兵器和堆积着的短枪。一切的一切都证明这是王地派领袖和朱安党领袖之间所要举行的一个重要的会议。侯爵带着维尔纳尔小姐到一张放在壁炉旁边的庞大腐损的靠椅这边来，佛兰心走到她的女主人的后面，靠着这古代家具的背上。

“你们让我当一会儿房子的主人吗？”侯爵一边说，一边离开这两位女客，去参加客人的一群。

佛兰心看见一切领袖都在孟多兰的吩咐下忙着把武器、地图和一切可以引起共和党的怀疑的东西藏了起来。有的领袖从腰上取下挂有手枪和猎刀的大皮带。侯爵吩咐大家必须十分谨慎，一边请求人家原谅他招待偶然碰到的客人所应有的必要措施，一边走了出去。维尔纳尔小姐朝着火炉举起她的脚，忙着烤火。她让孟多兰离开她，没有转动她的头，叫那些想要看她的人大失所望。只有佛兰心一个人留心年轻领袖走了之后会场里所生的变化。绅士们围住陌生的贵妇；当她跟他们低声谈话的时候，没有一个人不是瞧了又瞧这两位女客。

“你们认识孟多兰！”她对他们说，“他一下子就爱上了这个女人。你们不难看出我嘴里说出的忠诚劝告在他看来都变成了可疑的。我们的巴黎朋友，阿郎桑的发罗瓦先生和德斯格里昂先生，一切的人都预先告诉他人家要拿美人计来陷害他，然而他却迷上了他所遇到的第一个女人。根据我所得到的消息，这个女人是假冒一个大家庭的姓名来凌辱它的，是……”云云。

我们清楚这个贵妇就是决定打劫“杜尔古丁”的那个女人。我们还要在这篇故事里保留她路过阿郎桑的时候拿来避免危险的假名。公布她的真姓实名只能够触犯一个高贵的家庭，因为这家庭已经由于这位年轻女郎的谬误而受到重伤，何况她的命运也已经是另外一个“场景”的题材呢。一会儿，会场的好奇态度就变成了无礼的，甚至于是敌对的。几声相当难听的喊叫传到了佛兰心的耳鼓。佛兰心给她的女主人说了一句话，就躲在一只十字窗的窗口。玛利站了起来。她转过头来朝着粗蛮的一群人，给他们投去几道庄严，甚至于轻蔑的眼色。她的美丽，她的温雅和她的骄傲，使她的敌人突然改变态度，使她获到了他们对她的啧啧称赞。两三个外表上显得有从内宫学来的礼貌的男人就谦和的走近玛利。她的端庄使他们不得不尊敬她，谁也不敢对她说一句话。她不但没有受到他们的责难，而且倒是她判断了他们。指挥这个为上帝和国王而进行的战争的领袖们都不大肖似她所要想象素描的脸谱。虽然这战斗是真正伟大的，但是看了这些没有表情，没有生气的外省绅士们（除了两三个以外），这战斗也就变成渺小的了。玛利立刻从幻想的诗境堕入现实的世界。这些身姿首先似乎是宣示一种阴谋，不是对光荣的爱好。利益问题是使这些绅士拿起武器的真正原因；但是，尽管他们在战场上怎么样的英勇，他们却在这里显得一文不值。幻灭使维尔纳尔小姐变成不公正的。它阻止她去认识这些人当中几个绅士的真正的忠诚。不过，他们之中多数的人都是非常庸俗的。要是其中几个古怪的脑袋显得特别出众，他们也因为贵族的习气而变成渺小的。如果玛利觉得这些人有点精细和聪明，她却没有发现他们有政府的胜利和共和党人使她熟识的朴质和大方。在这所破损的老古堡里，在这些配合这种脸孔的周围的装饰品下面举行的夜间议会，使他不禁微微的发笑；她要在那里去看君主政治的一张图像。一会儿，她又快乐的想到，至少侯爵是这些功在效忠一个无可挽救的事业的人当中的第一个人物。她又在这些人的背景上描绘她的情人的面貌，快乐的发现他与众不同。她看出这些清瘦多斑的脸孔只是他的高贵计划的工具。这时候，侯爵的步声在隔壁大厅里荡漾着。突然间，同谋的绅士们就分做好几组，耳语的声音也就停止了。仿佛小学生趁着老师出去而计划的恶作剧似的，他们都忙于恢复秩序和肃静。孟多兰进来了，玛利幸福的崇拜他，因为他在这些人里是最年轻，是最美丽的第一个人。正如朝廷上的国王似的，他轮流的走过这些人的前面，给他们轻轻的点头，拉拉手，瞧了瞧，说了几句和气或责难的话，拿一种和蔼的态度，年轻人所罕有的平稳姿势，去执行他的领袖职务。她最初还以为他是傻子呢。侯爵的出场打破了人家对维尔纳尔小姐的好奇；但是不久，居阿夫人的恶意也就产生效果了。绰号被告的桂尼克男爵仿佛在这些为庄严的事业而来集会的人里头有他的家望和爵位，可以让他跟孟多兰亲热似的，他就挽着侯爵的手臂，带他到一个角落里来。

“你听，亲爱的侯爵，”他对他说，“我们大家都苦痛的瞧着你就要做一桩发疯的怪事。”

“你这句话是什么意思啊？”

“你清楚知道这个少女哪里来的，到底是谁，对你有什么打算吗？”

“亲爱的被告，在我们之间，说什么就是什么，明天，我的幻想就要成为过去的了。”

“对；但是，要这个妖精天亮之前就把你给送到区里去呢？……”

“只要你知道她为什么没有这样干过，我就可以答复你这问题了。”孟多兰自负而诙谐的答辩说。

“可是，要她喜欢你，也许必须等到她对你没有幻想的时候，她才出卖你的。”

“亲爱的，请你瞧这个动人的女人，请你研究她的举止，你敢放胆说她不是一个奇女子吗！要是她给我青眼相加，你难道不会在灵魂里感到尊敬她的情绪吗？某一个贵妇预先叫你反对这个女子；但是，在我们之间彼此说了这些话之后，要是她真的是朋友们告诉我们的这些堕落的女人里头的一个，我就可以杀死她……”

“您以为福赤傻到这个田地，给您送一个街里捡来的女人来吗?”居阿夫人插嘴说，“他给您送来的诱惑是根据您的重要性而规定的。要是您瞎了眼睛，您的朋友们可以睁开眼睛瞧您。”

“太太，”少年怒眼相向，回答说，“请您别想反对这个女人，也不要反对她的护送队，要不然，什么东西也不能够给您免除我的报复。我要人家拿最大的关切来接待小姐，就像她是受我保护的女人似的。我相信我们是跟维尔纳尔一家人同盟的。”

侯爵所遇到的反对产生了年轻人遇到障碍所有的同样的影响。虽然表面上，他轻薄的对待维尔纳尔小姐，叫人家相信他对她只有一时的偏情，但是他却因为骄傲的情绪而跨上了一大步。公开的承认了这个女人之后，他就觉得人家对她的敬重有关于他的尊严。他就走过一群人一群人的前面，拿不可轻易加以伤害的男子的资格，告诉他们，这个陌生女人的确是维尔纳尔小姐。于是，一切的喧噪也就平息下来了。

恢复了客厅的调和空气，满足了一切的要求之后，孟多兰就急速的走近他的情妇，低声对她说：

“这些人把我的幸福给抢走了一会儿。”

“我真高兴有您在身边，”她笑着回答说，“我先告诉您我是好奇的女人，所以请您不要厌腻我发问。请您先告诉我穿绿呢短衣服的那个好好先生是谁。”

“他是著名的布里古少校，一个马勒人，死去的麦尔西埃的同伴，绰号王地。”

“那末，正在跟他一块儿说到我的那位红脸胖教士是谁呢?”维尔纳尔小姐接着说。

“您要知道他们说什么吗?”

“要是我要知道呢?……这还成一个问题吗?”

“但是，我告诉了您，会冒犯您的。”

“就在您让我受到冒犯而没有让我报复我在您家里所得到的侮辱的时候吗?再见，侯爵!我不愿意再留在这里一刻钟。我懊悔让这些可怜的共和党人上当，他们都是这么忠实，这么可靠啊。”

她走了几步路，侯爵跟着她来。

“亲爱的玛利，请您听我说。为着我的体面，我已经压下他们的胡说，还没有知道这些话到底是真的还是假的。不过，在我的情形之下，当巴黎部里的朋友们告诉我不要相信任何跟着我路上来的女人，说是福赤派了一个街头的犹滴[①]来打击我的时候，我最好的朋友们可以想到您是过分美丽的女人，您不会是个老实的女人。……”

说话的时候，侯爵的眼色深深的射进维尔纳尔小姐的眼里。小姐脸部发红了，她忍不住哭了。

“我值得这些毁谤，”她说，“我要瞧着您相信我是一个悲惨的女人，而知道我自己是被爱的;……然后，我就不会怀疑您了。我，当您骗我的时候，我倒相信您，然而当我诚实的时候，您却不相信我!咱们就这样的破裂了罢，先生，”她蹙着眉头说，好像临死的女人似的脸色苍白，“再见。”

她失望的奋身走出了饭厅。

“玛利，我的生命是属于您的!”年轻侯爵朝着她的耳朵说。

她停步，瞧着他。

---

① 犹滴(Judith)是希伯来的女人，曾以其美貌取得希伯来敌人主将的欢心，而刺杀了他。希伯来宗教文献，《旧约圣经》之外，有《犹滴传》，叙述其事。

“不，不，”她说，“我会变成仁慈的。再见。跟着您来的时候，我既没有想到我的已往，也没有想到您的将来，我疯了。”

“怎么！您就在我给您献出我的生命的时候离开我吗？……”

“您是在感情冲动有情欲的时候一时拿它献给我的……”

“没有后悔，永远的献给您。”他说。

她回来了。为着遮掩他的情感起见，侯爵继续谈话：

“您要我说出姓名的这个胖家伙，他是一个可怕的人物，他叫居丁教士，相当顽固，相当忠实的耶稣会会徒；不顾驱逐他出境的一七六三年的法令而还留在法兰西。他是这些地方的战争煽动家，鼓吹所谓圣心教会的联盟。他惯于利用宗教来做工具，劝导他的信徒们说，他们可以复活。他懂得拿巧妙的说教去鼓励他们的过度信仰。您知道：我们得利用每一个人的特殊兴趣去达到我们的大目的。这就是政治的秘密。”

“那末，那个还很强壮的满脸尽是筋，这么可恶的老头儿呢？瞧，那个，那个穿破律师袍的人呢？”

“律师吗！他还冒充传令官呢。您没有听见人家说到郎桂吗？”

“这一定就是他！”受惊的维尔纳尔小姐说，“您就用这些人吗！”

“嘘！他听得见您说话。您看见这另外一个跟居阿夫人胡说的人吗？……”

“这个跟审判官似的穿黑袍的人吗？”

“这是我们的一个交涉员，绰号叫做弹球匠，布列颠省议会议员的儿子，好像是姓佛拉美的；但是，亲王们对他都很信任。”

“还有，他旁边的那个人，正在收起白土烟斗，右手五个指头都靠在雕板上，仿佛是个粗人似的，他是谁呀？”维尔纳尔小姐笑着说。

“好家伙，您猜着了，他是给这位贵妇死去了的丈夫看守猎场的人。他指挥我派去对抗机动部队的一支兵。他和走下地也许是国王在这里所有的最可靠的奴才。”

“可是她，她是谁呢?”

“她吗，”侯爵回答说，“她是查礼特的最后的情妇。她对这一切的人都有极大的影响。”

“她还对他忠实吗?”

侯爵轻轻的努一努嘴，就算是回答了。

“您器重她吗?”

“您真是太好奇了。”

“她是我的仇人，”维尔纳尔小姐笑着说，“因为她已经不能够跟我竞争了，所以我宽恕她已往的错过，但望她也宽恕我的错过。——还有那个留胡髭的军官呢?”

“请您原谅我不告诉您他的名字。他要亲手刺杀第一总裁。您将来会知道的，无论成功失败，他都会变成名人。”

“您就来指导这些人吗？……”她惊骇的说，“这些就是保卫国王的勇士吗！绅士们和贵族们都到哪儿去了呢？……”

“可不是吗，”侯爵无礼的说，“他们都散在欧洲各国的宫廷里。那末，到底是谁叫这些国王，他们的内阁，他们的军队来为布尔崩王室效劳，叫他们来抵抗要拿彻底的破坏使一切君主政权和社会秩序死亡的共和政体呢!”

“啊!”她用慈祥的感情回答说，“但望您此后变成可以让我汲取我还得学习的思想的清洁的源泉……我希望这个。但是，让我想到您是唯一为着完成任务而拿法国人去打法兰西，不是受了外国人的援助来打法兰西的人。我是一个女人，我觉得要我的儿子生气打了我，我可以原谅他；但是，要他冷静的看着我让一个陌生人给撕得粉粉碎碎，我就要把他看成怪物。”

“您永远是一个共和党人，”侯爵说。他正陶醉在这些慈祥的声调里。这些声调可以证明他的自负。

“共和党人吗？不，我已经不是了。我并不考虑您到底是不是要向第一总裁投降，”她答辩说；“但是，我也不愿意看见您带了这些人在法兰西一个角落里打枪，不去攻击整个共和国。您替谁打仗呀？您要等着由您双手给扶上宝座的国王给您做什么呀？一个女人曾经做过这桩大事，可是，恢复了自由的国王却让人家活活的烧死她[①]……这些人都涂过圣油。参预神圣的事情总是有危险的。让上帝自己去安置他们，叫他们登位，叫他们逊位，叫他们再坐上他们的宝座。要是您已经衡量过您所能得到的报酬，您在我眼里就要比我所想象的伟大上十倍；那时候，要您愿意的话，您就把我踩在脚下好了，我允许您，我还是一样的幸福。”

“您真是太有意思了！您千万别给这些先生们这样的说教，要不然，我就找不到兵士了。”

“啊！要是您愿意让我感化您，我们就得到离开这里一千里路的地方去！”

“您好像很瞧不起的这些人懂得牺牲生命，捐躯沙场，”侯爵用更严肃的声调答辩说，“他们的错处也就要被人忘记了。况且，要是我的努力得到成功，胜利的光荣难道不会遮掩一切吗？”

“我看这里也只有您一个人有什么可损失的。”

“不是只有我一个人，”他用真正谦虚的态度接着说，“那边还有两位新的王地领袖呢。第一个您已经听过，就是叫做大约克的，他是方登伯爵；还有一个就是我已经告诉过您的弹球匠。”

“您忘记了桂柏郎吗？弹球匠曾经在那里演过怪戏呢。……”她想起一桩事，就这样的回答说。

“弹球匠肩上负有重大的责任，请您相信我。给亲王们效忠并

① 这是指 Jeanne d’ Arc 的故事而言。

不是享福呀……”

“唷哟！您让我发抖！”玛利喊道，“侯爵，”她半吞半吐，好像只有她知道这神秘似的说，“一刹那的时间就够得毁灭一个幻想，揭破许多人靠着生活的秘密……”

她好像只怕说得太多似的停止了，然后又加上一句话说：

“我要知道共和政府的兵士都得到安全。”

“我以后要谨慎的，”他拿微笑来掩饰他的情感说，“但是，请您别跟我谈您的兵士，我已经拿绅士的资格给您回答过这问题。”

“我到底有什么权利引导您呢？”她接着说，“您我之间，您应当永远是主人。我不是已经说过，让我管治一个奴才要叫我悲痛吗？”

“侯爵先生，”布里古少校突然打断他们的谈话，说，“蓝衣客要长期留在这里吗？”

“他们歇过了马上就走。”玛利喊道。

侯爵给会场射去几道探究的目光。他注意到那里的激动，就离开了维尔纳尔小姐，让居阿夫人来代替他坐在她身边。这位女人带着一副虚伪的笑脸，年轻领袖的苦笑也不能够消除这脸孔的矫饰痕迹。这时候，佛兰心发出一场立刻闭住的喊叫。维尔纳尔小姐看见她的忠心伴侣奋身跑进饭厅。她瞧了居阿夫人一眼，发现她的敌人脸色发白，不禁大为惊异。好奇心叫她研究这突然跑走的秘密，她就朝着窗口奔去；她的情敌也跟着她来，想要设法消除对方的疑惑，只怕一不小心，就会引起人家的疑窦。她们都瞧了湖景一眼，又一同回到壁炉这边来。回来的时候，居阿夫人拿难于形容的狡猾对维尔纳尔小姐微微的笑了一笑。玛利看不出可以证明佛兰心逃跑的东西，居阿夫人很满意人家服从了她的命令。走下地顺从这位女人的征召，从湖边走到院子里来。这个湖是和保护花园的沟道通连在一起的。这些沟道构成了烟雾朦胧的蜿蜒的曲线，有些地方跟池子一样的宽，有些地方和花园里的人造小溪一样的窄。清澈的水流所浸浴的倾斜堤岸在窗前几箭地穿行而过。佛兰心用心细视几棵老柳树给水面投来的几条黑影。她下意识的观察一阵微风给柳枝吹成的齐整的曲线。突然间，她好像看见有几个不规则的自发动作反映在水面的浮荡的黑影；这些动作是生命的表征。无论这黑影怎么样的模糊，它总像是一个人。佛兰心最初认为这个黑影是月光穿透树叶给产生的不完全的影子；但是不久，第二个头又露了出来，还有其他的头也在较远的地方露了出来。堤上的灌木强烈的弯下，又升起。佛兰心看见这条长篱就像印度巨蟒似的奇形怪状的摇荡。然后，这里那里的在灌木和高荆里就发亮着几个光点，互相移动。走下地的情人特别用心的瞧着，她相信认得走向这活动堤岸中间来的人影里的第一个人。这个人的形状和她的心跳都让她相信她所看见的就是走下地。她由于他的一个姿态而认清了他。她忍不住要知道到底这神秘的走动是不是藏有什么负心的勾当。她奋身奔向院子里来。到达这绿色高原的中心的时候，她轮流的瞧着两边的房屋，两条堤岸，没有发现在有人居住的那边房屋的对面那一条堤岸上有这种无声活动的痕迹。她用心张开耳朵，听见有一种类似猛兽在寂静的树林里所能够产生的微弱的声响。她颤栗着，但并没有发抖。虽然她是年轻而贞洁的，好奇心却立刻给她感应一个巧计。她看见邮车，就跑去蹲在里头，只拿狡兔侧耳倾听远处猎声的谨慎钻出她的头。她看见从厩房里出来的抢面包。这个朱安党有两个乡下人陪着他。三个人都带着许多草束，给铺在有人居住的那边房屋的前面，好像是一张长床似的。这一边房屋正好跟那一道两边栽植短树的堤岸相并行。朱安党们就在堤岸上让人看出有战略准备的一声不响的走着。

“你给他们这些草束，仿佛他们真的要睡在那里似的……够了，抢面包！够了！”一个哑塞的微弱声音说，佛兰心认得这声音。

“他们不是要在那里睡觉吗？”抢面包立刻回答，发出一场粗鲁的傻笑，“——但是，你不相信少年会生气吗？”他声音非常低的加上一句话说，甚至于都没有让佛兰心听得见。

“是呀，他会生气的，”走下地吐出一半声音回答说；“可是我们无论怎么样也要杀死蓝衣客啊。”

“那儿，”他接着说，“那儿的一辆车，咱们俩得把它弄进去。”

抢面包拉着车的木辕，走下地推着一只轮，他这样轻捷的推着它，佛兰心甚至于都已经进了仓库了，快要让人家给关在里面，连让她想一想她地位的时间都没有。抢面包出去帮助人家抬来侯爵下令给护送队犒赏的一桶苹果酒。走下地沿着四轮车走了过去，想要退出去关门。他觉得有一只手抓住他的羊皮的尾巴，把他拉住了。他认得这一双赋有吸力的温柔的眸子，就好像中了邪似的怔住了一会儿。佛兰心奋身跳出车外，用激动的女人不知从何而来的逼人的腔调说：

“彼得，你在这路上给这位母亲跟她的儿子带了什么消息来了呀？人家在这里干些什么呀？你为什么藏起来呀？我要知道这一切。”

这句话使朱安党脸上生出一个表情，是佛兰心在他脸上所不认识的。布列颠人带他的情妇到门限上来；在那里，他让她面朝着苍白的月色的微光，一边用两只可怕的眼睛瞧着她，一边回答她说：

“是的，我就是落地狱也要告诉你这个！佛兰心，但是，你得给我向这念珠发誓……”

他就从羊皮底下取出一串旧念珠。

“对你所认识的这个遗物发誓，”他接着说，“拿真话来回答我的一个唯一的问题。”

佛兰心脸红的瞧着这串念珠。这无疑的就是他们的爱情的保证。

“你就是对着这个东西发誓过。”受感动的朱安党继续着说。

他没有说完。乡下姑娘用手掩住她的野蛮的情郎，强制他不说话。

“那末，我难道还有发誓的必要吗?”

他温和的拉住他的情妇的手，端详了她一会儿，接着说：

“你伺候的小姐，她真的叫做维尔纳尔小姐吗?”

佛兰心垂着两臂，低下眼皮，斜着脑袋，脸色发白，说不出话来。

“她是个妖精!”走下地用可怕的声音说。

听了这句话，美丽的纤手又掩住了他的嘴唇。但是这一次，他却激奋的退了回去。布列颠小姑娘已经看不见她的情人了，她只看到一只本性凶猛的恶兽。朱安党的眉毛紧紧的皱着，他的嘴唇紧紧的缩着，他露出防卫主人的狗似的牙齿。

“我把你当做一朵花留下，我再找到你的时候，你却是一堆粪。啊！为什么我抛弃了你呢?——你来出卖我们，来擒获少年!”

这些话简直是咆吼，那里是说话。虽然佛兰心心里害怕，但是听了这最后一句话，她却大胆的瞧着这副凶恶的脸孔，向他仰起她那天使似的眼睛，冷静的回答他说：

“我用我的永生来保证，这是错的。这是你那位贵妇的意见……”

这一次却轮到他低下了头；然后，她就拉着他的手，娇媚的转过身来，朝着他，对他说：

“彼得，我们为什么这样的下去呢?听我的：我不知道为什么你，你要从这里打听一些东西，因为我一点儿也不懂得！但是请你记住这位美丽高贵的小姐，她是我的恩人；她也是你的恩人。我们就像姊妹似的活在一起。我们跟她在一起的时候，至少在我们活着的时候，我们绝不要让她受到苦难。你给我发这个誓！这里，我只相信你。”

“我不是这里的主人。”他用忧怒的声调回答说。

他的脸色变成阴沉的。她拿住他的两只大垂耳，轻轻的拧着，好像抚摸一只猫似的。

“好，答应我罢，”她看见他没有那样的严厉，就接着说，“答应我用你所有的力量来保护我们的恩人的安全。”

他摇摇头，好像怀疑这桩事情能够成功似的。这姿势使布列颠女郎颤栗。正在这危急的时刻，护送队已经到了堤岸来了。兵士的步伐和武器的响声引起了院中的回音，好像是使走下地结束他的犹疑似的。

“我也许能够救她，”他对他的情妇说，“要是你能够让她留在房里不出来的话。——呃，”他加上一句话说，“无论发生什么事情，你都得跟她一块儿待在那儿，一句话也别说；要不然，好！”

“我答应你这个，”她惊惶的回答说。

“好，进去罢，……马上进去，不要对任何人露出你的恐怖，甚至于你的女主人。”

“好的。”

她握着朱安党的手。他用父亲似的眼色瞧了她一眼，鸟也似的飞跑到石阶那边去了；然后，他就躺在树篱里，仿佛悲剧开幕的时候演员躲到台房里去似的。

十四

“麦尔，你知道这地方有点像什么罗网的神气吗？”热拉尔走到古堡的时候说。

“我觉得的确是。”营长忧虑的回答说。

两位军官忙着布置哨兵，来防守堤岸和大圆门；然后，他们就对灌木丛和周围投去几道疑惑的眼色。

“唔!”麦尔说，“我们得相信这所房子，要不然，就别进去。”

“我们还是进去罢。”热拉尔回答说。

领袖的一句话给兵士们自由。他们就忙着放下他们的枪支，架起圆锥形的枪架，在草床前面形成了一个小小的战线。一桶苹果酒就在这草床的中央。他们分成几小队。两个乡下人开始给他们分送牛油和裸麦面包。侯爵走到两位军官的面前，带他们到厅里去。热拉尔登上了石阶，看见两边的古老落叶松伸出黑色枝干的时候，就呼唤美脚和心钥来。

“你们两个到花园和树篱里去搜索搜索看看，懂得吗？然后，你们再在战线前面布置一个岗位。”

“搜索之前，我们可以点火吗，副官?”心钥说。

热拉尔点一点头。

“你瞧得清楚，心钥，”美脚说，“副官到这蜂窝里来实在是弄错了。要是雨洛指挥我们，他绝不会让人家逼到这里来；我们已经是釜中之鱼了。”

“你不傻吗!”心钥回答说；“怎么，你，你这滑头大王，你就没有猜出这间房子就是这位奇女子的古堡。我们快乐的麦尔就在她身边吹口叫子呢，这个堕落的营长，他还要娶她呢。这就跟擦亮的刺刀似的清楚。有了这么一个女人，这一定是我们这一联队的光荣。”

“这也是真的，”美脚接着说，“你还可以说这是好的苹果酒，但是我却不高兴在这些看守田篱的母狗前面喝它，我总觉得看见拉罗斯跟老帽子滚下柏勒林的沟道。我一辈子也记得这位可怜的

拉罗斯怎么样的让人家给打了，就像大门上的叩门环似的。”

“美脚，好朋友，像你这么一个兵士，你也未免太会幻想了。你应当到国立研究院去编歌曲去。”

“要是我太会幻想，”美脚回答说，“你也未免太少幻想了，你，你还得有相当的时间才能够当总裁呢。”

全队的谑笑结束了这个谈论，因为心钥在他的弹药囊里找不到报复他的对手的东西。

“你来巡逻罢？我要巡右边，我，”美脚对他说。

“那末，我就巡左边了，”我的同伴回答说，“可是，先等一等！我要喝一杯苹果酒，我的喉咙就仿佛包着雨洛帽子的胶布似的粘着。”

心钥没有立刻去搜索的花园的左边不幸就是佛兰心发现有人活动的危险的堤岸。在战争里一切都是偶然的。走进厅里去给大伙儿行了敬礼之后，热拉尔就给这些人投去一道尖锐的目光。他心里更加有力的狐疑，他突然朝着维尔纳尔小姐这边走来，低声对她说：

“我相信您得立刻退出去，我们在这里并不安全。”

“您怕我什么呀?”她笑着问，“你在这里要比在马因安全得多。”

一个女人总是毫不犹豫的相信她的情人。两位军官比较没有那样的忧虑。这时候，大伙儿都到饭厅里来，虽然还有人说了几句无关轻重的话，讨论一位让人家等待的相当重要的客人。惯于矫饰一切的女人往往要在危急的时候装出无知的态度。维尔纳尔小姐居然能够顺着这种假装的态度，利用饭前所常有的沉静时刻去注意多少是为她而召集的这个奇怪的会议。一个事实忽然使她惊骇。两位共和国的军官用他们的威严姿势统制着这个会场。他们的长发从鬓角上曳下，在颈项后面结成一个大发辫，在他们的额头上给描绘出可以给年轻人的头部产生诚实高贵的性质的线条。褴褛的蓝布制服的袖口是破旧不堪的；这一切的一切，甚至于走路的时候背在后面肩章（这可以表明整个军队连他们的头领在内，都缺乏大衣），都使这两位军官在四周的人们里显得是鹤立鸡群。

“噢！这就是国家，这就是自由！”她对自己说。

然后，她又给保王党人投去一道眼色：

“这就是一个独夫，一个国王，许多的特权！”

她不能够拒绝崇拜麦尔的脸孔，因为这位快乐的兵士完全符合了人们对这些懂得在枪林弹雨里哼哼一曲小调而没有忘记给受伤的同伴说笑话的法兰西军人所有的观念。热拉尔威严的站着。

他是严肃而冷静的，他好像赋有这时代法兰西军队所常有的真正的共和党的灵魂。这些共和党人都由一种高贵而平稳的忠实给他们印上一种那时代还不认识的毅力。

“这是我的一个有远大眼光的人，”维尔纳尔小姐对自己说，“这些人拿他们所统制的现在，作为根据去毁坏过去，然而却为的是将来的利益……”

这思想使她悲痛，因为她不信任她的情人。她只为着其他的一种崇拜，朝着他转过身来，想要为着共和国来向她的情人报复，虽然她已经开始怀恨它。

看到了侯爵身边都是这些相当大胆，相当过分自信，相当计算将来，要去攻击胜利的共和政府，希望能够恢复已经死去了的君主政体，被禁的宗教，流亡的亲王和消灭了的特权的人士，她又对自己说：

“这也不比那个差；因为蹲在残废里，他要拿过去当做将来。”

她那富有幻想的精神就徘徊在年轻和年老的残墟之中。她的良心给她喊叫说：一个是为一个独夫而奋斗，一个是为整个国家而战争；但是她却在人家拿理智来下结论的地方用感情来推理，认为国王就是国家。

侯爵听见客厅里有一个人的步声，就起来去迎接。他认得这个人就是人家所等待的客人。客人惊异有这一群人，他要开口说话；但是少年却背着两位共和党人给他做暗号，叫他不要开口，坐上酒桌。两位共和党军官分析了主人的姿势，也就重新产生最初所有的狐疑了。居丁教士所穿的宗教服装和朱安党人的怪诞衣裳都唤起了他们的谨慎；他们加倍的注意；他们发现这些客人的举止和他们的谈吐之间有许多可笑的矛盾。他们之中几个人越放大其词的讨论共和主义，其他的人也就越显得贵族的气度。往返于侯爵和客人之间的奇怪的眼色，一些疏忽说出的双关意义的话语，尤其是一些客人胡乱藏在领带里的颈项下面所有的须囊，这一切的一切终于都使两位军官明白同时打击他们的一个真理。他们拿同样的眼色互相揭破共同的思想；因为居阿夫人已经巧妙的把他们给隔开，他们也只能够拿眼睛来说话。环境叫他们必须拿智巧来行动：他们不知道到底自己是古堡的主人呢，还是让人家给诱到这个陷坑里来；维尔纳尔小姐到底是受骗呢，还是参预这不可解释的阴计的同谋人；但是一个突如其来的事变却在他们能够认出一切严重性之前加速了这危急的到来。这个新来的客人是个从头到脚都是四方形的家伙。脸色非常的红润，走起路来，头是向后倾斜的，身边排出许多的臭气。他相信一切的人都必须瞧他几眼。虽然是贵族出身，他却把生活当做是一篇应当让人家尽量受用的笑话；但是，虽是他十分佩服自己，他却跟那些受过宫廷教育，回到地产里来，绝不相信二十年之后还会埋没在那里的绅士们同样的善良，同样的多礼，同样的精神焕发。这种人不大知道滑头，总是硬硼硼的挺着胸脯，聪明的说些傻话，智巧的怀疑人家的好意，只怕上当。他舞弄着叉子，宣告他是一个海量大的食客。当他收回了失去的时间之后，他就举起双眸，瞧着大家。他看见两位军官，不禁加倍的惊愕，就拿眼色去询问居阿夫人。夫人的一切回答就是给他指着维尔纳尔小姐。看见了这个已经拿美丽去压服居阿夫人先前在客人们心里所激起的情绪的妖妇之后，这位肥胖的陌生人就发出了一个讥诮无礼的微笑，仿佛记载有整篇的荒淫故事似的。他侧身朝着邻座的耳朵说了两三句话，这些话虽然是两位军官和玛利所不知道的，可是却从一个耳朵传到另外一个耳朵，从一张嘴传到另外一张嘴，一直传到大家都要给加上一个致命打击的人心里。王地人和朱安党的头目都转过他们的目光，好奇而残酷的瞧着孟多兰侯爵。居阿夫人的眼睛从侯爵身上转到惊愕的维尔纳尔小姐身上，发出快乐的光芒。忧愁的军官互相的商议，等着这幕怪剧的结果。然后，一忽儿的时间，一切手中的叉子都停止活动了。寂寞统治着饭厅，一切的眼睛都集中到少年身上来。一道可怕的癫狂从这只血红暴怒的脸上发了出来。这脸孔是火漆似的颜色。年轻领袖转过身来，朝着吐出这条小蛇的客人这边走来，拿沮丧的声音问道：

“我的心死了！伯爵，这是真的吗？”

“拿我的名誉来发誓，”伯爵严肃的点一点头，回答说。

侯爵低下眼睛一会儿，他又举眼瞧着玛利，注意这场争论的玛利，就迎接着这一道充满死气的目光。

“我要牺牲我的生命，立刻报复。”他低声说。

居阿夫人只由他嘴唇的一个动作懂得了这句话。她对年轻人微笑，仿佛对一个不再悲愁的朋友微笑似的。大家对维尔纳尔小姐的轻蔑都普遍的挂在脸上。这轻蔑使两位共和党人勃然震怒。他们突然的站了起来。

“你们要什么啊，二位公民？”居阿夫人问。

“要我们的指挥刀，公民夫人。”热拉尔讥诮的回答。

“你们在桌上用不着这些东西。”侯爵冷淡的说。

“不，我们要要一个您懂得的把戏，”热拉尔又出来回答说，“我们在这里要比在柏勒林看得更清楚。”

会场全体怔住了。这时候，院子里荡漾着扰搅两位军官耳朵的可怕的一排枪声。两位军官奋身跑到石阶上来；他们在那里看见有一百来个朱安党朝着没有让第一排枪给打死的几个兵士瞄准，仿佛打兔子似的对他们开枪。这些布列颠人是从岸上出来的。走下地把他们给布置在这岸上，让他们去冒生命的危险，因为在这变化，在这最后的枪击之后，人家听见在临死的人的喊叫里有几个堕入水里的朱安党，仿佛在深渊里翻滚似的。抢面包瞄着热拉尔，走下地叫麦尔不敢动弹。

“营长，”侯爵冷冷的对麦尔说，重复了共和党人曾经对他说过的话，“您瞧，人们都是跟枇杷似的在草堆里成熟的。”

然后，他又拿手势指着躺卧在血腥草床上面的蓝衣客的全体护送队，朱安党就在那里把活着的再给结果了性命的，把死的拿想象不到的神速剥去了一切的东西。

“我告诉过您您的兵士走不到柏勒林，我是有道理的，”侯爵加上一句话说，“我也相信您的头要在我之前先给装上铅子儿，您对这个还要说什么呢？”

孟多兰非常需要满足他的疯狂。他对被征服的敌人的讥讽，他的残暴，甚至于没有经过他下令的这个军事行为（他这时候才承认这行为）都符合了他的心灵的秘密愿望。在他的愤怒之下，他愿意粉碎整个法兰西。被杀的蓝衣客，两位还活着的军官，一切他所要报复的无辜都像是让失望的赌徒给咬碎的纸牌似的握住他的手里。

“我宁可这样的死了，不要像您这样的胜利！”热拉尔说。

然后，看到浸浴在血海里的赤裸裸的兵士，他就喊道：

“这样无耻的杀死了他们！”

“就像是路易十六似的，先生。”侯爵奋激的回答。

“先生，”热拉尔高傲的说，“国王的案子有些您一辈子也明白不了的神秘。”

“控告国王！”侯爵大怒，喊道。

“打击法兰西！”热拉尔轻蔑的回答说。

“糊涂！”侯爵说。

“杀害祖国！”共和党人接着说。

“弑君！”

“好，你要临死吵架吗！”麦尔欣然的喊。

“这也是真的，”热拉尔冷冷的说，转过身来，朝着侯爵说，

“——先生，至少请您给我们面子，当场枪毙我们。”

“你真不错!”营长接着说；他总忙着预备逃走，“可是，朋友，当人家走远路，不能够第二天吃早饭的时候，人家就先吃宵夜。”

热拉尔骄傲的跑了过去，一句话也没有说的走向墙上；抢面包瞄准了他，然后，瞧了屹立不动的侯爵一眼，他认为领袖的缄默就是命令，副官也就像树一般的倒了下去。走下地跑来和抢面包分剥这个新死去的人的遗物。他们就像两只饥饿的乌鸦似的在还有热气的尸体上争吵着，叫唤着。

“要是您还想吃完这顿宵夜，营长，您可以自由跟我来，”侯爵对麦尔说，他要保留他来做交换品。

营长机械的跟着侯爵进去，好像责难似的喃喃的说：

“就是这魔鬼女人给弄出这事情……雨洛要怎么说呀?”

“这个女人!”侯爵微声喊道，“这的确是个女人吗?”

营长仿佛杀死了孟多兰。孟多兰惨白的，悲痛的，蹒跚的跟着他走。侯爵出去的时候，饭厅也发生了一个幕景。这幕景未免太凶恶。没有保护人的玛利甚至于都觉得她的情敌眼里写有她的死刑的判决词。听了排枪的声音，一切的客人都站了起来，除了居阿夫人以外。

“你们请再坐下罢，”她说，“没有什么，我们的人杀死蓝衣客。”

当她看见侯爵出去的时候，她就站了起来。

“这位小姐，”她拿内心疯狂，表面镇静的神气喊道，“她来劫持少年！她想把他交给共和政府。”

“自从今天早晨起，我有二十次机会可以把他交出去，可是我却救了他的生命。”维尔纳尔小姐辩答说。

居阿夫人用闪电似的速度奔向她的情敌；她在盲目的激动下

撕破了这位受这突如其来的举动所惊动的少女的衬裙花边，用粗暴的手动了藏有信件的神圣的隐处，撕碎了衣服，绣饰，胸衣和衬衣；然后，她就利用这搜索来满足她的妒忌，她懂得用这样的技巧和恐吓去挫伤情敌的跳动的咽喉，她甚至于在那里给留下许多指甲的血痕，莫名其妙的觉得给情敌这样可恶的侮辱是个畅快。在玛利抵抗这疯妇的柔弱挣扎里，她那一件脱了结子的大衣掉了下来，她的头发散成了无数的波状发环；她的脸孔射出贞洁的光芒，两颗泪珠划成了两条潮湿的道路，沿着她的双颊发亮，使她的眼睛更为发火；最后，因为受辱而生的颤栗使客人们看到她发抖。就是铁石心肠的审判官看了她的苦痛也会相信她是无辜。

仇恨的计算是错误的；当她胜利高喊的时候，居阿夫人却没有看见任何人听着她说：

“你们瞧，诸位先生，我难道是毁谤这个可怕的妖精吗?”

“倒没有怎么样的可怕，”这幕惨剧的作者，肥胖的客人说，“我倒非常喜欢这些可怕的事情，我。”

“这是由拉布拉斯签字，杜布瓦副署的一道命令，”残暴的王地女人接着说。

听了这两个名字，几个人就仰起头来。

“这就是道命令的内容，”居阿夫人继续着说：

> “各暴动省份，尤以号称少年之匪首孟多兰侯爵所在之地区所有之各级军事指挥官，地方行政官，检察官等公民，着就其职务内之权力援助女公民维尔纳尔·玛利，而听从其命令……”

“一个音乐厅的歌女取了这样一个伟大的家姓，来玷污它!”她加上一句话说。

会场里显出一个惊愕的动作。

“要是共和政府送了这些美丽的女郎来对抗我们，这就不平均了！”桂尼克男爵快乐的说。

“尤其是不花本钱的女人们，”居阿夫人辩答说。

“不花本钱？”维沙尔骑士说，“小姐倒是有一块大土地，可以给她产生许多地租！”

“共和政府真喜欢开玩笑，给我们送这些欢天喜地的少女来当大使，不是吗？”居丁教士喊道。

“可是，小姐不幸找到许多杀害她的欢乐，”居阿夫人用一种快乐的可恶的表情，接着说，结束了这些笑话。

“您怎么还活着，太太？”玛利整理过凌乱的服装之后，又站了起来，说。

这句残忍的讽刺使这位骄傲的牺牲品获到一种尊敬，使这会场鸦雀无声。居阿夫人看见各领袖的嘴唇都微微的发笑，不禁发出怒气；她没有看见侯爵和营长突然到来，就指着维尔纳尔小姐，对朱安党说：

“抢面包，带她去罢：这是我的一份儿赃，我送给你，你要怎么办就怎么办。”

全会场的人听了这位女人说“你要怎么办就怎么办”，都颤栗起来，因为走下地和抢面包的丑陋脑袋出现在侯爵的背后，这苦刑好像是最可怕的。

佛兰心仿佛半天霹雳似的站着愣在那里，两只手叉着，眼睛充满泪珠。维尔纳尔小姐在危急里恢复了她的精神，她给会场投去一道轻蔑的眼色，抢过了居阿夫人拿在手里的这一封信，昂着头，眼睛干枯发亮的奋身跑到门前。麦尔的指挥刀还在那里。她在那里碰到冷酷的屹立不动的塑像似的侯爵。这脸孔的条纹都是呆定的，她找不到任何可以使她快乐的颜色。心灵既然受到伤刺，生命在她看来也就变成可恶的了。给她表示万千情爱的男子原来已经听了人家对她堆来的讥笑。一位拿美丽保留给爱情的女人饱受一切眼色的时候，他却原来是她所忍受的凌辱的冰冷的证人！她也许可以宽恕孟多兰的轻蔑，但是她却因为让他看见她这狼狈的景象而愤怒；她给他投去一道充满怨恨的呆傻的目光，因为她觉得她心里产生有一种可怕的报复的欲望。看到死就跟在她的背后，她的脆弱又止住了她。她在脑中沸腾着疯狂；她那滚烫的血液使她看来这世界就像是一团火；于是，她并不自杀，反而拿着指挥刀，举起朝着侯爵刺去，一直刺到刀柄的地方；但是，刀从腰部和手臂中间滑了过去，少年擒住了玛利的手腕，在抢面包的援助下，把她拉到厅外去了。当她刺杀侯爵的时候，抢面包奋身奔向这个愤怒的女郎。看了这个景象，佛兰心就喊出几个尖锐的声音：

“彼得！彼得！彼得！”她用悲恻的声调喊道。

并且，一边喊，一边跟着她的女主人来。

侯爵让会场发傻，他关上厅门出去了。当他来到石阶上面的时候，他还拿住这个女人的手腕，用痉挛的动作紧紧的握着；抢面包的紧张的手指也几乎压碎了她的臂骨；但是，她却只觉到年轻领袖的火热的手，冷冷的瞧着他。

“先生，您使我苦痛！”

侯爵的一切回答就是瞧着他的情妇一会儿。

“您难道也有什么可以让您拿卑鄙手段来报复的事情，就像那个女人所做的一样吗?”她说。

然后，看见横卧在草床上的尸体，她就颤栗的喊：

“一个绅士的信用！……哈！哈！哈！”

在这一阵狂笑之后，她又加上一句话说：

“美丽的一天！”

“是的，美丽的，”他重复着说，“而且是没有第二天的。”

他用最后一次的深长眼色瞧了这个醉人的女郎之后，就放了维尔纳尔小姐。他几乎不能够舍得抛弃她。这两个傲慢的灵魂都不愿意屈服。侯爵也许在等着她的一滴眼泪；但是少女的眼睛还是干枯的，骄傲的。他把他的牺牲品交给抢面包，就激奋的转过身来。

“上帝会听我的，侯爵，我要请求他给您一个没有第二天的美丽的日子！”

受这伟大的打击而苦恼的抢面包就用一种杂有敬重讥诮的温柔态度带了她去。侯爵叹了一口气，回到厅里来，给他的客人们呈出一副类似没有瞑目的死人似的脸孔。

十五

麦尔营长的出场是这剧悲剧的演员所不能了解的；所以，一切的人都诧异的看着他，彼此拿眼色互相的询问。麦尔看出朱安党们的惊讶，就依据他的本性，给他们苦笑的说：

“诸位先生，我不相信你们会拒绝一个将要走上最后行程的人的一杯酒。”

就在会场听了这一句由王地人所喜欢的法兰西的轻躁腔调给说出来的话而安静下来的时候，孟多兰侯爵又出现了。他的惨白的脸孔，他的呆定的眼睛，使一切的客人不寒而栗。

“你们就要看出，”营长说，“死的人要让活着的人走动！”

“啊！”侯爵仿佛从梦里醒了过来似的说，“您在这儿，我亲爱的战事顾问！”

他给他递过一瓶葛拉夫葡萄酒，好像要给他斟酒喝似的。

“噢！谢谢，侯爵公民；我会茫然自失的，您瞧……”

听了这一机智的话，居阿夫人就微笑的对客人们说：

“算了罢，我们免了他这一份儿饭后点心罢。”

“您的报复也未免太残酷了，太太，”营长回答说，“您忘记了正在等着我的那个让人家给杀死了的，我的朋友，我不会跟他爽约的。”

“营长，”侯爵给他递过一只自己的手套，对他说，“您可以自由！瞧，这是一个通行证。国王的猎夫知道不应当杀死一切的猎味。”

“逃命去吗？”麦尔回答说，“您错了，我只有更加紧迫的跟您斗争，我不会宽恕您。您也许很能干，但是您却比不上热拉尔。虽然您的头赔不上他的头，但是我可一定要它，我也一定能够得到它。”

“所以，他太急了！”侯爵接着说。

“再见！……我可以跟杀我自己的刽子手们交杯共饮，可是我不能够跟杀死我的朋友的凶手们待在一起，”营长一边说，一边出去，失踪不见了。客人们大为惊惧。

“好罢，诸位先生，你们要说那些领导共和政府的官吏、外科医生和律师们什么呢？”少年冷冷的问。

“好家伙！侯爵，”保梵伯爵回答说，“总之，他们没有好教养。我相信这个人对我们太没有礼貌了。”

营长的突然逃走有秘密的目的。受过这种侮辱的维尔纳尔小姐也许就要在这时候被人杀死。她在这一场戏里给他露出的难忘的美貌，使他出去的时候不禁对自己说：

“要她是一个女人，她就一定不是一个平凡的女子，我一定要娶她做老婆。”

他并不发愁不能够从这些野蛮人手里去把她救出，所以他的第一个思想不是逃命，而且从此之后要怎么样的保护她。不幸得很，走到石阶上面的时候，营长发现院子里一个人也没有。他瞧着周围，听着岑寂的空气，只听见朱安党们在花园里分赃的远处的喧哗的笑声。他偶然走到他的兵士被人杀死的地方，那边房屋的前面。幸亏在这角落里有烛火的微光，让他看清楚一帮一帮的国王的猎夫。抢面包、走下地和这年轻的少女都不在那里。正在这时候，他觉得有人轻轻的牵住他的制服。他转过身来，看见佛兰心跪在地上。

“她哪儿去了呢?”他问。

“我不知道，……彼得赶我走，叫我不要动。”

“他们从哪儿走了呢?”

“从那边走了，”她指着堤岸，回答说。

营长和佛兰心于是就看见在这方向有些让月光给射到水上去的暗影。他们认得这是女人的形状。这个女人的雅致虽然是看不见的，但却叫他们的心跳悸。

“噢！就是她。”布列颠的姑娘说。

维尔纳尔小姐仿佛站在几个人影的中央。这些人的动作表明他们正在争执。

“他们人多！”营长说，“这也是一样的，咱们走上去罢。”

“您要让人家给杀死，而得不到结果。”佛兰心说。

“今天我已经死过一次了。”他快乐的回答说。

于是，两个人就朝着阴黑的大圆门走去，这一幕戏就是在这大圆门后面扮演的。走了一半路，佛兰心停住了脚。

“不，我不要再走了！”她轻声的喊，“彼得叫我别管闲事儿；我认得他的脾气，我们要把事情给弄糟糕了。您要干什么就干什么罢，军官先生，可是，请您走远点儿。要是彼得看见您在我身边，他会杀死您的。”

这时候，抢面包走出了大圆门，打算去叫留在马厩里的马夫。他看见营长，就喝了一声，拿起枪，朝着他：

“乌莱伊·安娜圣母！安特兰院长说得对，蓝衣客们是跟魔鬼订过盟约的。等一等，我要告诉您怎么样的活过来，我！”

“呃！人家答应我，让我活着！”麦尔看见自己受到威胁，就叫了起来，“这是你领袖的手套。”

“是的，这些都是鬼魂，”朱安党接着说，“我，我可不让你复活……玛利亚·阿夫！”

他开枪打中了营长的头；营长倒了下去。

佛兰心走近麦尔的时候，她听见他说这些模糊不清的话：

“我宁可跟他们一块儿留在这里，不要没有他们一个人回去。”

朱安党朝着这蓝衣客身上奔去，要剥夺他的遗物，嘴里说：

“这些死了又活的家伙真不错，他们还带着衣服活了过来。”

看见营长手里给他拿出的少年的手套，这神圣的护身符，他就不禁发怔了。

“我不会装在我母亲的儿子的皮囊里了！”他喊道。

然后，他就像飞鸟似的快跑而去，失踪不见了。

为着解释营长的不幸遭遇起见，我们必须叙述了一下侯爵失望疯狂的时候把维尔纳尔小姐交给抢面包之后的事情。那时候，佛兰心就用痉挛的动作擒住了走下地的手臂，满眼含泪的请求走下地履行他的约言。离开他们几步的地方，抢面包跟拖曳粗笨的东西似的拉着他的牺牲品。玛利披着散乱的头发，斜着头，转过眼睛瞧着湖水；但是，在一只铁腕的执握之下，她就被迫慢慢的跟随着这个朱安党。朱安党回头好几次去瞧她，叫她快步走，每一次都有一个快乐的思想给这副脸孔留下一道可怕的微笑。

“她真是一个‘歌当’！……”他用粗暴的重音喊道。

听了这句话，佛兰心又开始说话了。

“彼得！”

“怎么啦？”

“他要杀死小姐吗？”

“不是立刻就杀死她，”走下地回答说。

“但是，她会反抗人家的侮慢的；要她死了，我也活不成了！”

“啊，这个，你太爱她了，……让她死罢！”走下地说。

“我们所以这样的富裕，这样的幸福，这都是她的赐予；但是，这还无所谓，你不是答应过要从一切的不幸里救出她吗？”

“我想法子去；但是，你得站在那儿，别动。”

走下地的手臂立刻自由了，佛兰心在院子里等着他，心里万分的不安。走下地的同伴走进仓库强迫牺牲品上车的时候，走下地正好碰到了他。抢面包请求他的同伴帮他推出四轮轻马车。

“你这要做什么呢？”走下地问。

“好，少女已经拿她送给我了，她所有的一切都是属于我的。”

“关于车，好，你可以从车上弄到钱；但是女人呢？她可以跟猫似的跳上你的脸。”

抢面包哈哈大笑，他回答说：

“好罢，我要把她带到我家里来，我会叫她归心于我的。”

“那末，咱们架上马罢。”走下地说。

走下地让他的同伴看守抢获品。一会儿，他自己就把车推出了大圆门，到了堤岸的上面。抢面包登车坐在维尔纳尔小姐的旁边，没有注意到她奋身要跑去跳池。

“嘿！抢面包！”走下地喊道。

“什么事呀？”

“我买你这一份儿。”

“你说笑话罢？”朱安党一边问，一边拉住俘虏的裙子，仿佛屠夫拉住逃走的小牛似的。

“让我看看她，我可以给你一个价钱。”

不幸的女人被迫下车，她就待在两个朱安党的中间。每一个朱安党都擒住她的一只手，就像两个老年人看见苏三洗澡似的瞧着她。

“你要，”走下地叹一口气说，“你要三十佛郎年息吗？”

“真的吗？”

“真的，”走下地给他伸出手，对他说。

“噢！我赞成；有了这年息，我就可以弄到布列颠女郎，而且是些‘歌当’！——但是，这辆车归谁呢？”抢面包快乐的接着说。

“归我！”走下地用吓人的声调喊道。这声调可以宣泄他的凶恶性格在同伴中间所有的一种高人一等的特点。

“可是，要是有金子在车里呢？”

“你不是赞成了吗？”

“是的，我赞成过。”

“那末，就请你去找困在马厩里的马夫去罢。”

“可是，要是有金子在……”

“车里有金子吗?”走下地粗暴的摇动玛利的手臂，问她。

“我有一百个厄古。”维尔纳尔小姐回答说。

听了这句话，两位朱安党互相瞟了一眼。

“呃！好朋友，咱们别为一个女共和党吵架了，”抢面包朝着走下地的耳朵上，说，“咱们拿一块石头悬在她的脖子上，把她扔在池里，再来分分这一百厄古好了。”

“我给你我在奥尔慈孟的赎票里所有的一份儿，一百厄古!”走下地喊着，止住了他的牺牲品所引起的一声怨叹。

抢面包发出一声哑塞的喊叫，就去寻找马夫去了。他的快乐造成了他所遇见的营长的不幸。走下地听见枪声，就赶紧跑到受惊的佛兰心握着手，跪在可怜的营长身边祈求的地方，因为杀人的景象使她大受打击。

“跑到你女主人那边去，”朱安党粗暴的对她说，“她已经得救了!”

他自己跑去寻找马夫，闪电似的迅速回来，又从麦尔尸体前面经过的时候，他看见少年的手套还痉挛的握在死者的手里。

“噢！噢!”他喊道，“抢面包做了一桩违法的事情！他不大可能拿这息金来生活了……”

他拔下手套，对已经和佛兰心一同坐上车子的维尔纳尔小姐说：

“瞧，请您拿着这只手套。要是路上有人打击您，就请您嚷：‘噢！少年!’请您拿出来这个通行证来，您就没事儿了。——佛兰心，”他转过身来朝着她，紧紧握住她的手，说，“我们还清了这个女人的债了；跟我一块儿来罢，让魔鬼带着她去!”

“你要我这时候撂下她吗!”佛兰心悲恻的回答说。

走下地抓着耳朵和额头；然后他就仰起头来，让她看见他那充满凶恶表情的眼睛。

“你说得对，”他说。“我让你跟她在一起一星期；要是过了这期限你还不来跟我在一块儿……”

他没有说完，但是，他却剧烈的拿出手掌，拍了他的枪口一下。他给他的情妇做出一个瞄准的姿势之后，没有听到回答就走了。

朱安党一走开，一道仿佛来自池子的声音就轻轻的叫着：

“小姐！……小姐！……”

马夫和两位女人都恐惧的颤栗起来，因为几具尸体一直飘到这里来。一个躲在树林后面的蓝衣客钻了出来。

“请您让我坐您的车子，要不然，我就活不了啦！心钥想要喝的这杯酒可叫我们流了不只一瓶血！要是学我去巡查，我们的同伴也不至于跟小船似的在那里飘着……”

这些事情在外面发生的时候，王地人派来的领袖和朱安党的头目都在孟多兰侯爵的主持下，手里拿着酒杯，商量计策。一杯一杯的保尔都葡萄酒使这谈论更加炽烈。到了酒席快要结束的时候，这谈论就变成重要而严重的。吃饭后点心，大家决定要建立一个共同的军事战线的时候，保王党们就为布尔崩王朝祝杯。正在这时候，抢面包的枪声就跟这些快乐高贵的阴谋家要给共和政府宣布的悲剧的战争的回音似的荡漾着。居阿夫人颤栗着，正在她因为摆脱了情敌而畅快的时候，客人们都彼此缄默的举目相顾。侯爵离开酒桌，出去了。

“他还爱她呢，”居阿夫人讥笑的说，“请您陪着他去罢，方登先生；要是让他一个人郁郁不乐，他一定会变成苍蝇似的讨人厌。”

她就走到朝院的窗口来，想要瞧瞧玛利的尸体。从那里，她居然在最后的月光下看得清楚四轮轻车神速的驶上苹果树的大路。

被风吹动的维尔纳尔小姐的面帕就在车外飘扬。看了这景象，发怒的居阿夫人就离开了会场。靠在石阶上的侯爵正沉溺在一个莫名的思想里。他瞧着一百五十个朱安党在花园里分完赃，又回来喝那一桶答应给蓝衣客们的苹果酒，吃那一堆答应给蓝衣客们的面包。作为君主国的希望的基石的这些新兵，他们一群一群的轮流喝酒，石阶对面堤岸上就有其中的七八个人拿出石头给悬在蓝衣客的尸体上面，把他们沉下水里，来寻开心。这景象和这些无忧无虑的野蛮少年所有的奇怪服装和粗暴表情在方登先生看来，都很特殊，都很新鲜，因为他所看到的王地军队是高贵而整齐的；他就抓住这机会，对孟多兰侯爵说：

“您希望这些傻子能够给您做些什么呀？”

“做不了大事情，不是吗，亲爱的伯爵？”少年回答说。

“他们懂得在共和党人面前作战吗？”

“不懂得。”

“他们懂得您的命令，执行您的命令吗？”

“从来没有懂过。”

“那末，他们对您有什么用处呢？”

“就是拿我的指挥刀给插进共和政府的肚子里！”侯爵用响亮的声音回答说；“给我在三天之内献出福杰尔，十天之内献出全布列颠！……您去罢，先生，”他比较温和的说，“请您到王地去；叫杜迪仓，苏三纳和伯尔尼埃教士跟我一样快的进行，叫他们别跟第一总裁讲和，人家让我怕他们有这举动（说到这里，他就紧紧拉着这位王地人的手），二十天之内我们就可以到离巴黎三十里的地方了。”

“可是，共和政府派了六万人和布龙将军来抵御我们呢！”

“六万人！真的吗？”侯爵讥笑的答辩说，“那末，波拿巴特叫谁在意大利打仗呢？至于布龙将军，他不会来的，波拿巴特叫他在荷兰抵御英国人，叫我们的朋友巴拉斯的朋友黑杜维尔将军来代替他在这里！……您懂得我吗？”

听他这么说，方登先生就用一种聪明精细的神气瞧了孟多兰侯爵一眼，仿佛责备他自己一点儿也不懂得人家刚刚给他说的这些神秘的话。两位绅士彼此十分的互相了解，但是年轻领袖却用一种难于形容的微笑在回答他们眼里所表达的思想：

“方登先生，您认得我的徽章吗？我的徽章的格言是：坚持到死。”

方登伯爵拿起孟多兰的手，紧紧的握着，对他说：

“我已经从四路逃出一条命，所以你不必怀疑我；但是请您相信我的经验，时代已经改变了……”

“噢！是的，”突如其来的弹球匠说，“您年纪轻，侯爵。请您听我说：您的财产还没有都让人家给拍卖了去……”

“您以为没有牺牲可以效忠国王吗？”孟多兰说。

“您认识清楚国王吗？”弹球匠说。

“是的。”

“我钦佩您。”

“国王，”年轻领袖回答说，“他就是牧师，我是为信仰而战争的！”

他们分手走了。这位王地人认为必须退出这些事情之外，只在心里保守他的信仰；弹球匠预备回到英吉利去；孟多兰要剧烈的血战，想要拿他所梦想的胜利去强迫王地人在他的事业里合作。

十六

这些事情给维尔纳尔小姐的灵魂激动了许多感情，她就跟死人似的斜靠在车子里，下令驶到福杰尔去。佛兰心仿效女主人的缄默。只怕有新危险的马夫忙着赶上大路，一会儿也就到达了柏勒林山峰。

维尔纳尔·玛利在清晨的白色浓雾里穿过了这篇故事开头所述的美丽宽阔的古埃斯嫩山谷。她好容易才从柏勒林山顶瞥见福杰尔城建在上面的叶纹石的山岩。三位旅客离这山岩还有两里路。她觉得一身发冷，就想到在这车后的可怜的步兵。她坚请他登车坐在佛兰心旁边。福杰尔的景色使她一时引起了许多思考。此外，布在圣黎昂拿德门前面的哨兵也不许陌生人进城，她不得不递出部里的证件。她发现她终于能够在走进只有民兵防卫的这个地方的时候避免一切的危险。马夫只能够给她找到邮站旅馆让她安歇。

“小姐，”她所救出的蓝衣客说，“要是您需要跟什么人动刀，我就可以把我的生命献给您。我的刀术很不错。我叫做发尔岗·约翰，绰号美脚，号称马因军的雨洛的第七十二联队的第一营精兵的排长。请您原谅我假设和吹嘘；但是，我只能够给您献出一个排长的灵魂，因为这时候我只有这个可以让我为您效忠。”

他顺着脚踵打了一个旋转，吹着口叫子，走了。

“越走到下层的社会里，”玛利苦楚的说，“就越可以找到不夸张的仁慈的情感。一个侯爵给我一个死来换他的命，然而一个排长……算了罢，咱们让他去罢。”

巴黎女郎睡在热床里的时候，忠实的佛兰心却落空的等待着她听惯的一句多情的话；但是，看见她这样不安的站着，她的女主人就给她做出一个充满悲哀的记号。

“人家管这个叫做一天，佛兰心，”她说，“我却老了十年！”

第二天清早起床的时候，高兰丹来见玛利。小姐让他进来。

“佛兰心，”她说，“所以，我的不幸是最大的，不是吗？看了高兰丹，不是使我太难受吗！”

然而，重新见到这个人的时候，她又第一千次的感到本能的厌腻，两年的认识并不能够使她减轻这厌恶。

“那末，”他笑着说，“我还以为成功了呢。您所抓到的不是他吗？”

“高兰丹，”她迟慢的苦痛的回答说，“我没有讲到这事情的时候，请您别跟我提起它。”

这个男子在房子里踱来踱去，给维尔纳尔小姐投去几道斜眼，想要猜测这个奇女子的秘密思想。这个奇女子的一瞟眼可以立刻使最能干的男子茫然自失。

“我已经料到这失败，”一会儿的缄默之后，他又接着说，“为着让您高兴在这城里设立司令部起见，我已经打听好许多消息。我们这地方是在朱安党势力范围的中心。您要留在这里吗？”

她拿一个肯定的点头来回答。这使高兰丹猜测到前一夜的事情，他也猜到了一半。

“我已经替您租了一间还没有卖掉的公家房子。这地方的人都不大长进。谁也不敢买这小房子，因为它是一个当了暴民的亡命贵族的产业。这房子就在圣黎昂拿德教堂附近，真的，说句老实话，那里的风景真不错。我们可以利用这所小房子，它还能住；您要到那里来吗？”

“就去。”她喊道。

“但是，我还得有几个钟点的时间让我去布置布置，让您觉得一切都合您的胃口。”

“有什么关系呢！”她说，“就是住在修道院里，或监狱里也行。不过，您也无妨布置布置，让我今天晚上清静的休息休息。去罢，让我一个人在这儿。看见您就让我受不了。我要一个人跟佛兰心留在这儿。我了解她也许要比了解我自己还要深。……再见，去罢！走罢！”

这些这样流利，忽而娇冶，忽而专横，忽而动情的话证明她非常的镇静。睡眠无疑的已经驱走了前一个日子的印象，思考已经劝告她去报仇。如果在她的脸上还染有一些暗淡的色彩，这些色彩也仿佛证明她有一些懂得在灵魂里埋藏最过火的情绪的机能，这机能可以让她在计算牺牲品灭亡的时候，拿温柔的微笑去矫饰。她一个人专心的想着活捉侯爵的计策。平生第一次她顺着自己的欲望生活着；但是这种生活只给她留下一个情绪，报仇的情绪，没有止境的完全的报仇。这是她的唯一的思想，独一的情感。佛兰心的话语和服务都引不出玛利的回答，她仿佛睁着眼睛睡觉似的。这一个悠长的日子就这样的流逝了，没有任何可以指明思想痕迹的外表生活的姿势或动作。她整天的睡在她拿椅子和枕头给造成的土耳其卧榻上。夜晚的时候，她才无意的瞧着佛兰心，吐出这一句话：

“我的孩子，昨天我懂得人是为爱情而活着的，今天我懂得人可以为报仇而死去。是的，为着到处找他去，重新遇到他，诱惑他，占有他，我可以牺牲我的生命！……但是，要在几天之内我不能够看见这个曾经轻蔑过我的人谦逊屈服的跪在我的脚下，要我不能够听他当我的仆人，我就是最下等的东西，我就不再是一个女人，我就不再是我了！……”

高兰丹给她建议居住的这间房子颇能满足她的天生的奢华雅致的要求。他拿情人帮助情妇的忙迫，或说得更正确些，拿权贵需要下属服役的时候就卑鄙的逢迎下属的卑劣态度去搜集他认为可以叫她快乐的一切东西。第二天，她就来给维尔纳尔小姐提议，叫她到这及时布置就绪的寓所里来。

虽然她不过是从简陋的土耳其卧榻搬到高兰丹给她寻觅的旧沙发上来，这怪癖的巴黎女郎却仿佛这房子本来就是属于她的似的占住了它。她拿女王似的毫不在意的态度来对待她所看到的东西，拿突然的亲热来对付忽然归她所有的一切家具，仿佛她早就有了它们似的：这些家具的细节是粗俗的，但是却不是对这特殊的性格毫无意义。她仿佛在一场梦里预先熟识了这间寓所，就带着一颗愤恨的心生活在那里，正如她应当在那里生活在爱情里似的。

“至少，我并没有给他激起这种可以杀人的带有侮慢性的怜悯，”她对自己说，“我并没有短他这条命。噢，我第一次，唯一一次，最后一次的爱情啊，这是什么结局啊！”

她奋身朝着受惊的佛兰心那边跳了过去。

“你也恋爱吗？噢！是的，你恋爱，我记得。啊！我很幸福能够在身边找到一个懂得我的女人。哎，可怜的佛兰心，你不觉得男子是可怕的东西吗？嘿！他说他爱我，可是他却抵抗不了最小的考验……但是，要是全世界的人都驱逐他，他可以在我灵魂里找到他的避难所，要是全宇宙都控告他，我就站起来防卫他！从前，我看见世界充满行尸走肉，我对他们毫不感觉兴趣；这种世界只是悲惨的，不是可恶的；然而，现在，没有了他，世界还成什么世界呢？所以，他就要这样的活着，不必有我在他身边，不必有我来看他，对他说话，触摸他，抓住他，紧抱他……啊！我要亲身把他杀死在床上！”

惊惧的佛兰心静静的瞧着她一会儿。

“杀死您所爱的人吗？……”她温和的说。

“噢，当然的，当他不再爱你的时候。”

但是，说完这些骇人听闻的话之后，她就拿一双手掩住了她的脸孔，重新坐了下来，沉默着。

第二天，没有经过通报，一个男子就突然来到她的面前。他的脸孔非常的严厉。原来是雨洛。高兰丹陪着他来。她仰起眼睛，颤栗着。

“您来跟我算您朋友们的账吗？”她说，“他们都死了。”

“我知道，”雨洛回答说，“他们不是为共和政府而死的！”

“是为我，而且是由于我……”她接着说，“您来跟我谈祖国！祖国会给那些为他而死的人送还生命吗？它会替他们报仇吗？我，我要替他们报仇！”她喊道。

她所遭遇的悲剧的凄惨景象忽然涌上了她的心头。这个温雅的女郎就拿贞洁来作为女人的第一个技巧，发出一个疯狂的动作，骤然朝着愣住的司令官这边走来。

“为着几个被杀的兵士，我要把一个值得一千个其他头颅的脑袋给送到您的断头台下来！”她说，“女人们很少打仗，但是，无论您怎么样的老迈，您总能够懂得我这一派的巧妙战术。我要给您的刺刀交来一家人：他的祖宗，他，他的将来和他的过去。我已往越是对他有好心，对他有诚意，我将来也就越会对他无信而虚假。是的，司令，我要带这绅士到我床上来，他必须从这里出去，走上死亡的道路。是的，我永远不会再有情敌……这家伙都已经自己说过自己的判决词：一个没有第二天的日子！您的共和国和我，我们双方都会报了仇了。……共和国！”她拿惊吓雨洛的怪腔接着说；“但是，叛逆难道就会因为举兵反抗祖国而死去吗？法兰西难道会给我抢去我的报复吗？……啊！一条生命并不算什么，一个死只能够赎一个罪！但是，要是这个先生只有一个头颅，我总会在一个夜里让他想想他不只丢了一条命。无论如何，司令，您这个总会杀死他的人（她叹了一口气），我请您不要让人家看出我要出卖他，让他到死为止还以为我是忠实于他的。我只要求您这个。让他只看到我，我和我的温柔！”

说到这里，她就停住了；但是从她的脸色里，雨洛和高兰丹看出她的愤怒和热狂并没有整个的消灭她的贞洁。说这最后几句话的时候，玛利非常剧烈的颤抖着；她自己似乎想要再听一听这些话，仿佛还怀疑没有说过似的。她天真的颤栗着，好像揭开面帕的女人似的做出几个不由自主的姿势。

“可是，您都已经把他抓到手里了！”高兰丹说。

“几乎。”她苦楚的回答说。

“为什么您阻止我抓他呢？”雨洛问。

“唉！司令，我们不知道这就是他。”

这女人快步的走来走去，给两位参观风波的观客投去几道吃人的眼光。随后，她的激动又突然的平静下来了。

“我都认不得我自己了，”她拿男人的腔调说，“何必说这些话呢？我们找他去呀！”

“找他去吗？”雨洛说，“可是，亲爱的孩子，您得小心啊。我们不能够控制乡下；要您偶然走出这座城一百步，您就要让人给抓住或是给杀死。”

“在那些想要报仇的人看来，危险并不存在！”她一边回答，一边做出一个轻蔑的姿势，要在她面前驱走这两个男子，因为看了他们，她就感到惭愧。

“真是什么女人！”雨洛一边喊，一边跟高兰丹一块儿退了出去，“这些巴黎警察真是出的好主意！可是，她绝不会把他交给我们。”他摇摇头，加上一句话说。

“噢，会的！”高兰丹答辩说。

“您没有看出她爱他吗？”雨洛接着说。

“正是因为这个。况且，”高兰丹一边说，一边瞧着惊愕的司令官，“还有我在那里阻止她干傻事呢；因为，依我看来，朋友，世界上并没有值得三十万佛郎的爱情。”

说着，这位内政部的外交家就离开了这兵士。兵士的眼睛跟随着他；等到听不见高兰丹的步声的时候，他就叹了一口气，对自己说：

“有的时候，当上一个像我这样的傻子，也算有福气吗？……他妈的！要我碰见这个少年，咱们就头对头的打，要不然，我就不叫做雨洛。现在设立有军事法庭了；要是这狐狸精给我带他去受审，我相信我的良心要跟第一次听见枪声的年轻兵士的衬衫一样的黑。”

维夫提埃的屠杀，要替两位朋友报仇的欲望，和新任部长柏尔提埃的回答都使雨洛重新当他的联队司令官。柏尔提埃回答他说，在目前环境之下，他的辞职碍难照准。除了部令之外，部长又给他附上一封密信。这封信没有说到维尔纳尔小姐的任务，然而却告诉他这桩事情和战事毫不相干，不能够因此而停止军事行动。它说，关于这桩事军事领袖的责任只限于帮助这位可敬的女公民，如果有机会的话。雨洛得到报告，知道朱安党的行动证明他们要集中力量向福杰尔移动。他就秘密强令联队的两营兵移防这个重要的据点。祖国的危险，他对贵族们的仇恨（这些贵族的党羽威胁着相当大的区域），他对死难朋友的情谊，这一切的一切都叫这位老军官重新燃起他的青春热火。

“这原来就是我所要追求的生活！”维尔纳尔小姐发现一个人跟佛兰心留在一起的时候，就这样的喊，“无论时间流逝得怎么样的快，在我看来，它总像是在我思想里过了几世纪……”

她突然擒住佛兰心的手。她拿狂风过后第一个出来歌咏的知更雀似的声音慢慢的吐出了这句话：

“我真是没有办法，我的孩子，我总看见这一对温雅的嘴唇，这一只略为突出的短短的颔部，这一双火光似的眼睛；我还听见马夫叫‘嗐！’最后，我就做梦了……但是，为什么醒来的时候，我却这样的愤恨呢！”

她叹了一口长气，站了起来；然后，她就第一次瞧着由于这个残暴的绅士而燃起内战烽火的国土（这绅士就是她要单独一个人去打击的孟多兰侯爵）。受了这景色的迷惑，她就走了出去，希望能够在天空底下更容易的呼吸。如果她只是随着机遇走路，她却的确让一种灵魂的魔力给引导到城里的散步场上来。这种魔力可以叫我们在错误里寻找希望。这种蛊惑所给我们产生的思想往往是会实现的；于是，我们就认为我们的灼见是所谓“预见”的产物。“预见”是一种不可解释的真实的力量，等着感情来召唤，仿佛有的时候也在撒谎里说些真话的一个谄媚的人似的。

第三部　一个没有第二天的日子

十七

这篇故事的最后事变和发生这事变的地方的地势有密切的关系，我们不能够不在这里详细的加以描写，不然的话，就不容易明白这篇故事的结局。

福杰尔城的一部分坐落在一个叶纹石的山岩上面，人家可以说这山岩是从围抱古埃斯嫩大山谷西边的一群山岭向前降落的。这些山岭在各地方都有各种不同的名字。因为是这样的形势，这座城就由一群山峡把它跟这些山岭给分隔开来，山峡的低地流着一条叫做囊桑的小河。朝东部分的山岩，它的景色就是人家从柏勒林山顶所眺望的，朝西的景色就是蜿蜒曲折的囊桑山谷。但是我们也可以找到一个地方，可以从那里同时看到大山谷所形成的图圈和前来汇合的小山谷的幽美曲线。居民选择这地方作为他们的散步场。维尔纳小姐就是到这里来的，在维夫提埃开演的悲剧也正好要到这里来收场。所以，无论福杰尔的其他部分怎么样的景色宜人，人们的注意力都完全被吸引在可以从这散步场高处看到的凹凸地带上。

为着了解从这一边看去的福杰尔山岩的景象起见，人家可以拿它来比拟萨拉桑建筑师拿螺线形扶梯去连接许多阳台，而使外面一层层的旋转着的大塔。事实上，这块山岩的末端是由一所峨特式礼拜堂来结束的。礼拜堂的小角塔，它的钟楼，半弓形的支柱，这一切的一切都使它的形状像是一块甜面包。这所礼拜堂是为纪念圣黎昂拿德而修建的。门前有一块不规则的小广场，广场的土地由一道栏杆似的高墙给支住，这道墙又由一段斜坡通到散步场。好像是第二道剜形饰似的，这块空地就在圣黎昂拿德广场下面几米突的地方绕着山岩伸展，形成了一块遍植树木的宽地，和城市的要塞接连起来。然后，在叶纹石的地位和坚忍的工程所构成的这块土台所支持的围墙和石头之外二十米突左右的地方，就有一条蜿蜒的小径，名做王后的扶梯，修筑在山岩里，通到布列颠·安娜在囊桑河上所建的桥。最后，在这可以称为第三道剜形饰的小径下面就有许多花园，一层一层的低落，直到河边，仿佛是遍植花木的阶梯。

和散步场平行的则有许多峻峭的石岩，拿它们所在的城镇的名字做为它们的名字，叫做圣胥尔比斯山，沿着河边伸展，在大溪谷当中低落成平淡的斜坡，向北画成了一个突起的轮廓。这些荒芜暗淡的直角石岩似乎接上了散步场的叶纹石，有些地方，彼此之间只有一个子弹射程的距离，可以抵御北风，防卫一条二百米突左右的狭窄的深谷，囊桑河就在那里分成三个支流，灌溉了一块建有许多工厂、种有许多美丽树木的草地。

向南，在城郊交界的地方，圣黎昂拿德镇开始的地方，福杰尔山岩就向下收缩，渐渐地低落，顺着河水，转入大谷，和河道接紧来抵抗圣胥尔比斯山，形成了一条山峡，河水就在这里分成两道溪流，注入古埃斯嫩。这些幽雅的岩质山丘叫做牙窝，它们所构成的山谷叫做基巴利山谷，它们的丰沃的草地供给了知味者所公认的所谓普礼发莱牛油的一大部分。

在散步场连接要塞的地方耸立着一座名叫巴布古的塔楼。维尔纳尔小姐所居住的房子就建筑在这个四方形的建筑物上面。在它之外，有些地方就筑有围墙，如果有平坦的石板，就留有石岩，建筑在这块不可进攻的基础上面的城市一部分就画成了一个广阔的半月形，石岩就在这半月形的末端低落下来，成为一个凹形，让囊桑河横流而过。通到圣胥尔比斯镇的门就座落在这地方，门的名字是和镇名相同的。然后，在控制三个小山谷的花岗石圆顶上（许多的道路都在这里会合）就露出了许多古老的雉堞和福杰尔古堡的封建时代的塔楼。这是布列颠的公爵门所建筑的一个庞大的工程。古堡的楼墙有三十米突高，十五尺厚。古堡的东边由囊桑河发源地的一只池子防卫着，河水就在它的沟道里流着，转动了圣胥尔比斯门和要塞吊桥之间的磨房，西边则由它下面的花岗石斜坡给保护着。

所以，自散步场到这中世纪的伟大遗物为止（这古堡有许多长春籐包着，有许多四方形或圆形的塔楼，其中的任何一个都可以驻扎整营的兵），这城市和它的山岩都是由笔直的高墙或峻峭的绝壁来保护的，形成了一块大马蹄铁形的深谷，因为时间的恩赐，布列颠人曾经在这些深谷上留下许多小径的痕迹。石丛到处的伸展着，仿佛是装饰品似的。这里，泉水都是从那生有佝偻病的树木的裂缝里涌了出来的。更远一点儿，比较扁平的花岗石供应有许多吸引不少山羊的青草。在潮湿裂缝里生长的灌木到处拿玫瑰色的花叶给铺在黑色的凹凸地带上。在这大漏斗的深底里，小河就在常青的绿毡似的草地上蜿蜒的流逝。

古堡的脚底，许多花岗石的中间，就耸立着为纪念圣胥尔比斯而修建的礼拜堂，它又把它的名字给加在囊桑河外的一个郊镇上，这郊镇就像是让人给扔在深渊里似的。礼拜堂的尖形钟楼还没有那些看来仿佛要落在它上面和盖在它周围的小茅屋的石岩那样的高。这郊镇和礼拜堂都秀丽如画的浸浴在囊桑的支流里，隐蔽在树荫下面，装饰有许多花园，它们不规则的切断了散步场所构成的半月形，城市和古堡，而拿它们的细节去产生一些素朴的对比，和对面的舞台似的庄严景象正相反。总之，整个的福杰尔，它的郊镇和它的礼拜堂，甚至于圣胥尔比斯山都由古埃斯嫩大山谷的一部分圈地，李勒高峰来环抱。

这是这一块自然景色的最突出的线条。它的主要特点就是一种野蛮的酸涩，然而这种特点却由于含笑的丘陵，由于使人惊异迷惑的我也不知道是哪一种预料不到的对照所构成的崎岖地段的情趣和人工的伟大工程两者的巧妙配合而失去了它的尖锐性。旅客不会在法兰西的任何地方遇到可以比拟古埃斯嫩大盆地和消失在福杰尔山岩、李勒高峰之间的山谷的雄壮对照。就是在这些空前绝后的美丽景色里，偶然的机会才能够得到胜利。这些美丽的景色没有缺乏任何的自然的调和。这里有清晰透明的流泉，有遍地菜蔬的碧绿的山岭，有阴沉的山岩和漂亮的工厂，有自然的要塞和人工的花岗石塔楼。这里有一切的光线和阴影的巧匠，有画家所鉴赏的各种叶丛的对照，有活泼的居民所居住的一排一排的房屋，有花岗石不怕白色苔藓来勾挂的荒地。总之，这里有人们对风景所能有的一切意念：幽雅和狰狞，充满幻想的诗歌，超卓的图画，甜蜜的素朴生活！这就是茂盛的布列颠之花。

所谓巴布古塔楼（维尔纳尔小姐所居住的房子就是盖在这塔楼上面的），它的基础就坐落在这绝壁的深底上，这塔楼就和圣黎昂拿德礼拜堂前面的剜形饰空地同样高的耸立着。从这三方面都被隔绝的房子看去，人家可以看到和塔楼相接的大马蹄铁，襄桑的蜿蜒山谷和圣黎拿德广场。它是三百年前由木头给盖成座落在和礼拜堂北翼相平而行的一条线上的一排房屋之中的一部分。这些房屋就跟礼拜堂凑在一起，形成一条绝路。这绝路的出口正通到一条沿着礼拜堂，甚至于圣黎昂拿德门的斜街。维尔纳尔小姐就是朝着这座门走下的。

玛利自然没有走进礼拜堂广场的意思，她就在这广场的下面。她朝着散步场走去。走过绿漆小木栅（这木栅就在这时候设在圣黎昂拿德门塔楼里的岗位的前面）的时候，灿烂的景色使她的感情沉默了一些时刻。她叹赏着她的眼睛所看到的自柏勒林山顶一直到维持勒大路从中经过的高原为止的古埃斯嫩大谷的广阔的一段，然后，她的眼睛就射落在牙窝和基巴利山谷的曲线上。这些地方的山峰都浸浴在落日的如烟的光晖里。囊桑溪谷的深度几乎惊吓了她，这溪谷的最高的白杨树好容易才能够到达筑在王后的扶梯下面的花园园墙的高度。总之，她是越来越惊叹着的走着，一直走到能够从基巴利山谷看到大山谷，看到城市的大马蹄铁——圣胥尔比斯山岩和李勒高地所构成的幽美风景的一点为止。这一天的这个时分，郊镇和山谷里的民家炊烟在空中凝成一块云彩，使一切的物品都只能够从一条浅蓝色的天帏里露出模糊的面目，过分强烈的光芒开始消散了，苍穹染上了宝珠似的灰白的色调；月亮把它的光幕垂挂在这美丽深谷的上面；总之，一切的一切都要把灵魂沉埋在梦里，帮助她去回忆亲爱的人物。忽然间，无论是圣胥尔比斯镇的木制屋顶，是在深谷里消失突出的尖端的礼拜堂，是包蔽推动磨轮的囊桑河所穿行的古老要塞墙上的长春籐和牡丹蔓，这风景的任何成分都不再引起她的兴趣。无论夕阳的金光和红幕怎么样的射落在分布各山岩之间，溪流深处，草地上面的幽雅的住宅上面，她总是呆呆的屹立在圣胥尔比斯山岩的前面。引她到散步场上来的无稽的希望都跟神迹似的实现了。从那些长在对面山顶上的阿庄树和灌木的树缝里，她相信认出那里有好几位维夫提埃的客人，虽然他们都穿上羊皮衣。其中有少年，他的最小的动作都在夕阳的柔和光芒里表露出来。在这主要的一班人背后，她看到她的可怕的敌人，居阿夫人。经过一些时刻，维尔纳尔小姐都以为是在做梦，但是情敌的怨恨不久就给她证明这梦里的一切都是现实的生活。她对侯爵的任何姿态的深切注意阻止她去观察居阿夫人拿长枪对她瞄准的用心。一会儿，一响枪声唤起了群山的回音，飞过玛利身边的枪弹也就给她揭破了她的情敌的奸刁。

“她给我送名片来！”她笑着对自己说。

顷刻之间，许多“谁在那儿？”的喊叫就从一个哨兵传到另外一个哨兵，自古堡一直传到圣黎昂拿德门，给朱安党们表示福杰尔人是怎么样的谨慎，因为他们的一个最难伤害的堡垒是这样周密的保护着的。

“这就是她，这就是她！”玛利对自己说。

找侯爵去，跟着他去，惊动他去，这念头就和闪电似的涌上她的心头。

“我没有武器啊！”她突然一惊的喊。

她想到离开巴黎的时候曾经把一把漂亮的匕首给掷进她的一只纸箱里，这把匕首是从前一位土耳其王后所悬带的，她要带它走上战场，正像滑稽的人买了许多纪念册，等着记录旅行观感似的，但是那时候，她倒不是希望流血，而是喜欢携带这饰有宝石的精致的短剑，拿这纯粹的刀锋当做秋波似的玩耍。三天之前，她曾经抱歉的将这匕首狠命的掷进纸箱，因为那时候，为着摆脱她的情敌给她预备的可恨的刑罚，她曾经想过自杀。一会儿的时间，她就回到自己家里来，找到了这匕首，把它插在腰带里，再在肩膀的周围和腰里紧紧的扎上一条肩巾，拿一条黑色的花边包着她的头发，一顶朱安党的宽边帽戴上她的头（这帽子是家里仆人所有的）。某些时候感情给人们赋与的机智又叫她拿起走下地给她当通行证用的侯爵的手套。然后，给佛兰心回答一声“你要什么啊！我要到地狱里去找他去！”之后，她又重新走到散步场上面来。

少年还留在同样的地点上，不过只有他一个人罢了。根据他的望远镜所瞄的方向，他似乎是拿一个战地人员的多疑去侦察囊桑河的不同支流，“王后的扶梯”，自圣胥尔比斯门转入礼拜堂，而通上可以受到古堡枪火攻击的许多大路的那一条路。维尔纳尔小姐奋身奔入羊群和牧人在散步场后坡给留下的小径，到达了王后的扶梯，来到绝壁的深底，渡过囊桑河，穿过郊镇。仿佛沙漠中的飞鸟似的，她在圣胥尔比斯诸严的断壁之间本能够找出道路，不久到达了花岗石上面的滑路。无论有多少的灌木，多少刺人的阿庄树，多少尖利的沙砾，她都拿一种神秘的毅力攀爬着，这力量也许是男人所没有的，但却是迷于情爱的女人暂时所有的。正在她爬上山顶，设法在苍白的月色下认识侯爵走过的道路的时候，黑夜惊动了她。不成功的固执的追寻和统治田野的岑寂，使她知道朱安党和他们的领袖已经退却了。这感情的激奋和它给她感应的希望同时消失了。她发觉自己一个人夜里单独留在战区的一个生疏的地方，就开始思考了。雨洛的叮咛，居阿夫人的射击，这些都叫她恐惧而颤栗。夜晚的岑寂在山上这样的深长，使她能够听到最小的树叶摇动的作响，甚至于远地的树声。这些微弱的声音也在空气里振动，仿佛要测量孤单寂寞的悲哀的程度似的。风在高处吹打，迅速的带走了云霞，产生了明暗的交替，使她增加恐怖，给最无害的事物都添上了一层虚幻的可怕外貌。她转过眼睛，朝着福杰尔的房屋瞧去。那里的灯火就像地上的星斗似的发亮。忽然间，她清清楚楚的看到巴布古塔楼。回家的路固然很短，但这短短的距离却是一个绝壁。她记起了来的时候所看到的不少狭路旁边的深渊。这使她觉得回到福杰尔去要比追踪她的事业更加危险。她想：如果朱安党占据了乡下，侯爵的手套就可以使她避免一切夜行的危险，只有居阿夫人一个人值得害怕。想到这里，她就握紧她的匕首，朝着来到圣胥尔比斯山岩的时候让她看到屋顶的一间房屋方面走去。但是她只慢慢的走着，因为一直到这时候为止，她都不知道暗影怎么样的在夜里和宛如集会的群峰拱抱的野地的中央压在一个孤单的人的身上。

她的袍子让阿庄树给钩住了。这钩动叫她不只一次的颤栗，她不只一次加紧步伐，只等到她想到末日已经到来的时候，才再缓慢下来。但是，一会儿之后，环境却呈现出就是最大胆的男人也不敢抵抗的性质，使维尔纳尔小姐陷进一种恐惧里，这种恐惧可以推动生命的发动机，使个人的长处和弱点都走极端。在这种情形之下，最无能力的弱者也会做出空前绝后的强力举动，而最有力量的人却会因为害怕而疯狂。玛利听见近兜有许多奇怪的声音。这些声音既是清晰的，又是模糊的，就像夜晚忽而黑暗、忽而明亮似的，它表明有人在哄乱和骚动，让耳朵听来相当的疲劳。声音是从一块地里给发出来的，这块地仿佛在大队人马的脚步下发生动摇似的。一刹那的亮光使维尔纳尔小姐看见在她身边几步路有一群丑陋的人，仿佛田野的麦穗似的振荡着，仿佛鬼怪似的蹓踏着，可是她却不容易看得清楚，因为黑暗又立刻一张黑幕似的降落了下来，给她夺去了这一张充满黄色眼睛和明亮眸子的图画。她猛力退回，朝着一个斜坡跑去，让她躲过朝她走来的三个可怕的人物。

“你看见他了吗？”一个问。

“他从我身边走过的时候，我觉得有一阵冷风。”一道哑塞的声音回答说。

“我吗，我可吸到潮湿的空气，闻到墓地的气味。”第三个说。

“他是苍白的吗？”第一个接着说。

“为什么这些死在柏勒林的人当中，他就一个人回来呢？”第二个说。

“啊，为什么吗？”第三个回答说，“为什么人家就看重圣心教会的人呢？并且，我也宁可没有忏悔而死去，不愿意跟他似的到处飘游，没得喝，没得吃，血管里既没有血，骨头上也没有肉。”

“啊！……”

正当三位朱安党之中的一个拿手指着维尔纳尔小姐的轻盈苍白的脸孔的时候，这个叹息，说得更正确些，这个可怕的喊叫，就从这一群人里发了出来。维尔纳尔小姐仓皇的逃走了。她没有让他们听见任何的声响。

“他在那儿！——他在这儿！——他在哪儿呀？——那儿！——这儿！——他走了！——没有！——的确！——你看见

他吗?”

这些话就像海浪冲击沙滩的时候所有的单调的溅声似的荡漾着。

维尔纳尔小姐勇敢的朝着房屋走去。她看见许多模糊不清的人影。这些人影发觉她到来，就显出惊惶的神色，逃走了。她仿佛受到一种无名力量的推动，受了它的克制似的，身体的轻捷似乎是她所不能够解释的，这又使她产生一种新的恐惧。看见她到来就整群的站了起来的人影（他们仿佛是睡在地下，从地下钻出来似的）吐出几声不是人间所有的叹息。最后，她好容易居然来到一座荒芜的花园里。这花园的篱笆和木栅都已破损不堪。一个哨兵拦住了她，她就给他拿出她的手套。月光照耀她的脸孔，已经掏出短枪对她瞄准的朱安党看见了她，就让短枪从手里落下，哑塞的叫了一声，这声音也就回响在旷野里。她看见许多宽敞的建筑物，那里的灯光证明其中几间有人居住。她没有遇到任何障碍，就走到了房屋的墙边。从她走近的窗口里，她看见居阿夫人和那些应召到维夫提埃去的领袖们。这景象和危险的感觉叫她赶紧奋身朝着一只由粗铁棍给防卫着的穴洞跑去。她看见侯爵一个人孤单而悲愁的待在一间弓形的长厅里，离开她只有两步路。侯爵坐在一张粗椅上，椅后的灯光反映在他那紫红色的犹疑的脸孔上，给这幕景印上一种虚幻的性质，可怜的少女一动也不动的发抖着，她靠在铁棍上，在深长的岑寂里希望听见他说话。看见他这样的颓唐惨白，她就自负自己是他的悲哀的一个原因。于是，她的愤怒就变成了怜惜，她的怜惜就变成了柔情。她忽然发觉自己并不完全是让仇恨的心意给带到这里来。侯爵站了起来，转过头，发怔的看着隐在云端似的维尔纳尔小姐的脸孔，他做出一个烦躁的轻蔑的姿势，喊道：

“我就这样到处的看到这妖精，甚至于在守夜的时候吗!”

这为她而有的深刻的轻蔑却引起了可怜少女的错乱的狂笑，都使年轻领袖战栗起来。他奋身朝着十字窗口奔去。维尔纳尔小姐逃走了。她听见在她身边有一个男人的步声，她相信他就是孟多兰。为着躲避他起见，她认不得什么是障碍物，就穿过了墙，在空中飞驰。她甚至于宁可走到地狱去，只要能够避免在这男人的额头上重新读到刺在那里的“他轻蔑你！”几个字——一道内心的声音也仿佛狂风里的闪电似的对她喊叫这一句话。不知所向的走了一些路，她又停步了，因为一道冷风仿佛钻进了她的身体。她听见有许多人的步声，而在恐惧的催促之下，走下了一条通到洞底的扶梯。到达最后一个层级的时候，她就侧耳倾听，想要辨别清楚追赶她的人的走路方向，但是，无论外边的人声怎么样的喧嚣，她总听到一阵人世的悲恻的叹息，使她更加恐怖。一道从扶梯顶射落下来的光线使她只怕迫害她的人知道了她匿藏的地方，为着逃脱起见，她又找到了新的力量。一会儿之后，当她收集自己的思想的时候，她都不大明白自己是拿什么方法爬上了她所隐藏的小墙上面。她最初甚至于都没有看到她的身体的地位使她受到的困难，但是，这种困难最后却变成不可忍受的，因为她在这穹窿的拱门下面就像是让欣赏家给搁在过分狭小的空隙里的蹲踞着的维纳斯女神像。这堵墙相当的宽，它是由花岗石建成的，刚刚好把扶梯的通路和发出这叹息的小窟给分隔开。一会儿，她看见一个穿着皮衣的陌生人在她下面走过，在穹窿底下转过身来，没有做下任何可以指明他在紧迫的追赶的动作。她急切的研究着得救的机缘，焦虑的等着。这个陌生人带来的灯光给她照耀小窟的时候，她看见那边地上有一堆没有形状而有生命的东西，这东西拿急迫的重复动作设法爬上墙壁的某一段落，仿佛离开了水而让人家给放在岸上的鲤鱼似的扭转着。

十八

一会儿，一条树脂的火炬就使摇荡不定的浅蓝色微光投进这小窟。无论维尔纳尔小姐的幻想给这些穹窿散布了多少诗意（这些穹窿回响着一片凄惨的祈祷声），她都不能不认识清楚自己是在一间久已荒废的地下厨房里。这一团怪东西在火光的照耀下却变成了一个小胖子，他的手和脚都让人家非常小心的给捆住，但是他又仿佛让擒获他的人毫不留心的给扔在这潮湿的石片上似的。看见一个陌生人一只手拿着一条火炬，一只手拿着一束木枝，这个俘虏就发出一声深沉的叹息，这样剧烈的打击维尔纳尔小姐的感觉，使她忘记了自己的恐惧，自己的失望，自己的弯曲麻木的四肢。她设法保持镇静。朱安党看清楚一只垂挂在一张高铸板前面的炉钩是结实的，就把木枝投在壁炉里，拿火炬点着了它。维尔纳尔小姐不是毫不惊惶的认得这是她的情敌曾经把她交给他的狡猾的抢面包。朱安党的脸孔在这火焰的照耀下就像是德意志人所雕刻的黄杨木的小人儿。俘虏吐出的怨叹使这满面皱纹而被日光薰黑的脸孔发出一声狂笑。

"你瞧，"他对囚犯说，"我们这些其他的基督徒，我们没有像你这样的背约过。这一团火可以活动活动你的腿，你的舌头，你的手……瞧！瞧！我看不见给你放在脚下的油盆，你的脚太胖了，它的油脂可以熄灭这一团火。你的房子难道就这样的糟糕，让人家给他主人烤火的时候就找不到东西叫他享受一切快乐吗?"

牺牲品吐出一声尖锐的喊叫，仿佛希望这声音会让穹窿外面的人听见，因而可以引起一个救星的注意似的。

"噢！您可以随意唱歌，奥尔慈孟先生！他们都在上面睡觉了，走下地跟在我后面，他要来关这地窖的门。"

抢面包一边说，一边拿枪柄去测探壁炉盖，铺饰厨房的石片、墙壁和炉灶，想要发现吝啬人的藏金。这搜索非常技巧的进行着，奥尔兹孟甚至于都冷冷静静的待着，只怕受到恐吓的仆人曾经告发了他似的，因为他虽然没有告诉过任何人，他的习惯总可以让人家猜出事情的真相。抢面包不时不时的突然转过身来，瞧着他的牺牲品，好像小孩子们拿藏物者的表情去猜测他们是走近这东西或是离远这东西似的。奥尔慈孟看见朱安党敲打炉灶发出空声的时候，就装做害怕的样子。他要拿抢面包的贪婪来寻开心。这时候，另外三个急步走下扶梯的朱安党忽然走进了厨房。抢面包看见了走下地，就给奥尔兹孟投去一道由于没有满足贪婪而引起的凶恶的眼光，停止了他的搜索。

"郎布甘·马利复活了！"走下地说，他的态度指明在这严重的消息之前一切其他的兴趣都不能存在。

"这我不奇怪，"抢面包回答说，"他常常领圣体！上帝好像只是他一个人的。"

"啊！啊！"弄得好提醒他说，"这就仿佛给死人穿鞋似的对他没有用处。他在柏勒林事情之前，还没有得过赦免呢，他曾经侮辱过各桂鲁的女儿，所以就得到这致命的罪罚。居丁教士说，他要在完全还魂之前，当两个月的鬼！我们大家都看见他在前头走过去，惨白的，冰冷的，轻飘飘的，闻着有墓味。"

"教士先生说得对，他说要是鬼魂能够附在什么人身上，他就要让这个人做同伴。"第四个朱安党加上一句话说。

说最后这句话的人，他的滑稽的脸孔把走下地从宗教的迷梦里拉了回来。根据居丁教士的说法，热情可以叫防卫宗教和国王的一切敬虔的人复活，走下地就是沉迷在这新近实现的神迹的梦幻里。

"小酒鬼，"他拿某种严厉的神气对这位新入党的党徒说，"你知道只要稍微违反神圣的教会命令我们去执行的责任，就会得到什么结果。乌莱伊·安娜圣母劝告我们彼此要严酷的责罚罪过。你堂弟弟抢面包替你要过福杰尔督察员的地位，少年已经答应给你这职务，你会得到很厚的报酬的，但是你知道我们拿什么粉给叛徒们做面包吗?”

“是的，我知道，走下地先生。”

“你知道我为什么跟你说这个吗？有人说你喜欢苹果酒，喜欢大钱，可是，这里可不能够随便找到油水，一切东西都只能够是大家的。”

“走下地先生，教士说苹果酒和大钱不会妨害得救。”

“要是我堂哥哥做了什么傻事，”抢面包说，“这也为的是没有知识。”

“无论是怎么样的结果，”走下地拿振撼屋字的声音喊道，“我也不会饶了他！——你得负责!”他朝着抢面包加上一句话说，“因为，要是他做了错事，我就要剥你的皮。”

“可是，恕我冒昧，走下地先生，”小酒鬼接着说，“您不是也常常把反朱安党看做朱安党吗?”

“我的朋友，”走下地冷冷的答辩说，“但望你不会再发生这种事情，要不然，我就把你跟萝卜似的切成两块。至于少年派来的人，他们会有他的手套的。不过，自从维夫提埃事情发生了之后，少女已经在这手套上面给加上一条绿带罢了。”

抢面包独力推了一下他同伴的肘子，给他指示假装睡觉的奥尔兹孟，但是走下地和抢面包的经验都使他们知道在他们的火炉旁边谁也还没有打盹。虽然走下地对小酒鬼说的最后几句话声音很轻，但是俘虏也可能听得到。所以四个朱安党都瞧了他一下，认为他会因为害怕而失去知觉。忽然间，在走下地的暗示之下，抢面包脱下了奥尔兹孟的鞋子和袜子；弄得好和小酒鬼也抱住他的腰，把他拖到靠近火的地方去。随后，走下地就拿来一束木枝，把吝啬人的脚和炉给捆在一起。这些动作和它的敏捷使牺牲品吐出几声喊叫。抢面包拿一些煤炭给堆在他脚下的时候，吝啬人就变成伤痛的了。

“朋友们，好朋友们，”奥尔兹孟喊道，“你们要让我苦痛了！我跟你们似的，都是基督徒……”

“你嗓子说瞎话，”走下地回答他说，“你弟弟反对上帝。你也买了儒维疑修道院。居丁教士说人家一定可以煮烤叛教的人。”

“可是，我们在上帝面前都是兄弟们，我并不拒绝给你们钱。”

“我们限你两星期交钱，现在过了两个月，小酒鬼连一个铜子儿也没有收到。”

“你一个铜子儿也没有收到吗，小酒鬼？”吝啬人忧愤的问。

“没有啊，奥尔慈孟先生！”受惊的小酒鬼回答说。

本来已经变成了不断的呻吟，这类似死人喘息的喊叫又开始强烈的爆发了。四个朱安党观看这景象就像是看见没有蹄子的小狗走路似的，他们看惯了。他们非常冷淡的瞧着挣扎呼号的奥尔兹孟，就像旅人在旅舍的壁炉前面等着烤东西吃似的。

“我死了！我死了！”牺牲品嚷着，“……然而你们却得不到我的钱。”

无论这叫唤怎么样的剧烈，抢面包倒看出火还没有烧到皮肤，人家非常技巧的堆架煤炭，使它只微微的燃烧，奥尔兹孟于是就用沮丧的声调说：

“朋友们，放了我罢……你们要多少啊？一百厄古，一千厄古，一万厄古，十万厄古？我给你们二十万厄古。”

这声音太凄惨了，维尔纳尔小姐甚至于都忘记了自己的危险，而吐出一口叹息。

“谁说话呀？”走下地问。

朱安党们给四周投去惊惶失措的眼色。这些人在炮口之下勇敢，却在鬼神之前怯懦。只有抢面包一个人专心倾听越来越大的苦痛迫使牺牲品说出的忏悔。

“五十万厄古……是的，我给你们这么些。”吝啬人说。

“嘿！在哪儿啊?”抢面包冷静的回答他说。

“哈？就在第一棵苹果树的下面……圣母！花园的深处，左边……你们真是土匪……真是强盗……啊！我死了……那里有一万佛郎。”

“我不要佛郎，”走下地说，“我们要金子。共和政府的厄古铸有异端的图像，它们永远也不会流通。”

“它们是金佛郎，金路易。可是放了我罢，放了我罢……你们知道我的命在哪儿，……我的钱库库存在哪儿!”

四个朱安党互相瞧着，想要在自己当中找出一个可靠的人去挖掘这数目。这时候，这种残暴的行为使维尔纳尔小姐厌恶，她并不知道她的惨白脸孔是不是还可以让她脱离危险，就拿严厉的声音勇敢的喊着：

“你们都不怕上帝发怒吗？放了他罢，野蛮人!”

四个朱安党都仰起头来。他们看见天空里有星光发亮似的眼睛，就吓逃了。维尔纳尔小姐跳下厨房，朝着奥尔慈孟跑去。她这样用力的把他从火里拖了出来，木枝的结子也就断了，然后，她再拿匕首的刀锋割断了绑捆他的绳索。吝啬人恢复自由，站了起来的时候，他脸上的第一个表情就是苦楚的冷笑。

“去罢，到苹果树那里去罢，土匪！……”他说，“噢！噢！这是第二次我骗了他们，但望他们不会第三次再找我来!”

这时候外面荡漾着一个女人的声音。

“一个鬼！一个鬼!”居阿夫人喊着，“傻子们，这是她！谁给我取到这个妖精的脑袋，我就偿他一千厄古。”

维尔纳尔小姐脸色发白了，但是吝啬人却微微的一笔，拉着她的手，引她到壁炉的炉盖底下，防止她留下任何过路的痕迹，没有扰乱煤火，带着她走，因为煤火只占有极小的地方。他拨动一个机关，一块铸板就翻开了。敌人们重新进入地穴的时候，地窖的笨重的门已经一声不响的落了下来。巴黎女郎这才懂得这位不幸的银行家所以要跟鲤鱼似的跳动的原因。

“您瞧，太太，”走下地喊道，“鬼找了蓝衣客当伴侣……”

这恐惧是极端的，因为随着这一句话来的就是一道深长的岑寂；奥尔慈孟和他的女伴听见朱安党们低声念咒：

“Ave，Sancta Anna Auriaca gratia plena，Dominus tecum（我向你致敬，仁慈的乌莱伊·安娜圣母，但望上帝跟你在一起）……”

“他们祈祷呢，这些傻子们！”奥尔慈孟喊道。

“您不怕人家发现我们吗？”维尔纳尔小姐打断同伴的话，说。

老吝啬人的狂笑消散了年轻巴黎女郎的恐惧。

“这一块铸板装在一张十寸厚的花岗石板里面。我们听得见他们，他们却听不见我们。”

然后，他就轻轻的握住女恩人的手，把它朝着一个吹出几阵凉风的裂隙伸去。她猜想这裂洞是和壁炉管相通的。

“啊！啊！”奥尔慈孟接着说，“真是魔鬼！腿都烧焦了一点儿！这个‘查礼特的母马’，因为人家在南特都这样叫她，她还没有那么傻去反对她的走狗们：她知道要是他们不这么残暴，他们就不会牺牲利益去给她打仗。她也在那里祈祷呢。听她给乌莱伊·安娜念我向你致敬，怪有意思！她应当去劫几辆邮车来给我还清她短我的四千佛郎。再加上利息和手续费，这就得四千七百八十佛郎零几个参丁了……”

祈祷完毕，朱安党就起来走了。老奥尔慈孟握紧维尔纳尔小姐的手，仿佛预先告诉她危险还存在似的。

“不，太太，”几分钟的缄默之后，抢面包嚷着说，“您就在那里等了十年，他们也不会再回来的。”

“可是，她并没有出去啊，她一定还在这里!”查礼特的母马固执的说。

“不，太太，不，他们从墙上飞走了。魔鬼不是曾经在我们前面带走了一个宣过誓的牧师吗?”

“怎么，你，抢面包，你跟他似的吝啬，你还猜不出这个守财奴会花上几千佛郎在这穹窿的基地里给盖上一个装有秘密门的隐遁所吗?”

吝啬人和少女听见抢面包发出一声粗暴的狂笑。

“真的!”他说。

“你留在这儿，”居阿夫人接着说，“你等他们出去。只要你打一枪，我就可以拿你的这个放高利贷的人的藏库里所找到的一切东西都送给你。要是你要我原谅你卖了我叫你杀死的这个女人，你就得听我的话。”

“放高利贷!”奥尔慈孟说，“我可只要她九厘利。当然我要一个抵押品来保证！但是，总之，您瞧她是多么懂得感谢我啊！去罢，太太，要是上帝要责罚我们的罪过，魔鬼就在那里责罚我们的善举。居在这两者之间的不知前途的人们总使我想到找不到得数的比例。”

他发出一声他所特有的深长的叹息，因为通过咽喉的空气仿佛在那里碰到两条松弛了的老声带。又一次透过墙壁的抢面包和居阿夫人的声音好像使奥尔慈孟放了心，他就牵住女救星的手，帮助她登上装在花岗石墙里的一条圣基尔出品的狭窄的螺形梯。走了二十个层级之后，一盏油灯的弱光就轻微的照亮他们的头。吝啬人停住了，他转过头来朝着他的同伴，端详她的脸孔，仿佛翻来翻去的研究一张可疑的汇票似的，吐出一声可怕的叹息。

“让您到这儿来，”一会儿的缄默之后，他说，“这就已经完全偿清了您所给我的恩典，所以，我看不出我为什么得给您……”

“先生，让我在这里好了，我并不要求您什么。”她说。

这最后一句话和这美丽的脸孔所露出的轻蔑表情又使短小的老年人放心，因为他又叹了一口气，回答说：“啊！带您到这里来，我就已经做得太多了，我不会不继续……”

他客客气气的扶着玛利走了几个结构怪异的层级，一半和蔼，一半嗔怒的领她到一间四尺见方的小房子里来。这间房子是由穹窿上的一盏挂灯的光线来照耀的。我们不难看出这位吝啬人曾经用过一切的准备，想要在这间避难室里度过不止一天的工夫，要是内战迫他长期留在这里的话。

“别走近墙，您会变白的！”奥尔慈孟忽然说。

他相当迅速的拿手把少女的披肩和墙壁给隔开。这道墙好像是新近纷刷的。老吝啬人的姿势产生了他所料想不到的效果。维尔纳尔小姐忽然往前瞧去，她看见在角落里有个使她惊呼的结构，因为她猜想那里是一个涂着白灰，呆呆站着的人，奥尔慈孟给她做出一个可怕的暗号，叫她别作声，他那蓝瓷似的小眼睛和他同伴的眼睛同样的发出惊惧的神色。

“傻子！您以为我杀死了这个人吗？……他是我哥哥，”他一边说，一边悲愁的改变他的叹息，“他是第一个宣誓的修道院院长。这是唯一可以让他躲避朱安党和其他教士的迫害，使他得到安全的避难所。这样的追获一个有许多职务的上等人！他比我年纪大，只有他一个人有耐心教我学习十进位的计算法。噢！他是一个有钱的教士！他懂得节俭，他有积蓄。他已经死了四年了，我不知道他患什么病死的，但是，您知道，这些教士懂得随时跪在地上祈祷，也许却不惯于站在这里，跟我似的……我把他放在那里，不然的话，他们一定要把他从地下挖出来。我总有一天能够把他埋葬在圣地里，就像这个可怜的人所说的，他是因为害怕

而宣誓的。”

一颗泪珠在老年人的干枯的眼睛里流转。这时候，少女觉得老年人的红黄色的假发并没有那样的丑陋，她转动她的眼睛，表示她对这个悲哀的神秘尊敬。但是，虽然这样的动情，奥尔慈孟却仍然对她说：

“别走近墙，您……”

他的眼睛死盯住维尔纳尔小姐的双眸，希望能够这样的阻止她更详细的研究这间小室的墙壁。这间小室的空气非常的稀薄，不能充分的供应肺部的呼吸。然而，偷偷的瞧了这个阿尔古斯①一眼之后，依据这些墙壁的奇怪凸出部，她猜想这吝啬人是拿装满金银的口袋亲身建筑这些墙的。一会儿之后，奥尔慈孟简直就沉

① Argus是神话中的人物，据说他有一百个眼睛，随时监视人家。

溺在滑稽的欣喜里。腿部的剧痛，看见宝库存中央有一个人的恐怕，可以在他的每一个皱纹里念读出来，但是，正当干枯的眼睛拿一道忐忑的火焰表露出危险的女邻给他激动的慈祥情感的时候（因为这位女郎那又红又白的双颊可以吸引他的接吻，这位女郎那漆黑含情的眼睛可以激起他心中热血的波动），他甚至于都不知道这是活的符号呢，还是死的标志。

“您结了婚吗?”他用颤栗的声调问她。

“没有。”她微笑的回答。

“我有一点儿东西，”他叹了一口气，接着说，“虽然我并没有他们一切人所说的那么富。像您这样一个少女应当喜欢金铜钻、珠宝、华丽的装饰品、黄金，”他拿恐怖的神色瞧着他的周围，加上一句话，说，“我死了之后，可以留下这一切……要是您愿意……?”

老人的眼睛泄露出一切的计算，甚至于在这暂时的爱情里，也是如此，他拿一个否定的动作摇着他的头，维尔纳尔小姐不禁想到吝啬人所以要娶她的原因只是为的要把他的秘密给埋藏在另外一个“他自己”的心里。

“金钱!”她一边说，一边给奥尔慈孟投去一道既使他高兴又使他发怒的充满讥笑的眼色，“金钱在我不算什么。要是我拒绝接受的黄金都在那儿，您就会比现在还要富上三倍。”

“别走近墙……”

“而且人家也只要求我瞧他一眼。”她拿难于相信的骄傲态度加上一句话说。

“您错了，这是个好买卖。请您想想罢……”

“您想想，”维尔纳尔小姐打断他的话说，“我刚刚听见那里振荡着一个声音，这声音的一个音缀在我看来都要比您的一切财产值钱。”

“您不知道我有多少财产呀……”

吝啬人来不及阻止她，玛利已经拿手指去拨动刻有路易十五骑在马上的一个着色的小雕刻。她忽然看见侯爵在她下面忙着装配阔口枪。隐藏在贴有拓片的小雕板后面的孔洞，仿佛是和下面房屋的天花板的什么装饰品相呼应的。保王党的将军无疑的就睡在这间房屋里。奥尔兹孟万分小心的拨回这张老拓片，严厉的瞧着少女。

“要命话就别说一句话！——您钩的不是小房子……”他歇了一会儿，朝着她的耳朵上，说，“您知道孟多兰侯爵占有出租十万佛郎的还没有拍卖的地产吗？我在《伊尔与维兰旬报》上看到一段消息：三位总裁刚刚下令禁止寄托财产。啊！啊！你觉得这少年现在是美丽的男子，不是吗？您的眼睛就跟两块金路易似的发亮。”

维尔纳尔小姐的眼睛因为重新听见熟识的声音而非常的激奋。自从她仿佛埋在金矿里似的站在那里之后，她的心灵又重新恢复了这些事变所挫折的机条。她仿佛又下了一个可怕的决心，瞥眼看到实施它的方法。

“人家不应当受过这样的侮辱，还要和好，”她对自己说，“要是他不应当再爱我，我就要杀死他……任何的女人都不能够占住他。”

“不，教士，不！”年轻领袖喊着，他的声音可以让人家听见，“必须这样才行。”

“侯爵先生，”居丁教士高声反驳说，“您在圣詹姆士开跳舞会！这简单是给全布列颠开玩笑。激动我们乡村的是些演说家，不是跳舞家。……请您弄些枪枝来，不要弄些提琴。”

“教士，您相当聪明，您应当知道只有召集我们的一切伙伴，才可以看出我能够跟他们一块儿干些什么。我觉得一顿饭更容易让我观察他们的姿态和用意，比任何可能的侦查都还容易，何况我已经讨厌侦探呢，我们能够让他们拿着酒杯谈天。”

听到这些话，玛利不禁发起抖来，因为她已经怀有参加跳舞会，到那里去报仇的念头。

“你以为我是傻子不知道你们发誓不跳舞的真相吗!”孟多兰接着说，“您不是非常愿意参与‘沙岗舞’，在您的新的‘教父’名义之下，去恢复您的地位吗？……您不知道布列颠人特别离开弥撒去跳舞吗？您不知道脑维尔·伊特和安迪额两位先生五天前曾经和第一总裁讨论恢复路易十八圣上的问题吗？要是我现在预备冒险，这完全为的是要给这些交涉加上我们的铁鞋的重量。您难道不知道一些王地的领袖，甚至于方登，都在谈论要投降吗？啊！先生，很明显的，人家都给王公们隐瞒法兰西的实在情形。人家告诉他们的忠诚都只是为地位而有的忠诚。教士，要是我把我的脚给踩在血里，我却不能够没有知道清楚而一直把我的腰都给埋在那里。我献身给国王，不是献身给四个自杀的人，不是献身给李福埃尔那样欠债的人，也不是献身给火夫，给……”

“先生，请您说给在大路上收税来支持战争的教士们听!”居丁教士插着说。

“我为什么不说呢?”侯爵辛酸的回答说，“我还要多说呢，王地的英勇精神已经成为过去的了。”

“侯爵先生，我们可以不必您而做出许多奇迹。”

“是的，就像郎布甘·马利的奇迹似的，”侯爵笑着答辩说，“算了罢，别怨恨，教士！我知道您要拿出生命来冒险，跟念一段祈祷文似的熟练的射死一个蓝衣客。上帝帮助我，我希望能够叫您头上戴着僧帽来参加国王的登极大典。”

这最后一句话对于教士无疑的有一种巫术似的力量，因为人家听见一枝短枪的响声，他就喊道：“我口袋里有五十颗弹药筒，侯爵先生，我的生命是属于国王的！”

“这又是我的一个债务人，”吝啬人对维尔纳尔小姐说。“我不是说他借我的五六百不幸的厄古，我说的是一笔血债，我希望这笔血债总得算清。绝不会有比我所祷祝的更坏的恶运来到这个恶魔似的耶稣会会徒身上；他曾经咒诅过我哥哥，煽动全地区来反对他。为什么呢？因为这个可怜的人害怕许多新法律！……”他拿耳朵靠在避难所某个地点去倾听一会儿之后，就说：

“这些强盗，他们走了。他们还要去做一些奇迹！但望他们不要跟前一次似的想给我说声再见，拿一把火去烧房子！”

差不多半个钟头的工夫，维尔纳尔小姐和奥尔兹孟都互相的瞟视着，仿佛大家都在观看一张图画似的。然后，小酒鬼的粗卤声音就轻轻的叫：

“没有危险了，奥尔慈孟先生，这一次，我却赚到我的三十个厄古了！”

“我的孩子，”吝啬人说，“请您给我发誓闭上眼睛。”

维尔纳尔小姐拿一只手遮住眼皮；但是为着更加安全起见，老年人就吹灭了灯火，拉住女恩人的手，帮助她在崎岖的过道里走了七八步。几分钟之后，他就轻轻的放松了她的手。她看见自己在孟多兰侯爵刚刚离开的房子里，这间房子就是吝啬人的寝室。

“亲爱的孩子，”老年人对她说，“您可以走了。别瞧您身边的东西。您一定没有钱，不是吗？拿着去罢，这是十个厄古，那里让人家给剪了一些，但还可以使得通。走出花园的时候，您可以找到一条通到城里，或现在的所谓区里的小路。可是朱安党们在福杰尔，我不敢推测您可以这么早回到那里去，所以，说不定您还要一个安全的避难所呢。请您记住我要告诉您的几句话：您只好在最危险的时候利用我的劝告。在一条经过基巴利山谷通到牙窝的路上有一个绰号小酒鬼的大西保所住的农场，您可以进去对他的太太说：‘您好，柏甘尼动埃！’那末，巴尔柏特也就会把您藏起来了。要是小酒鬼发现您，他夜里会把您当做鬼来看待的，要是白天，给他十个厄古也就没事了。再见！咱们的账算是清了……要是您要的话，”他拿一个姿势指着房屋四围的田园加上一句话说，“这一切的东西都是属于您的！”

维尔纳尔小姐给这位怪物投去一道感恩的眼色，她居然能够博得他一个各种音调的叹息。

“您一定会还我这十个厄古，请您注意我并没有谈到利息，您可以把它们交给巴特拉，过在我的账上，巴特拉是福杰尔的法律公证人，要是您要，他可以给我们写一张婚约。我的宝贝！……再见。”

“再见。”她微笑着说，拿手给他行礼致敬。

“要是您需要钱，”他嚷着对她说，“我可以五厘利借给您！是的，只要五厘利……我是不是说五厘利呀？”

她已经走了。

“我觉得她好像是个好女孩子，”奥尔兹孟加上一句说，“可是，我得改换我的壁炉的秘密。”

然后，他就拿出一块十二磅重的面包，一条火腿，回到他的避难所里去了。

维尔纳尔小姐在田野里走路，她相信重新得到一条生命，清晨的新鲜空气使她的脸孔恢复生气，几个钟头以来这脸孔都仿佛是被一种烧热的空气给熏着似的。她设法寻觅吝啬人给她指示的小路，但是，自从月亮西沉以来，地上就这样的黑暗，她甚至于都只好随着机遇走路。一会儿，只怕堕入绝壁的恐惧又浮上了她的心头，由此而救了她的生命，因为她忽然停步了，觉得再往前走一步就踩不到地上。吹抚她的头发的凉风、泉水的吟声和她的直觉，这一切的一切都给她指示她已经走到了圣胥尔比斯山岩的尽头。她伸出手臂抱住一棵树的周围，非常焦急的等待着黎明的曙光，因为她听见军器、马匹的响声和人类的音调。她感谢夜晚，因为黑夜使她摆脱落在朱安党手里的危险，如果正如吝啬人所说的，他们已经包围着福杰尔的话。

十九

一片紫色的微光仿佛夜里烧着作为自由信号的火光似的掠过山头。山下还保留着一些灰蓝色的烟幕，和山谷里浮荡着的浅红色云霞相对照。一会儿，一块圆圆的红色宝石盘慢慢的在地平线上升起，让九重天都认识它的影响。野景里的凹凸丘陵，圣黎昂拿德的钟楼，沉埋在暗影里的草地都不知不觉的重新出现了。山峰上的树木也渐渐的在这些新生的光彩里露出它们的形状。太阳奋身从火流、赭石和蓝玉的中央冲了出来。强烈的光芒平匀的从一个山岭伸展到另外一个山岭，从一个小谷流到另外一个小谷。一切的黑暗都消散了，阳光笼罩着整个的自然界。一阵刺人的凉风在空气里擅抖，群鸟讴歌，到处唤醒生命。可是，这位少女好容易才有时间低下她的眼睛，瞧着这奇怪的山景。烟雾跟瀑布似的伸展着，塞满了山谷，一直笼罩着最高的山岭，把这丰沃的盆地给沉埋在一件雪衣的下面。不久，维尔纳尔小姐就以为是重新看到阿尔卑山中的冰海。然后，这些云雾就像海洋似的卷起了许多波涛，掀起了许多不可侵犯的浪花，柔和的平衡着，剧烈的沸腾着，在太阳的光彩下消灭了许多深红色的云幕，这里那里的结成了透明流动的银海。忽然间，一阵北风掠过了这幻化的景象，吹散了在草地上结成一层含有酸化物的露珠的云雾。维尔纳尔小姐于是就看得见在福杰尔山岩上面有一块棕色的大石堆。七八百个武装的朱安党在圣胥尔比斯镇里蠢动，就像蚁穴里的蚂蚁似的。似乎是由神召而来的三千人马占据了古堡的周围，对它进行剧烈的攻击。不论这座酣睡的城市有多少碧绿的堡垒和灰色的塔楼，要不是有雨洛的防守，早就陷落了。隐蔽在堡垒所形成的凹地深处的一块小丘陵上面的野炮回报了朱安党们的第一次攻击，使它们在古堡的大路上逃走。开花炮的弹片肃清了道路，驱散了路上的敌人。然后，一支军队就冲出了圣胥尔比斯门，利用朱安党的惊愕，朝着大路进攻，开始向他们猛烈的射击。朱安党不敢抵抗，因为他们看见堡垒上布满了兵士，就像是机器师在那里给装上许多蓝条似的，要塞的炮火掩护着共和军的冲锋队。不过，其他在囊桑小溪谷里得手的朱安党却爬上山岩的地道，到达了散步场，向上攀登，这散步场就盖满了山羊皮，仿佛由时间给染上棕色的茅盖似的。同时在朝向古埃斯嫩山谷那一带的城市里也使人听到剧烈的爆炸。到处受攻的福杰尔显然是全部被包围的。发现在山岩东边背上的火光证明朱安党甚至于都放火烧了郊镇。然而，灌木和板盖造成的屋顶上的火星不久就消灭了，几团黑色的浓烟也证明火焰已经熄灭了。白色和棕色的烟云又一次给维尔纳尔小姐遮掩了这个景象，可是不久北风又吹散了这一阵炮烟。当共和军的司令官看见他的命令在散步场的高处被人巧妙执行的时候，他已经移转他的炮位，使它能够连接的射击囊桑溪谷，王后的扶梯和山岩。两尊放在圣黎昂拿德门岗位上的开花炮击溃了占据这地点的朱安党的蚁群，而福杰尔的国防军也急速的奔上礼拜堂的广场，逐走了敌人。这一战还没有花费半个钟头的时间，也并没有使蓝衣客牺牲一百个人。溃败的朱安党已经在少年的几道连接的命令下全线的退却。少年的大胆突击已经随着维夫提埃的事件而失败了，因为这事件把雨洛秘密带到福杰尔来。炮兵就是在这一夜里到达福杰尔的，因为只要孟多兰听到运输军火的消息，这就够得让他放弃这计划，一有变化，这计划只能够得到恶劣的结果。事实上，雨洛要给少年一个严重的教训和少年希望得到一个军事上的胜利去影响第一总裁的决定都是一样的程度的。听到第一响的炮声，侯爵就懂得为着顾全面子而去继续进行一个业已失败的计划是个疯狂的举动。所以，为着避免无谓的牺牲朱安党的生命起见，他就立刻派了七八个密探，带着他的命令，吩咐各路立刻总退却。司令官看见他的对手有许多顾问包围着（居阿夫人就在这一群的中间），就设法给他们朝着圣胥尔比斯山岩送去一阵连珠炮，但是这地方选择得太巧妙，年轻领袖不至于得不到安全。雨洛立刻改变他的地位，转守为攻。看到第一批可以表露侯爵的用意的行动之后，埋伏在古堡墙下的一支军队就开始出击，切断了朱安党的退路，占据在了囊桑溪谷高地的关口。

无论她怎么样的愤恨，维尔纳尔小姐都同情她的情人所带领的人众。她奋身跑向其他的一个关口，看看那里是不是可以自由通过；但是她却看见从古埃斯嫩山谷经过基巴利小谷来占据牙窝和囊桑山谷的低处关口所在的那一部分圣胥尔比斯山岩的蓝衣客。这些兵士无疑的是在福杰尔的另外一边得到胜利的。所以，被围在这山峡的狭小草场里的朱安党似乎非灭亡到最后一个人不可，因为老共和军司令官的预测是正确的，他的措置也非常的精巧。但是，在这两个据点上，对于雨洛这样有用的大炮却变成了没有力量的，剧烈的战斗在那里进行着，一旦福杰尔城保全了，战争就变成了朱安党所习惯的性质。维尔纳尔小姐于是就懂得她在田野里所看见的人群的出现，领袖们在奥尔慈孟家里的集会和这一夜所有的一切事情，她不明白自己怎么能够居然逃脱了这么多的危险。这个因为失望而冒险的事业使她非常的感到兴趣，她就屹然而立，一动也不动的欣赏着出现在她眼前的生动的图像。一会儿，在圣胥尔比斯山岭低处进行的战斗又使她产生另外一个兴趣。侯爵和他的朋友们看到蓝衣客几乎完全控制了朱安党，就奋身跑到囊桑溪谷里来救援。岩石底下遮满了在地上决死争夺的愤恨的人众。这种短兵相接的战争所用的地势和兵器对于羊皮客是有利的。战场不知不觉的扩大了。在到处横生的灌木的帮助下，朱安党们分散了，侵占了许多岩石。过了一些时候，维尔纳尔小姐又很惊惶，因为她看见她的敌人又登上了山顶，在那里奋力防御人家可以到来的危险的小路。这山岭的一切出口都被双方的军队占据着，她害怕自己处在双方夹攻的中间，就离开了让她躲在后面的一棵大树，开始逃走，想要利用老吝啬人给她指示的劝告。在朝向古埃斯嫩大谷那一边圣胥尔比斯山岭的背面奔跑了相当长的时间之后，她看见远处里有一个家畜棚。她猜想这就是小酒鬼家里的，战斗的时候，他一定把他的妻子一个人单独留在家里。由于这些假设的鼓励，维尔纳尔小姐就希望能够受到这一家人的接待，能够在那里度过几个钟头，等到能够没有危险回到福杰尔去的时候为止。依据一切的现象，雨洛都要得胜。朱安党们逃得这么快，她甚至于听见在她身边有枪弹的声音，只怕中弹的恐惧也使她立刻走到一间有烟囱做为标竿的茅屋。她所走的小路通到一种厂棚。这厂棚的屋顶盖有灌木，是由四根没有脱皮的大树给支柱的。一道土墙构成了厂棚的背部，厂棚里边藏有一架苹果酒压榨机，一块打蓄麦用的平面石板，一些耕耘的器具。她面对着一条支柱停住了脚，没有决定穿过做为这所房子的庭院用的这块泥泞的湿地。她是一个真正的巴黎女郎，她居然在远处里把这所房子看做一个家畜棚。

这所小屋的背后有一个丘陵，高出它的屋顶，给它挡住了北风。这丘陵并不缺乏诗意，因为榆树和灌木的嫩芽，山岩上的花草都拿花叶来装饰它。一条开在厂棚和房屋之间的乡村阶梯可以让居民到这块山岩上面去呼吸新鲜的空气。小屋的左边，丘陵突然的低落，让人家看出一带田园，其中的第一排大约就是属于这个农场的。这些田园都由种植树木的土筑园篱给分成许多幽雅的小树林，其中的第一个树林一直到达庭院的圈地。通连这些田园的道路是拿一条半腐烂的粗树杆给关上的，这是布列颠的御墙，它的名称可以在后面给我们提供一个题外的材料，让我们完成任务来说明这地方的特点。在叶纹石里给挖凿成的阶梯和这大树所关闭的小路之间，在这一块湿地的前面，在这倾斜的山岩的下面，几块粗加修饰的重叠的花岗石就构成了这茅屋的四角，支持了恶劣的泥墙，木板和建筑房墙的石块。屋顶的一半是由代替草秆的灌木给盖成的。另外一半是由木板给遮住的——这是一种修成石板（小学生所用的）形状的小橡木片。这指明这所小屋是分为两部分的。事实上，作为家畜棚用的一部分是由一个粗制的隔扇给分开的，主人们就住在其他的一部分。虽然这所小屋因为在城市的附近而有两里外的地方所缺乏的改良，但是它却能够解释清楚不安定的生活、战争和封建社会的风俗怎么样有力的影响农奴的习惯，许多现在的农夫还在这些地方管贵族的古堡叫做住宅。维尔纳尔小姐拿容易了解的惊愕去观察这些地方，她最后注意到这庭院的污泥里这里那里的放有一些花岗石的石片，造成一条不只有一处危险的通达小屋的道路，但是，听到了渐渐逼近的枪声，她就从一块石头跳过一块石头，仿佛跳过一道溪涧似的，去寻觅避难所。关闭这房子的门是由两部分给凑成的，下部是厚厚的木板，上部是由一个当做窗户用的门扉来掩护的。在法兰西某些小城市的一些店铺里，人家还可以看到这种门，不过是装饰得更美，下部加有一个报警的小铃罢了。这个门是由一个黄金时代的插锁来开启的，上面一部分只在夜里关闭，因为阳光只能够从这孔洞射进房子。那里也的确存在一只粗糙的十字窗，但是它的玻璃很像是瓶底，许多支持它的铅柱也占了太多的地方，使它好像是用来阻隔光线，不是用来引进阳光。维尔纳尔小姐推动门枢铰链的时候，闻到可怕的阿摩尼亚气味一阵一阵的冲出这所茅屋。她看见许多四脚兽已经用脚儿踩坏了分隔房子的内墙。所以，农场的内部（因为这是一个农场）并不违反外部的作风。一个约莫八九岁的衣衫褴褛的孩子忽然给她露出他那又白又红的新鲜的面貌，肥胖的双颊，活泼的眼睛，象牙似的牙齿，蓬乱披在半裸的肩膀上的金栗色头发，她就自问到底在这有组织的污泥里是不是可能住有人类。这孩子的四脚是强壮的，他的态度有一种惊愕的温和，使儿童睁大眼睛的这种村野的天真。这小小儿童的美丽是超卓的。

“你妈妈在哪儿呀?”玛利一边温和说，一边低下头去吻儿童的眼睛。

儿童接受了这一吻之后，就像鳗鱼似的一蹓，在小路和房子之间的丘陵突出部上的一堆粪土后面失踪不见了。事实上，小酒鬼和许多布列颠的农夫似的也用一种特殊的耕种法，把他的肥料给堆在高高的地方。结果在使用肥料的时候，雨水都已经冲淡了它们的一切养素。玛利当了房子的女主人一些时刻，她就立刻给这房子点数所有的家具。她在房间里等待巴尔柏特，这房间就构成了房屋的全部。最明显华丽的东西就是一个庞大的壁炉，炉衣是一块蓝色花岗石造成的。这个字眼的词源可以从一块缝有暗绿色边带的绿色破绒布里去找到证据，这块绒布剪成圆形，沿着这块石板悬挂着，石板的中央立着一只染色的石膏圣母像。在这塑像的座子上，维尔纳尔小姐读到两句这地方的流行宗教诗：

我是天神的母亲，
这个地方的救星。

圣母像后面有一张涂着红色和蓝色斑点的圣拉布尔画像（据说这是图画）。一张绿绒的床，可以说是军床，一个畸形的儿童小床，一架纺纱车，几张粗椅，一个装有一些器具的柜子，这就几乎凑成了小酒鬼的全副家具。十字窗前面有一张长形的栗木桌，陪着有两张同样木料制成的凳子，从玻璃窗上透进房子的阳光使它们显得有老红木的颜色。维尔纳尔小姐在一大桶苹果酒的桶塞下面注意到一堆灰黄色的烂泥。它的潮湿腐坏了房地，虽然这房地是由花岗石的石片和赭色的泥土合拌而筑成的。这一桶酒证明房屋的主人并不是没有理由得到他朱安党的绰号的。维尔纳尔小姐仰起眼睛，好像要避免这景象似的，然后，她就觉得仿佛看到一切人间的蝙蝠和同样多挂在天花板上的蜘蛛网。两只充满苹果酒的酒瓶放在长桌上面。这些器具都是泥制的土瓮，它的模型还存在于法兰西许多省份里，一个巴黎人也可以在想像饕餮之徒拿来装放布列颠牛油而在肚皮上朝乱画上一些褐斑的介壳图形的罐子里猜到它的形状。瓮口仿佛是从水里出来吸取空气的蝦蟆头似的。玛利的注意力最后就转移到这两个酒瓶上来，但是越来越清晰的战争的喊叫，却逼着她去寻找一个藏身的所在。她不再等待巴尔柏特，然而这个女人却在这个时候忽然的出现。

“您好，柏甘尼埃，”她看见一只仿佛建筑师在窗顶穹窿里给加上的人头饰似的脸孔，就忍住了无意中发出的微笑，而对她说。

“啊！啊！您是奥尔兹孟那里来的吗？”巴尔柏特不慌不忙的回答说。

“您要把我藏在那儿啊？因为朱安党来了……”

“那儿！……”巴尔柏特说，她让这位女人（她都不敢相信维尔纳尔小姐是她同类的女人）的奇装异服和这女人的美丽给愣住了，“那儿！藏在那儿教士的密室里。”

她领她走到她的床前，叫她钻进睡床和墙壁之间的空隙，但是她们都不敢说一句话，因为她们仿佛听见有一个陌生人在湿地里跳动。巴尔柏特好容易才来得及放下床帐，把玛利给挤在里边，她马上就面对面的碰到一个逃走的朱安党。

“老太太，我可以在这里藏在那儿呢？我是保梵伯爵。”

维尔纳尔小姐认得这个曾经因为说出几句话而演成维夫提埃惨案的客人的声音，她不禁颤栗了起来。

“嗨！您瞧，大人，这里什么也没有！我所能做到的就是出去，替您看看去。要是蓝衣客们来了，我就告诉您。要是我留在家里，要是他们发现我跟您在一起，他们就会放一把火把我的房子给烧了。”

说完，巴尔柏特就出去了，因为她不够聪明，她不懂得在两个仇敌由于丈夫的骑墙派作风而有同样的藏匿权利的时候来给他们和解。

“看有两颗子弹打，”伯爵失望的说，“可是他们却追过了哦。嘿！要是他们经过这里回去，忽然想要瞧瞧这床底，我就未免太不幸了。”

他轻轻的把他的枪放在让绿绒帐给包在里面的玛利站在旁边的那一根床柱附近，再俯下身子，看看是不是可以钻进床下。他无可避免的看到了逃难女人的脚，玛利在这危急的时刻，赶紧拿住了枪，奋身跳到茅屋的中间，威协着伯爵。伯爵认得是她，就哈哈大笑起来了，因为藏匿的时候，玛利已经脱下了朱安党的大帽子，她的头发在花边似的发网下一团团的散了出来。

“别笑，伯爵，您是我的俘虏。要是您敢动一动，您就知道一个受过侮辱的女人会干些什么。”

正当伯爵和玛利在各种情绪的激动下互相瞟视的时候，混乱的声音就在山岩里喊叫着：

“救救少年啊！你们散开罢！救救少年啊！你们散开罢！……”

巴尔柏特的声音控制着外间的混乱喧噪，房里两个敌人也用不同的感觉去听它，因为她不完全是对儿子说话，而是给他们报信。

“你没有看见蓝衣客吗？”巴尔柏特尖锐的喊叫，“你来这儿罢，淘气的小孩子，要不然，我就到你那儿去了！你要让枪打死你吗？……算了罢，赶快逃罢。”

就在爆发这些小事情的时候，一个蓝衣客在湿地里跳动着。

“美脚！”维尔纳尔小姐对他喊道。

美脚顺着这声音跑来，比他的女恩人还要准确的瞄着伯爵。

“贵族，”狡猾的兵士说，“请你别动，要不然，我就立刻把你跟巴斯的尔①似的打下来。”

“美脚先生，”维尔纳尔小姐拿媚人的声音接着说，“请您给我负责看管这个俘虏。您要怎么办就怎么办，但是您得替我把他活活的送到福杰尔去。”

“好，太太。”

---

① Bastille是布尔崩王朝的大监狱，大革命时候，群众最初发动攻毁这监狱，救出许多犯人，所以法国革命纪念日又称为巴斯的尔纪念日。

“到福杰尔去的路现在没有危险罢？”

“没有危险，除非朱安党们复活了。”

维尔纳尔小姐快乐的武装起这枝轻便的猎枪，她讥笑的对她的俘虏说：“再见，伯爵先生，再见！”然后，她就重新戴上她的大帽子，投身走进小路里去了。

“我懂得太晚了，”保梵伯爵苦楚的说，“绝不要用庄严跟那些没有庄严的女人们开玩笑。”

“贵族，”美脚严厉的嚷道，“要是你不愿意我把你送上你的贵族天堂，你就别说任何一句伤害这个美人的话！”

维尔纳尔小姐从连接圣胥尔比斯山岩和牙窝的小路回到福杰尔来。到达这最后一个山丘，跑过这一条修在粗糙花岗石上面的崎岖道路的时候，她就叹赏着这小巧玲珑的囊桑溪谷：刚才是那样的喧噪，现在又是这样的平静。从那里看去，小谷仿佛是一条植满绿树的街道。维尔纳尔小姐从这一条小路末端所在的圣黎昂拿德门回来。城里的居民还在忧愁这战争还要继续下去，因为拿远处听来的枪声来下判断，这战争似乎还要整天的继续进行。他们都在那里等着国防军回城去打听它有什么损失。看见了这个头发蓬乱的奇装异服的少女，手里拿着一枝枪，让她那染有许多污泥，吸有许多露水的披肩和袍子朝着墙上飘荡，福杰尔人之激动，他们的好奇心就像这位巴黎女郎的力量、美丽和怪诞之成为他们的话柄似的剧烈。

二十

佛兰心万分的焦虑，她整夜的等着她的女主人。重新看到维尔纳尔小姐的时候，她真想说话，但是一个友谊的姿势却逼着她缄默。

“我并没有死去，孩子，”玛利说，“——啊！我离开巴黎的时候希望有许多情绪，……现在已经有了！”她歇了一会儿，又加上一句话说。

佛兰心要出去叫一顿饭，让她的女主人知道她有极大的需要。

“噢！”维尔纳尔小姐说，“洗个澡，洗个澡，……梳装第一。”

听见女主人吩咐她拿出她给包捆的最漂亮的时装，佛兰心的惊愕真不算小。吃完早点之后，玛利就拿一个女人要给亲爱的情人在一场舞会里炫耀的时候，为这重大的工作而有的考究来打扮。佛兰心一点儿也不懂得女主人怎么来的这种逢场作戏的愉悦。这不是爱情的快乐，一个女人不会看错这表情，这是含有凶兆的一种恶作剧。玛利亲身整理她的窗帘，凭窗远眺，看着富丽的山景。然后，她又走近壁炉旁边的安乐椅，把它挪到可以照耀她的脸孔的光亮的地方。她叫佛兰心去采集一些花朵，给她的房子装饰喜庆的气象。佛兰心带回花朵的时候，玛利就拿最有趣味的方法去应用它。她拿最后一次的满意的目光去瞧了她的寓所一眼，就吩咐佛兰心派人到司令官那里去提押她的俘虏来。她春情逸趣的躺在安乐椅上，一方面为的休息，一方面为的采取一种温柔软弱的态度。这种态度有一种某些女人所特有的不可抵抗的力量，一种羸弱的娇态。好容易才把脚尖露出袍褶之外的风骚姿势，身躯的放纵，颈项的弯曲，这一切的一切，就连类似垂下叶丛的铃形茉莉花似的挂在枕头上面的指尖，都和她的眼色相配合去提高诱惑性。她燃起香料，要在空气里散布可以猛力打击男人纤微的芬郁香粒，这些香气往往可以让女人们不必强求而能得到成功。一会儿之后，老军人的沉重步声就在卧室前面的客厅里荡漾着。

“呃，司令，我的俘虏在哪儿啊？”

“我刚刚下令派十二个人去枪毙他，把他当做私带兵器而被捕的战犯。”

“您都已经处分了我的俘虏！”她说，“请您听，司令：要我相信您的脾气，一个敌人死在战斗之后，这不应当是您所满意的事情。好罢，请您把我的朱安党交还给我，延期处死，我完全负责。我告诉您：这贵族已经是我的一个重要的工具了。他会帮助我完成计划。何况，枪毙这个喜欢朱安党作风的人就跟拿牛刀杀鸡似的无谓呢。我们得注意上帝的意旨！让贵族们负担残暴的罪名。共和党人应当是仁慈的。您，您自己不是会宽恕桂柏郎地方的牺牲者和其他许多人吗？……算了罢，请您派您的十二个人到外面去绕一个圈儿，再同我的俘虏一块儿来跟我一同吃饭。现在，白天只剩下一个钟头，您知道，”她笑着加上一句话说，“要是您晚了，我的服装就要失去它的效力了。”

“可是，小姐……”司令官惊愕的说。

“哈，什么呀？我了解您。去罢，伯爵逃不了您的手。这只大蝴蝶迟早总会投进您这一团热火来让火给烧死的。”

司令官轻轻的耸了耸肩，仿佛无论如何都必须被迫去服从一个美人似的。半个钟头之后，他又带着保梵伯爵一同来。

维尔纳尔小姐装做惊愕的样子，显得这样随便的躺着让伯爵给看见了有点羞愧的神气，但是发现已经在这个绅士眼睛里产生第一个效果之后，她就站了起来，十分温和，十分客气的忙着招待他们。她的姿势，她的微笑，她的行动，她的声调，这一切的一切都没有露出有意造作、有意勉强的痕迹，任何的东西也没有漏泄她的预谋。一切都是调和的，没有任何过分明显的表情可以让人家想到她是在扮演她所不熟识的一个世界的风俗。保王党人和共和党人一同坐下的时候，她就拿严厉的神气瞧着伯爵。绅士相当清楚女人们的脾气，他懂得侵犯这个女人就等于送死。虽然有这忧虑，他却既不表示快乐，也不表示悲哀，而显出对这突如期来的结局不大在意的神气。他不久就觉得这一个美人面前显得怕死未免可笑。最后，玛利的严厉神色就让他产生许多念头。

“呃！”他想，“谁知道一顶还能够拿到的伯爵冠是不是会比一顶已经丢掉了的侯爵冠更能够叫她高兴呢？……孟多兰就跟一根钉似的生硬，可是我……”

他很满意的瞧了自己一眼。

“至少我可以从中保全我的脑袋。”

这些外交的思考是毫无用处的。伯爵想要给维尔纳尔小姐假装的欲望变成了这危险的人物喜欢鼓励的强烈幻想。

“伯爵先生，”她说，“您是我的俘虏，我有权利处分您。您的死刑只等着我的同意，……不过，我太好奇，我不会让人家现在就枪毙您。”

“那末，要是我严守缄默呢？”他快乐的回答说。

“对一个老实的妇人，您也许可能这样，但是对一个少女嘛！算了罢，伯爵先生，这是不可能的。”

这些充满苦涩的讥诮是由这样锐利的嘴喙里给嘘出来的（正如胥利谈论保福杰尔公爵夫人的时候所说的），惊愕的绅士只好瞧着他的残暴的女对手。

“您瞧，”她讥笑的接着说，“为着不反驳您起见，我要变成那些女人似的一个好女儿。先生，这是您的枪。”

于是，她就拿略带讥讽的姿势给他递过他的武器。

“拿绅士的信用来发誓，小姐，您干……”

“啊！”她打断他的话说，“我听过太多绅士的信用了！我就是听了这种发誓才到维夫提埃去的。您的领袖给我发誓我和我的人可以在那里得到安全……”

“真是无赖！”雨洛皱着眉毛喊道。

“这是伯爵的错处，”她对雨洛指着绅士，接着说，“本来吗，少年的确想守信用，可是先生却散布了我也不知道是哪一种的谣言，证明了‘查礼特的母马’所喜欢的一切假设……”

“小姐，”受窘的伯爵说，“就是拿头给放在斧头下面，我也要说明我只说了真话……”

“那末，您说了什么呢？”

“说您是……”

“说罢，是什么人的情妇？”

“勒农古尔侯爵，现在的公爵，我的一位朋友的情妇。”伯爵回答说。

“现在，我可以让您去受刑。”玛利说。她并没有露出伯爵的真诚剖白使她感动的样子。伯爵看到这句责言所表露的伪装的无动于衷的神气，不禁发怔了。“可是，”她笑着接着说，“请您永远扔掉这可怕的铅块的印象，因为您并没有比您的这个朋友还侮辱我，您说我曾经是您的这个朋友的……呸！……请您听，伯爵先生，您不是来过我父亲维尔纳尔公爵的家吗？那末？……”

无疑的，她认为她所要说的一句重要的机密话不应当让雨洛听见。好就拿一个姿势把伯爵拉近了她，朝着他的耳朵说了几句话。保梵先生吐出一个微弱的惊异的太息，发傻的瞧了玛利一眼。玛利忽然拿儿童的天真态度靠在壁炉上，去完成刚刚让她引起的回忆。伯爵跪下一只腿。

“小姐，”他喊道，“我恳求您宽恕我，无论我怎么样的混蛋。”

“我没有什么可宽恕的，”她说，“您现在的悔恨并不比您在维夫提埃的无耻胡说更有理性。但是这些神秘都不是您的智力所能及的。您只要懂得，伯爵先生，”她严肃的加上一句话说，“维尔纳尔公爵的女儿，她的灵魂太高贵了，她不会不对您感觉极大的兴趣。”

“甚至于在一个侮辱之后吗？”伯爵抱歉的说。

“有些人不是地位太高不会受到侮辱的攻击吗？伯爵先生，我就是其中的一个。”

说这些话的时候，少女所采取的是一种高贵骄傲的态度，这态度使俘虏屈服，更使雨洛觉得越来越不明白她的计划。司令官伸手去摸胡髭，仿佛要撩起它似的，又拿疑虑的神色瞧着维尔纳尔小姐。玛利给他送去一个会心的暗号，仿佛告诉他她不会放弃她的计划似的。

“现在，”她歇了一会儿之后，又接着说，“咱们谈谈罢。——佛兰心，给我们一些光线罢，孩子。”

她很巧妙的把话头给引到没有多少岁月就变成前朝的时代上。她拿生动的言辞和描写把伯爵给带到这个时代里去，拿殷勤的精细给伯爵准备好她的回答，使他有许多机会去表现他的聪明。伯爵终于发现他从来也没有这样的可爱过。这念头使他返老还童，他设法使这位迷人的女人同情他的意见。这位狡猾的少女喜欢在伯爵身上尝试她的娇冶，她居然能够在那里施展最大的技巧，因为在她一方面这只是一幕把戏。她忽而让他相信有极大的进步，忽而仿佛惊愕自己这样的表露热情似的装出冷淡的样子，去迷惑伯爵，去无形中增加这逢场作戏的爱情。她的行为正像是一个渔夫不时不时的提起钓竿，看看鱼是不是吃上了饵。可怜的伯爵就在一种天真的方式下让人家给勾住了，他就是拿这种方式使他的女恩人受到他两三次明白清晰的颂赞的。贵族的逃亡，共和政府，布列颠和朱安党都离开了他的思想一千里路。忧愁的雨洛一动也不动的笔直的站着，仿佛特尔姆的神像似的。学识简陋使他在这种谈话里变成一个庸人。他想这两个闲谈的对手应当是很聪明的，但是他的一切智慧却只能够让他努力了解他们的谈话内容，设法知道他们是不是公开攻击共和政府。

“小姐，”伯爵说，“孟多兰是贵族家庭出身的。他有好教养，他是漂亮的孩子，但是他一点儿也不懂得风流韵事。他年纪太轻就看到凡尔赛。他的教育不够充分，他不会狡猾，只会舞刀击剑。

他能够发疯的恋爱，但可不会做出罗松、阿德马、古瓦疑和其他许多人所有的漂亮行为！……他没有可爱的技术让他给女人们说些好听的空话，这些空话其实要比叫她们厌腻的感情冲动还合她们的口胃。是的，他虽然可以征服一切，他的举止却既不闲散，也不雅致。”

“我也看明白这一点。”玛利回答说。

“啊！”伯爵对自己说，“她有一种抑扬的声调和一个眼色，这都可以证明我不会太晚变成她的知己，但是，好家伙！要附属于她，我就应当相信她所要我相信的一切。”

他给她伸过他的手，饭已经上桌了。维尔纳尔小姐拿一种只能够从高等教育和宫廷的珍贵生活里学习到的礼仪和技术去当主人。

“请您出去罢，”她走出食桌，对雨洛说，“您会叫他害怕的。要是我一个人跟他在一起，我一会儿就会知道我所要打听的一切了，他已经到了对我自由述说他的一切思想，只拿我的眼睛去看东西的地步了。”

“那末，以后呢？”司令官问她，仿佛要向她讨回这个俘虏似的。

“噢！让他自由，”她回答说，“跟空气似的自由。”

“可是他是手里携带兵器而被捕的呀……”

“不，”她用女人们喜欢拿来反驳真实理论的诡辩派的讥笑说，“我已经解除他的武装了。——伯爵，”他一边进来，一边对绅士说，“我刚刚弄到让您自由的许可了，但是您得一报还一报！”她笑着加上一句话，倾一倾她的头，仿佛要询问他似的。

“您可以要求我一切东西甚至于我的姓名，我的光荣！”他沉醉的喊道，“我可以把一切都给放在您的脚前。”

于是，他就向前走去拉她的手，设法使她懂得他怎么样的愿意感谢她，但是维尔纳尔小姐不是会这样做下错误的女人。所以，她一方面微微的笑着，给这位新任的爱人一些希望，一方面却退了几步，说：

“您要让我懊悔相信您吗？”

“少女的幻想要比妇人的幻想走得快。”他笑着回答说。

“少女会损失比妇人更多的东西。”

“这也是真的，身上带有宝贝的人应当是多疑的。”

“咱们别说这些话啦，”她接着说，“咱们说正经话罢。你们要在圣詹姆士开跳舞会。我听说你们已经在那里成立你们的仓库，你们的军械局，你们的政府……什么时候开跳舞会呀？”

“明天晚上。”

“先生，您一定不会奇怪一个受过诽谤的女人要拿女人的固执态度到那些证人面前去修补她所得过的侮辱。我要参加你们的跳舞会。我请求您保护我，从我在那里出现到我离开这跳舞会的时候为止。……我不要您发誓，”她看见他伸手放在心口上，就这样的说，“我最恨发誓，发誓太让人想到防范。我就请您简简单单的告诉我您负责保证我不会受到一切的犯罪行为或可耻举动的攻击。请您答应我告诉人家我是维尔纳尔公爵的小姐，拿这个来修补您的罪过，但是可别说到我没有父亲保护而有的一切不幸啦。这样的话，我们的账就算是两清了。呃！给一位在跳舞会里的女人实行两个钟头的保护，这赎票的价钱还算贵吗？……去罢，你不会再多值一文钱……”

然后，她就拿一个微笑扫清了他言词的一切酸楚。

“您要问我多少来赎回我的枪呢？”伯爵笑着说。

“噢！比赎回您还要多。”

“什么？”

“守秘密。相信我，保梵，只有妇人能够猜出其他女人的用意。我的确相信要是您漏了一句话，我就会在路上丢了生命。昨天，几颗子弹已经警告我在路上跑走有多少危险。噢！这个贵妇的打猎本领就跟穿衣服的轻捷似的。我的女仆从来也没有这么快脱下我的衣服过……啊！请您赐我恩典，”她说，“让我在跳舞会里遇不到任何叫我害怕的东西。”

“您可以在那里得到我的保护，”伯爵骄傲的回答说，“但是您是为着孟多兰而要到圣詹姆士去吗？”他悲愁的问。

“您想知道得比我还清楚，”她笑着说，“现在，您可以走了，”她歇了一会儿，加上一句话说，“我要亲身送您出城，因为您在这里进行过残暴的战争。”

“那末，您对我有点兴趣吗？”伯爵喊道，“啊！小姐，让我希望你对我的友情不会毫无感觉，因为我必须拿这种情绪来使自己满意，不是吗？”他自负的加上一句话说。

“走罢，卜卦的！”她用一个女人拿来述说不会伤害尊严、也不会泄漏秘密的口供的快乐口气说。

然后，她就披上一件短袖，陪着伯爵一直走到牙窝。到达小路开头的时候，她对他说：

“先生，请您严守秘密，甚至于都不要泄漏给侯爵。”

说完，就伸出一个指尖，压在她的嘴唇上。

在维尔纳尔小姐的和善气度的鼓励之下，伯爵壮了胆，握住她的手，她让他握着，仿佛给他一个大恩典似的，他也就多情的吻着她的手。

“噢！小姐，请您永远信任我！”他看见自己脱出一切的危险，就嚷着说，“虽然我得感谢您，跟感谢我的母亲似的，我却很难只对您恭敬……”

他奋身奔入小路。看见他走到圣胥尔比斯石岩后面，玛利就摇了摇头，做出一个满意的记号，低声对自己说：

“这个大孩子为着赎回他的生命可不只是把他的生命献给了我！我不需要多少花费就可以拿他来做我的创造品！创造品和创造者，这就是人们之间所以分别高低的一切差别！”

她没有说完，就向天空投去一道悲哀的眼色，慢慢的回到圣黎昂拿德门来，雨洛和高兰丹就在那里等侯她。

“还得有两天！”她喊道，“然后……”

她看见他们不只是一个人，就停口不说了。

“然后他就可以在您枪口前面倒下去了！”她朝着雨洛的耳朵说。

司令官退了一步，拿一种难于表现的轻慢神气瞧着少女。女人的举止和她的脸孔没有表露任何的悔恨。女人们有这种值得钦佩的作派，她们从来也没有追问过她们所做的最值得斥责的行为，情感牵引她们，她们的矫情而且是自然的，只有在她们身上罪恶的存在才是不卑鄙的。大部分的时间，她们都不知道事情是怎么做出来的。

“我要到圣詹姆士去参加朱安党所召集的跳舞会，然后……”

“可是，”高兰丹打断她的话说，“这有五里路，您要我陪您到那儿去吗？”

“您很开心我从来也没有想到的一个东西，……就是您自己。”她对他说。

玛利当面对高兰丹的轻蔑特别使雨洛快乐，雨洛做出一个怪脸相，看着她朝向圣黎昂拿德走去，失踪不见了。高兰丹以目相随，脸上微微的露出一种自觉有高人一等的力量的信心，他相信这力量能让他控制这个迷人的女人，管束她的感情，因而叫有一天归属于他。回到家里之后，维尔纳尔小姐忙着计算参加跳舞的装饰。佛兰心惯于服从，她从来也不明白女主人的意向，她就在纸箱里搜索，提议使用希腊的装饰。那时候，一切都依希腊的系统。玛利所同意的服装大约就放置在容易携带的纸箱里。

“佛兰心，我的孩子，我要到田野里去奔跑去，你想想你到底要留在这里，还是跟着我去。”

“留在这里！佛兰心喊道，”“那末，谁要给您穿衣服呢？”

“你把我早晨给你的手套放在哪儿呀？”

“在这儿。”

“给这手套缝上一条绿带罢，特别不要忘记拿点钱来。”

看见佛兰心拿了一些新铸的钱币来，她就喊道：

“这会给我们招祸，让人家杀死的！派热礼美去叫高兰丹……不，这个无赖会跟着我们来的！特别叫一个人到司令官那儿去，拿我的名义要一些六佛郎的厄古来。”

玛利拿顾虑一切的女性的锐敏去思索一切的情形。正当佛兰心为着这不可了解的旅行准备停留的时候，她就练习摹仿猫头鹰的叫声，能够学会走下地的暗号到乱真的地步。午夜时分，她走出了圣黎昂拿德门，到达了牙窝小路，在佛兰心的前头，拿稳健的步伐冒险穿过基巴利小谷，因为坚强的意志给她的脚步和身躯输入了也不知道是哪一种的力量，激奋着她。在女人们看来，走出跳舞会而不至于伤风感冒简直是一桩大事情，但是，要是她们心里有感情，她们的身躯就变成铜一般的结实。就是一个大胆的男子也会在这种事业面前犹豫，但是它却好容易才对维尔纳尔小姐微笑，危险在她看来已经变成了许多雅趣。

“您没有祈祷上帝就走了。”佛兰心转过身来，瞧了圣黎昂拿德钟楼一眼，这样的说。

敬虔的布列颠女人停步了，她握紧双手，念了一句“敬拜乌莱伊·安娜圣母”，祈求圣母使这旅行幸福，她的女主人却呆立沉思，轮流的瞧着热心祈祷的女仆的天真姿势和烟云似的月色。月光射过礼拜堂的雕刻，使花岗石发出金银细工似的柔和色泽。

二十一

两位旅人不久就到达了小酒鬼的茅屋。无论她们的步声怎么养的轻微，这声音都惊醒了布列颠人派来看守关紧房门的简朴大锁的一只大忠狗。大狗朝着两位女客奔来，这样吓人的叫吠着，叫她们不得不被迫去喊救，后退了几步。但是任何东西都没有动摇。维尔纳尔小姐吹了一声猫头鹰的鸣叫，一会儿之后，寓所门上的绣腐的铰链就回报了一响尖锐的声音，仓卒起床的小酒鬼也就探出他那一副阴森森的脸孔了。

“我得，”玛利一边给监视福杰尔的人递上孟多兰侯爵的手套，一边说，“我得立刻到圣詹姆士去。保梵伯爵告诉我应当叫你带我到那里去，保护我。所以，亲爱的小酒鬼，请你给我们弄两匹小驴来骑骑，预备陪着我们去。时间太宝贵了，要是我们明天晚上之前到不了圣詹姆士，我们就看不到少年，也看不到跳舞会。”

万分惊骇的小酒鬼拿过来手套，翻来覆去的瞧着，点了一枝小指头一般粗、香味面包一样颜色的松脂烛。这货品是由北欧输入布列颠的，它和这奇怪国度里所看到的一切东西似的，也表现出这地方人民对一切商业原则，甚至于最平常的商业原则的漠然无知。小酒鬼看了绿带，瞧了维尔纳尔小姐，抓了耳朵，喝了一瓶苹果酒，再给这美人递过一杯酒之后，就让她坐在桌子前面的一条平滑的凳子上，自己走去寻找两匹驴。外国松脂烛所投射的紫色微光压不住月亮，月亮拿光点去配合天花板的黑暗色调和熏黑了的茅屋里的家具的颜色。小少年仰起他那受惊的俊秀的脑袋，两只牛就在他的美丽头发的上面，穿过畜棚的墙洞，露出粉红色的鼻嘴和晶亮的大眼睛。大狗的姿势并不是家里最愚蠢的一个，它也仿佛跟孩子似的好奇的端详着两个女客。一个画家一定会长时期的欣赏这幅夜景的图画；但是，玛利却没有兴趣跟坐在床褥上鬼怪似的开始睁开眼睛来认识她的巴尔柏特谈天。她就走了出去，免得闻嗅这陋室的臭气，免得回答巴尔柏特正要问她的问题。她轻捷的登上了遮蔽小酒鬼的茅庐的石阶，在那里欣赏着这野景的细节，每走一步路，都发现有眼前的景色的变化，无论在前在后，或在山巅谷下。那时候，月亮的光芒笼罩了古埃斯嫩山谷，仿佛是发亮的浓雾。当然啰，一位心里藏有被误解的爱情的女人应当会尝味到这甜蜜的微光拿石堆上的幻景和配合河水的颜色去给灵魂产生的悲哀。正在这个时刻，小驴的鸣叫打破了岑寂；玛利立刻下来，回到朱安党的小屋里来。一会儿，他们也就动身出发了。小酒鬼武装了一枝两发装的猎枪，披上了一件山羊皮，使他看来有点像鲁滨逊。他那满脸麻疹、到处皱纹的脸孔好容易才可以从一顶大帽子的下面看得出来。农夫们还把这种帽子跟古代的遗传似的保留着，他们认为能够从奴隶生活里征服了古代贵族头上的装饰是光荣的。这一个夜间旅行队是由一个服装、态度和脸孔都有一些淳朴气象的向导带领着的，正像是龙布朗特的忧郁画笔所描绘的《耶稣亡命埃及图》的景象。小酒鬼谨慎的避免走大路，他领着她们穿过了布列颠各山路所组成的迷宫。

维尔纳尔小姐才懂得朱安党的战略。走遍了这些道路之后，她更能够欣赏这些田野的状态。从高处俯视，这些田野是悦人心目的，但是人们必须深入其间才能够意会它的危险和那不可清理的困难。自从无可追溯的时代起，农夫们就已经在每一块田园的四周筑上了一堵六尺见高的三角形土墙，顶上长着栗子树、灌木和山毛榉。这样遍植树木的土墙就叫园篱（诺曼地的园篱），而遮蔽其上的几乎垂盖道路的长树枝也就在上面形成了一个庞大的摇篮。被这些泥土筑成的园墙给悲惨框住的道路就像是要塞的沟道。这些地方到处都有花岗石钻出地面。在这种情形之下，人们不能够在这里筑成粗糙的石子路。这些路都是非常难走的，就是最小的两轮送货车也只能够在两只牛和两匹短小精悍的马的帮助之下，在这里行驶。这些道路非常的潮湿，结果不得不逼着步行的旅客在园里沿着园篱走成一条叫做小路的小径，和每一块土地相终始。为着从一块田园走到另外一个田园起见，就得用几个让雨水淋成滑湿的石阶登上园篱。

旅客还得在这些曲折的道路上克服许多其他的障碍。这样的防卫，每一块土地就有它的进口，差不多有十尺阔，由西方人的所谓栅栏给关上的。栅栏是一条树干或一条大树枝，其中的一端凿成许多孔洞，装在另外一块作为轴子用的畸形木头上。栅栏的末端要比这个轴子高出一些，使它能够相当的结实，载得起一个石锤，让一个孩子能够运用这奇怪的田园的门栏。栅栏的另外一端就放在园篱里面所开的一个孔洞里。有的时候，为着节省石块起见，农夫们就让树干或树枝的粗大末端更高的超过轴子。这种栅栏的性质是随着业主的天才而不同的。有的时候，栅栏只是一条两头插进园篱土里的树枝。有的时候，它是由许多好像横置的梯子似的放在相当距离之间的小树枝给结成的方门。这种门就跟一个栅栏似的转动，向另外一端转去，卷成一个圆满的小轮形。这些园篱和这些栅栏使这土地看来仿佛是大棋盘，每一块田园就是这棋盘的隔离清楚的方格，仿佛要塞似的关闭着，由堡垒来围护。容易防御的门使侵略者遇到最危险的攻击对象。事实上，布列颠的农夫都相信可以在鼓励种植这地方的人最有研究的灌木里来使休耕的土地肥沃。这些树木甚至于都长得跟人似的高。把肥料堆在庭院高处的农民所有的这偏见使这地方的四分之一的土地保存了许多的灌木林，人家可以在中间设下成千的陷阱。还有，这里也许就连一块找不到遍垂枝叶、妨害农产的老苹果树的田园也不存在。如果您想到这些都有园篱支持、占有四分之一土地的大根树木的田亩的狭小的面积，您就可以了解维尔纳尔小姐正在走着的这个地方的文化和它的姿态了。

除了因为偷懒，要把牲畜关在里面，免得费精神去看守之外，人家不知道他们所以建造这些坚固的关闸，是不是还为的避免争端。这些关闸的长久障碍使这地方变成不可侵攻的，使大规模的战争成为不可能的。一步一步的分析这土地的形式之后，人家就可以看出正规军队对抗农兵的斗争怎么样的不能成功；因为五百人就可以冒犯全国的军队。这就是朱安党战争的整个秘密。维尔纳尔小姐于是就懂得共和政府只能够用警察和外交的方法，不能够用无谓的军事力量来抑平叛乱的必要了。事实上，得拿什么方法来对抗这些相当能干、不愿意占领城市、只愿意确保田园的不可破毁的要塞的人呢？正当这些盲目的农民所有的一切力量都存在于这个精明强干的领袖身上的时候，怎么能够不设法交涉商议呢？她钦佩在办公室里猜到和平秘密的部长的天才。她相信瞥眼看到激动这些有力人物去一眼统览全国的思虑；这些人的行为在群众看来是罪过，然而却只是一种伟大的思想作用。在这些可怕的心灵里存在有一种人家也不知道是哪一种分摊恶运和善运的力量，人家也不知道是哪一种可以使他们忽然提高地位的灼见；有一个时期，群众在自己队伍里到处寻觅他们，然而仰起眼睛，却看见他们在空中翱翔。这些思想仿佛批准了，甚至于使维尔纳尔小姐心里所有的报仇欲望变成高贵的；然后，灵魂的工作和她的希望就给她输入相当多的毅力，使她能够支持旅途的辛劳。走到每个田园界域的时候，小酒鬼都被迫去扶下两个女客，帮助她们走过难行的道路，没有大路的地方；她们就不得不重新骑上小驴，在使人感到冬季即将来临的泥泞路上乱跑。这些大树，这些凹陷的路子和栅栏的结合就在低处积蓄了给三位旅人蒙上一层冷气的潮湿。在万分的疲劳之下，他们就在朝阳初升的时分到达了马里额伊树林。这宽阔树林的小径已经没有那样的难走了。树枝所构成的穹窿，树木的密丛，使这些旅人躲避了天气的严酷，他们最初所要克服的重重困难也就不再存在了。

他们好容易才在这些树林里穿行了一里路，就听见远处有个杂乱的声音和小铃的响声；铿锵的音调并没有牲畜的步声所给印下的单调色彩。小酒鬼一边走路，一边聚精会神的听着这一曲乐调，一阵风给他吹来几个剧烈感动他的歌词，因为他领着疲倦的牲畜走进一条让旅人们离开圣詹姆士路的山径，听不见维尔纳尔小姐的谴责；由于地势的怪诞，小姐的恐怖渐渐的增加起来了。左右都有庞大的花岗石，互相的重叠着，露出奇形怪状的面目。这一路上，类似蟒蛇的大树根就一直的向外蹓跶，要到远处去吸取一些百年老榉树的汁液。大路两旁边好像是以钟乳石著名的地下石洞似的。金雀花和凤尾草的深浓绿叶就在大块石头上跟苔草的浅绿和浅白的斑点相配合。这些石块蔽住了绝壁和一些深洞的进口。三位旅人走进一条狭窄小径几步的时候，最为惊人的景象就忽然出现在维尔纳尔小姐的眼前，使她懂得小酒鬼所以执拗的原因。

一个完全由花岗石组成的半圆形盆地在前后耸立黑色高松和灰黄栗树的崎岖层次里形成了一个大舞台，呈出一个雄伟的竞技场；冬日的太阳仿佛在那里倾注苍白的颜色，不是吐露光芒；秋天用枯叶到处的铺上褐色的地毯。在这大厅的中央（这大厅在建筑师看来好像曾经有过洪水），立有三块杜鲁伊迪教的大石台，上面插有教会古旗的祭坛。一百个左右光着脑袋的人就跪在这圈地里，热烈的祈祷着；一个牧师在两个其他教士的帮助下念着弥撒。司铎的简陋的服装，旷野呻吟似的牧师的低弱声音，共具信心而跪在素朴祭坛前面的人众，粗糙的十字架，庸俗的寺院，这时间，这地点，这一切的一切都给这景象加上初期基督教所特有的朴质特征。维尔纳尔小姐不禁大为叹赏。树林深处的弥撒，因为受到迫害而回返原始时代的境地，大胆投向奇异自然界的古代的诗章；这些提起武器，一会儿残暴，一会儿祈祷，又是大人，又是婴儿的朱安党，这一切的一切都不像她所看到的，都不像她所还在幻想的。她记得清楚曾经在童年叹赏过罗马教会的使人快感的粗朴，但是她还没有这样面对面的认识过上帝祭坛上的十字架，地上的祭坛。这里没有遮蔽峨特式大教堂拱门的剪成花纹的枝叶，而有秋天的树木支持着天空的苍穹；这里没有玻璃窗反射出来的成千颜色，而有太阳的红光和它的弱影，淡淡的映在祭坛、牧师和两个助理的身上。人众只是这里的一个事实，不是一个系统；这是一个祷告，不是一个宗教。但是人类的感情却因为暂时的压迫而给这幅图画生出一切的调和，这些感情不久就在这神秘的景象里出现，强力的使它生色。

维尔纳尔小姐到来的时候，祭礼正好结束。她惊惧的发现主持瞻礼的是居丁教士，就急速的避过他的视线，躲在一块大花岗石的背后，猛力拉着佛兰心到那里去；但是她却没有能够叫小酒鬼离开他选择好去参加仪式的地点。她希望能够逃避正在威胁着她的危险，因为她注意到这里的地势可以让她在一切会众前面隐退。从一个岩石的大裂缝里，她看见了居丁教士登上了一块花岗石（这块花岗石是他当做椅子用的），开始讲道：In nomine Patris，et Filii，et Spiritus Sancti. （在圣父，圣子，圣神的名义之下。）

听了这句话，一切的会众都敬虔的做出一个十字架的记号。

“亲爱的兄弟们，”教士大声接着说，“我们先为死者祈祷：为柯慈古鲁・约翰，拉费特・尼可拉斯，布鲁埃斯特・约瑟，巴尔卦・佛兰苏，古表・胥而比斯，所有这一教区在柏勒林战役和围攻福杰尔的时候受伤致死的人们……De profundis（从地狱里）……”

依照惯例，会众和牧师们就重复歌颂这首赞美诗，他们用祈求吉兆的热心轮流念唱一节《圣经》。大家唱完这首死赞之后，居丁教士就用愈来愈响亮的声音继续说话，因为老耶稣会会徒并不是不知道激烈的言词是鼓励野蛮听众最有力的辩论。

“这些上帝的防卫人，基督徒们，他们已经给你们做了一个尽忠的榜样了，”他说，“你们不是会因为人家在天国里责骂你们而觉得可耻吗？要是没有这些应当在那里由一切的圣人张臂抱接的有福气的人，我们的教主一定要把你们这一教区的居民认为都是左道！……孩子们，你们知道布列颠的人、宫里的人怎样说你们吗？……你们一点儿也不知道，不是吗？我要告诉你们。他们说：‘怎么！蓝衣客们推翻了祭坛，杀死了修道院院长，杀害了国王和王后，他们要捉住一切布列颠的教徒，叫他们也当蓝衣客，把他们给送到教区以外的地方，遥远的国度里去打仗，去冒死险，而得不到忏悔的机会，这样的坠入地狱。然而让人家烧了教堂的马里额伊男儿们就这样的袖手旁观吗？噢！噢！这些该落地狱的坏蛋所组成的共和政府把上帝的财产、贵族的家私给拍卖了，把钱分给蓝衣客；然后，为着拿钱跟拿血似的来养育自己，共和政府就下令从六佛郎的厄古里抽捐三佛郎，好像要从六个人里抽征三个人似的；然而马里额伊的孩子们却不拿枪来把蓝衣客给驱出布列颠吗？啊！啊！……天国一定会拒绝他们进去，他们永远也得不到拯救！'这是人家说你们的话。所以，基督徒们，这是关于你们得救的问题。为着宗教，为着国王而斗争，这为的其实是拯救你们的灵魂。前天两点半钟的时候，乌莱伊·安娜圣母亲身给我显圣。她对我说这句话：'你是马里额伊的一个牧师吗？'我说：'是的，夫人，我是等着给您服役的。'她又说：'好罢，我是乌莱伊·安娜圣母，上帝的姑姑，依照布列颠的说法。我总在乌莱伊，而且还在这里，我来告诉你，叫你对马里额伊的孩子们说：要是他们不拿起武器，他们就没有得救的希望。所以，要是他们不给上帝服役，你就应当拒绝给他们赦免他们的罪。你应当祝福他们的枪械，使无罪的孩子们不至于打不中蓝衣客，因为他们的枪械会变成神圣的！……'她在鹅掌的橡树下留下一阵香气，就失踪不见了。我给这地方做个暗号。圣詹姆斯的修道院院长就在那里立过一个美丽的木雕圣女像。绰号走下地的勒罗瓦·彼得的母亲晚上就到那里来祈祷，她的病也就好了，因为她的儿子有功劳。你们瞧，她就在你们中间，你们可以看见她一个人走路。这是一个神迹，就像有福气的郎布甘·马利的复活似的，这神迹就是要给你们证明，只要你们肯为上帝的奴仆和国王斗争，上帝绝不会摈弃你们的。所以，亲爱的兄弟们，要是你们要得救，要防卫我们的国王，你们就得听从国王给你们派来的这个我们管他叫做少年的侯爵所要给你们下的命令。然后，你们就不会是左道，你们就会跟一切布列颠的孩子们一同集结在上帝的旗帜之下。你们可以从蓝衣客们的口袋里拿回他们所给你们抢去的金钱；因为，要是你们打仗，你们就不会耕地，救主和国王就会让你们自由去剥夺你们的敌人。基督徒们，你们要不要人家说马里额伊的孩子们不如给上帝和国王效忠的莫尔比罕的孩子们，不如圣乔治的孩子们，不如维特勒、安特兰的孩子们呢？你们要让他们拿走一切吗？你们要在许多布列颠人祈求拯救，救护国王的时候，跟异端的人似的袖手旁观吗？《福音书》上说：‘你们要为我而放弃一切！’我们这些其他的人，我们不是已经放弃了什一之税的金钱吗？请你们放弃一切来进行这神圣的战争！你们一定会跟诸位马迦伯①似的。总之，上帝可以赦免你们的一切。你们可以找到修道院院长和教士们跟你们在一起，你们可以得到胜利！请你们注意这个，基督徒们！”他结束说，“只有今天一天我们有力量祝福你们的枪械。不利用这恩典的人就不会再找到这样慈祥的乌莱伊圣母，他一定会跟上次的战争似的不再听他们的恳求。”

这一段说教是由一个强大器官的响声和各种使他浑身流汗的姿态来支持的；从表面上看来，他并没有产生多大的效果。农夫们屹立不动，两眼瞧着演说家，简直就跟塑像似的；但是维尔纳尔小姐一会儿就注意到这种普遍的态度是教士给这一群人众所施行的蛊惑的结果。正如伟大的演员似的，他是把群众像一个人似的摆弄着，一边说道利益，一边说道感情。他不是预先赦免他们的放肆，解开了唯一使这些粗人去实践宗教和社会戒律的联系吗？

① 《圣经》上载七位马迦伯家的兄弟因为拒绝违反摩西的戒律而和他们的母亲一同被屠杀。

他已经为政治的兴趣而出卖了他的司铎职务，但是，在这些革命的时代里，每一个人都有自己的党派利益而用自己所有的东西去制造武器，耶稣的和平的十字架也就和耕种用的犁头变成了战争的工具了。维尔纳尔小姐没有遇到任何可以和她彼此领会的人，她就转过身来，瞧一瞧佛兰心，非常惊异的看见佛兰心也一样的受到感动，因为佛兰心虔诚的对小酒鬼的念珠念咒，这念珠是由小酒鬼听讲的时候交给她的。

“佛兰心，”她低声对她说，“你怕变成一个左道吗?”

“噢！小姐，”布列颠女人立刻回答说，“请您瞧瞧在那里走路的彼得的母亲……”

佛兰心的态度表露出这样深切的敬虔，玛利于是就懂得这种说教的秘密；教士对于村野匹夫的影响，这刚刚开演的幕景的效果。站在最近祭坛的地方的农夫们一个一个的走向前来，跪在地上，给说教人献上他们的枪械，教士也就把这些枪枝给放置在祭坛上面。小酒鬼忙着走去献上他的老猎枪。三位牧师歌唱“来罢，创世的上帝”，赞礼员就拿浅蓝色的烟雾来包蔽这些杀人的利器，在上面给画成许多互相组合的图像。微风吹散烟缕的时候，这些枪械就依照命令分发给大家。每一个人都跪着从牧师们手里接过他的枪，牧师们一边念拉丁祈祷文，一边把枪支递还给他们。这些武装壮士回到原来地位的时候，到此为止都保持沉默的会众就发出一声可怕动人的同情叹息。

“Domine salvum fac regem!（主啊，请您拯救国王！）……”

这是说教人拿洪亮的声音给背诵出来的祷文；大众也高声的朗唱了两遍。这些叫声带有一些野蛮战歌的气味。农夫们所容易了解的 regem（国王）两个音缀的歌调是拿这样强烈的力量给唱出来的，维尔纳尔小姐甚至于都因此而同情的想到亡命的布尔崩王室。这些回忆使她想到她的过去生涯。记忆让她追溯业已消散的宫廷的欢乐，她曾经在这些欢乐里出过风头。侯爵的面貌出现在她的梦幻里。

由于女人所有的这种容易变迁的精神，她就忘记了眼前所看到的图像，报复的计划又回到她的脑海里来。她要不顾生死的报复，但是这计划却可以在一个眼色之前化为乌有。因为要在这危急的时刻显得非常的美丽，她就想到还没有打扮她的头部让她去参加跳舞会，因此就起了一个念头，要拿一枝金雀花来装饰：金雀花的卷缩叶子和红色珠果这时候正好引起了她的注意。

“噢！噢！要是打鸟，我的枪可能打不出子弹，但是打蓝衣客，……绝不会这样的！”小酒鬼摇摇头说，表示满意。

玛利更加用心的端详向导的脸孔，她发现这是她刚刚看到的同样形式的面容。这位老朱安党并没有一个儿童所有的那么多的心眼。当他瞧着枪械的时候，一道天真的快乐就使他的双颊和额头发皱，但是一道宗教的信心却在这快乐的表情里给投上了一层偏向的色调，使这野蛮的脸孔一时暴露文化的恶习。他们不久就到达了一个乡村，这就是说：像小酒鬼的乡村似的四五所房子的集结。维尔纳尔小姐吃完一顿有新鲜牛油、面包和牛奶的饭之后，新召的朱安党也就开到这里来了。这一队乌合之众是由一个修道院院长率领的。院长手里拿着一面由粗糙的十字徽改制的旗，一个少年非常骄傲的执着教区的旗帜，跟他在背后。维尔纳尔小姐不得不参加这一个队伍，因为他们也是到圣詹姆士去的，他们可以自然而然的保护她去抵御一切的危险。小酒鬼很得意的告诉队长，他所带领的美丽女郎是少年的好朋友。

二十二

夕阳衔山的时候三位旅人到达了圣詹姆士。这是十四世纪英国人统治布列颠的时候所建造的小城，它的名字也就是英国人所起的。进城之前，维尔纳尔小姐亲身看到她不大注意的一幕奇怪的战争场景：她只怕被几个敌人认出，就快步的行走。五六千农夫驻扎在一个营幕里。他们的服装很像柏勒林的壮丁的衣着，绝不会使人想到战争。这种共乱的结合就像是定期大市场的赶集似的。人们甚至于都得格外的注意才可以发现这些布列颠人带有武器，因为各种样式的羊皮几乎盖住了他们的枪支，而最容易看到的武器就是几个人拿来代替人家应当给他们分发的枪支的假枪。有的人喝酒，吃东西，有的人大声争吵，但是大部分的人却都躺在地上睡觉。那里没有任何的秩序和纪律。一位穿红色制服的军官引起了维尔纳尔小姐的注意，她猜想他一定是英吉利的军人。更远一点儿，两位其他的军官好像要给几个比较聪明的朱安党指示应用未来的勤王军所有的一切炮队的两尊炮的方法似的。欢呼迎接着马里额伊少年的到来，人家由旗号上认得是他们。维尔纳尔小姐利用这一队伍和院长们在营里所有的必要布置，就没有危险的穿行而过，进城去了。她走到一间外观简陋、离跳舞会场所不远的旅店。城里侵进了许多人，她运用了一切可以想象得到的努力之后，好容易才找到一个小房间。她在那里布置停当，小酒鬼给佛兰心交去贮藏女主人服装的纸箱之后，这位朱安党就站着，拿难于形容的犹疑态度等待着。如果是另一个时候，维尔纳尔小姐一定会快乐的看一看一个走出教区的布列颠人是什么样子，但是她却打断她的情趣，从钱包里拿出四个六佛郎的厄古，交给他。

“拿着去罢！”她对小酒鬼说，“要是你要报答我，就请你立刻回到福杰尔去，不要经过兵营，不要喝一滴苹果酒。”

受宠若惊的朱安党轮流的瞧着他所接到的四个厄古和维尔纳尔小姐，但是她却给她做出一个手势，他也就跑走，失踪不见了。

“您怎么能够叫他回去呢，小姐？”佛兰心问，“您没有看见城被围了吗！我们怎么能够离开城呢？谁在这里保护您呢？……”

“你不是有你的保护人吗？”维尔纳尔小姐一边说，一边嘲弄的依照走下地的方法轻轻的吹了口叫子，她要模仿他的态度。

佛兰心红了脸，悲愁的笑着她的女主人的快乐。

“可是，您的保护人呢？”她说。维尔纳尔小姐突然抽出她的匕首，拿给受惊的布列颠女郎看，佛兰心退到一张椅子上，握住双手坐下。

“玛利，您到这里来找什么啊？”她用恳求而不需要回答的口吻喊道。

维尔纳尔小姐忙着编织她所采集的金雀花枝，她说：

“我不知道这枝金雀花插在头发里是不是好看的。像我这样一副光彩的脸孔才能够支持得了这样惨淡的装饰；你要说它什么啊，佛兰心?”

这样的几句话证明这位奇异的女子在她梳妆的时候有怎么样的闲散精神。听到这些话的人很不容易想到这时候她要拿生命去赌博的危险。一件印度绸的袍子，相当短而类似湿布的袍子，使她的身材显得窈窕，然后，她又披上一件带有许多褶纹的红色外衣，这些越来越长而垂在旁边的褶纹给画出了希腊式的幽雅的贴身衫。这种异端女巫的诱人的衣服使时代的风尚允许女人穿着的服装减轻了不雅致的性质。为着减低时装的妖冶，玛利就拿一块薄纱盖住了她的白皙的肩膀，因为贴身衫让肩膀露出太多。她绕着她的长发辫，在脑袋后给结成了这个扁平而不完全的圆锥，给这脸孔产生出一种古代的塑像因为头部的人工放长而有的雅趣，一些留在额头上的发环用光耀的长卷垂下面部的两边。这样的穿好衣服，这样的梳好头发，她就跟著名的希腊雕刻的杰作完全相似。当她拿一个微笑去赞同这可以托衬脸孔的美丽头饰的时候，她就在那里给加上她所预备好的金雀花冠，其中有许多红色的珠果在头发里和贴身衫的颜色相辉映。维尔纳尔小姐一面转绞几张花叶，使它们产生动情的正反对比，一面在镜子里照着，看看她的服式，判定它的效果。

“今天晚上我是可怕的!”她说着，好像身边围着许多献媚的人似的，“我有点自由神像的神气……”

她慎重的把她的匕首放在胸衣的中间，只露出装饰刀柄的宝石；宝石的红光应当可以使人注意到她的情敌曾经这样无礼侮慢过的宝藏。佛兰心没有能够决定离开她的女主人。当她看见她等着出去的时候，她就懂得到女人们到低布列颠一个小城里去开庆祝会的时候所要克服的阻碍里去找借口来陪伴她。她不是得给维尔纳尔小姐脱下外衣，街里的泥泞和粪土逼着她穿上套鞋和她在底下遮住脸孔，不让被好奇心吸引到会场周围来的朱安党看见的轻纱面帕吗？人太多了，她只好在两排朱安党的中间走路。佛兰心不再想强留她的女主人，给她帮忙穿戴特别鲜艳的服装之后，她就留在院子里，但是，希望不至于在她的恶运里抛弃了她，不给她帮助，因为可怜的布列颠女人只预料到不幸的遭遇。

维尔纳尔·玛利到了会场的时候，孟多兰的寓所里正发生一桩怪事。年轻侯爵梳妆完毕，加上一条可以让人认得他是会场第一个人物的大红绶带的时候，居丁教士神色仓皇的进来。

“侯爵先生，请您快点来，”他对他说，“只有您一个人可以平息领袖们之间所发生的我也不知道是哪一种的风波。他们说到不给国王效劳。我相信一定是这坏蛋李福埃尔引起了这骚动。这种吵闹总是有什么傻事给引起的。人家告诉我居阿夫人骂他衣服穿得太不好看来跳舞。”

“这个女人一定是发了疯了，才要……”侯爵喊道。

“维沙尔骑士回答说，要是您依照您用国王的名义给他答应的钱给了他……”教士打断领袖的话，接着说。

“够了，够了，教士先生！我现在明白一切了。这幕戏是预先准备了的，不是吗？您是奉命当大使的……”

“我，侯爵先生，”教士再打断侯爵的话，接着说，“我要强力支持您，我希望您给我权利，让我相信法兰西各地的祭坛的建立，国王的继位登基从我的卑陋工作方面看来都要比黑恩的主教地位更有意义！……”

教士不敢再说下去，因为听了这些话，侯爵就开始苦笑。但是年轻领袖不久又压住了他的悲痛思想，他的额头现出严肃的表情，他就跟着居丁教士到喧哗吵闹的厅里来。

“这里我不承认任何人的威权！”李福埃尔一边喊，一边给围住他的人众投去一道火红的眼色，伸手去拿刀柄。

“您承认良心的威权吗？”侯爵冷冷问他。

年轻的维沙尔骑士，以家姓李福埃尔更为人所认识的维沙尔骑士，就在天主教军队的将军面前缄口默然了。

“到底什么事情啊，诸位先生?”年轻领袖一边说，一边细察一切的脸孔。

“因为，”一个著名的走私商人回答说——他最先是一个在贵族面前受尽压迫的平民，后来却走过了分隔他和贵族的界限，而忘记了这两者之间的分别，因为后来他认为贵族和他是平等的；“因为，”他回答说，“您来得真凑巧。我不会说漂亮话，所以我得直说。上一次打仗我带了五百个人。自从您重新拿起武器以来，我已经找到了一千个跟我似的硬头皮的汉子，给国王效忠。我已经为着这事业冒险冒了七年。我并不责备您，但是一切的苦痛都应当有报酬。先说，我要人家叫我做葛特罗爵士先生，我要人家承认我的上校军衔；要不然，我就跟第一总裁讲和去。您瞧见没有，侯爵先生，我的兵士和我，我们都有一个讨厌的债主，随时都得想法子去满足他！……他就在这儿!”他打着肚皮，加上一句话说。

“提琴家都来了吗?”侯爵用嘲弄的声调问居阿夫人。

但是，走私商人所粗卤提出的问题却是重要的。这些既会计算又有野心的人众好久以来就疑惑他们希望国王要给他们的东西，因此，年轻领袖的轻蔑并不能够制止这幕景的演出。年轻热诚的维沙尔骑士非常神气的走到孟多兰面前，拉着他的手，逼着他留下。

“请您注意，侯爵先生。”他对他说，“这些人众可以得到您在这里所代表的那个人的报酬，然而您却太薄待他们了。我们知道国王圣上给您全权来证明我们的功绩，这些功绩不是在这边就是在那边，都应当得到补偿，因为断头台每日都为着我们张架着。至于我，我知道军长的军衔……”

“您的意思是上校吗?”

“不，侯爵先生，查礼特已经委我当上校。我所谈的军级不能够不给我，现在我并不是为我自己辩护，而是为我军队里的一切勇敢的兄弟们控诉，他们的功劳需要表扬。今天只要有您的签字和您的允许就够了。并且,”他低声说，“我知道他们只要有一点儿东西就会满意的。可是,”他又放大声音接着说，“太阳要在凡尔赛宫上升起，来照耀君主国的快乐日子的时候，在法兰西帮助国王克复国土的忠臣们是不是能够容易得到国王对他们家庭的洪恩，给寡妇们赡养费，恢复他们从前被没收的财产呢?我很怀疑。所以，侯爵先生，证明他们的功劳，这并不是没有用处的。我绝不会不相信国王，可是许多大臣们的鹭鸶却对他的耳朵咕噜什么共同的幸福，法兰西的光荣，王室的利益和其他成千类似的事情。人家还要笑话一个王地保王党，一个勇敢的朱安党，因为他老了，因为曾经为主义而拔出的长剑将要在他那因为困苦而清瘦了的腿里摇摆着……您知道我们的错误吗?”

“您说得非常对，维沙尔先生，只是说得太早一点儿,”侯爵回答说。

“您听，侯爵,”保梵伯爵低声对他说，“李福埃尔说的确是真话。您，您能够朝着国王的耳朵说话，但是我们其他的人，我们可只能够远远的瞧着我们的主人，我承认要是您不拿绅士的身份答应让我得到时地合宜的法兰西河道山林管理局局长的职务，我要拿脑袋来冒险才怪呢。给国王征服诺曼地，这不是小事情啊，所以我很希望得到勋章。——但是,”他面红耳赤的说，“我们还有时间想到这个呢。上帝不允许我跟这些贱骨头学样，来麻烦您。”

每一个领袖都拿相当巧妙的方法让侯爵知道他们的功劳所等待的极大代价。有的人要求布列颠总督的职务，有的人要求男爵的采地，有的人要求一个军级，有的人要求一个司令官的地位，一切的人都要求恩典。

“那末，男爵，”侯爵对桂尼克先生说，“您就什么也不要了吗?”

“真的，侯爵，这些先生们只给我留下法兰西的王冠，但是我能够设法自己适应……”

“呃！诸位先生，”居丁教士有声有色的说，“请你们想一想，要是你们这么急，胜利那一天，你们就要腐化了。国王不是要被迫向革命党让步吗?”

“给耶可宾俱乐部的党羽们!”走私商贩喊道，“啊！但愿国王让我放手干去，我可以回报国王，拿我的一千人去把他们通通给吊死，我们不久也就可以免除他们的……”

“葛特罗爵士先生，”侯爵说，“我看见几个客人来。我们大家必须争先恐后的努力叫他们立下决心来参加我们的神圣事业。您懂得现在不是叫我们忙于讨论要求的时候，虽然你们的要求都是正当的。”

说这些话的时候，侯爵就朝着大门走去，仿佛要去迎接他所看到的几个附近地方的贵族似的，但是大胆的走私商贩却拿一种屈服而尊敬的神气拦住了他。

“不，不，侯爵先生，请您原谅我，但是耶可宾俱乐部的党羽已经在一七九〇年给过我们太多的教训，让我们知道吃饼的人并不是努力收获的人。请您给我在这一张纸上签字，明天我就可以给您带一千五百个少年来，要不然，我就跟第一总裁讨价去。”

侯爵骄傲的向身边巡视了一周，他看出这位老党羽的大胆坚决的态度并不叫任何旁听辩论的人厌腻。只有一个坐在角落里的人仿佛不参加表演这幕戏，给他的白土烟斗装上烟。他给这些演说家所表露的轻蔑气度，他的谦逊神色，侯爵在他眼睛里所看到的怜恤的目光，这一切的一切都使侯爵对这态度大方的下属加以细察。侯爵认得他是布里古少校，就突然走到他这边来。

“你，”他对他说，“你要求什么？”

“噢！侯爵先生，只要国王恢复了王位，我就满意了。”

“可是你呢？”

“噢！我……您说笑话，大人。”

侯爵握了这位布列颠人的胼胝的手，对站在身边的居阿夫人说：

“夫人，我可能没有来得及向国王忠实的报告布列颠天主教军队的情况就死去。要是您看得见复辟的日子，请您不要忘了这个勇士，也不要忘了桂尼克男爵。他们要比一切其他的人忠诚。”

他一边说，一边指着急着等待侯爵满足他们要求的领袖们。这些人手里都展开纸张，上面写的无疑的是前次战争的时候保王党将军们给他们证明的功勋。大家都开始咕哩咕噜的埋怨。居丁教士、保梵伯爵、桂尼克男爵就在他们中间商量帮助侯爵拒绝这些过分要求的办法，因为他们觉得年轻领袖的地位非常的为难。

侯爵突然仰起充满讥消神色的蓝眼睛，瞧着这会场，他拿清晰的声音说：

“诸位先生，我不知道国王给我的权力是不是够得让我满足你们的要求。也许他还没有预先想到你们有这样的功劳，你们是这样的忠诚。你们可以自己判断我的责任，我也许会完成这些责任的。”

他走了出去，又立刻回来，手里拿着一张盖有王玺和国王签字的展开的上谕。

“这是命令你们服从我的上谕，”他说，“他授权给我，让我拿国王的名义来管治布列颠、诺曼地、麦茵和安如各省，让我酬报这些军队里的出色军官的功勋。”

会场里发出一个满意的动作。朱安党们都朝着侯爵走来，在他周围排成一个恭敬的圆阵。一切的眼睛都射落在国王的签字上面。站在炉台前面的年轻领袖把上谕投进火里，转瞬之间也就把它烧化了。

“我只愿意指挥那些把国王看做国王，不是把他看做猎味的人们，”年轻人喊道，“诸位先生，你们有离开我的自由……”

大受感动的居阿夫人、居丁教士、布里古少校、维沙尔骑士、桂尼克男爵、保梵伯爵就喊出一声：“国王万岁！”如果其他的领袖最初犹豫不响应这欢呼，由于侯爵的高贵动作，他们一会儿也就请求他忘记刚才的事情，给他保证就是没有上谕，也要永远认他是领袖。

“咱们跳舞去罢，”保梵伯爵喊道，“不管会发生什么事情，都不必理它！总之，”他快乐地加上一句话说，“朋友们，要向圣人祈祷，就不如向上帝恳求。先打仗，再瞧。”

“啊，的确的。我敢麻烦您听，男爵先生，”布里古轻声对忠实的桂尼克说，“自早上起，我就没有看见您要求过奖赏。”

会众消散了，大家都跑到客厅里来。那里已经聚有几个人。侯爵没有能够消除使他面部变色的抑郁，领袖们不难看出这幕景给这个还有许多青春幻想的男人产生了怎么样不愉快的表情，他们也就觉得惭愧了。

在这些最激昂的保王党人物组成的集会里，发出了一道疯狂的欢笑。他们在不服从的外省边僻地方从来也不知道怎么样地判断革命的事变，他们对实际的事情还抱有飘杳的希望。孟多兰开始发动的大胆行为，他的姓名，他的财产，他的能力，这一切的一切都使大家鼓起勇气，引起了最危险的政治疯狂，因为这种疯狂只能够在无谓的流血里冰冷下来。一切到场的人都认为革命只是法兰西王国的一个暂时的纷扰，在他们看来，法兰西的一切都

没有什么变化。这些村野总永远属于布尔崩王朝。保王党完全控制这些地方，所以，四年之前，霍兹也只能够在这里得到停战协定，不是和平。贵族们非常轻视革命党人。在他们看来，波拿巴特只不过是比他的先辈更为幸福的马尔梭罢了。所以，女人们就非常快乐的预备跳舞。只有几个跟蓝图衣客打过仗的领袖们知道目前局面的危机。他们知道：如果他们跟落后的同乡们谈论第一总裁和他的力量，人家一定不会了解。大家一边谈论，一边毫无疑虑的瞧着女人们，女人们也就拿彼此的批评来报复。居阿夫人仿佛是跳舞会的主人，她尽力克服女客们的躁急，不断给他们每一个人说出许多习惯上的阿谀。居阿夫人看见侯爵的时候。她已经听到调乐的杂乱声音。侯爵脸上还留有忧愁的表情，她就立刻走近他。

“我敢希望，能够叫您疲劳的并不是您跟这些人之间所发生的非常平常的事情，不是吗?”她对他说。

她得不到回答。沉溺在幻梦里的侯爵仿佛听见玛利拿先知似的口吻在维夫提埃的领袖们中间给他说明要放弃为国王效力去反抗民众的理由。但是这个年轻人的灵魂太高贵，太骄傲，太有自信，他不会放弃已经开始的事业。这时候他就决定要勇敢的继续，无论有多么大的障碍。他骄傲的仰起头来，然后他才懂得居阿夫人对他所说的话的意义。

“您无疑的是在福杰尔!”她苦楚的说，显得她怎么样落空的设法排遣侯爵，“啊！先生，我要拿我的血把她弄来给放在您手里，看您快乐的跟她在一起。”

“那末，为什么对她这样的施行毒计呢?”

“因为我要她死或是落在您的怀抱里。是的，先生，当我相信孟多兰侯爵是英雄的一天，我曾经爱过他。但是现在我对他却只有一种苦楚的友情：我看见他让一位音乐厅妓女的无常心灵给夺去了他的光荣。”

“关于爱情，”侯爵讥诮的接着说，“您对我的批评是不正确的！尽管我爱这个女人，夫人，我却不大需要她……况且，没有您，我也许就已经不再想到她了。”

“她来了!”居阿夫人突然说。

侯爵转头的速度给这可怜的女人产生一个极大的苦痛，但是，烛火的烈焰让她看清楚这个热恋的男子的脸纹有什么变化，她甚至于相信在那里发现他有回心转意的希望，因为他又转过脸来朝着她，笑着她的狡狯。

“您笑什么啊？”保梵伯爵问。

“笑这个在蒸发的肥皂泡！”快乐的居阿夫人回答说，“要是我们可以这样相信，侯爵今天的确感觉到他的心曾经为这个自称维尔纳尔小姐的妖怪跳动过一阵。您知道吗？”

“这个妖怪？……”伯爵拿责难的口吻接着说，“夫人，解铃人还要系铃人，我拿我的名誉来给您发誓，她的的确确是维尔纳尔公爵的女儿。”

“伯爵先生，”侯爵用大形变哑的声音说，“您的两句话，到底哪一句话真呢？在维夫提埃所说的呢，还是在圣詹姆士所说的？”

一阵喧哗宣告维尔纳尔小姐来临。伯爵奋身跑到门口，拿必恭必敬的态度给陌生女郎伸出他的手，而在好奇的群众中间给她介绍给侯爵和居阿夫人。

“只相信今天所说的话。”他回答发怔的侯爵说。

居阿夫人看见这个不幸的女郎，不禁脸色发白。女郎站了一会儿，给会场投去几道骄傲的眼色，找着出席维夫提埃宴会的客人们。她等待着情敌给她的勉强的敬礼，没有理睬侯爵，就让伯爵把她带到上宾的坐位上来。伯爵叫她坐在居阿夫人旁边。她给夫人回了一个小礼。居阿夫人在女人本能的抑制下，并不表示愤怒，一会儿，她就采取欢笑、友谊的态度。维尔纳尔小姐的奇异装束和她的美貌引起了会场的一刻钟的赞叹。侯爵和居阿夫人转过脸来，瞧着维夫提埃的客人们，他们发现这些客人都有真诚恭敬的态度，每一个人仿佛都在设法重新得到被误解的巴黎女郎的恩宠似的。敌人们就这样的相遇了。

二十三

“这简直是魔术，小姐，世界上只有您能够这样的惊动人。怎么，您就一个人来吗？”居阿夫人说。“一个人，”维尔纳尔小姐重复说，“所以，夫人，今天晚上您也只有我一个人让您屠杀了。”“请您原谅，”居阿夫人接着说，“我没有法子表示我怎么样快乐的重新看到您。真的，我常常回想到我对您的错过，我常常想找一个机会让我来补偿。”

“关于您的错过，夫人，我很容易宽恕您对我所有的罪过，但是我心里却总挂念着您所杀死的蓝衣客。我也许还能够埋怨您的狠毒告密……好，谢谢您给我的效劳，我原谅一切。”

居阿夫人觉得她的情敌拿傲慢的雅量笑着紧握她的手，她不禁手足不知所措了。侯爵呆呆的愣住，一会儿之后，他就猛力拉住伯爵的手臂。

“您不该骗我，”他对他说，“您甚至于都害了我的名誉，我并不是戏台上的傻老头儿，现在不是我要您的命，就是您要我的命。”

“侯爵，”伯爵侃侃的回答说，“我等着给您解释您所要明白的一切情形。”

于是，他们就到隔壁一间房子里去。对这幕景的秘密最不了解的人们也就开始懂得它的趣味了，结果当提琴放出跳舞信号的时候，谁也没有动。

“小姐，我到底给您效过什么劳，值得您……？”居阿夫人闭紧嘴唇，用疯狂的态度问。

“夫人，您不是让我明白侯爵的真正性格吗？这可怕的男子是怎么样无情的叫我冒着死险啊！……我非常愿意拿他让给您。”

“那末，您到这里来找什么啊？”居阿夫人兴奋的说。

“来找您在维夫提埃给我抢去的名誉，夫人。至于其余的事情，您大可以放心。就是侯爵回到我这里来，您也得知道回心转意绝不是什么爱情。”

居阿夫人用多情的动作握住维尔纳尔小姐的手，这种动作是女人们彼此之间，尤其在男人面前，所最愿意有的。

“哎，我的小姑娘，我很高兴看见您这样的明白。要是我给您的效劳当初未免太粗暴，”她一边说，一边紧紧的握住她所拉到的手，虽然小姐的手指给她表露出这样细致的柔软，使她不免产生企图撕毁这只手的欲望，“至少它会变成圆满的。请您听，我认识少年的性格，”她用虚伪的微笑说，“哎，他会欺骗您的，他不愿意，也不会娶任何一个人。”

“啊！……”

“是的，小姐，他只为的娶到乌克西尔小姐才去接受这危险的使命的，圣上答应支持他结成这个亲事。”

“啊！啊！……”

维尔纳尔小姐并不在这个冷笑的叹息后面加上任何一句话。年轻貌美的维沙尔骑士争着要维尔纳尔小姐宽恕人家在维夫提埃对她侮慢的戏弄，就奋身走到小姐面前，必恭必敬的请她跳舞，她给他伸出手，忙着走去参加有居阿夫人在内的对舞的一群。这些女人头上都涂着粉，髻上都加有发束，服装是亡命王室的式样。拿她们的装束和维尔纳尔小姐的漂亮、丰富而严肃的时装相比较的时候，人家就会觉得它是可笑的。女人们嘴里高声批评这时装，心里却偷偷的羡慕。男人们没有忘记叹赏一只自然发髻的美丽和配合得宜的雅致的细节。

这时候，伯爵和侯爵回到跳舞厅里来，站在维尔纳尔小姐背后。小姐并不回头。就是对面的大镜没有让她知道侯爵来了，她也可以从居阿夫人的举止里猜得到；夫人的表面的漠不在意并不能够瞒过她心里的烦闷，她在等待迟早要在两个情人之间爆发的斗争。虽然侯爵和伯爵以及其他两个人攀谈，他还能够听得到骑士们和女舞客们的谈论，依据对舞的规则，这些舞客正走来暂时占据维尔纳尔小姐和她的邻人的地位。

“噢！好家伙，是的，夫人，她是一个人来的。”一个人说。

“她一定很大胆。”女舞客回答说。

“可是，要是我这样的装束，我一定会觉得我是裸体的。”另外一个女人说。

“噢！这不是合乎礼仪的服装，”骑士答辩说，“但是她太美了，穿得倒顶合式！”

“您瞧，我真惭愧她跳舞跳得这么好。您不觉得她跟音乐厅的歌妓似的神气吗？”妒忌的女人答辩说。

“您相信她是拿第一总裁的名义到这里来讲和吗？”第三个女人问。

“这是开的什么玩笑啊？”骑士回答说。

“她不会带贞操来当嫁资。”女舞客笑着说。

少年突然转过头来，瞧着说这一句话的女人。居阿夫人拿一种神气瞟着他，这意思显然是说：“您瞧人家是怎么想她的！”

“夫人，”伯爵笑着对玛利的情敌说，“只有一些女人给她剥走了她的贞操……”

侯爵心里宽恕了伯爵的一切错过。当他偶尔给情妇投去一道眼色的时候（正如一切的女人似的，她的温存也由于烛火的照耀而更加明显），她就转过身子，回到自己的地位上，跟骑士聊天，让她那迷人的声调飘到侯爵的耳朵。

“第一总裁给我们派来许多危险的公使！”她的舞伴对她说。

“先生，”她答辩说，“人家已经在维夫提埃谈过这个了。”

“您记性真不错，简直跟国王似的！”绅士立刻回答说，他不满意自己的唐突。

“要宽恕人家的侮辱，就得记住它，”她兴奋的回答，拿一个微笑去消除他的窘迫。

“我们是不是都在这大赦的范围内呢?”侯爵问她。

但是她却跟儿童似的狂醉的跑去跳舞，让他发怔，得不到回答。他凄凉悲哀的瞧着她。她感觉到他注视她，就拿一个表露颈项的温柔的态度斜着脑袋，没有忘记任何可以证明身材的完美的动作。玛利好像是“希望”似的吸引他，又像是“回忆”似的躲避他。这样的看着她就是要拿一切的代价去占有她。她懂得这个，她对自己的美丽有自信心，这自信心就在她的脸上化成一种难于解释的魔力。侯爵觉得心里沸腾着一种爱情和疯狂的波浪，他猛力握着伯爵的手，走开了。

“那末，他就这样走了吗?”维尔纳尔小姐一边问，一边回到她的地位上面来。

伯爵投身到隔壁一间客厅里来，他对玛利做出一个会心的记号，给她带了少年来。

“他是属于我的了，”她看着反映在镜子里的侯爵，不禁心里这样想，侯爵的兴奋脸孔发出希望的光芒。

她赌气的迎上年轻领袖，不发一语，可是她却笑着走开他，她看见他这样的超卓，她甚至于觉得能够虐待他是一种骄傲，在一切女人所有的一种本能的鼓励之下，她要叫他拿昂贵的价钱来购买她的几句甜蜜的话，让他知道这些话的价值。对舞停止了，维夫提埃的绅士们都来包围玛利，每一个人都拿花言巧语来求她赦免罪过，但是，她要看他跪在她脚前的那个人却并没有走近她所统治的一群人。

“他相信我还爱他呢，”她心里想，“他不愿意我把他跟漠不相干的人似的看待。”

她拒绝跳舞。然后，好像这庆祝会是为她而开的，她就显得跟保梵伯爵相当亲昵的神气，靠在伯爵的手臂上，一个座位一个座位的巡视着。全会场于是都知道维夫提埃事件的一切经过，因为居阿夫人到处宣扬，希望能够在揭露维尔纳尔小姐和侯爵的关系当中去阻碍他们的结合。所以两位失和的情人就变成了大家的注意对象。孟多兰不敢走近他的情妇，因为他的悔恨和他那死灰复燃的强烈欲望使他觉得她是可怕的，在她一方面，年轻少女也在侦察他那伪装镇静的脸孔，表面上装做观看舞会。

"这里太热了，"她对她的骑士说，"我看见孟多兰先生额头上都湿了。请您带我到那一边去，让我呼吸呼吸……我都要窒死了。"

她说完就给伯爵做出一个头势，给他指着隔壁一间有许多赌客在内的客厅。侯爵跟着他的情妇到那里去，仿佛已经从她的嘴唇动作里猜出她所说的话。他居然敢于相信她是为着重新看到他而离远群众。这种希望使他的感情剧烈的激动，因为他的爱情正随着几天以来他的猛力抵抗而增强了，维尔纳尔小姐很高兴能够叫年轻领袖苦恼，她给伯爵施展的温存多情的眼色偶尔遇着侯爵视线的时候，却变成干枯而黯淡的了。孟多兰仿佛尽了极大的努力，轻声的说：

"您难道就不宽恕我吗?"

"爱情不宽恕任何东西，或是宽恕一切，"她冷淡的说。"但是，"她看见他做出一个快乐的动作，就加上一句话说，"我们得爱……"

她又拉住伯爵的手臂，跑到连接赌厅的一个化妆室里去。侯爵跟着玛利来。

"您要听我说话吗?"他喊道。

"您会叫人家以为我是为您而来的，先生，"她回答说，"并不是为我自己的尊严而来的。要是您还这样讨人厌的追着我，我就回去了。”

“好罢，”他一边说，一边想起了罗兰公爵最后所做的一个疯狂举动，“让我在手里能够保留这块黑炭的时候跟您说几句话。”

他就低下头，朝着火炉钻去，拿起着火木的一端，紧紧地握住。维尔纳尔小姐红了脸，她立刻从伯爵手臂上放下她的手臂，惊愕地瞧着侯爵。伯爵悄悄地走了，让两个情人单独留下。这种疯狂的动作摇荡了玛利的心，因为在爱情里只有勇敢的痴呆最能感动人。

“您在那里，”她说着，设法叫他撂下火炭，“给我证明您可以把我扔给最残暴的阴谋。您未免太极端了。您居然相信一个傻子和一个女人的诽谤，怀疑一个救您的生命的人会出卖您!”

“是的，”他笑着说，“我对您太残忍了；但是请您永远忘记它，我却永远忘记不了这个。请您听我说……我让人家给骗了，可是，那一天的环境对您都是不利的……”

“那末，这些环境就够得熄灭您的爱火吗?”

他犹豫，不知所答。她做出一个轻蔑的姿势，站了起来。

“噢！玛利，现在我只要相信您……”

“可是请您扔掉这块火罢！您发疯了。请您打开您的手，我要它。”

他很快乐地拿一个柔软的反抗去拒绝情妇的仁慈的努力，继续让她的纤嫩的手指猛烈地压在他的手上；但是，她终于打开了这一只可以让她接吻的手。血液熄灭了炭火。

“哎，这对您有什么用处啊？……”她说。

她拿她的手绢当做药线，给塞住了这个轻伤。侯爵又拿手套盖上了它。居阿夫人蹑手蹑脚地走到赌厅里来，给两个情人投去几道窥视的眼色。她很巧妙地躲在背后，注意他们的一举一动，免得让他们看见。但是，她却不容易拿他们的动作来猜想他们所说的话。

“要是人家对您说的关于我的话都是真的，至少请您承认这时候我算是已经受到报复了！”玛利狡猾地说，她的神气让侯爵脸上发白。

“那末，到底是什么情绪把您给带到这里来呢？”

“可是，亲爱的孩子，您真太自负了。您以为您能够毫不顾忌的轻蔑像我这样一个女人吗？——我是为您，同时也是为我自己而来的，”她歇了一口气，接着说，一边拿手摸着胸部中间的红珠串，让他看出她的刀锋。

“这是什么意思啊？”居阿夫人心里想。

“可是，”玛利继续说，“您还爱我……至少，您还老是这样的耍我；您刚才所做的傻事，”她拉住他的手，加上一句话说，“已经给我证明了。我已经变成我所要变成的原来样子了，我可以快乐的走了。爱我们的人总可以得到赦免。至于我，我有人爱，我已经重新获到了一个在我看来就等于全世界的男子的敬重！我可以死了。”

“所以，您还爱我吗？”侯爵说。

“我说过这句话吗？”她讥诮的回答，快乐的按照可怕的曲折步骤进行。自她到来之后，她就开始用这步骤来征服侯爵，“我不是得冒险牺牲到这里来吗！我救了保梵伯爵的生命，他知道感谢我，就拿他的财产和家姓来报答我保护我。您却从来也没有过这个思想。”

侯爵听了这最后几句话，不禁纳起闷来。他抑住了心头尚未消除的最大怒气，因为他相信自己让伯爵给愚弄了。他没有回答。

“啊！您在细细的思想吗？”她苦笑的接着说。

“小姐，”年轻人回答说，“您的疑惑证明了我的怀疑。”

"先生，咱们出去罢!"维尔纳尔小姐看见居阿夫人的袍角，就喊着说。

她站了起来。但是想要叫情敌悲愁的欲望却叫她犹豫不走。

"那末，您要把我推进地狱去吗?"侯爵一边问，一边拉住她的手，使劲的握着。

"您不是已经把我推进那里五天了吗?就是这一刹那，您不是还让我疑惑您的爱情到底是不是诚恳的吗?"

"可是，我能够知道您到底是不是要一直报复到宁可占据我的整个生命，使它失去光泽，而不让我死的地步吗!……"

"啊!您并不爱我：您只想到您，没有想到我!"她疯狂的说，流下几滴泪珠。

娇冶的女郎清楚知道她那含泪的眼睛所有的力量。

"好罢，"他愤恨的说，"你就要了我的命罢，但愿你拭干你的眼泪!"

"噢，我的爱，"她用哑塞的声调喊道，"这就是我为你的幸福，不是为我的幸福而等待的话，声调和眼色!——可是，先生，"她接着说，"你说你有极大的情感，我倒要请求你给我拿出一个最后的证明。我只要留在这里拿必要时间来认识你到底是不是属于我的。我甚至于都不愿意在这位曾经两次想杀死我，说不定还在阴谋出卖我们的女人家里喝一杯水，她这时候还在偷听我们说话呢。"她一边加上一句话说，一边用手指给侯爵指着居阿夫人的飘荡的袍褶。

然后，她就拭干她的眼泪，侧身朝着年轻领袖的耳边，侯爵感觉到她的温和气息的抚摸，不由得发起抖来。

"请您准备一切，让咱们走了，"她说，"您可以送我回到福杰尔去，只有在那里，您才可以清楚知道到底我爱您不爱您!我第二次信任您，你也第二次信任我吗?"

"啊！玛利，您把我弄得都不知道在做些什么啦！我让您的话，您的眼色，总之您这个人给迷住了，我是等着让您满意的。"

"那么，请您给我一刻钟的幸福！让我能够享受我所愿望的唯一胜利。我要在大空里，在我所梦想的生活里自由的呼吸，在我的幻想没有消灭之前，来尝味这些幻想。好罢，请您来罢，咱们一块儿跳舞罢。"

他们一同回到跳舞厅里来。虽然维尔纳尔小姐的心田和虚荣心得到了女人们所能了解的完全的摸抚，但是，她那一双眼睛的不可侵犯的温存，她那一对嘴唇的精致的微笑，她那急速的热舞动作却保守着她的秘密思想，仿佛海水保守投尸海底的罪犯的秘密似的。全场的人看见她投入情人怀里，预备跳舞，两个人都眯着眼睛，低下脑袋，疯狂的紧抱，旋转着，这样的表露他们的亲切结合的愿望之后，都发出一声钦服赞叹。

"伯爵，"居阿夫人对保梵先生说，"请您出去看看抢面包是不是在兵营里，请您带他到我这里来，替我办了这个小差事，您就可以从我这里得到您所要得到的一切东西，甚至于跟我结婚。——我的报复未免叫我牺牲太大了，"她看见他走远了，就对自己这样说，"但是，这一次，我却不能够再落个空。"

这幕景之后一些时候，维尔纳尔小姐和侯爵坐在一辆四匹肥马驾驶的车子里。看见这两位所谓敌人手拉手的这样的契合，佛兰心不禁非常惊异。她一声不响的愣住，不敢自问到底女人心里是欺诈呢，还是爱情。谢谢夜晚的岑寂和漆黑，侯爵没有注意到维尔纳尔小姐怎么样的越走近福杰尔，越增加她的奋激。微薄的曙光让人家在远处里看到圣胥尔比斯的钟楼。这时候，玛利心里想：

"我要死了！"

到达第一重山的时候，两位情人都有这同样的思想：他们下了车，步行爬过山岭，仿佛在回忆第一次逢遇的情形似的。玛利拉着侯爵的手臂，走了几步路。她拿微笑去答谢侯爵对她的缄默的尊重。然后，到达可以瞧见福杰尔的山顶的时候，她就突然的逃出了她的梦幻。

“别再向前走了，”她说，“今天，我的力量不能够再把您从蓝衣客手里救出来了。”

孟多兰甚为惊愕。她悲恻的微笑着，拿手指给他指着一块岩石，仿佛命令他坐下似的。然而，她自己却笔直的站着。她的态度是悲哀的。刺心的情感不再允许她施展她所有的诡诈。这时候，她仿佛跪在火热的炭上而没有感觉到它，正如侯爵拿起着火木去证明他的热情的时候所有的情形。等到她拿深愁的眼色瞧了情人之后，她才说了这几句可怕的话：

“您怀疑我的一切都是实情！”

侯爵做出一个姿势。

“啊！请您宽恕我，”她握住双手，说，“请您听我说，别打断我。——我的的确确是，”她拿动人的声调接着说，“的确是维尔纳尔公爵的女儿，不过只是他的私生女儿罢了。我的母亲是一位卡特兰家的小姐，她为着躲避家里人对她的责罚，出家当修女去了。她花费了十五年的眼泪来赎罪，死在西埃斯。临死的时候，这位女修道院院长才在病榻上为我恳求摈弃了她的男人，因为她知道我无亲无友，没有财产，没有前途……这位男人常常在佛兰心的母亲家里出现（我就是她养育的），然而他却忘记了他的女儿。不过，公爵总算快乐的欢迎我，因为我长得美，也许因为他可以在我身上重新看到他的青春。他是前朝遗老贵族之中的一个，这些贵族往往能够巧妙的犯罪而得到赦免，拿这个去夸耀自己。我不要再说什么了，因为他是我的父亲！可是，让我给您解释解释巴黎的生活怎么样的毁了我的灵魂。维尔纳尔公爵的社会和他

介绍我进去的社会，都醉心于法兰西人所同情的这种滑稽的哲学，人家到处都很聪明的传授这种思想。我耳朵听到许多悦人的天花乱坠的谈话，这些谈话的价值就在于它有精细的判断，它对宗教和真理加以聪明的轻蔑。拿情感当儿戏的男人们都尽量的描写这些情感，因为他们从来就没有过这些情感，他们的花言巧语是跟他们懂得拿一句话去叙述整篇冒险故事的和协动作一样的诱人的，但是他们的过分聪明往往使他们犯罪，使女人们疲惫，因为他们都把爱情当做艺术，并不把它看成一桩有关心灵的事情。我曾经微弱的抵抗过这种潮流。然而，我的灵魂，请您原谅我这一句骄傲的话，它却相当的富于情感，它能够发觉这聪明的精神怎么样的烧干了心灵。不过我那时候的生活也叫我在我的本性和我后来所养成的恶劣习惯之间进行永远的斗争。一些超卓的人士很高兴能够在我身上鼓励思想的自由，对舆论的轻蔑。（舆论往往使女人醉心于某种谦卑，没有这种谦卑，她就会损失她的情趣。）嗨！恶运没有力量破毁奢华使我产生的过失。——我的父亲，”她叹了一口气之后，又继续说下去，“维尔纳尔公爵，就在认了我之后死去了，给我们留下一张遗嘱。这遗嘱对我有利，它使父亲的合法儿子，我的哥哥相当的减少他的财产。一天早上，我发现我既无家可归，又没有保护人。我的哥哥攻击这张使我富有的遗嘱。三年的豪富生活使我发展我的虚荣心。为着满足我的一切幻想，我的父亲给我养成了要求奢华的欲望，我的幼稚灵魂还不认识它的危险和暴虐的习惯。我父亲的一位朋友，七十岁的勒农古尔公爵大元帅，自愿当我的保护人。我接受他的意见。这可恨的法律诉讼开始之后几天，我又发现自己住在一个富贵的家庭里，我可以在这里享受我残酷的哥哥当着我们父亲的棺材拒绝给我的一切快乐。每天晚上，老元帅都到我身边来闲度几个钟头，只给我说些温和的慰人的话。他的白色头发和他给我证明的温柔的父道恩情，使我拿我的情感去报答他心里的情绪，我喜欢自认是他的女儿。我接受他送给我的装饰品，我没有隐瞒他我的一切癖好，因为我看见他这样快乐的设法满足我的偏爱。一天晚上，我发现全巴黎的人都说我是这位可怜的老头儿的情妇。人家给我证明我已经没有力量恢复每一个人都从我身上给免费抢去的纯洁。利用我的无知的男人不能够是我的情人，也不愿意当我的丈夫。在我发现这可怕情形的一个星期之内，这个老头儿就在规定好让我们结婚——因为我要求带上他的家姓，这是他能够弥补我的唯一方法——的前夜，动身到科布莲慈去。我非常羞愧的让人家给驱出了元帅让我居住的小房子。这房子不是他的产业。一直到这里，我都跟您说实话，仿佛在上帝面前说话似的。但是，现在，请您不要向一个不幸的女人追问埋在她记忆里的一切苦痛。有一天，先生，我发现我是唐丹的妻子。几天之后，政治的风波吹倒了我所围抱的大树。看到自己又落到凄惨的地步，这一次我就决定寻死。我不知道到底只是因为贪生，还是因为希望消除恶运，希望在这无底深坑里能够找到我所损失的幸福，我也不知道到底是不是因为两年以来就像长虫归心于一棵树木似的归心于我的一位王多姆青年的引诱（他相信我的极端不幸可以让他得到我）；总之，我也不知道怎么样的为着三十万佛郎而接受了一个可恨的任务，怎么样的叫一个必须由我交给警察的陌生人爱了我。先生，我看到了您，我最初是拿不会错误的预见来认识您的，然而我却喜欢怀疑，因为我愈爱您，我就愈觉得我的正确认识是可怕的。把您从雨洛司令官手里救出的时候，我已经放弃了我的职务，决心欺骗这些刽子手们，而不欺负他们的牺牲者。我错了，因为我是拿一位只看到爱情的女郎的天真态度来玩弄男人们，他们的生命，他们的政治和我自己的。我以为我有人爱了，我甚至于希望能够因此而弥补我的生活，但是一切的一切，也许甚至于我自己，都泄露我已往的纷乱生活，因为您一定不信任一位像我这样多情的女人。嗨，谁不会原谅我的爱情和我的虚伪呢？是的，先生，我觉得我做了一场恶梦，而于梦里醒来的时候，发现自己只有十六岁。我不是曾经生活在阿郎桑吗？我在那里的童年生活给我许多贞洁的回忆。我有一种纯朴的疯狂，以为爱情会给我施行一次贞洁的洗礼。有的时候，我曾经想过我还是一个处女，因为我并没有恋爱过。但是，昨天晚上，我觉得您的爱情是真实的，一种声音对我说：‘你为什么骗了他呢？’所以，您得知道，侯爵先生，”她拿一种可以激起傲慢的愤怒的喉音接着说，“您得知道清楚，我只是一个配不上您的不大体面的女人。从此之后，我要重新扮演一位堕落了的疲惫的女人所扮演的脚色，因为到此为止我都扮演着一位让您以为有心灵上的一切神圣品性的女人。道德的观念压迫着我。要是您太软弱，想要娶我，我就瞧不起您。这是保梵伯爵能够做出的一桩傻事。但是您，先生，您应当尊重您的前途，请您毫无抱憾的离开我。您知道一个妓女会变成过分诛求的，她会拿另一种方法来爱您的，不会像一个单纯天真的少女总那样的爱您的——单纯天真的少女会觉得当您的伴侣，使您永远幸福，使您光荣，使自己变成一个贵妇，变成一个伟大的妻子是甜蜜的希望，在您和她中间建立起一道鸿沟，来消灭尽那鼓励她的恶习死灰复燃的勇气。我为您而牺牲光荣和幸福。这牺牲所给我的骄傲感可以支持我在穷苦里挣扎，命运能够随意摆布我的前途。我绝不会把您交出去。我要回到巴黎去。在那里，您的名字将会变成我的第二个'我'，您所要给这名字加上的伟大价值也会安慰我的一切悲哀。至于您，您是个男子汉，您会忘记我……再见。"

她奋身奔进圣胥尔比斯诸山谷那一方向去，在侯爵起来想要留住她之前就失踪不见了。但是她又回步，利用石岩的空洞，藏了起来，抬高脑袋，又好奇又疑惑的细看侯爵，瞧着他徘徊着，不知道要到哪儿去，像是一个疲劳的人。

"她难道是个傻孩子吗？……"侯爵走了，而她也发觉他已经离开了她的时候，她就对自己这样说，"他会了解我吗？"

她不禁颤栗起来。然后，突然间，她又一个人大踏步往福杰尔走去，仿佛只怕侯爵跟着她到这座城里来寻死似的。

"哎，佛兰心，他说了什么呀？……"两个人会齐的时候，她就这样的问这个忠实的布列颠女人。

"嗨！玛利，他叫我怜悯。你们这些其他的女豪杰，你们就拿舌头杀死一个男子。"

"那么，他走近你的时候怎么样呢？"

"他看见了我吗？……噢，玛利，他爱你！"

"噢！他爱我或不爱我，"她回答说，"这两句话在我看来就是天堂或地狱。在这两个极端中间，我就找不出一块可以让我立足的地方。”

这样的结束了她的可怕命运之后，玛利居然能够摆脱了她的一切苦痛，一直在各种情感的支持下的脸孔也就非常快速的改变了。她在幸福和失望的预觉之间不断的浮游了一天之后，就失去了她的美丽的光辉和这种只能够存在于没有情感或快乐的喜讯当中的艳丽。雨洛和高兰丹很好奇来探听她的疯狂冒险的结果，玛利到来之后不久，他们就来瞧她来了。她笑着迎接他们。

“好，”她对司令官说，司令官的多疑脸孔有一种追问的神色，“狐狸回到你们的枪口下面来了，你们不久就可以得到一个光荣的胜利。”

“到底怎么样啦?”高兰丹疏忽的问。他给维尔纳尔小姐投去一道外交家们拿来探测意向的倾斜眼色。

“啊!”她回答说，“少年比任何时候都更溺爱我，我居然叫他一直送我们到福杰尔的门上来。”

“您的力量仿佛就止在那里，”高兰丹接着说，“这位贵族的恐惧也好像超过了您给他感应的爱情。”

维尔纳尔小姐给高兰丹投去一道轻蔑的眼色。

“您拿您自己的情形去判断他，”她回答他说。

“那么，”他毫不动情的说，“为什么您不把他带到您家里来呢?”

“要是他真的爱我，司令，”她一边对雨洛说，一边给他投去一道狡狯的眼色，“您会非常恨我救了他的性命，恨我把他带到法兰西国外去吗?”

老军官赶紧朝着她那一边走去，握住她的手，同情的吻着，然后，他就死眼盯住她，阴沉沉的对她说：

“您忘记了我的两位朋友和我的六十三个兄弟们!”

“啊！司令，”她多情天真的说，“这不是他的事儿，他让查礼特的姘头，一个坏女人给要啦，我相信这个女人会喝蓝衣客们的血的……”

“算了罢，玛利，”高兰丹接着说，“别跟司令说笑话啦，他还不懂得您的玩笑呢。”

“别胡说，”她回答他说，“您得知道，您要让我有点过分不痛快的日子在您方面要成为您的最后的一天。”

“我明白，小姐，”雨洛毫无苦恼的说，“我得准备打仗。”

“你还没有办法呢，亲爱的上校。我看见他们在圣詹姆士还不只有六千人，有正规的军队，有炮队，有英国的军官。可是，没有了他，这些人就要变成什么样子的呢？我跟福赤是一样的想法，他的脑袋就是一切。”

“那末，我们能够得到他的脑袋吗？”高兰丹不耐烦的问。

“我不知道。”她不加思索的回答说。

“许多英国人！”雨洛愤怒的嚷，“他就差了这个，要不然，他就可以当个十全的强盗！啊！我去给你弄些来，我，弄些英国人来！……——外交官公民，我觉得你总随时让这女人弄得落花流水。”他们离开这房子几步路的时候，雨洛对高兰丹这样说。

二十四

“你只闻着她所说的话里有火味，司令公民，”高兰丹立刻辩答说，“这是很自然的。你们这些拿枪杆的人，你们不知道打仗有许多方法。巧妙的利用男女感情去推动国家，把一切的机件都给安放在政府这个大机器里的适当地位上，拿快乐的心情把最难控制的感情给关闭在那里面，仿佛我们好玩儿的看守发动机似的——这难道不是一种创造吗？这难道不是跟上帝似的站在宇宙的中央吗？……”

“你还是让我干我的事儿，不干你那一套罢，”军官冷冷的回答说，“您就随便拿您的机件干你的去罢；我却除了战事部部长以外不认识任何其他的上司；我有我的命令，我要跟那些不赌气的勇士们一块儿上战场，我要对面擒获你要从背后捉住的敌人。”

“噢！你就预备走你的路罢，”高兰丹接着说，“照这女孩子让我猜的，不管你觉得她怎么样的莫名其妙，你总可以遇到一场小战，我等一会儿就可以让你高兴能够跟这强盗的头领碰头。”

“这怎么弄的呀？”雨洛一边问，一边退了几步，来看准这个奇怪的人物。

“维尔纳尔小姐爱上了少年，”高兰丹轻声回答说，“也许少年也爱上了她！一位佩有红色绶带的年轻活泼的侯爵，说不定还很富呢。多少的诱惑啊！要是她不替自己打算，不设法嫁给他，而拒绝把他交给我们，那才傻呢！她正在打算给我们开玩笑。可是，我看见她眼睛里还有一点儿犹疑呢。这两位情人一定会有一个约会，说不定都已经约好了。好，明天，我就可以提着他的耳朵捉住他。一直到现在为止，他都只是共和政府的敌人，但是几刻钟以前，他又变成了我的敌人了。嘿，任何想要站在我和这个女郎中间的人都得死在断头台上。”

说完这些话，高兰丹就沉溺在他的深思里，他没有看见这位忠实的军官发现这种深刻的阴谋，福赤所利用的这种机关的时候，脸上染着的是怎么样的厌恶的眼色。雨洛决定要在不妨害政府的成功，不违反政府的意旨之下，去跟高兰丹捣乱，让共和政府的敌人手里拿着军器，光荣的死在战场，不要他先让自认有功的最高警察当局的监视人拿来送交给刽子手，做为刽子手的猎获物。

“要是第一总裁听我的话，”他转过身来，背着高兰丹说，“他一定要让这些老滑头去打贵族们，他们都是很合适的，他一定要拿这些兵士去干别的事儿。”

高兰丹冷冷的瞧着脸部由于思想而发亮的军官，然后他的眼睛又露出一种讥诮的神色，显得他有这下等的马基亚维尔[①]的特点。

“给这些畜生三四尺蓝呢布，再给他们身边放上一块铁，”他对自己说，“他们就以为在政治里只有一种杀人的方法……”

随后，他就慢慢的散步了几分钟，又突然的对自己说：

“是的，时候到了，这个女郎一定是我的！五年以来，我在她周围给画的圆圈已经渐渐的越缩越小了，我得到她了，跟她一块儿到政界里去，爬得跟福赤同样的高……是的，要是损失了她所爱的唯一的人，苦痛一定会把她的身体和灵魂都交给我。现在只要日夜的侦查，去揭破她的秘密。”

一会儿之后，一个观察家可以从一个窗口看到这个男子的苍白的脸。这窗口可以让这男子观察走进圣黎昂拿德教堂和对面一排房子之间所有的绝巷的一切的人。第二天清早，高兰丹还拿窥伺老鼠的忍耐听着任何微末的声响，细细的研究每一个过客。这一天是赶集的日子。虽然在这困苦的时期乡下人不大容易到城市里来，高兰丹却看见一个脸色阴沉的人，穿着一件羊皮，臂上挽着一只破损的圆篮，向周围相当镇静的瞧了几眼之后，朝着维尔纳尔小姐的房子走去。高兰丹走下楼来，他想在门口等着这个乡下人出来；但是忽然之间，他又觉得要是能够突然到维尔纳尔小姐家里去，也许可以一眼看破藏在这只篮子里的机密。何况他早就听说要冲破布列颠人和诺曼地人的不可侵犯的回答简直是不可能的事呢。

“小酒鬼！”佛兰心引进这个朱安党的时候，维尔纳尔小姐不禁喊道。“——人家真的爱我吗？”她低声对自己说。

---

① Machiavel是意大利的历史学家兼外交家，著有许多历史书籍。一般人都拿他当做老滑头的代表。

本能的希望给她的脸上散步了最光耀的色彩，给她的心激起了快乐的情趣。小酒鬼轮流的瞧着这房子的主妇和佛兰心，用极度怀疑的眼色瞟着佛兰心。可是维尔纳尔小姐的暗号却使他放心。

“夫人，”他说，“将近两点钟的光景，他会到我家里来，在那儿等您。”

紧张的情绪只让维尔纳尔小姐拿一点头来回答，但是就是一个萨摩亚叶德土人也会懂得一切。这时候，高兰丹的步声在客厅里荡漾着。维尔纳尔小姐的眼神和她的颤栗给他指示危险的时候，小酒鬼却神色不动；侦探露出狡狯的脑袋的时候，朱安党就拿可以惊破肝胆的声音嚷着。

“啊！啊！”他对佛兰心说，“这里有布列颠的牛油，布列颠牛油。您要基巴利牛油，您可每斤只给十一苏钱吗？别再叫我去找去！这是好牛油，”他一边说，一边打开篮子，让人家看见两小块巴尔柏特所制的牛油，“——价钱得合适些，我的好太太，好罢，再多给一苏钱罢。”

重浊的声音没有泄漏任何的情绪，斑白的粗眉毛所笼罩的绿色眼睛抵制着高兰丹的坚硬的目光。

“算了罢，别说话了，你这老东西，你不是来卖牛油的，因为你是来给一个向来没有讲过价钱买东西的女人办事来的。你所干的事情，老兄，总有一天让你短了脑袋。”

高兰丹温和的拍着小酒鬼的肩膀，加上一句话，说：

“人家不能够老是一边当朱安党，一边当蓝衣客。”

小酒鬼需要一切的精力去抑制他的怒气，他不反驳这个责难，事实上他的吝啬也真的使他有被责的道理。他只回答说：

“先生要跟我开玩笑……”

高兰丹转过身来，背着朱安党；但是尽管他给心里紧张的维尔纳尔小姐行礼致敬，他却能够极乎容易在镜子里观察小酒鬼。

朱安党以为不会再被侦探看见，他给佛兰心瞟去一眼询问她，佛兰心也就给他指示房门，对他说：

“跟我一块儿来罢，好先生，咱们总能够商量好。”

任何东西都瞒不过高兰丹，维尔纳尔小姐的微笑所掩饰不安的痉挛，面部的发红和脸纹的变色，朱安党的忧虑，佛兰心的姿势，这一切的一切他都看得清清楚楚。高兰丹认定小酒鬼是侯爵的信差，小酒鬼出去的时候，他就一把抓住羊皮的长毛，拦着他，带他到面前来，盯着眼睛瞧他，对他说：

“你住在哪儿，朋友？我要牛油……”

“好先生，”朱安党回答说，“全福杰尔的人都知道我住在哪儿，我差不多是……”

“高兰丹！”维尔纳尔小姐打断小酒鬼的回答，嚷着说，“您这时候到我家里来，这样的惊动我，您未免太大胆了！我好容易才穿好衣服呢……别麻烦这个乡下人，我不懂得您的动机，他也不会比我更明白您的狡猾。——去罢，老头儿！”

小酒鬼犹豫了一会儿，才出去。不知道应当听从哪一个人的可怜的恶汉，他那疑惑不定的神气（这神气也许是自然的，也许是造作的）在他服从年轻女郎的命令而大步走远的时候已经骗住了高兰丹。这时候，维尔纳尔小姐和高兰丹都一声不发的互相瞟视着。这一次，玛利那秋波似的双眸却抵御不住这男人的眼睛所发出的烈火，侦探走进房子时所下的决心，玛利从来也没有从他脸上看到的表情，他的锐声的粗涩音调，他的步伐，这一切的一切都使她惊惧。她懂得一个秘密的斗争已经在他们之间开始了，他已经在用一切的凶恶力量来对付她了。但是，虽然这时候她看得清楚她要快步堕进的地狱，她却从爱情里汲取她的力量来摆脱冰冷的感觉。

“高兰丹，”她用一种快乐的神气说，“我希望您让我梳妆。”

“玛利……，”他说，“对的，让我这样叫您的名字，……您还不认识我！您听我说，比我更笨的人也会发现您爱上了孟多兰侯爵。我已经好几次给您献出我的心和我的手。您并没有认为我配得上您，您也许是对的；但是，要是您觉得拿您来配我未免太高，太美，太伟大，我就会把您拉下跟我一样的平。我的野心和我的格言没有使您对我有多少敬重；我坦白的说，您看错了，一般人的价值并没有我估计的那么高，我几乎把他们看成零。我一定可以飞黄腾达，我的光荣可以使您快乐。谁能够比我更爱您？我爱您爱了五年了，您不管束我，还管束谁？虽然我冒险是您产生一种于我不利的念头（因为您并不以为人家能够拿过度的爱情做理由去放弃人家所崇拜的人），我却要给您证明我怎么样的爱慕您，而没有存着私利的念头。请您别摇头。要是侯爵爱您，您就嫁给他好啦；可是您得先保证他有诚意。要是我知道您受骗，我会悲哀的，因为我宁可先要您幸福，然后才顾到我自己的快乐。我的决心可以使您惊异，但是您可只能认定这种决心是一个没有那么傻不顾女人肯不肯就要占有女人的男子的谨慎。所以，我只责备我自己努力失效，我不责备您。我曾经希望拿服从和忠实的力量去征服您，因为您知道，好久啦，我总是设法照我的原则让您幸福；但是您却从来就没有想过要报答我。”

“我让您在身边受罪。”她傲慢的说。

“请您多说一句话，认为您很懊悔这个。”

“干了您逼我干的这个丑事，我还得感谢您吗？……”

“我给您提议的这个事业在那些禀性懦怯的人看来也许是值得诟病的，”他大胆的接着说，“可是，我的目的也为的是您的幸福。在我这方面，无论成功失败，我都会想方法利用现在的一切结果去促进我计划的实现。要是您嫁了孟多兰，我一定会快乐的给布尔崩王朝在巴黎效劳，我是巴黎克里齐俱乐部的会员。私通王公，这种机会可以叫我决定放弃共和政府的利益，共和政府正在没落呢。波拿巴特将军太能干啦，他不至于不曾觉到他不能够分身，不能够同时在德意志，又在意大利，又在革命正在灭亡的这个地方。他在雾月十八日发动政变，这也只为的是要从布尔崩王朝手里得到更大的利益，拿法兰西跟他们讲价钱，因为他是一个非常聪明而有能力的孩子；但是政治家们应当在他所进行的道路里赶在他前头。出卖法兰西，这还是我们这些上流社会的人让傻子们狐疑的一桩事。不瞒您说，我有着手跟朱安党各领袖进行谈判的必要权力，同时也有使他们灭亡的力量；因为我的保护人福赤是个相当深刻的人，他总是走两条路的；他在恐怖时代里就同时帮助罗布斯皮尔，同时帮助唐丹。……”

“他就是您这样无耻给放弃了的呀！”她说。

“幼稚！”高兰丹回答说，“他已经死啦，忘了他罢。好，请您打开心给我说说，我已经给您做个好榜样。这个联队队长比他的外表还要狡猾得多；要是您想瞒过他的监视，我会帮您忙的。您想他已经骚扰了反朱安党派的一切山谷，他会立刻纷扰您的约会！

留在这里，在他的眼睛底下，您会变成他的警察的牺牲品。您懂得他多么快就知道这个朱安党在您家里啊！军人的敏锐不是会使他了解：要是侯爵爱您，您的任何动作都会给他指示侯爵的动作吗?！……”

维尔纳尔小姐从来也没有听见过这样温和多情的声音，高兰丹是诚意的，而且非常信任她。可怜的少女的心肠这么容易接受仁慈的印象，她甚至于就要拿秘密交给绕住她的毒蛇；不过，她想任何的东西都不能够证明这一段花言巧语的诚实，所以，她也没有做出任何让人疑惑她要欺骗她的监视人的样子。

“哎，”她回答说，“您猜着啦，高兰丹。是的，我爱侯爵；但是侯爵并不爱我！至少，我这么害怕；所以，我总觉得他的约会是个诡计。”

“可是，”高兰丹答辩说，“您昨天告诉我们他一直陪你们走到福杰尔……要是他要对您下毒手，您也不会在这里了。”

“你的心真狠啊，高兰丹。您能够清楚人生遭遇的复杂性，但是您可不明白感情。这也许就是您常常叫我不痛快的原因。因为您的眼睛太明亮了，请您设法了解前天晚上由我强给分开的一个男子今天傍晚却不耐烦的在马因大路上福罗里疑的房子里等着我……”

这个供状好像是从这位坦白动情的女人口里相当自然的吐露出来的。听了之后，高兰丹不禁涨红了脸，因为他还年轻；但是，他却偷偷的给她射去一道探究灵魂的尖锐的目光。维尔纳尔小姐装得这样的天真，她居然骗住了侦探。高兰丹假装好意，回答说：

“您要我远远的陪您吗？我可以带领化装的兵士，我们可以等着听从您的命令。”

“赞成，”她说，“但是请您拿您的名誉给我保证……噢！不，我不相信您有名誉！……拿您的永生，可是您不相信上帝！……

拿您的灵魂，说不定您就没有灵魂！那末，您能够拿什么来给我保证您的忠诚呢？我相信您，但是我可不只是把我的生命，而是把我的爱情或我的报复交给您啊！”

浮现在高兰丹的灰白脸孔上的轻微笑容使维尔纳尔小姐知道她刚躲过一个危险。缩紧鼻孔的监视人握住他的牺牲品的手，必恭必敬的吻了它，给她行了一个并不缺乏温情的礼，离开她走了。

这幕景过后三个钟头，只怕高兰丹再来的维尔纳尔小姐秘密的走出了圣黎昂拿德门，走上了通到囊桑山谷的牙窝小路。她一边穿过通至小酒鬼的茅庐的凹凸小径，一边觉得自己得了救；她希望能够终于得到幸福，能够解救情人的危难，就在这希望的引导下，快乐的走着。这时候，高兰丹正在寻找司令官。他好容易才看到雨洛。雨洛正在一个小寨上忙于军事布置。事实上，这位老军人已经实行了一种牺牲，不过他的功勋不大容易被人欣赏罢了。他的衣裾剪去了，他的胡髭剃光了，他那修士式的头发涂有头粉。他穿上一双粗大的铁鞋，拿一领羊皮替换他的蓝色旧制服，扎上了一条手枪带，和一把重短枪。他巡阅二百个福杰尔居民。这些居民的服装可以瞒过最有训练的朱安党的眼睛。这小城市的好斗精神和布列颠人的性格都在这习常的幕景里表现出来。这里那里的几个母亲和几个姊妹就给她们的儿子或兄弟带来一葫芦烧酒或他们所忘记了的手枪。许多老年人都互相询问这些反朱安党的国防军到底有多少子弹，这些子弹是好的是坏的。这些士兵的快乐显得他们是去打猎，不是举行一次冒险的远征。在他们看来，朱安党的战争，城里布列颠人和乡间布列颠人的对垒好像是代替了古代的骑士竞争。这种爱国心也许都是以获得一些国家财产为原则的。不过，这里也杂有不少城里人更能够欣赏的革命恩典，党派精神，一种为国家而战斗的热情。大为惊叹的雨洛一排一排的巡阅着，一边问居丁许多问题。他已经拿当日对待麦尔和热拉尔的一切友情给加在居丁身上。一大部分居民察究着远征的准备，拿同乡们的不守纪律的外表来跟雨洛联队的一团兵相比较。蓝衣客们都呆立而缄默的列成队伍，在营长的指导下等待着司令官的命令，每一个兵士的眼睛都跟随着司令官，看他一排一排的走过。走进联队老队长身边的时候，高兰丹看见雨洛脸部的变化，忍不住笑了。他似乎是一个已经不像原形的塑像。

“有什么新闻啊?”高兰丹问他。

“请你来跟我们一块儿开枪，你就懂得是什么事儿了。”司令官回答他说。

“噢！我不是福杰尔人，”高兰丹答辩说。

“这是很清楚的，公民。”居丁对他说。

几道讥诮的微笑从邻近的人群里发了出来。

“你相信除了拿刺刀以外，人家就没有别的方法为法兰西效劳吗?……”高丹兰接着说。

然后，他就转过身来，背着发笑的人们，走近一位女人，打听她这个远征的用意和目的地。

“嗨！好先生，朱安党们已经在福罗里疑啦！人家说他们不止三千人，他们正在向前来攻占福杰尔。”

“福罗里疑!”高兰丹脸色变白的喊，“那么，她的约会就不在这里了！……这就是马因大路上的福罗里疑吗?”他接着说。

“世界上并没有两个福罗里疑呀，”女人一边回答，一边给他指出通直柏勒林山峰的道路。

“您寻找孟多兰侯爵去吗?”高兰丹问司令官。

“有点儿这意思，”雨洛立刻回答说。

“他并不在福罗里疑，”高兰丹答辩说，“请您指挥您的军队和国防军到这一据点上去，可是您得留下几个反朱安党，等着我。”

“他太狡猾，他绝不会发疯，”司令官看见高兰丹大步走远，就这样的喊，“他的确是个侦探大王！”

这时候，雨洛下令军队开拨。共和军的兵士偃旗息鼓的沿着通至马因大路的狭窄的郊镇走去，形成了一条穿贯树木房屋的蓝红相间的长线。化装的国防军跟在他们的后面；但是雨洛却留在小寨上，同居丁和二十个更聪明的城里年轻人一块儿等着高兰丹。高兰丹的神秘脸色引起了他的好奇。佛兰心亲口告诉这位敏锐的侦探，维尔纳尔小姐离家出门去了。侦探的狐疑变成了确信，他立刻出去研究这个确有疑窦的出奔实情。询问了圣黎昂纳德岗位上的兵士之后，高兰丹知道这位美丽的女郎走过牙窝的路，他就朝着散步场跑去，不幸刚刚好来得及从那里看着玛利的一切动作。虽然她穿着一件袍子，戴着一顶绿色大帽子，使人家不容易认出她，可是她的步伐的疯狂也似的惊跳却让人家从寒霜打落枝叶的树篱里认得她的脚步所走的方向。

“啊！”他喊道，“你得到福罗里疑去，然而你却走下基巴利山谷！我简直是傻子，她要了我。可是，忍耐一点儿，我白天和晚上都可以一样的点灯。”

高丹兰差不多猜到了两位情人的约会地点，他就跑到雨洛即将离开去会齐队伍的小寨上来。

“请留步，将军！”他嚷着对司令官说。司令官转过头来。

一会儿，高兰丹就告诉这位兵士这些事情。这些事情的阴谋虽是隐秘的，却让人看出一些马脚。雨洛惊异外交家的智慧，他猛力抓住他的臂膀，对他说：

“真是！你这怪公民，你有道理。强盗在那里虚张声势！我派去巡查安特兰和维特勒之间的大路周围的两小队还没有回来呢；所以，我们可以在田野里找到有用的援兵，因为少年不会那样傻，没有热诚的朱安党跟他在一起就来冒险。——居丁，”他对一位年轻的福杰尔人说，“你赶快跑去告诉勒布龙营长，叫他可以不必等我，就自由行动到福罗里疑去跟强盗们摩擦去，请你更快的跑回来。你认得路；我等你去追捕这个贵族，去报复维夫提埃的屠杀。——他妈的，他就这么跑!”他看见居丁走了，就这样接着说。居丁好像魔术似的失踪不见了。“热拉尔一定会喜欢这个孩子的!”

居丁回来的时候，他发现雨洛的军队加上了几个城里岗位上调来的兵士。司令官叫年轻的福杰尔人从他的同乡里抽选一打穿得最好的去当这反朱安党的差事，又命令他走出圣黎昂纳德门，沿着古埃斯嫩大山谷对面的圣胥尔比斯山背走。小酒鬼的茅庐就座落在这山背里。随后，他就带领着其余的队伍，出了圣胥尔比斯门，走进山峰，依据他的计算，他可以在那里遇到美脚带领的人众，这是他派去增援看守圣胥尔比斯镇和牙窝一带山岩的哨兵。高兰丹确信已经把朱安党领袖的命运交给侯爵的不共戴天的仇人手里，他立刻到散步场上面来，希望能够看得更清楚雨洛布置军事的全貌。他一下就看见居丁的小队伍走了囊桑山谷的隘口，沿着古埃斯嫩大谷那一边的山岩走，雨洛顺着福杰尔古堡爬上了通到圣胥尔比斯山峰的危险小路。所以，两队兵士就在两条平行的路线上前进。上面挂着花卉形霜粒的树木和荆棘给田野射去白色的反光，让人家看得清楚这正在进行的两小队兵士就仿佛两行灰色的线条似的。雨洛到达了山岩的高峰，他从队伍里派遣了一切穿制服的兵士，高兰丹看见这些兵士在能干的司令官的命令之下建立了一道巡查的哨线，两个哨兵之间都有相当的距离，第一个岗位正好跟居丁相平行，最后的岗位正好接着雨洛，使任何的荆棘都逃不了这三道要在田野里搜捕少年的包围线的刺刀。

“他真狡猾，这个哨房里的老狼!”高兰丹一边喊，一边看见在阿庄树里发亮的最后的枪尖消失不见了，“少年是釜中之鳖了。要是玛利把这位该落地狱的侯爵早交出来的话，她跟我，我们就已经让这丑恶的行为——这最强的联系——给结合起来了……可是她一定是属于我的！……”

二十五

居丁少尉带领的十二个福杰尔青年不久就到达了圣胥尔比斯山岩所形成的山坡，这些山岩渐渐变成小山岭，低落在基巴利山谷里。居丁离开了道路，敏捷的跳上了他所遇到的第一个灌木丛的阶台。六个同乡跟在他后面；其他六个人听他的调遣走向右边的田园，因而能够在道路的两边搜索。居丁奋身朝着灌木中央的一棵苹果树方面走去。听见他所带领的六个反朱安党走进灌木丛而不触动结霜的枝叶的步声，美脚带领的七八个人就躲在几棵笼罩圆篱的栗子树的后面。不论白光如何的映照田野，不论他们的眼睛有过如何的训练，福杰尔人总没有先看见反朱安党，因为这些反朱安党已经用树林来做他们的堡垒了。

“嘘！他们在这儿，”美脚说，他第一个人抬起头来，“强盗们太让我们辛苦了，可是，因为我们的枪口就朝着他们，我们可别放过了他们，要不然，好家伙！我们就连教皇的兵士也当不了啦！”

然而，居丁的尖锐的眼睛终于发现了几个枪口朝着这些一小队。这时候，八个嘴一齐喊了一声苦涩的嘲语：“谁啊？”八响枪声跟着也就发出来了。子弹的声音在反朱安党的身边掠过。其中一个人臂上中了一弹，另外一个人倒了下去。没有受伤的余下的五个福杰尔人也开一排枪来回报，一边回答说：“朋友们！”接着快步朝着他们的假定的敌人方面走去，希望能够在他们重新开枪之前接近他们。

“我们不知道怎么说得这么对！”年轻少尉认得联队的制服和军帽，就嚷着说，“我们是拿真正布列颠人的脾气来干的，我们在解释之前先打一阵仗。”

八个兵士认得是居丁，不禁呆愣住了。

“好家伙，长官，我们穿了羊皮，谁不会把我们看做强盗啊！”美脚苦痛的说。

“真不幸，咱们都没有罪，因为我们不知道我们的反朱安党出来。可是你们干什么来啊？”居丁问他。

“少尉，我们在追捕十二个开心来杀我们的朱安党。我们就跟中了毒的耗子似的乱跑；可是费不了少劲儿去跳圆篱，他妈的！我们的两脚规都生了锈了，我们也就歇下来了。我相信强盗们现在一定就在你们看见它冒烟的这间小房子里。”

“好！”居丁嚷道，“你们，”他对八个兵士和美脚说，“你们应当穿过田园，退回圣胥尔比斯山岩方面去，到那里去支持司令官所布置的哨线去。你们千万不要跟我们留在一块儿，因为你们都穿制服。我们要走近这些狗，少年跟他的人都在那里。兄弟们会告诉你们更多的事情，请你们从右边走去，你们可以碰到我们的六领羊皮，别对他们开枪。你们可以从领带上认得我们的反朱安党，这些领带只是卷着，没有打结。”

居丁把两位受伤的人放在苹果树下，自己朝着美脚给指示的小酒鬼的房子走去，房子冒出的烟给他当了向导。正当年轻军官拿这种战争所常有的战术去追踪朱安党的时候（这种遭遇战会变成更血腥的），雨洛带领的小队伍就到达了战线上和居丁所到达的地点相平行的地带。老军官在反朱安党前面，静悄悄的沿着圆篱蹓去，和年轻人一样的精神，还很轻快的跳上了篱笆，给一切的高地都投去一道凶猛的目光，就像猎夫似的侧耳倾听一切的声响。走进第三个田园的时候，他看见一个三十岁左右的女人忙着拿锹子耕地，弯着腰，勇敢的工作，还有一个七八岁的孩子拿着镰子，摇落几棵阿庄树上面的霜粒，割断树枝，放在一堆上。听了雨洛从篱笆那一边猛力跳下所发出的声音，孩子和他的母亲都仰起头来。雨洛很容易把这位年轻女郎看做老太婆。鬓角上的皱纹一直伸到这位布列颠女人的额头和颈皮；她这样粗糙的穿着一件旧羊皮，要不是有女人特有的一件又脏又黄的布衫，雨洛甚至于都不会认得她是女人，因为她的黑长发藏在一顶红色的毡帽里。小孩子所穿的仅足遮身的破衣让人家看出他的皮肉。

“嘿！老大娘，”雨洛走近女人，轻声对她说，“少年在哪儿?”

“啊！要找少年，就得往回走。”女人给这一队人投去一道疑惑的眼色之后，回答说。

“我哪里问你福杰尔的少年镇的路呢，老骨头！”雨洛突如其来的答辩说，“我对乌莱伊·安娜圣母发誓！我问你看见少年过去没有?”

“我不懂得您说的什么意思。”女人一边回答，一边弯下腰，继续工作。

“该死的老妖精，你要我们让蓝衣客给吞下去吗？他们追着我们来呢。”雨洛嚷道。

听了这些话，女人又仰起头来，疑惑的瞧了瞧这些反朱安党，回答他们说：

“蓝衣客们怎么能够追着你们脚跟来呢？我刚刚看见七八个蓝衣客打那边的路回到福杰尔去呢。”

“人家不是要说她想咬我们吗?”雨洛接着说，“哎，你瞧，老羊婆!”

司令官用指头指着后面五十步路的三四个哨兵，这些哨兵的军帽、制服和枪支都容易认得。

“你要让走下地派来救援少年的人让人家给杀死吗？福杰尔人要抓他们来呢。”他愤怒的接着说。

“啊，对不起!”女人回答说，“可是我们太容易上当了！你们是哪一个教区的啊？”她问。

“圣乔治教区的，”两三个福杰尔人用低布列颠的口腔喊道，“我们都要饿死啦。”

“好罢，你们瞧，”女人答辩说，“你们看见那边的火烟吗？那就是我的房子。顺着右边的小路走，你们可以从小山头走下那里。你们也许会在路上碰到我的丈夫。小酒鬼得替少年巡逻，你们知道他今天到我们家里来。”她骄傲的加上一句话说。

“谢谢，老大娘，”雨洛回答说，“——前进，你们这些人，他妈的！”他加上一句话，对他的兵士说，“咱们找到他了！”

听了这句话，小队伍就跟在司令官的后面，走进了女人所指示的道路。听了所谓朱安党的这一句违反天主教精神的发誓，小酒鬼的妻子不禁脸上发白。她瞧着这些福杰尔青年的绑腿和羊皮，坐在地下，抱住她的孩子，说：

“但望乌莱伊圣母和仁慈的圣拉布尔怜悯我们！我不相信他们是咱们的人，他们的鞋没有钉……你赶快从那一条跑去告诉你爸爸，这是你的死活问题！”她对小孩子说。小孩子好像一只斑鹿似的穿过灌木和阿庄树跑去不见了。

然而，维尔纳尔小姐并没有在路上碰到蓝衣客，也没有碰到朱安党，虽然这两边的人都在小酒鬼的茅庐周围田野的迷宫里互相的追逐。看见一阵浓烟从这间简陋的房子的半破的烟囱里冒了出来，她的心不禁跳动了起来，急促而响亮的跳悸就像是洪水似的涌上她的劲头。她停步了，拿手依在一条树枝上，瞧着这一阵年轻领袖的朋友和敌人都拿来当做灯塔用的黑烟。她从来也没有感觉过这样裂人心肠的情绪。

“啊！我太爱他了！”她用一种悲哀的情调对自己说，“今天，我也许不能够管制自己……”

忽然间，她走过了隔离她和茅屋的地带，到了一个院子里。

院子的污泥已经被霜给冻住了。大狗朝着她奔走，对她狂吠；但是，听了小酒鬼一句话，它就摇着尾巴，安静了。走进茅屋的时候，维尔纳尔小姐到处的瞧了一眼。侯爵并不在那里。玛利松了一口气。她看出朱安党曾经费过力量去整理他的唯一的巢穴，觉得非常的快乐。小酒鬼拿着他的猎枪，静静的给女客致敬，跟他的狗一块儿出去了；她随着他到门口，看着他走了茅屋右边的小路。这小路的进口有一个由腐烂的粗木给制成的破损的栅栏堵着。从那里，她能够看见一派田野，田野的栅栏看来都像是一列一列的门，因为没有树和篱笆，人家可以看得清楚野地里的一切丘陵。完全看不见小酒鬼的大帽子的时候，维尔纳尔小姐就转身向左去看一看福杰尔的礼拜堂；但是厂棚却整个的遮住了它。她举目朝着古埃斯嫩山谷看去，觉得它是一块轻纱似的大瀑布，洁白的眼色使灰色的雪天变得更加没有光彩。这是一个自然界寂然无声、太空吸收一切声响的日子。所以，虽然蓝衣客和反朱安党在田野里分为三路前进，要在茅屋附近结成三角形的包围网，宇宙间还是这样深沉的岑寂。维尔纳尔小姐看到使她的忧虑加上一种自然界的悲愁的环境，不禁受了感动。连空气中都有灾祸。最后，她在一列栅栏尾端的小木帘上看见一个年轻人仿佛松鼠似的跳过许多障碍物，奇速的跑着。

“是他了。”她对自己说。

少年简简单单的穿着跟一个朱安党似的，在羊皮的后面负着一杆带皮条的阔口枪。要是没有动作的高雅姿态，人家一定会认不得他。玛利赶快退到茅屋里来，听从一种跟恐惧同样难于解释的本能的决定。不久，年轻领袖就走到烧着一团旺火的火炉前面，离她两步路远的地方。两个人都没有作声，大家都怕彼此瞟视，或有所动作。同样的希望结合了他们的思想，同样的疑惑又离散了他们。这既是一种忧虑，又是一种愉悦。

“先生，”维尔纳尔小姐终于拿受到感动的声调说，“我完全是为您的安全而到这里来的。”

“我的安全？”他苦楚的问。

“是的，”她回答说，“只要我留在福杰尔，您的生命总是危险的，我太爱您，我今天晚上不能够不离开；请您别再到那里去找我去了。”

“离开吗，亲爱的天使！……我要跟着您去。”

“跟着我去！您这样想吗？……那末蓝衣客们呢？”

“呃！亲爱的玛利，蓝衣客跟我们的爱情有什么相干啊？”

“可是我总觉得您不容易留在法兰西，我的身边，您更不容易跟我一块儿离开法兰西。”

“所以，心里有爱情的人还有什么不可能的事儿吗？”

“啊！是的，我相信一切都是可能的……我不是有勇气来为您而摈弃您吗！”

“什么！您是献身给一个您所不爱的怪物，您不愿意让崇拜您而发誓只属于您的男人幸福，使他的生活丰满吗？……听我的，玛利，你爱我吗？”

“我爱您。”她说。

“那末，你得属于我。”

“您忘记了我又扮演卑污的妓女的把戏，忘记了您应当属于我吗？要是我要躲开您，我的目的是要您的脑筋里除去了我会受到的轻蔑。要是不怕这个，也许……”

“可是，要是我什么都不怕呢？”

“那末，谁能够给我保证这个呢？我是多疑的。在我这种环境里，谁不会多疑呀？……要是我们的爱情不能够持久，至少它得是完全的，它得使我们快乐的支持人世所给我们的毁谤。您曾经替我做些什么啊？……您要我。您认为您的地位高过一直看到我的那些人吗？您曾经为着一个钟头的欢乐而拿您的朱安党来冒险，不再拿我损失一切的时候替被杀的蓝衣客所有的忧愁去想他们吗？要是我叫您放弃您的思想，放弃您的希望，放弃您的国王呢？这个国王讨厌我，当您为他牺牲的时候，他说不定还要讥笑您呢，然而我却懂得必恭必敬的为您而死。总之，要是我要您向第一总裁投降，让您能够跟我到巴黎去呢？……要是我请求您到美洲去，生活在远离这虚华世界的地方，让我知道您到底是不是跟我现在爱您似的真心为爱我而爱我呢？总之一句话，要是我要您委屈来迁就我，不是要我提高去迁就您，您要怎么办呢？”

“请你别说啦，玛利，请你别毁谤你自己啦。可怜的孩子，我猜着你啦！算了罢，要是我的第一个欲望已经变成了癖好，现在我的癖好又已经变成了爱情了。我的灵魂的灵魂，我知道，你的高贵配得上你的家姓，你的伟大跟你的美丽是同样程度的。我相当的高贵，我觉得我相当的伟大能够把你高高的放在社会上。这是因为，我觉得你心里有许多空前的不断的情欲吗？这是因为我相信在你灵魂里找到了叫我们总是爱慕同一个女郎的贵质吗？我不知道其中的原因，但是我的爱情是无边的，我觉得我不能够没有你而活着。是的，要是你不老在我身边，我的生活一定会变成非常乏味的……”

“怎么，在您身边？”

“噢，玛利，你难道不愿意了解你的阿尔方斯吗？”

“啊！您以为娶了我就是给我大面子吗？”她一边装做轻蔑的神气说，一边死眼盯住侯爵，想要探究他的一切思想，“您知道您在六个月以后还爱我吗？您知道，那样的话，我的前途要变成什么样子的吗？……不，不，只有情妇才能够知道清楚一个男子所给她表现的情绪；因为责任，遵守法律，适应社会，对女儿的兴趣等等只是她所有的无可奈何的副作用。要是她的力量可以持久的话，她就可以找到许多妩媚和一个可以使她接受世界上最大悲哀的幸福。当了您的妻子而有一天得到扰搅您的机会！……这恐惧是我宁可要求一个暂时的爱情，不过是真实的爱情罢了，虽然结果总还是死和穷困。是的，我能够当一个比别人更有德性的母亲，更忠实的妻子；但是，要是要在女人心灵上看到这些情绪，一个男人就不应该在情感激发的时候娶她。何况我怎么知道您明天到底是不是还叫我喜欢呢？不，我不愿意使您不幸，我要离开布列颠，”她看见他的眼睛有些犹豫的色调，就这样的说，“我要回到巴黎去，您不要到那里来找我……”

“好罢，要是你后天一清早就看见圣胥尔比斯山岩上有火烟的话，那天晚上我就要到你家里去，当你的情人，丈夫，都随你的便。我要冒一切的险！”

“可是，阿尔方斯，您真的这么爱我，甚至于要在给您的生命之前就拿您的生命来冒险吗？”她疯狂的说。

他没有回答，只是瞧着她，她也就低下眼睛了。可是他看见在他情妇的激奋脸孔里有一道跟他一样强烈的热狂，他就给她伸出他的手臂。一种疯狂推动着玛利，她软绵绵的倒在侯爵的怀里，决心把自己给了他，去做一个最大的幸福的罪过，拿她的前途来冒险，如果她能够摆脱这最后的考验，这个前途就是非常可靠的。可是，她刚刚把她的头靠在她的情人的肩膀上，外面就有一响轻微的声音。她好像大梦初醒似的脱开了他的怀抱，奋身奔出茅屋。她居然能够恢复她的冷静，想到她的地位。

“他可能接受我，也可能笑我，”她对自己说。“啊！要是我能够相信这个，我就能够杀死他——啊！还不至于。”她看见是美脚，就这样说，一边给他做出一个手号，是这个兵士所十分明白的。

可怜的孩子突然转了脚踝，装做什么也没有看见的样子。维尔纳尔小姐立刻回到房里来，拿右手的食指衔在两个嘴唇中间做出暗号，叫年轻领袖保守最深刻的缄默。

“他们来了！”她恐惧的低声说。

“谁？”

“蓝衣客们。”

“啊！我不能够死去而没有……？”

“是的，您吻罢……”

他抱住了她那冰冷而无抵抗的身体，在她的嘴唇上接了一个充满嫌怨和快乐的蜜吻，因为这可能是第一次又是最后一次的接吻。随后，他们就一块儿到门限上来，用一种方式把他们的头靠在上面，可以细察一切，而不至于被人发现。侯爵看见居丁带领十来个人守住古埃斯嫩山谷的下面。他就转向一列栅栏那一方面瞧去，那里有七个兵士把守腐烂的粗树干。他就登上苹果酒的木桶，掀破了屋盖，想要跳上丘陵；但是他又立刻从他所挖破的穴洞里缩回他的头：雨洛据守高地，给他切断了福尔杰的路。这时候，他看了情妇一眼，玛利也回报他一声失望的喊叫：她听见包围房子的三个小队伍的顿足的声音。

“你先出去，”他对她说，“你能够救护我。”

听了这一句高雅的话，她就很高兴的站在门前，侯爵武装起了他的阔口枪。衡量了门限和树干之间的距离之后，少年就朝着七个蓝衣客面前奔去，拼命向他们射击，在他们中间冲出一条路。三路队伍急速包围领袖所跳过的栅栏，看见他神速的跑进田野里去了。

“开枪，开枪，拿魔鬼的名义！你们简直不是法兰西人！开枪罢，你们这些守门狗！”雨洛响亮的嚷。

当他在丘陵顶上说出这些话的时候，他的兵士和居丁的队伍都开了一排枪，幸亏这些枪的方向都开错了。侯爵已经跑到第一块田园末端的栅栏上；但是当他跑进第二块田园的时候，他几乎都让居丁给追上了。居丁奋勇前进。听了这个可怕的对手在只有几步路的距离内给发出的步声，侯爵的步伐就加倍的快速了。居丁和侯爵几乎同时跑到栅栏，但是孟多兰这样巧妙的拿阔口枪朝着居丁的脑袋掷去，他居然打中了居丁，使居丁的步伐迟缓了。我们不能够不描写玛利的惊惧和雨洛他的队伍对这幕景所感觉的兴趣。他们都不知不觉的重复着这两个奔跑的人的姿势。少年和居丁都跑到了小木头给编成的结霜的白帘那边来；但是，军官忽然退了回去，躲在一棵苹果树的后面。起初只怕打死了领袖而还没有开枪的二十来个朱安党都奔了出来，集中枪弹射击苹果树。雨洛的小队伍全体奋身跑去救护居丁，居丁没有军器，他一棵苹果树一棵苹果树的躲着，利用国王的猎夫们重新装上子弹的时候跑了回来。他的危险一会儿也就过去了。反朱安党和蓝衣客混合在一起，在雨洛的指挥下，到侯爵掷弃阔口枪的地方来支持年轻军官。这时候，居丁看见他的对手筋疲力尽的坐在一棵生有小枝叶的树木下面；他让他的同伍兄弟跟伏在一道平行的圆篱后面的朱安党们对打。他绕着他们的后面，猛兽似的奔向侯爵。国王的猎夫看见他这种行动，都惊叫一声，警告他们的领袖；随后，用秘密猎夫的幸运朝着反朱安党射击之后，他们就努力抵抗；但是对方却勇敢的登上了敌人拿来做为堡垒用的篱笆，血战报复。朱安党于是就走上了沿着战场所在的田园的一条道路，占据了雨洛所错误放弃的高地。在蓝衣客们互相认识之前，朱安党们已经躲到岩石角缝里去了。他们可以在那里毫无危险的朝着雨洛的人射击，要是共和军有意到这里来战斗的话。雨洛领着几个兵士慢慢走到小树林来寻找居丁的时候，福尔杰人正在剥夺战死的朱安党的遗物，杀死尚有余息的敌人。这一次血战，双方都没有捕到俘虏。侯爵的命救住了，朱安党和蓝衣客互相认识对方地位的力量，他们都明白这战斗得不到结果，都只想退兵。

“要是我没了这个年轻人，”雨洛留神细看树林，嘴里嚷着，“我就不要再交朋友了！”

“啊！啊！”一个忙于剥夺死兵遗物的福杰尔青年说，“这是一只有黄毛的鸟……”

说着，他就给他的同乡们指着他刚从一个穿黑衣服的大汉口袋里取出的一只装满黄金的钱包。

“他有什么呀？”另外一个从死人外衣里拿出一本祈祷书的青年说，“这是神圣的物品，他是个牧师！”他嚷着把祈祷书扔在地上。

“简直是贼，他让我们破产了！”第三个人剥下朱安党的衣服，只在口袋里找到六佛朗，就这样说。

“是呀，可是他有一双大鞋呢。”一位想要取鞋的兵士回答说。

“要是你抓住签，你就可以得到这双鞋。”一个福杰尔人一边回答他说，一边从死者脚上拔下鞋，给扔在一堆东西上面。

第四个反朱安党接过了钱，希望远征军集合的时候可以大家分分。居丁想要捕获少年的最后企图既是危险的，又是落空的。雨洛跟年轻军官一同回来的时候，发现有二十来个兵士和三十来个反朱安党围在扔在篱笆下面沟道里的十一个战死的敌人前面。

“兵士们，”雨洛严厉的喊，“我禁止你们瓜分这些破衣服。请你们归队，快点！”

“司令，”一个兵士一边对雨洛说，一边给司令官指着他那一双露出五个光脚趾的破鞋，“关于钱一方面，好的，但是这双鞋，”他一边拿他的枪炳指着一双铁鞋，一边加上一句话说，“这双鞋，司令，这双鞋对我一定会跟一双手套似的合式。”

“你要脚上穿着英国鞋！”雨洛答辩说。

“怎么！”一个福杰尔人必恭必敬的说，“自从开战以来，我们总是瓜分抢来的东西的……”

“你们这些其他的人，我并不阻止你们继续你们的习惯。”雨洛打断他的话，严酷的答辩说。

“瞧，居丁，这是一个钱包，里头有不少的金路易；你辛苦了，你的领袖不会反对你拿。”军官的一位老朋友对他说。

雨洛愤怒的瞧着居丁，看见他脸色发白。

“这是我叔叔的钱包！”年青人惊叫。

尽管他怎么样的筋疲力竭，他总向前朝着尸堆走上几步，第一个现在目前的尸体正好是他的叔叔。但是，他一看到这一条青一条红的脸孔，中弹受伤的伸直的手臂，就发出一个哑塞的喊叫，嚷道：

“咱们走罢，司令官！”

蓝衣客的队伍开始走路。雨洛给他的年轻朋友伸过手臂，扶着他。

“他妈的！这不算什么。”老军官对他说。

“可是他死啦!”居丁回答说,“死啦!他是我唯一的亲人,他虽然骂我,却很爱我。国王要是回来,全国的人都会找我的头,也只有他老人家可以把我藏在他的教袍里。”

“他真傻!”留在那里分瓜遗物的国防军们说,“老家伙很富,可是他就这样的没有来得及写遗嘱,让这孩子拿遗产。”

分赃完毕,反朱安党们就来会合小队伍,远远的跟着蓝衣客们走。

二十六

小酒鬼的茅庐里的生活一向都是无忧无虑的,然而这一天傍晚的时候却来了一个愁人的不安。巴尔柏特和她的小孩子一个背着阿庄树的树枝,一个背着喂牛的草儿,晚饭的时分回到家里来。进来的时候,母子俩都找不到小酒鬼;他们觉得这简陋的房子比任何时候都更大,都更空。炉里没有火,黑暗和岑寂给他们预告一个不幸的来临。夜晚到来的时候,巴尔柏特忙着燃起光亮的火和两枝“奥里布斯”,这是阿尔莫利克①海岸一直到罗瓦尔河上流之间的地方称呼树脂烛的名字,现在的安布瓦斯河彼岸王多姆瓦乡村里还这样的沿用。巴尔柏特非常迟缓的烹饪,这是沉重的感情控制行为的时候所有的现象。她倾听一切的声响,但是常常上了暴风吹打的当,跑到陋室门前,又悲愁的回来。她洗刷了两只小酒瓶,灌满了苹果酒,把它们放在胡桃木的长桌上。她瞧了她的孩子好几次,孩子瞧着她煮荞麦饼,她没有能够跟他说话。有一次,孩子的眼睛落在他父亲用来支架猎枪的两根钉子上,巴尔柏特也就跟他似的瞧着这空着的地方发抖。只有牛鸣和周期从酒桶塞子上滴下的苹果酒的声音打破了岑寂。可怜的女人一边在三

① Armorique 是凯特尔特语称呼法兰西所属的布列颠的名字。

只土烧的盆子里煮着一种用牛奶、碎荞麦饼和炒栗子给混和在一起的汤，一边叹气。

“他们在柏罗地埃的园子里打。”小孩子说。

“你去瞧瞧去。”母亲回答说。

孩子跑到那里去，他在月光底下认得许多尸体，然而却没有找到他的父亲，他吹着口叫子，快乐的回来：他捡到了让得胜的兵士给踩在脚下而埋在泥里的几个一百苏的铜钱。他发现他母亲坐在一张凳子上，在火炉角里纺麻线。他给巴尔柏特送去一道否定的记号。巴尔柏特不敢相信幸运的消息。一会儿，圣黎昂纳德钟楼打了十点钟，小孩子给乌莱伊·安娜圣母喃喃默祷之后，就上床睡觉去了。黎明的时候，一夜未曾合眼的巴尔柏特听见在远地里有她所熟识的粗铁鞋的声音，不禁发出一道快乐的喊叫。小酒鬼一会儿就露出了他那一幅皱着眉头的脸孔。

“谢谢圣拉布尔，我曾经对他许了烛愿，少年也就得了救了！别忘了咱们现在还短了圣人三枝烛。”

随后，小酒鬼就拿了一只小酒瓶，一饮而尽。当他妻子给他端来一碗汤，帮他卸下了他的猎枪，他也就坐上一张胡桃木凳子的时候，他就靠近火说：

“蓝衣客们和反朱安党们怎么来到这里啊？人家在福罗里疑打仗呀。哪一个魔鬼告诉他们少年在咱们这里呢？因为只有他自己，他的女朋友和我们知道这个啊……”

女人脸上发青。

“这些反朱安党游说我们是圣乔治的少年们，”她颤栗的回答说，“是我告诉他们少年在哪儿。”

小酒鬼脸上也发出青白的眼色，他把他的盆子放在桌边上。

“我派了咱们的孩子通知你去，”受惊的巴尔柏特接着说，“他没找到你。”

朱安党站了起来，猛力打击他的妻子。巴尔柏特半死的跑去倒在床上。

“你这婊子！你杀死了我！”他说。

但是他又在惊惧里把他的妻子抱在怀里。

“巴尔柏特！”他喊道，“巴尔柏特！……圣母啊！我的手力太猛了！”

“你以为走下地要来调查吗？”她重新睁开眼睛对他说。

“少年，”朱安党回答说，“少年已经下令要追问是谁出卖了他。”

“他对走下地说过这个吗？”

“抢面包和走下地都在福罗里疑。”

巴尔柏特松了一口气。

“要是他们动了你一根头发，”她说，“我就要给他们苦头吃。”

“啊！我不饿了！”小酒鬼悲惨的喊。

他的妻子又给他递过另外一个小酒瓶，他甚至于都没有注意到。两颗粗大的泪珠流下了巴尔柏特的面颊，潮湿了她的干枯面孔的脸纹。

“听我说，老婆，明天早上你得在圣黎昂纳德右边，圣胥尔比斯山岩上堆些柴，烧上火。这是少年和圣乔治的老院长商量好的暗号，好叫他来念一次弥撒。”

“他难道要到福杰尔去吗？”

“可不是吗，到他的女朋友家里去。我今天得为这个多跑路！我相信他要娶她，把她劫走，因为他叫我给他租两匹马，散放在圣马罗大路上。”

之后，疲惫的小酒鬼就上床睡了几个钟头，然后就到处的奔走。第二天早晨，细心办完侯爵吩咐的事情之后，他又回来了。他听说抢面包和走下地并没有来，就排遣了他的妻子的忧愁。巴尔柏特相当的放心，她到圣胥尔比斯山岩上面去。前一晚上她已经在圣黎昂纳德对面山顶预备好一些盖有一层霜的柴块。她一只手牵住她的小孩子，小孩子在一只破木屐里带着一些火种。小酒鬼刚看见他的儿子和妻子在厂棚上失踪不见，就听见两个人跳过最后一道栅栏的声音：他模模糊糊的看见浓雾里有两个不大清楚的棱角形的人影。

“他们是抢面包和走下地！”他心里想。

他不禁发起抖来。两个朱安党在院子里露出了他们的惨淡脸孔。这两幅脸孔藏在破旧的大帽下面，就像是木刻家所雕的野景里的人物。

“您好，小酒鬼。”走下地严肃的说。

“您好，走下地先生。”巴尔柏特的丈夫谦虚的回答说，“您要进来喝几瓶酒吗？我有一些冷饼和一些新鲜的牛油。”

“这是不能拒绝的啊，哥哥。”抢面包说。

两位朱安党进来了。这开头没有什么可以让小酒鬼恐怖的。小酒鬼忙着到大酒桶那里去装满三瓶酒，走下地和抢面包分坐在长桌两边的光凳子上，切断荞麦饼，涂上又肥又黄的牛油，用刀子压着牛油，使它挤出小奶泡。小酒鬼把这满满几小瓶上面冒有一层泡沫的苹果酒放在客人面前，三个朱安党开始吃喝了。但是，家中的主人一方面忙着喝酒，一方面却不时不时的瞧着旁边的走下地。

“给我你的烟锥。”走下地对抢面包说。

用力在手掌里摇了几下烟锥之后，这位布列颠人就吸着烟，好像要预备进行某种重大的行动似的。

“天气真冷。”抢面包一边说，一边站了起来，走去关了上半部的门。

浓雾笼罩下的阳光只能够从窗口透进房子，只能够微微的照亮桌子和两张凳子；但是火光却散发着红色的弱光。这时候，第二次给客人装完小酒瓶的小酒鬼就把酒瓶放在客人面前；可是客人却拒绝喝酒，脱下他们的大帽，装出严肃的神气，他们用来互相询问的姿势和眼色都使小酒鬼发抖，小酒鬼相信看见在他们所戴的红色毛头巾底下有杀人的血迹。

“给我们拿你的大刀来。”走下地说。

“可是，走下地先生，您要拿它干什么啊?”

“去罢，哥哥，你懂得，”抢面包一边说，一边盖紧走下地还给他的烟锥，“你已经受了判决了。”

两位朱安党一同站了起来，拿起他们的短枪。

“走下地先生，我没有说过任何关于少年的话……”

“我叫你找你的大刀去。”朱安党回答说。

不幸的小酒鬼碰翻了孩子的粗制木床，三个一百苏的铜钱滚在地板上；抢面包捡了去。

“噢！噢！原来蓝衣客们送了你一些新钱币！”走下地喊道。

“我说的都是真话，好像那儿是圣拉布尔的神像似的，”小酒鬼答辩说，“我什么也没有说过。巴尔柏特把反朱安党看错了，以为是圣乔治的年轻人，就是这么一回事儿。”

“你为什么把事情告诉你的老婆?”走下地粗暴的回答说。

“何况我们并不是问你有什么理由，哥哥，我们是问你要大刀，你已经受了判决了。”

看了同伴的一个暗示，抢面包就帮他抓住牺牲品。小酒鬼落在两个朱安党手里，他失去了一切力量，就跪在地下，给他的刽子手们举起请求救援的失望的手：

“好朋友，弟弟，你们要我的小孩子变成什么样子的呢?”

“我照应他。”走下地说。

“亲爱的兄弟们。”小酒鬼脸色灰白的接着说，“我还没有准备好死。你们要让我没有得到忏悔的机会就死去了吗？你们有权利来要我的生命，可是没有权利让我失去我的永生。”

“这也说得对。”走下地瞧着抢面包说。

两位朱安党一时觉得很为难，他们没有力量解决这良心上的问题。小酒鬼听着最微末的风声，好像还有一点儿希望似的。从桶上滴下的周期的酒声使他机械的瞧了酒桶一眼，悲惨的叹了一口气。抢面包突然擒住犯人的一只手臂，拉他到一个角落里，对他说：

“请你给我忏悔你的一切罪过罢，我会把你的话转述给真正的教堂的牧师听，他会给你赦免；如果还得赎罪的话，我可以替你办。”

小酒鬼拿吐露罪过的方法苟延了一些时候，但是，无论这些罪过有多少，它们的环境如何，他终于说到了头。

“嗨!”他结束说，“总之，弟弟，我就像对忏悔师似的对你说，我用上帝的名义给你保证，我只觉得自己值得责难的就是这里那里的曾经在我的面包上涂了太多一点儿牛油，我可以对这火炉台上面的圣拉布尔保证说我并没有说过任何关于少年的话。不，好朋友们，我并没有出卖过。”

“算了罢，这也不错，哥哥，起来罢；你可以马上跟上帝讨论这些问题去。”

“可是，请你们让我跟巴尔柏特说声再见……”

“算了罢，”走下地回答说，“要是你要人家不特别恨你，我就请你有点布列颠人的气度，了结得合式些。”

两位朱安党又抓住了小酒鬼，把他压在凳子上。小酒鬼没有其他的反抗，他只发出动物所有的本能的痉挛。最后，他就吐出几声微弱的呻吟，这呻吟也就随着大刀的笨重的声响而停止了。一刀就把头颅砍了下来。走下地一把抓住头发，把这脑袋提了起来，走出茅屋，在房门的粗框上找到一条大钉子，把他手里所握的头发给扎在上面，让这血淋淋的头颅挂在那里，没有给闭上眼睛。两位朱安党在一只大水缸里不慌不忙的洗净了手，重新戴上帽子，拿了短枪，口里吹着《军官》的调子，走过了栏栅。抢面包在田园的尽头拿他那哑塞的声音哼着偶然拿来配合这朴素歌曲的音节，粗野的歌词被风吹去了：

在第一个城里头，
情人给她穿上了
满身的白绸的衣裳；

在第二个城里头，
情人给她穿上了
满身的金银的衣裳。
她真是十分美丽，
人家都在全队里，
给他脚下铺着绸缎。

这歌调随着两位朱安党的远离而渐渐模糊了下来；但是田野的岑寂是深沉的，好几声曲调声甚至于都传到携带小孩子回家的巴尔柏特耳朵里来。一个乡下的女人绝不会冷淡的听着这首在法兰西西部这样流行的歌曲；巴尔柏特无意中也开始唱了这歌曲的前几句：

好，咱们走罢，美女，
咱们就去打仗去，
咱们去罢，是时候了。

英勇果敢的营长，
但愿这对你无伤。
我的女儿不属于你。

不能在地上得她。
不能在海上得她。
除非用巧诈的手段。

父亲擒住他女郎。
再剥下她的衣裳，
把她给投进了水里。

营长比较的聪明，他跳进水里游泳，
把她救出，到了岸上。
好，咱们走罢，美女。
咱们就去打仗去。
咱们去罢，是时候了。

在第一个城里头……

巴尔柏特唱到抢面包开始唱的这一段诗句的时候，她已经到院子里来。她的舌头僵住了，她的脚走不动了，一声突然压住的大叫冲出了她那呆张着的嘴。

“你怎么啦，妈妈？”孩子问。

“你一个人走罢，”巴尔柏特低声惊喊，给他丢开手，又拿意外的粗暴力量推着他，“你没有父亲，也没有母亲了！”

孩子耸肩大叫，他看见挂在钉子上的头颅。他那新鲜的脸孔静静的保守着哭泣的时候所有的神经的痉挛。他睁圆眼睛，用一种毫无表情的呆傻态度瞧着父亲的头颅；随后，由于莫名其妙而发怔的脸孔甚至于都露出一种野蛮的好奇色调。巴尔柏特忽然又拿着孩子的手，猛力握住它，拉他快步走进家里来。正当抢面包和走下地把小酒鬼压在凳子上的时候，小酒鬼的一只鞋刚刚好落在颈项下面，凑巧装满了血。这是他的寡妇所看到的第一个东西。

“脱开你的木屐，”母亲对孩子说。“把你的脚穿在那里头。好。你得永远记住你父亲的鞋，”她用凄恻的声音喊道，“你千万不要穿上一只鞋而忘记了那只由朱安党给装满血的鞋，你得杀死朱安党！”

这时候，她用一种痉挛的动作摇了一下头，她的黑发散落在她的颈项上，使她的脸孔显得非常的可怕。

“我给圣拉布尔保证，”她接着说，“我要你献身给蓝衣客！你得当兵去给你的父亲报仇。你得杀，你得杀朱安党，你得跟我似的干。啊！他们取了我丈夫的头，我可要去拿少年的头，送给蓝衣客。”

她一跳就跳上了床，取了她所藏的一个钱包，拉了受惊的孩子的手，用力牵着他出去，不让他有时间去穿木屐，他们两个人就这样的快步朝着福杰尔走去，谁也不回头来看一看他们所抛弃的茅屋。当他们走到圣胥尔比斯山岩顶上的时候，巴尔柏特就点起了柴火，她的儿子也帮忙她堆上许多结有霜粒的青绿的灌木，使火烟冒得更猛。

“这比你父亲，比我，比少年的生命都要维持得更久！”巴尔柏特一边给她的孩子指着火，一边用凶猛的气度说。

二十七

正当小酒鬼的寡妇和她那满脚血迹的孩子拿报仇和好奇的黯淡表情瞧着熊熊火焰的时候，维尔纳尔小姐的眼睛就盯住这块岩石。她企图发现侯爵所说的暗号，而得不到结果。雾不知不觉地越来越浓，把整个地区都给埋在一张灰色的布幕下，甚至于遮住了最接近城市的山野的丘陵。她相当焦虑地轮流地看着山岩，古堡和大厦这些东西在这浓雾里就像是更黑的浓雾本身。窗前几棵树木在这灰蓝色的背景上浮显出来，就像是海水平静的时候让人看到的珊瑚。太阳给天空染上一种发黑的灰白的银色；它的光芒拿一种似红非红的颜色染着还挂有几个最后的树叶的空枝。但是过分复杂的情绪激动着玛利的灵魂，使她不能够在这景象里看出和她所预先幻想的幸福相反的恶兆。两天以来，她的思想大为改变。感情的酸涩和错乱的激荡慢慢地受到真正爱情给产生的温暖的影响。到危险里去寻求的被爱的证据使她心里生出念头，想要回到可以保证幸福的社会环境里去；她只是因为失望才跑出这社会的。暂时的爱情在她看来是没有力量的。然后，她又忽然觉得自己已经让人家从她所沉溺的不幸社会里救拔出来，把她给放在她的父亲曾经把它安置在内的上层社会里。她的虚荣心曾经让忽而幸福忽而苦恼的感情的残暴变化给压制住，现在却醒了过来，使她看到高贵的社会地位所有的一切好处。当了某种侯爵夫人，嫁给孟多兰，这在她看来，难道不是生活在她所应有的社会圈里吗？认识了一种冒险生涯所有的一切遭遇，她能够比其他的女人更容易欣赏成家立业的伟大情绪。还有，结婚、生孩子和家庭的责任在她看来勿宁说是一种休息，不仅是一种事业。她喜欢从这最后的风波里看到这个平静而有德性的生活，正像一个没有德性的女人能够羡慕不法的情感似的。道德是她的一个新的诱惑。

“也许，”她没有看到圣胥尔比斯山岩上的火，就从窗口回来，嘴里说，“我已经对他很娇媚了罢？可是，我可不知道人家怎么样的爱我！……——佛兰心，这已经不是梦想了，今天晚上我是孟多兰侯爵夫人了。我到底做了什么好事值得这么完全的幸福啊？噢！我爱他，只有爱情可以还爱情的债。不过，上帝一定要补偿我，因为我在贫贱里还能够保守我的心田，他一定要使我忘记我的苦痛：因为，你知道，我的孩子，我曾经受过许多苦痛！”

“今天晚上就是孟多兰侯爵夫人吗，您，玛利？啊！这是不可能的，我，我相信这是一个梦。到底是谁告诉他您的一切价值呀？”

“可是，好孩子，他不但眼睛美，他还有灵魂呢。要是你跟我似的看见他在危险里的情形！噢！他一定懂得爱情，他太勇敢了！”

“要是您这么爱他，您为什么要他到福杰尔来呢？”

“我们受惊的时候，还有时间说一句话吗？何况这是一种爱情的证明呢，爱情的证明总是不够的。……等着的时候，请你给我梳妆。”

可是，她拿电流似的动作拨乱了一百回她的雅致的梳妆，给一切的装束加入许多还很激动的思想。结着一只发环的时候，或使她的发辫更加光亮的时候，她就拿一个疑惑的姿势问自己，到底侯爵是不是骗了她。于是她又想这样的污行应当是无从理会的，因为他到福杰尔来找她，这已经是勇敢的来冒一次可以立刻受到刑罚的险。她坐在镜台前面，用几道斜侧的目光，一道微笑，一皱眉，一嗔怒（爱情的或轻蔑的嗔怒），狡猾的研究着，她在寻找一个可以让她一直刺探年轻领袖的心到最后一刹那为止的女人的狡狯。

“你说对了，佛兰心，”她说，“我跟你似的，我希望这婚事已经成为事实。今天是我的一个最后的阴黑日子，我的死或我的幸福使日子变成伟大的……雾真可恨，”她又瞧着圣胥尔比斯山顶一眼，加上一句话说，“总是让雾给蒙住。”

她起来亲身盖上了装饰窗户的绸帘和纱帘，得意的阻止阳光进来，让房里生出一种动人情欲的若暗若明的色调。

“佛兰心，”她说，“请你把炉台上那些玩意都给拿走，只留下那只钟和两只撒克逊花瓶，我要亲手在这些花瓶里插些高兰丹给我找到的冬季花朵。……把椅子都拿出去，我只要在这里看见一张安乐椅和一张大交椅。弄完了，孩子，你就刷刷毛毡，让它的颜色鲜艳。然后你再拿烛给插在蜡台上，给放在炉台的两边儿。……”

玛利注视了好久铺在这房子墙上的毛毡。她在先天的趣味的指导之下，懂得在织布机天线的光彩里找到能够拿调和的颜色或对照去配合这古代装饰和这化妆室的家具以及杂物等等的色调。同样的思想指挥她去布置她插在装饰这房子中央的花瓶里的花朵。她把安乐椅放在火炉旁边，又在炉台对面的睡床两旁的金色小儿上放下插满树枝花朵的大撒克逊瓶子。这些花木吐出最甜蜜的香味。她好几次都颤栗的在床上给放下折成浪痕的绿绸，研究着床上花床单的曲线。这种准备工作总有一种难于形容的幸福的秘密，而引起一种非常复杂的激动，往往使一个女人在这些富有情欲性的准备里忘却了一切疑虑，正如维尔纳尔小姐这时候忘记了她的疑惑似的。为了一个心爱的情人而花了这么多的心血来布置，然而这情人却并不在场来看她，来酬劳她，虽然将来他必须拿这多情而容易懂得的准备所应得的同情的微笑来报答她。在这种布置的工作里，难道没有存在一种宗教的情绪吗！女人们就这样的预先献身给爱情，我们可以这么说。没有一个女人不像维尔纳尔小姐似的对自己说：“今天晚上我要变成非常幸福的！”她们之中最天真的一个也会在绸子或薄纱的平坦褶痕里写上这甘美的希望。

然后，建立在她周边的调和就不知不觉的给一切的东西印上一个呼吸爱情空气的姿态。在她看来，这情欲空气当中的一切东西都变成了人类，都变成了证人；她已经把它们当做参加计划她的未来快乐的同谋人来看待。每一个时刻，每一个思想，她都变得非常的果敢，要使她的将来飞翔。不久，她又不再等待了，她又不再希望了，她责骂岑寂，最轻微的声息也短了她一个预示。最后，怀疑又把一个尖指头给放在她的心愿，她发烧了，她激动了，她觉得有一个思想在压迫着她，仿佛一种纯粹的物理力量似的开展着。一会儿是胜利，一会儿是苦刑，就这样的轮流着，要是她不希望快乐，她一定是受不了的。维尔纳尔小姐揭开窗帘二十次，希望能够看见山岩上冒起一团火烟；但是云雾却仿佛一刻胜似一刻的越加变成灰幕，她的幻想也终于从中给她指示出一个不祥的征兆。最后，在一个不耐烦的时刻里，她就让窗帘落下，决定不再拉上。她赌气的瞧着这一间她曾给它装上灵魂、灌入声音的房子，自己问自己她的布置是不是会变成落空的。这思想也就使她想起了一切。

“小姑娘，”她一边对佛兰心说，一边拉她到通连这房子的一间化妆室里来（这间化妆室的光线是由一只开向堡垒和散步场相连接的黑暗角落里的小圆窗透进来的），“给我理一理这个，一切都要弄得干干净净！至于客厅，要是你要，你就让乱好了。”说着的时候，她又加上了女人们只留给知心朋友的一个微笑。这种微笑的刺人的细致是男人们永远也不解的。

“啊！您多美啊！”布列颠小姑娘嚷着说。

“呃！我们都是疯子，我们的情人难道不总是我们的最美的装饰品吗？”

佛兰心让她软绵绵的躺在土耳其卧榻上；她一步一步的退了出去，心里猜想，无论她的女主人是不是有人爱，玛利总不会把孟多兰交出去。

二十八

“你的确相信你给我说的话都是真的吗，老大娘!”雨洛对巴尔柏特说。巴尔柏特走进福杰尔城的时候，认出了他。

“您有眼睛吗？瞧，您看那边的圣胥尔比斯山岩，您老人家，圣黎昂拿德的右边。”

高兰丹依照巴尔柏特所指的方向，转眼瞧着山顶；因为大雾开始消散了，他居然能够看得清楚小酒鬼的寡妇所说的白色火烟。

“可是，他什么时候来呀，黑，老大娘？他是今天傍晚，还是今天夜里来呢?”

“先生，”巴尔柏特回答说，“我不知道这个。”

“你为什么出卖你的朱安党啊?”雨洛拉着乡下女人离开高兰丹几步路，激奋的说。

“啊！将军大人，您瞧我儿子的脚！哎！这只脚是浸在我丈夫的血里的。朱安党们杀死了我丈夫，就跟杀死一只小牛似的。不瞒您说，他们就是因为前天我种地的时候告诉您的三句话才刑罚了他的。请您带我的孩子去，因为您给他弄掉了他的父亲和母亲，但是请您教他做一个真正的蓝衣客，好先生，使他能够杀死很多朱安党！瞧，这是二百厄古，请您替他保存保存；好好管理这笔钱，他可以拿它去开发远大的前途，因为他的父亲花了十二年的光景才积蓄了这么些呢。”

雨洛惊异的瞧着这位脸部青白发皱的乡下女人，她的眼睛是干涸的。

“可是你，”他说，“你，你这个做母亲的人，你要变成什么样子的呢？最好还是你留下这笔钱。”

“我，”她悲恻的摇头回答说，“我不再需要什么了。就是您把我藏在麦吕心塔下（她指着古堡的一个塔楼）朱安党也会到那里来杀我！”

她拿阴惨的表情吻着她的孩子，瞧着他，流下眼泪，再瞧了他一眼，就走去不见了。

“司令官，”高兰丹说，“这是一个机会，要利用这个机会就需要两个头颅，不只是一个。我们什么知道，什么也都不知道。从现在起就围住维尔纳尔小姐的房子，这结果就是要她来反对我们。你，我，你的反朱安党和你的两团兵，我们都没有力量来跟这位女人斗争，要是她领头去救这个贵族的话。这个孩子是宫里的人，他也是狡狯的；他是一个年轻人，他也有血气。我们绝不能够在他走进福杰尔的时候抓到她。说不定他都已经在这里呢。搜查户口。这是荒唐事儿！这也找不到什么，反而会惊动了他，苦了老百姓。”

“我走了，”雨洛不耐烦的说，“我要下令圣黎昂拿德岗位上的哨兵走远三步路，让他这样的来到维尔纳尔小姐的房子前面。我可以给每个哨兵约好一个口号，我自己带领军队，要是人家给我暗号指明有什么年轻人进来，我就带一位连长和四个兵，然后……”

“然后，”高兰丹打断急性的军官说，“要是这个青年不是侯爵，要是侯爵不从门上进来，要是他已经来到维尔纳尔小姐家里，要是……要是……？”说到这里，高兰丹就拿一种高傲的神气瞧了司令官一眼，这神气含有侮辱人的成分，使老军官喊道：

“他妈的！你去溜达你的去罢，你这地狱里的公民！我还管得这些问题吗？要是这王八蛋落在我兵士手里，我就得枪毙他；要是我知道他在一所房子里，我就得包围这房子，抓住他，枪毙他！要是我苦苦的研究得一身的泥，我就是该死的……”

“司令，三位部长的信命令你服从维尔纳尔小姐。”

“公民，让她自己来，我要看看我能够做些什么。”

“好，公民，”高兰丹高傲的答辩说，“她不会迟来。她会来告诉你这个贵族什么时候进来。也许只有当她看见你布置哨兵围住她房子的时候，她才会放心的呢。”

“这魔鬼变成的人!”联队老队长苦楚的对自己说，因为他看见高兰丹大踏步走上发生这幕景的地方，王后的扶梯，到达了圣黎昂拿德门。“——他会把孟多兰的手和脚给困在一起，交给我，”雨洛接着对自己说，“我真讨厌去出席军事法庭。——无论如何，”他耸一耸肩说，“少年总是共和政府的敌人，他杀死了我可怜的热拉尔，他至少是个贵族……滚你的!”

他轻捷的转过他的靴跟，一边吹着《马赛进行曲》的调子，一边走去巡视一切的岗位。

二十九

维尔纳尔小姐沉溺在一个默思里——这种默思的神秘埋没在灵魂的深坑里，它所包含的成千矛盾情绪往往要给受这情绪激动的人证明就是在这四堵墙的中间，人家不必离开消磨生命的土耳其卧榻也可以有一种多事的紧张生活。直到自寻苦恼的悲剧的结局的时候，这位女人轮流的巡视一切的幕景，在遇见侯爵以来的十天里，使她生命恢复生气的憎爱交替的幕景。这时候，一个男人的步声荡漾在卧室前面的一间客厅里；她不禁发起抖来。门开了，她激奋的转过头来，看见是高兰丹。

“您这小骗子!”警察局高等侦探笑着说，“您还要骗我吗?啊！玛利！玛利！您不让我关心您的事情，您就自己决定，没有跟我商量；您的把戏未免要得太危险了。要是侯爵逃出了他的命运……”

“这就不是您的错处了，不是吗?”维尔纳尔小姐拿深刻的讥笑回答说。“先生，”她又拿严厉的腔调接着说，“您有什么权利再

到我家里来呢?”

“您家里吗?”他拿苦楚的声调问。

“您让我想到这个,”她高贵的答辩说,“我不是在我家里。您也许是有意选了这房子,让您可以保险施行您的谋杀;我要出去了。我要到沙漠里去,让我不再看到这些……”

“这些侦探,你说罢!”高兰丹接着说,“可是这房子既不是您的,也不是我的,它是政府的;至于走出去,您也不会做出什么,”他一边加上一句话,一边给她投去一道魔鬼似的眼色。

维尔纳尔小姐气愤愤的站了起来,向前走了几步。但是她又忽然站住,因为她看见高兰丹揭开窗帘,笑着请她到他身边来。

“您看见这一团火烟吗?”他说,他懂得在他那灰白色的脸孔上保守镇静,虽然心里的情绪怎么样的深。

“人家给这些乱草放上一把火,这跟我要离开这里有什么关系呢?”她问。

“为什么您的声音变得这样的呢?”高兰丹回答说,“——可怜的姑娘,”他拿温和的声调加上一句话说,“我都知道!侯爵今天到福杰尔来，您把这化妆室，这些花，这些蜡烛……布置得这样的令人动心，这不是想把他交给我们……”

维尔纳尔小姐看见侯爵的死刑判决书就写在这个人面兽心的老虎眼睛里，不禁脸色发白了。她心里对情人的爱慕使她发狂。她的每一根头发都给她的脑袋灌入一滴使她忍受不了的残酷苦痛。她倒在土耳其卧榻上。高兰丹叉着双手，站了一会儿。他一半满意能够报复这女郎给他加上的讥笑和轻蔑，使她苦恼，一半又觉得看见这女郎受苦未免悲哀，因为他一向都喜欢让她来驾驭他，无论这肩轭怎么样的沉重。

“她爱他。”他低声说。

“爱他！”她喊道，“呃！这句话是什么意思呀！……高兰丹，他是我的生命，我的灵魂，我的气息！……”

她投身跪在他的脚前，这个男子的冷静使她惊惧。

“卑鄙的灵魂，”她对他说，“我宁可降低我的身价来换他的生命，不愿意降低我的身价去牺牲他的生命！我要拿一切的血价去救他……你说，你要什么？”

高兰丹发起抖来。

“我是来听您的调遣的，玛利，”他拿一种充满柔情的声音说，又拿多礼的腔调改了调子，“是的，玛利，您对我的责骂不能够阻止我整个的献身给您，只要您不再欺骗我。您知道，玛利，人家从来就不能够骗上我而可以免除刑罚。”

“啊！要是您要我爱您，高丹兰，我就请您帮助我救救他。”

“那末，侯爵几点钟来呢？”他勉力拿镇静的声调问。

“嗨！我一点儿也不知道……”

他们都彼此一言不发的瞟视着。

“我完啦！”维尔纳尔小姐心里想。

“她骗我。”高兰丹想。“玛利，”他接着说，“我有两句格言：

第一，绝不相信女人们所说的任何一句话，这是避免受骗的方法；第二，总得追问她们到底有没有什么兴趣去做和她们所说的相反的事情，去进行跟她们所愿意告诉我们的相反的举动。我想我们现在能够互相了解罢？”

“非常了解，”维尔纳尔小姐答辩说，“您要我证明我的好意，但是我可要保留到您给我证明您的好意的时候为止……”

“再见，小姐。”高兰丹冷冷的说。

“算了罢，”年轻少女带笑的接着说，“请您坐在那儿，别给我赌气，要不然，我就懂得撇开您去救侯爵。至于您常常看见堆在您面前的三十万佛郎，侯爵得到安全的时候，我就可以把它变成黄金给搁在这炉台上。”

高兰丹站了起来，退了几步，瞧着维尔纳尔小姐。

“您没有多少时候就变成了富人啦！”他说，他的声音没有隐住苦涩的色调。

“孟多兰自己还会给您更多的赎价，”玛利笑着乞怜说，“所以，请您给我证明您有方法救他避免一切的危险，……”

“您难道不能够当他来的时候就让他逃走吗？”高兰丹忽然喊道，“因为雨洛不知道他什么时候来！而且……”

他又停住不说了，好像自己责备自己说了太多似的。

“这不是您叫我诡诈吗？”他接着说，非常自然的微笑着，“您听我说，玛利，我相信您的忠实。请您答应我给我赔偿我这帮忙所损失的一切，我可以让这傻子司令官睡在鼓里，叫侯爵跟在圣詹姆士似的自由。”

“我答应您这个。”少女拿一种严肃的态度说。

“不，不是这样的，”他说，“您得拿您母亲的名义给我发誓！”

维尔纳尔小姐颤栗了；她举起颤动的手，依据这个刚刚突变态度的男子的要求发誓。

“您可以自由指挥我了，”高兰丹说，“可是别骗我，今天晚上您应当祝福我。”

“我相信您，高兰丹。”维尔纳尔小姐受了感动，她就这样的喊道。

她温存的点头，给他致敬。她看见在他脸上浮有一道悲哀柔和的表情，不禁对他发出杂有惊愕的善意的微笑。

“多叫人疼的女郎呀！”高兰丹一边说，一边走，“我难道不会拿她来做发财的工具，同时又拿她来做快乐的源泉吗？……跪在我的脚前，她！……噢！是的，得让侯爵死……要是我不拿辣手把她陷在泥里来得到她，我就会自己陷在里头。——总之，”他不知不觉的任凭脚步的转移，走到广场的时候，自己心里这样说，“也许她已经不再怀疑我了。一会儿就可以得到十万厄古！她以为我是贪婪的。这是她的一条计，要不然，她就已经嫁了他了。”

脑里胡思乱想的高兰丹不敢做下一个决定。中午时分太阳所消散的云雾又不知不觉的集结起来，变成这样的浓厚，高兰丹甚至于都看不见没有多远的树木。

“这又是一个不幸，”他一边心里说，一边慢步走进自己的家，“六步路远就看不见东西。天气保护我们的情人。您就这样看守这浓雾所笼罩的房子吗！——谁呀？”他抓住一个好像穿过最危险的山岩，爬上散步场的陌生人的手臂，就这样的嚷了一声。

“是我呀。”一道儿童的声音天真的回答说。

“啊！原来是红脚小孩儿。你不想给你父亲报仇吗？”高兰丹问他。

“我想呀！”儿童说。

“好，你认得少年吗？”

“认得。”

“更好。那末，请你别离开我；你得完全照我所说的话干，那末，你就可以完成你母亲的事情，你就可以赚到许多大苏。你喜欢大苏吗?”

“我喜欢。”

“你喜欢大苏，你也要杀死少年，我可以照应你。——算了罢，”高兰丹歇了一会儿，对自己说，“玛利，让你自己把他交给我们罢！她太急性，她不会明白我要给她送去的打击；何况迷在爱情里的人绝不会思考呢。她不认得侯爵的字迹；这是给她张设罗网的时候了，她的性格会让她低头投进这罗网。但是为着保证我这计策的成功，我得需要雨洛，我跑去看他去。”

这时候，维尔纳尔小姐和佛兰心正在商量拿什么方法去把侯爵从高兰丹的可疑的仁慈和雨洛的刺刀上救出来。

“我去告诉他去!”布列颠小姑娘喊道。

“你疯啦，你知道他在哪儿啊？我自己，我有心灵的一切本能帮助我，然而我也可能找他半天都找不到。”

发明了许多容易在火炉旁边实行的无稽的计策之后，维尔纳尔小姐就嚷着说：

“当我看见他的时候，他的危险就可以给我许多灵感!”

然后，正像一切热情的人似的，她就满意的认为只好等到最后一刹那才来决定她的计策，她信赖她的命运和女人们所常有的狡猾的本能。她的心也许从来就没有这样强烈的紧缩过。她忽而呆呆的发怔，两眼直直的，忽而听了什么微末的声音就发出颤动，仿佛樵夫拿绳子强力摇动要它赶快倒下的拔了根的树木似的。突然间，十来把枪枝所发出的暴响在远处里传播着。维尔纳尔小姐脸色发白了，她拉住佛兰心的手，对她说：

“我死啦……他们给我杀死了他!”

一个兵士的笨重步声在客厅里响着。佛兰心惊惶的站了起来，引进了一位连长。对维尔纳尔小姐行了一个军礼之后，这位共和党人就给她递过两封纸张不大干净的信。兵士没有得到这位少女的任何回答，就退了出去，说：

“夫人，这是司令官送来的。”

维尔纳尔小姐心头涌上无数的凶恶预测，她读了这封也许是雨洛匆忙间所写的信：

> 小姐，我的反朱安党抓到了少年派来的一个信差，我们刚刚把他枪毙了。我们所搜查的许多信件里，我给您转去的这一封也许对您是有用处的；……

“谢天谢地，他们杀的并不是他！”她嚷着，把信仍在火里。

她松了一口气，贪婪的读着人家刚给她送来的一封短简；这是侯爵所写的信，好像是写给居阿夫人的：

> 不，我的天使，今天晚上我不到维夫提埃去了。今天晚上，您会输给伯爵，然而我却可以在这位迷人的少女身上战胜了共和政府，她是值得一夜的逍遥的，请您同意这个。这是这次战役里我能够得到的唯一的真正胜利，因为王地投降了。法兰西国内已经没有什么可做的事情了，我们一定得一块儿回到英吉利去。可是明天再来办理这些严重的事情罢！

信从她手里掉了下来，她闭上了眼睛，万分缄默的向后倾倒，把头靠在椅垫上。歇了相当时候之后，她又睁开眼睛瞧着挂钟，钟针指着四点钟。

“先生还让人家等着他呢！”她拿残暴的讥笑口吻说。

“噢！要是他能够不来的话！”佛兰心喊道。

“要是他不来的话，”玛利低声说，“我就要到他面前去，我！

可是，不，我现在不能够太晚了……佛兰心，我真的美丽吗？”

“你脸色太难看了！”

“你看！”维尔纳尔小姐接着说，“这馨香的卧室，这些花朵，这些烛光，这醉人的烟雾，这一切都能够叫我要在今天晚上给沉埋在温柔乡里的人生出一种天堂生活的观念吗？”

“您怎么啦，小姐？”

“我让人家出卖了，欺骗了，诱诈了，耍了，打了，我完了，我要杀死他，粉碎他！……可不是吗，他的举动里总露出一些他所隐藏的轻蔑的马脚，是我所不愿意看见的，噢！我一定会因此而弄到死的地步。——我真傻！”她笑着说；“他来，我有一夜的工作教他知道一个占据我的男子，无论结婚不结婚，都不能够再摈弃我。我要给他测量他所要受到的报复，他也会悲愁的死去。我还以为他的灵魂有些伟大的性质呢。可是他倒的确是一个奴才的儿子！他真巧的骗了我；因为我总想不起一个可以冷酷无情把我交给抢面包的人能够下流到跟斯迦宾①似的骗人。他这么容易要一个钟情的女人，这总得是他的最后一次丑行了。要是杀死了我，好；但是骗我，还是我让他长得这么大！把他送上断头台！把他送上断头台！啊！我要亲眼看见他让断头台给杀死。我真的这么残酷吗！他可以带着许多值得他二十年生命的妩媚和蜜吻而死去……”

“玛利，”佛兰心拿天使似的温情说，“就像其他的人似的，请您当您情人的牺牲品，别当他的情妇，也别当他的刽子手。把他的面貌保留在您的心灵深处，不要自己使它变成残忍的。要是一个无望的爱情没有什么快乐的成分，我们这些可怜的女人，我们要变成什么样子的呢？我们从来也没有想到上帝，玛利，上帝会补偿我们的，只要我们完成了我们生在这世界上的责任：恋爱和

---

① Scapin，莫利哀剧中的人物，以狡猾诡诈著名。

受苦！”

“你这小猫，”维尔纳尔小姐拍着佛兰心的手，回答说，“你的声音真温柔，真动人！你的理由真出色！我要听从你……”

“您要赦免他，不把他交出去吗？”

“别说话，别再跟我说这个人啦。跟他来比，高兰丹简直是高贵的人类……你懂得我吗？”

她站了起来，在她那可怕的镇静的脸孔下隐藏着激动她的错乱精神和不可抑制的报复的渴望。缓慢有度的脚步表现出她的决心有一种我也说不出来的什么无可挽回的坚定。一心的胡思乱想，忍气吞声的保持她的骄傲，不愿承供她的一切苦痛，她要走到圣黎昂拿德门的岗位上，去询问司令官的住址。好容易刚走出了房子，高兰丹就进来了。

“噢！高兰丹先生，”佛兰心喊道，“要是您关心这个年轻人，就请您救救他！小姐要把他交出去呢。这张讨厌的纸破坏了一切。”

高兰丹有意无意的拿过信，问道：

“她到哪儿去呀？”

“我不知道。”

“我得跑去给她从失望里救出她自己。”他说。

他带了这封信，快步穿过房子，对留在门前玩耍的小孩子说：

“刚刚出来的那个太太从哪儿走去了啊？”

小酒鬼的儿子跟高兰丹一块儿走了几步路，给他指着通至圣黎昂拿德门的一条斜街。

“从那儿走去，”他毫不犹疑的说，因为他要听从他的母亲给他吹进心坎的报仇的念头。

这时候，四个化装的人走进了维尔纳尔小姐家里，没有让小孩子和高兰丹看见。

“你回到你的岗位上去罢，”侦探接着说，“你得装做把玩百叶窗插锁的神气，可是得看着，瞧着一切的地方，连屋顶上也得注意……”

三十

高兰丹顺着小孩子所指示的方向快步奔去，他相信认得出维尔纳尔小姐在浓雾里，他居然在她到达圣黎昂拿德门的时候赶上了她。

“您到哪儿去啊？”他给她伸出手臂说，“您一脸的发青，到底是什么事儿呀？这样一个人跑了出去，合适吗？拿我的手臂罢。”

“司令官在哪儿呢？”她问他。

维尔纳尔小姐刚说完这句话，就听见圣黎昂拿德门外有军事侦察的声音，一会儿她就认得在纷乱的中间有雨洛的粗卤的腔调。

“他妈的！”他喊道，“我从来也没有像这时候这样黑的巡查过。这贵族简直能够呼风唤雨……”

“您埋怨什么呢？”维尔纳尔小姐紧紧拉住他的手臂，回答说，“这一场雾既可以掩护报仇，也可以掩护卖友……司令，”她低声加上一句话说，“问题在于怎么样的跟我一块儿布置布置，让少年今天逃不了。”

“他在您家里吗？”他问她。说话的声音情调表露出他是怎么样的惊愕。

“不，”她回答说，“可是您可以给我派一个靠得住的人来，侯爵来的时候，我可以叫他报告您去。”

“您要干什么呢？”高兰丹忙着对玛利说；“留一个大兵在您家里会惊动他，可是留一个小孩子在您家里就不会让他疑惑了。我可以找到一个小孩子……”

“司令，”维尔纳尔小姐接着说，“幸亏有这个雾，您还咒它呢，这层雾能够让您从现在起就包围我的房子。您得到处布上兵。请您派一个哨兵守住圣黎昂拿德教堂的岗位，给您侦察清楚我客厅窗户前面的空地。请您派几个人守住散步场；因为我的卧房窗户虽然离地二十尺高，危急的时候，人家却可以跳过最危险的距离。您听我说：我也许会让这位先生走出我家的大门；您也只要派一个勇敢的人负责看他；因为，”她叹一口气说，“人家不能够否认他勇敢，他会自卫的！”

“居丁！”司令官嚷着。

年轻的福杰尔人立刻从一队兵士里跑了出来。这队兵士和雨洛一同回来，雨洛曾经命令他们站在离他相当远的地方。

“你听，我的孩子，”老军官低声对他说，“我不知道为什么这个女妖精要把少年交给我们：这没有什么不同，这不干我们的事。你带十个人跟你一块儿去看守这女孩子的房子所在的那一条绝路；可是你得布置清楚，别让人家看到你或看到你的兵。”

“是的，司令，我认得这地势。”

“好，我的孩子，”雨洛接着说，“美脚会来告诉你什么时候要刀。你得设法赶上侯爵。要是你能够杀死他，免得我依从法律程序来枪毙他，两星期之内你就可以当中尉；要不然，我就不叫做雨洛。——您瞧，小姐，这是一个不会赌气的智勇双全的军人，”他指着居丁对少女说，“他可以好好的看守您的房子。要这贵族从那里出来或要进去，他是不会放过他的。”

居丁带了十来个兵士走了。

“您知道您做些什么吗？”高兰丹低声对维尔纳尔小姐说。

她并不回答，只是快乐的看着少尉带领一队人走去站在散步场上面，其他的人听从雨洛的指令顺着圣黎昂拿德教堂的黑暗的山腹布哨。

“还有许多房子连着我的房子，”她对司令官说，“您也得包围。别让我们将来懊悔忽略了一个应有的防备。”

“她疯了。”雨洛想。

“我不是先知吗?”高兰丹朝着他的耳边说,“至于我要派去留在她家里的人,他是满脚染血的小孩子;所以……”

他没有说完他的话。维尔纳尔小姐突然朝着她的房子跑去。他快乐的吹着口叫子跟着她去。当他赶上他的时候,她都已经到了她的门限上了。高兰丹在这里重新找到小酒鬼的孩子。

“小姐,”他对她说,“请您带这个孩子去,您找不到比他更纯洁、更能干的信差。——你看见少年进去,不管人家跟你说什么,你都得跑出来,到队里找我来,我会给你一辈子的荞麦饼吃的。”

朝着小孩子的耳朵“吹”了这些话之后,高兰丹觉得自己的手让布列颠小孩子紧紧的握住。小孩子跟着维尔纳尔小姐进去。

“现在,我的好朋友们,你们要怎么解释就怎么解释罢!”门关上的时候,高兰丹喊道,“要是你要让爱情,我的小侯爵,让你到棺材里去讲好了。”

但是不能够不看一看这所凶宅的高兰丹就走到散步场上来;他在这里找到忙于颁发命令的司令官。不久,夜来临了。两个钟头的时间过去了,然而各地的哨兵都没有看到任何的东西,可以让人家疑惑侯爵已经穿过了三方面包围(巴布古塔楼是可以出入的第四方面)、留神等待的三帮伏兵。高兰丹从散步场走回队里二十遍,他的等待也就二十次的落空。他的小信差还没有来找他。他迷在胡思乱想里,在散步场上慢慢的走路,好像受到三个互相冲突的可怕情感的残杀似的。这三个情感就是:爱情,食欲,政治的野心。一切的钟都打了八下。月亮很晚才上升。浓雾和夜色把这地点给包蔽在一团可怕的暗影里(这地点就是这个人物所设计的悲剧就要在内结束的地方)。警察局的高等侦探懂得平息他的感情,他使劲把两只手叉在胸前,眼睛没有离开那只好像光亮的鬼怪似的露出塔上窗口。当他的步伐把他带到绝壁这一边来的时候，他就机械的察看城里或镇里的人家这里那里发出的几个灯火的弱光在堡垒上下透过云雾。只有囊桑的溪流，钟楼的周期哀鸣，每点钟来往换班的哨兵的笨重步声或枪械的响声打破了深沉的岑寂。人和自然界都变成肃静的。

“天色太黑了，就像是在狼口里似的。”这时候，抢面包说。

“继续走罢，”走下地回答说，“别作声了。”

“我好容易才敢吸一口气呢。”朱安党答辩说。

“要是刚才踢动石头的人要拿他的心脏做我的刀鞘，他就再来好了！”走下地说，他的声音非常的低，甚至于都跟囊桑河的水声混在一起。

“可是，这是我呀。”抢面包说。

“好罢，老钱袋，”头领接着说，“你得跟蛇似的灵动的伏在地上爬，要不然，咱们就得趁早把咱们的身体给扔在这里。”

“嘿！走下地，”不可改正的抢面包继续说。他拿自己的手帮着伏在地上，挺起肚皮，爬到他的同伴所属的队伍那边来，非常轻声的朝着同伴的耳朵上说，跟在他们后面的朱安党们甚至于都听不见半句话，“嘿！走下地，要是得相信咱们的少女，那上面就应当有一笔大财。你要跟我两个人咱们分分吗?”

“你听，抢面包!”走下地一边说，一边卧倒在地上。

整个的队伍都仿效他的动作，因为朱安党们都由于攀爬山谷而疲倦了。

“我认得你，”走下地接着说，“你是个没有什么可选择的时候就喜欢打人，也喜欢挨打的‘抢精光约翰’。我们不是到这里来找死人的鞋穿，我们是恶魔打恶魔，爪牙短的一定要吃亏！少女派我们到这里来救少年。你瞧，他在那儿，请你伸长你的狗鼻子，瞧那塔楼上面的窗户！……”

这时候正好打了午夜钟。月亮上升了，它给云雾染上了一层白烟的外观。抢面包紧紧的抱住走下地的手臂，静静的给他指着在他们上面十尺远的几只发亮的刺刀的三角铁。

“蓝衣客们已经在那里了，”抢面包说，“咱们没有办法了。”

“别急!”走下地回答说，“要是今天早上我都研究清楚，我们就可以在巴布古塔楼底下、散步场和堡垒中间找到一块老是堆粪的小地方，人家可以在那上面躺着，就跟躺在床上似的。”

“如果圣拉布尔想把将要流出的血变成苹果酒，”抢面包说，“福杰尔人明天就会找到不少的酒喝。”

走下地拿他的大手掩住了朋友的嘴；然后，他所轻声说出的一句警告就一排一排的传了下去，一直传到最后的一个朱安党，这些朱安党正悬空的待在叶纹石上面的灌木上头。事实上，高兰丹的耳朵已经训练得非常的灵敏，他不至于没有听见朱安党折断灌木的声音，或小石块滚下绝壁的轻微的响声。他站在空地的边缘上。走下地天生能够在黑暗里察视，他那不断活动的感觉有野蛮人的精细，他已经瞥见了高兰丹；也许他是跟狗似的嗅出了他。

警察局的外交家用心倾听岑寂里的声息，察视叶纹石所组成的天然墙壁，可是他却没有发现任何的东西。要是半明半暗的雾光让他看见几个朱安党，他也只把他们看成石块，因为这些人类的躯体都保守一种呆定的自然物的外表。不久，这一队伍就走出了危险的地带了。高兰丹的注意力让一声清晰明显的声音给引去了。这声音发生在散步场那一边基墙终止斜坡开始的地段上。通到王后的扶梯的那一条花纹石旁边的小路正好穿过这基墙和斜坡的中间。高兰丹到达这里的时候，他看见一个影子仿佛魔术似的出现。当他伸手去抓这个虚幻或真实的物类的时候（他想这物类绝不怀好意），他就碰到一个女人的柔软的一团肉。

“让魔鬼带您去罢，太太！”他呻吟的说，“要是您碰到别人，您脑袋就要吃到一颗卫生丸……可是，您这时候从哪儿来啊？您到哪儿去啊？您是哑巴吗？——这的确是个女人吗？”他对自己说。

不说话要招到疑惑，陌生女人就拿惊惶的声音回答说：

“啊！好先生，我守夜回来。”

“这是假冒的侯爵母亲，”高兰丹对自己说，“咱们瞧瞧她干什么去。——好罢，从那边走罢，老太太，”他提高嗓子接着说，装做没有认出她的样子。“向左边走，要是您不愿意让枪给打死的话！”

他一动也不动的站着，但是看见居阿夫人朝着巴布古塔楼那一方向走去，他就鬼鬼祟祟的远远的跟着她。正在他们凑巧相碰的时候，朱安党们已经在走下地的带领下在粪土堆上非常巧妙的布置停当了。

“少女来了！”走下地低声对自己说，他蹑手蹑脚的沿着塔楼走，好像一只熊似的。“——我们都在这里。”他对贵妇说。

“好！”居阿夫人回答说，“这房子的花园就低于粪土堆六尺，要是你能够在这房子里找到一双扶梯，少年就有救了。你看见那上面的小圆窗吗？它是开在连接卧房的那间化妆室里边的，你得到那儿来。只有你们站在下面的这座塔楼的这一边没有受到包围。马都已经预备好了，要是你守住囊桑的通路，一刻钟之内，我们就可以使他逃出危险，虽然他是那么样的疯狂。但是，要是这婊子跟着他来，你们就必须杀死她。”

高尔丹看见在黑暗里有几个模糊的人形，是他最初误认为石块的，他就巧妙的行动，立刻到圣黎昂拿德门的岗位上来。他发现司令官和衣睡在营房的床上。

“让他去罢！”美脚对高兰丹说，“他刚在那儿睡一会儿呢。”

“朱安党来了！”高兰丹朝着雨洛的耳朵，喊道。

“不可能的，来了更好！”睡得昏昏沉沉的司令官说，“至少人家可以打打仗！”

雨洛到达散步场的时候，高兰丹给他指着黑暗里朱安党所占据的奇怪地位。

“他们一定是骗上了或是消灭了我在王后的扶梯和古堡中间布置的哨兵，”司令官喊道，“啊！他妈的黑雾！但是，别焦急！我去派五十个兵士到山岩底下去，叫少尉带领。我们别在那里打他们，因为这些野兽骨头实在硬，他们可以跟石头似的一直滚到绝壁底下，连一根腿也断不了。”

司令官布置了最严格的军事行动，去擒获走下地所指挥的朱安党，再回到散步场上面来的时候，钟楼上的破钟正好打了两响。这时候，各岗位上都添了一倍的人，维尔纳尔小姐的房子变成了一个小军团的中心。司令官发现高兰丹聚精会神的瞧着控制巴布古塔的那只窗户。

“公民，”雨洛说，“我想这贵族骗了我们，因为到现在为止，一点儿动静也没有。”

“他在那儿！”高兰丹指着窗户，喊道，“我看见窗帘上有个男人的影子……我不懂得我的小孩子到底怎么回事儿；他们不是杀死了他，就是引诱了他。瞧，司令，你看见没有？这是一个男人！咱们去罢！”

“我不去把他从床上抓起来，他妈的！要是他进去了，他总得出来，居丁不会放走他的。”雨洛答辩说。他有他的理由，他要等待。

“算了罢，司令官，我拿法律的名义命令您立刻向这房子前进。”

“你还是一个小伙子，你要命令我走吗！”

司令官的怒气没有激动高兰丹，高兰丹冷冷的对他说：

“你会服从我的！这是战争部部长给签发的一道命令，它会强迫你服从我，”他一边说，一边从口袋里取出一张纸，“你以为我们都是这样的简单，可以让这个女孩子说什么就干什么吗？我们要消灭内战，伟大的结果可以宽恕我们的卑劣手段。”

“公民，我运用我的自由派你去……你懂得我吗？够了。打起左脚开步走，让我清静清静，赶快走。”

“可是，你念一念这道命令罢！”高兰丹说。

“别拿你的职务来麻烦我啰。”雨洛喊道。他很气愤，不愿意接受在他看来是这样可耻的人物的命令。

这时候，小酒鬼的孩子就像地下钻出来的老鼠似的出现在他们中间。

“少年在路上！”他喊道。

“打哪一条路？”

“打圣黎昂拿德街走。”

“美脚，”雨洛朝着在他身边的连长耳边上说，“跑去告诉你的少尉向这房子前进，连续射击，你懂得我的话！——你们其他的人，你们就向左边追上，向塔楼推进！”司令官喊道。

为着明白清楚这结局的情形起见，我们必须回过头来叙述维尔纳尔小姐的家和她的情形。

三十一

感情走到逆境的时候，它就使我们产生一种酒和鸦片烟的小刺激所不及的沉醉力量。于是，思想和过分敏感的精细所感应的敏悟就产生了最奇异的意外效果。在同样的思想暴力之下，有的人可以看得清楚最微末的事物，而最显著的东西在他们看来却反而不存在似的。进攻维尔纳尔小姐的就是这种使实在的生活仿佛梦幻的生活似的迷醉。她读了侯爵的信之后，就忙着颁发许多命令，叫他逃不出她的报复，正像不久以前，她曾经预备一切去庆祝他的爱情的第一个节日似的。但是，当她看见她的房子已经在她的命令之下让三排刺刀给团团围住的时候，一道微光又忽然照耀了她的灵魂。她批判自己的行为，非常恐惧的想到她刚刚做了一个罪行。她的第一个忧愁动作就是奋身跑到门限去，在那里痴呆的站了一会儿，拼命的思索，然而却想不出一个道理。她整个的疑惑她刚才所有的行动，她甚至于都追问为什么她站在房子的等待室里，手里牵着一个陌生的小孩子。万千火花仿佛火舌似的在她眼前的空中飞舞。她开始走了几步路，希望能够这样的摆脱包蔽她的昏迷。但是，任何的东西都没有真实的形状和实在的颜色，她就像是在梦中。她拿平日所没有的强力紧紧的握住小孩子的手，再拿这样急速的脚步拉着他，简直就像疯子的动作似的。当她穿过客厅的时候，她没有看见厅里的任何东西，然而这里却有三个男子给她让开一条过路，对她行礼。

“她来了！”其中一个男子说。

“她真美！”教士喊道。